·序·

王光明

在大学学位教育体制中，一般人以为研究生的培养是老师在指导学生，学生在传承老师的学问和风格，实际上并不尽然。就像文学史的代际关系，在发生学的意义上，并不是前代生出了后代，而是儿子"生出"了父亲——因为有了后续，曾经无名的"当前"变成了历史，必须进行历史性质的命名和叙述。

大学最迷人、最让人羡慕之点也在这里。虽然师生之间的关系，在福柯知识系谱中，也是一种权力关系，但这种关系毕竟不是官场上的等级服从关系，而是某种"说服"关系：这是说话和研究问题的地方，求真求是的地方，服从的不是权力意志，而是得到认同的真理。因此，这里最高的存在和敬畏是学问，最正常和美好的师生关系是教学相长，互动共生。事实上，不单是学生得到了老师的引导，学生也以他们的朝气、敏感和锐气，教导老师认识新现象，关注新问题。20 世纪 80 年代初在北大课堂上旁听钱理群老师讲授中国现代文学史，后来又阅读他《心灵的探寻》等著作，他引述学生作业中的见解，竟成为一种学术特色，而他引述时的那种欣慰与自豪感，更是令人难忘。

那是教学相长、互相砥砺、互动相生的生动见证。而赵飞的博士学位论文《张枣诗歌研究》，也曾让我受益良多：不仅改变了我的成见，激发了我对张枣诗歌的兴趣，还让我对"文如其人"或"风格即人"等前人的经典论述，有了更深入的理解。

真诚地说，在赵飞选择张枣诗歌作为博士学位论文选题之前，我受诗歌圈子一些传闻的影响，以为张枣也沾染了传统文人与新诗人的某些积习，虽然读过他几首早期诗作，但并没有系统阅读他的作品，没有意识到他在当代诗歌中的重要价值。因此，在开题之初，只是建议赵飞以张枣为重点，研究"张枣与'新古典主义诗歌'"，以改变"第三代诗歌"（或曰"新生代诗歌""后朦胧诗"）研究的成见，纠正人们简单地把"他们""非非"当作"第三代诗歌"以偏概全的现象——我认为"他们""非非"只是"第三代诗歌"中的一股诗潮，"第三代诗歌"至少还应包括"女性主义诗歌"与"新古典主义诗歌"，而以张枣、海子、西川、陈东东、柏桦等为代表的"新古典主义"写作，或许更具有承前启后的意义。

赵飞以"张枣与'新古典主义'"开题，实施过程却打了折扣，将一种诗歌现象研究变成了单个的诗人论。她在论述范畴上没有实现我们的期待，但论文质量却超出了我们的期待，在匿名评审和答辩中得到了普遍的好评。赵飞是对的，她收拢论述野心，聚焦于张枣这个典型个案，更能体现张枣诗歌的重要性。

张枣是当代诗人中最有诗学追求和研究难度的诗人，没有具体深入的文本细读，没有对作品语境的真切了解，没有对其所涉中西文学与文化"互文性"的心领神会，很难进入他"梦中梦""戏中戏"般的诗歌世界。而赵飞这部《张枣诗歌研究》的意义，首先就在于作者能够正视这种难度，努力理解杰出诗人的艺术自觉，昭彰艺术克服困难的魅力与价值，让诗歌纠正诗歌，艺术趣味对比艺术趣味，扭转长期以来"新诗"写作习非成是的简单化倾向，体现诗歌的言说风度和汉语的典雅隽永。

张枣诗歌世界是曲径通幽、镜花水月的花园，园内有园，景中有景；而赵飞还在成长，那么年轻，那么单纯，生活中那么容易相信，甚至连老师上课顺手用个廉价杯子喝水，也以为困难，课后特意买了好的送去。然而，无论诗歌写作的藏山隐水，奇思妙构，还是阅读理解的山重水复，柳暗花明，都不完全是（甚至主要不是）脑神经运用的智力问题，而是心性、感觉和趣味是否相通，能否"情投意合"的问题。赵飞的好处是以为人处世的真诚与单纯作代价，持护了诗歌感觉的敏锐和趣味上的纯真。她对张枣诗歌是倾心倾情的热爱，研究过程是全力以赴地投入。这种倾心倾情和倾力，不仅在她的论文中得到了见证，也感染和影响了她的师弟师妹。后来我的好几个学生都成了"枣迷"，跟她的"言传身教"是分不开的。

张枣诗歌曲高和寡，许多作品也以寻找知音作为主题。从未见过面的赵飞是不是张枣诗歌最好的"知音"，我不敢断言。但可以坚信的是，赵飞的这部《张枣诗歌研究》，作为张枣研究的第一篇博士论文和第一部研究专著，即使不是一部提供定位定见和定论的著作，也一定是张枣诗歌研究的重要指引。作者不只对张枣诗歌的基本主题、意象、情境、风格有深入的观察，还对其与中国文学"文与道"的传统，与西方现代诗歌的吸收转化关系，有独到细致的梳理。尤其值得赞赏的，通过认真研究，赵飞不仅向我们提出了张枣的典范之作，诸如《镜中》《卡夫卡致菲丽斯》《空白练习曲》《跟茨维塔伊娃的对话》《云》《春秋来信》《大地之歌》等，而且篇篇作了细读式的分析。

诗歌文本的细读看似容易，有"新批评"发明的完整理论原则、概念体系和方法论可以参考，但落实于张枣诗歌却不那么简单。一方面固然由于"新批评"主要专注于文本内部，而现代汉语诗歌是中外古今诗歌文化网络中的一个网结，具有广大的"互文性"；另一方面，是张枣自觉疏离了胡适以来现代诗歌的"明白清楚"传统，希望使用说写趋近的现代语言写诗，也能达到"言近旨远"的艺术境界。张枣与"新诗"主流写作大异其趣之处在于，他的言说理路不是服从抒情言说者主体意志的牵引，而是"隐身"于作品的具体情境，形式结构也格外讲究，即使使用自由诗的形式，也重视诗节诗行和音节的和谐匀称。因此，实现张枣诗歌的有效"细读"，既要求研究者能够通过"诗艺"抵达"诗义"，也要求熟悉与文本相关的语境、经验和文化因素。

《张枣诗歌研究》文本细读的优点正在于技艺与文化因素的兼顾。仅以第一章第一节对《卡夫卡致菲丽斯》的分析为例，这是张枣成熟时期的作品，打着"隐身术"和"戏剧性"的显著烙印：孤独的灵魂在"夜啊，你总是还够不上夜/孤独，你总是还不够孤独"的现代荒原向谁倾诉，该如何交代矛盾虚无的心事？张枣找到了卡夫卡，那个作为未婚夫和小说家，却又始终怀疑婚姻与写作价值的卡夫卡，找到了书信这一私密的倾诉形式。卡夫卡未能履约的婚姻、未被执行的遗愿，以及他小说中至死未能抵达城堡的测量员，通过张枣的想象编织，成了现代寓言的不同构件。特别值得一提的是抒情主体的角色化，不仅角色化，而且是由实而虚，由虚转化为象征。张枣变成了卡夫卡？卡夫卡又成了《城堡》中的人物？还是根本分不清"作者"与"人物"、写者与被写者，在寓言的意义上，我们都是"测量员"（"我们这些必死的，矛盾的/测量员……"）。

赵飞深谙作品的"机心"，一方面，开篇就通过张枣的自白，为我们提供了张枣写作这首诗的社会语境和个人心境。同时，提供了不少与文本内容相关的卡夫卡的通信、日记与其他文献，为理解这首诗的"典故"扫除了障碍。而在进入具体"细读"式分析时，又始终坚持通过"诗艺"阐述"诗义"的原则，细致观察诗人如何通过"面具"、"对话性"以及充满个人气质的意象（如"肺""夜""使者""鸟""镜子"等），建构一个"对称于人之境"的诗歌世界。最终，又经由一个个文本世界的解读，让人们深入理解张枣的诗学，以及这种诗学对于"新诗"积习的纠正与挑战。

还值得一提的，除了为人们打开一扇理解张枣诗歌的窗口外，《张枣诗歌研究》也是一个年青学者成长的见证。它向我们表明，一个学人最初的出发，如果能与高品位和有挑战性的研究对象相遇，会获得更高的起点。

是为序。

2019 年 2 月 13 日于北京四季青

目 录 Contents

引 言

　　本书力避单调的诗人论，即不把张枣诗歌作为封闭的对象来研究，而是作为开放的问题来探讨，借此观察现代汉诗如何在突破形式与结构的限制中，创造出独特的声调。张枣以杰出的语言天赋，和超乎常人的转换能力，将现代汉语诗歌的写作，推向一个前所未有的高度。在他那几首无与伦比的组诗与长诗中，如《卡夫卡致菲丽丝》《跟茨维塔伊娃的对话》《空白练习曲》《云》《大地之歌》等，一种可堪与中国古典诗歌相媲美的力量真正得以显现，这是"对得起古诗的汉语诗"。本书共分四章和一个结语。

　　第一章细致探讨张枣诗歌的主题与结构。他以十四行组诗、无韵体诗与自由诗等不同形式，使一首现代诗具备涵容多元主题的无限潜力，形成"与内心关联的完整图式"。"有穷对无穷的眷恋"，可以理解成对张枣诗歌主题的最终描述，这也是诗人对"永恒与美"的眷恋。通过这种坚守与不懈的追求，张枣完成了与先秦诗歌的抒情传统的有效对接，并反过来证明自己作为一个大诗人的存在。

　　第二章深入探讨张枣的写作方式，即如何重建人与世界、自我的和谐关系。与海子纯粹的"终极超越"不同，张枣诗歌内含对现世生命的体谅，对生命领略麦芒似的浓缩，他注重把世界糅合进心境中取其精粹，在诗境中提升人境，以"内在超越"追求诗与生命的动态和谐。张枣常常慨叹中国传统宇宙观与人文精神的失落，这种趋向于本体精神的古典修为的丧失，在他看来，与西方文化中上帝死去的缺席是同构的。张枣用他的诗歌告诉我们，神性不是别的，神性就在我们赖以生存的语言中，写下来，就是接收宇宙脆响的口令，就是落实神性。

第三章探讨一种新古典主义的语言本体观。张枣的诗歌写作具语言本体论向度，但这一写作向度的反思背景是"言志合一"。这构成了汉语语境里难以忽视其传统文化渊源的古典主义态度，它既体现于"回望过去"的姿态，又体现于现代彻底的艺术自主精神，因而可说是一种新古典主义。他把汉语言的圆润、流转发挥到极致，力求写出富于现代性与汉语性的诗歌。

第四章探讨张枣多元化的诗艺追求。张枣对古典诗法的追求贯穿其创作始终，如情景交融、思与境偕，想要称量一个词的重量的古典"炼字"法，以跳跃的形象逼近古诗的精练，对诗的音律、节奏、语气、结构布局的运筹帷幄等；同时娴熟融入各种现代诗艺，如人称变换下的多重面具、感性幻想与理性抽象的交织、古汉语与西方语感的杂糅无间，对古今中外各种典籍"化功大法"般的吸收、转化与综合。

结语综述对张枣诗歌的分析与批评，以及他对现代汉语诗歌的贡献，并进一步提出由张枣带来的启示：现代汉语诗歌写作，如何在深刻的反思中，进一步确立自身的形式与声调。

第一章　迷宫中的幽思密意

现代诗难以忽视的一个特点是隐晦，张枣尤其追求诗歌的深奥。他的诗，读起来常常像一座座迷宫，它们是"与内心关联的完整图式"。他曾经写道："总是有个细小的声音/在我内心的迷宫嘤嘤"（《云天》），在《别了，威茨堡》一诗中，他亦说：

> 我就是这样每天经过
>
> 每时每刻都在想着，想着
>
> 莫名的心事，沉吟这些图案
>
> 就是这些又神秘又亲切的图案
>
> 仿佛来自深深的心的迷宫
>
> 活灵活现，露出那边的一些昏眩

这些"深深的心的迷宫"，既有显在的形体结构——他驾轻就熟的十四行体，如《卡夫卡致菲丽丝》《跟茨维塔伊娃的对话》；行云流水般的无韵体，如《空白练习曲》《云》《大地之歌》；起承转合、首尾呼应的圆形结构、前后钩挑的编织手法等——也有内在的心象结构，它们是布罗茨基所谓诗人"用内心的运动来联结"的隐形结构。用钟鸣的话说即："一方面，它是指那种不着痕迹的心灵转化统合的过程，在这过程中，诗人把沉重而又复杂的过去与现在的事物化为诗歌的情境、声音和节奏，以致我们只有在一种整体的观念中才能把握住，对于批评来说，只有通过解析、重组和比文本产生还要复杂的体验过程，才能让作品的有机思想得以复原，这或许也是一种梦想吧；另一方面，它又指语言的预先被给予性。"① 这种沉吟的音乐包含着"丰富的材料，精密的观察，高深的理想，复杂的感情"②，因而特别需要对文本做富有解放性的"高级阐释"，这种高级阐释既包括文本细读式的注解——就像阅读古诗一样，透彻地理解每一句每一词以及诗意结构中的语言关系，也包括中国传统诗学中的感悟，这种感悟可以对情感、观念、意志产生一种整体的、特殊的解放作用。

在我看来，这里选择的几首组诗都是现代汉诗中的典范之作。首先，它们结构谨严、语言精微、细节饱满，完全经得起一种勘探式的细读，正如哈罗德·布罗姆提出的："任何好诗的真正标准是它完全经得起非常仔细的阅读。"③ 正是一种挑剔的阅读使得文学批评成为一种言说有据的话语。其次，在他的组诗内部，张枣把不同又相关的主题进行巧妙的穿插、组合，使一首现代诗具备了涵容多元主题的无限潜力，而各个主题之间的转换与衔接往往处理得天衣无缝。最后，这些组诗的主题又有着内在关联。它们是张枣为着一个大的梦想——语言、诗如何可能建构人与世界的和谐与和解——而持续追求、探索并营造的艺术宫殿，在这些相互连属而"廊腰缦回，檐牙高啄"的迷宫结构里，"张枣构造了一个配合和自我配合的心想事成的世界"。④ 这种"心想事成"，出于他对"语言就是世界"的迷恋。现实世界是一个处于不断消逝中的有穷世界，生命亦有死亡的限制，面对这一"有穷"，张枣眷恋远方："你是谁，你是谁，孤单的人，/何不交出你年轻的热血？//……可是远方有匹俊马奔腾/仿佛消逝的只是这黄昏。"（《黄昏》）醉心于诗意的永恒，他梦寐以求在诗歌的"无穷"中达成"天人合一"的宁静与和谐。

一 "有穷对无穷的眷恋"

张枣有着非凡的词语控制力。这主要体现于诗的语气、音势，而它们

---

① 钟鸣：《笼子里的鸟儿与外面的俄耳甫斯》，《今天》1992年第3期。
② 胡适：《谈新诗》，《胡适文存》卷一，黄山书社，1996，第123页。
③ 〔美〕哈罗德·布鲁姆：《如何读，为什么读》，黄灿然译，译林出版社，2011，第62页。
④ 萧开愚：《萧开愚访谈：共谋一个激发存在感的方向》，http://moodoor.blog.163.com/blog/static/62840820112683717141/，2012年9月16日查。

最终又体现在一个诗人的气质与风格里。张枣似乎天生就是优雅、温柔、谨严的，即使在《卡夫卡致菲丽丝》这首"极端"激烈的诗里。粗略看来，《卡夫卡致菲丽丝》是一首孤魂野鬼般的诗。总有某种灼热之痛在词语上如箭在弦，我们多次读到这样的呼喊："我真想哭……夜啊，你总是还够不上夜，/孤独，你总是还不够孤独！……这滚烫的夜呵，遍地苦痛。"这欲哭的诗句滚烫令我们不敢触摸。乍看，这样彻底地放纵自己在艾略特对诗人进行了"非个人化"抒情的冷酷审判后，是一桩危险的举动。倘若我们为词语的单调语义蒙蔽，则难以深入这首诗，也难以深入张枣的诗歌世界。在此，张枣已是通过一种极端的语义锻打来把握另一种极端，且借用布罗茨基的一个短语来表达我的意思：此诗充分流露出诗人那"有穷对无穷的眷恋"（布罗茨基语）。

　　"《卡夫卡致菲丽丝》，它与死者卡夫卡没太多实事上的关联，而是与我一直佩服的诗人批评家钟鸣有关，那是我在 1989 年 6 月 6 日十分复杂的心情下通过面具向钟鸣发出的，发出寻找知音的信号。"① 张枣这段写作自白采取的是微露端倪的障眼法，它表明这首诗出炉于那个特殊时间、特殊语境中欲言不能、欲诉无门的良知煎熬。"知音"在此拥有了最广义的内涵——默然神会。读完全诗我们将确信，张枣那众多以"化功大法""典"出的杰作并非书斋里的词语演绎，他其实置身于"诗言志"的汉语传统之下，他的诗也遍布了生命的抚触。尽管他已"欲去超越"中西的古老诗学："一是'言志'的，重抒发表达，一是源于古希腊的模仿，重再现，重与客观现实的对应。我的诗一直想超越这两者，但我说不清楚是怎样进行的。或许这是不可能的正如人不可能超越任何生存方式，但欲超越的冒险给予我的诗歌基本的灵感。"② 从"欲超越的冒险"来获得"诗歌基本的灵感"在诗歌操作层面而言是一种技术手段，犹如"法宝"。这一"法宝"在《卡夫卡致菲丽丝》这首诗中体现为张枣在创作中所致力的追求："现代人如何在一种独白的绝境中去虚构和寻找对话和交谈的可能性。"③这也是苏姗娜·格丝提到的张枣创作中的一个重要关联：对话和寻找对等

---

　① 转引自〔德〕苏姗娜·格丝《一棵树是什么？"树"，"对话"和文化差异：细读张枣的〈今年的云雀〉》，商戈令译，《当代作家评论》2000 年第 2 期。
　② 转引自钟鸣《笼子里的鸟儿与外面的俄耳甫斯》，《今天》1992 年第 3 期。
　③ 张枣：《略谈"诗关别材"》，《作家》2001 年第 2 期。

倾听者的关联。① 这种超越性将文本本身对话结构发展的探求，投射成一种对理想听者的寻找，它同时构成对以往封闭式的个体倾诉的打破，原因即现代生存难以终止的孤独、交谈的匮乏、失落中的无助。因而，对理想听者的寻找并通过诗恰切地再现人们孤独的处境与寻找的渴求，以期在消极性中发明出超越它的憧憬和幻想，就成了诗歌有关对话的神话，它深入诗的终极追求层面："有穷对无穷的眷恋"，这一"眷恋"（超越）在实践层面构成了张枣的野心，虽然他觉得"或许这是不可能的正如人不可能超越任何生存方式"，但他却一直渴望建立"诗的王国"："诗，对称于人之境。"请注意，是"对称"而绝非"对应"。因而我们可以说，无限对称于有限，无穷对称于有穷，形而上对称于形而下，高贵对称于世俗。于是我们便能明白，相对于无序、混乱、浮浅、短暂的现实，张枣的诗为什么如此秩序谨严、深奥、追求永恒和那"至高无上"。

1989 年，张枣在德国三年，他的异国孤独已为多数友人谈论，但焉知这种孤独不是对他的一种保护。1986 年，在物质开始冲撞人心的时候，他躲进了遥远的孤独里，一种纯粹的诗的境地：孤独愈深，寻求对话的渴望就愈强烈。卡夫卡成了这一境地最完美的对应者。《卡夫卡致菲丽丝》，标题本身就是面具，预示着诗将是"倾诉"，具体对象有一个"爱人"。但它只是以爱情的面目出现，假借痛楚的内心挣扎，因为"爱情就本质而言就是无穷对于有穷的一种态度。对这一态度的颠倒便构成了信仰或诗歌"②。既然此诗并不存在真实的爱情纠葛（与卡夫卡没太多实事上的关联），那便是诗人借助这一亲密的对话关系，意欲实现孤独的有限个体对"无限的开阔"之渴望，从而使整组诗暗含"有穷对无穷的眷恋"。从这首诗也可看出，张枣受德国哲学家马丁·布伯著作《我与你》的影响，"我"是微茫的、有限的人，"你"是"永恒之你"上帝，我渴望向你倾诉。因而，标题对话，实则整首诗都具有祈祷性质。它是作者面对一个想象性对象（连作者寻找的实际对象：知音钟鸣，也"当然不知道那些外部前提"）的自言自语。因而我们将看到，面具下是一幅憔悴不堪的自画像，诗人饱

---

① 〔德〕苏姗娜·格丝：《一棵树是什么？"树"，"对话"和文化差异：细读张枣的〈今年的云雀〉》，商戈令译，《当代作家评论》2000 年第 2 期。
② 〔美〕布罗茨基：《文明的孩子》，刘文飞译，中央编译出版社，1999，第 109 页。

经煎熬。

组诗的第一首可说是一个序幕，这个序幕语调亲切、节奏明丽，与后面诗篇的紧张、激烈构成了张力——《跟茨维塔伊娃的对话》十四行组诗同样采取了这一手法——这仿佛是张枣诗歌写作的热身运动：在一种明朗的心境中来容纳各种创造激情的迸发。序幕中，抒情主体一上来便自我介绍："我叫卡夫卡，如果您记得/我们是在 M. B. 家相遇的。"这模拟的口吻亲切、谦和，带着尽可能适宜的微笑，展示着优雅的分寸感，场景生动得好像面前站着那高雅的女士。这一序幕是紧密追随卡夫卡的，它直接来源于卡夫卡日记里的这一段记述："F·B 小姐。（指菲丽丝·鲍威尔，卡夫卡曾两次与她订婚。这篇日记记述了初识过程。）当我八月十三日去（马克斯·）勃罗德家时，她坐在桌旁，给我的印象确实像个女佣。她是谁，我对此毫无好奇心，而是马上就接受了她的存在。……我坐下时，第一次仔细地端详她，当我坐定以后，我已经有了一个不可动摇的决断。"[①]这个"不可动摇的决断"是什么，卡夫卡没有说，但我们想想他——一个用德语写作的奥地利小说家，一生如"一个死人"般孤独、支离破碎，在自己的作品中不断化身为 K，或者卡尔，或者别的与自己名字构词相同的人，便知道，这个热衷于在夜里焚膏继晷地写作的人，为了构筑一个写作的城堡而不断毁弃婚约："为了我的写作我需要孤独，不是'像一个隐居者'，仅仅这样是不够的，而是像一个死人。写作在这个意义上是一种更酣的睡眠，即死亡，正如人们不会也不能够把死人从坟墓中拉出来一样，也不可能在夜里把我从写字台边拉开。"[②]这种难以与现实处境认同而猛兽嗜血般沉浸于写作的卡夫卡式孤独，将逐步地在整首诗中渗透出来。

"肺"无疑是这个序幕的关键道具，它在第二节与第三节重复出现："我奇怪的肺朝向您的手/像孔雀开屏，乞求着赞美。/您的影在钢琴架上颤抖，/朝向您的夜，我奇怪的肺"、"我时刻惦着我的孔雀肺"。对肺的惦记正是对"呼吸"的惦记，对节奏异常敏感的张枣，在他的诗歌"热身运动"中调节着呼吸，并"乞求着赞美"，创作欲望犹如求爱者那屏息着而

① 〔奥〕卡夫卡：《卡夫卡书信日记选》，叶廷芳、黎奇译，百花文艺出版社，2009，第31~32页。

② 同上书，第211页。

将爆发的激情。颤抖的身影中亦有声音（钢琴）的颤抖，"奇怪的肺"的颤抖。一种微妙的心情被刻画得入木三分。从"朝向您的手"，到"朝向您的夜"，心绪逐步浓重，诗情的酝酿也渐入诗境，扩散、漫溢成无边的夜。"夜"奠定了整组诗的基调，除第 3、第 8、第 9 首未明确提到夜的背景，第 2 首（"布拉格的雪夜"）、第 4 首（"夜啊，你总是还够不上夜"）、第 5 首（"是月夜，石头心中的月夜"）、第 6 首（"这滚烫的夜"）、第 7 首（"带上夜礼帽"）均是夜的氛围，这是诗人所处的黑夜，是人存在的黑暗，是现实困境，是人宿命式的"有限"。这多么像卡夫卡一生的"夜"，一生的陌生感、孤独感、恐惧感。但"像圣人一刻都离不开神，/我时刻惦着我的孔雀肺"。这又正如卡夫卡对写作的执着惦念，诗人惦念着永恒的韵律。张枣崇尚王阳明的心学，他在《大地之歌》中写："你枯坐在这片林子里想了/一整天，你要试试心的浩渺到底有无极限。"显然这是对王阳明"枯坐"竹林"格物致知"的模仿。但张枣不是"格物"，而是"格心"，探试"心的浩森有无极限"，因为他"眷恋""无穷"。张枣致力于以恒久的语言和声音来超越现实，在《跟茨维塔伊娃的对话》中是坚决要求"词的传诵""将花的血脉震悚"，在《卡夫卡致菲丽丝》中，是要"铭记这浩大天籁"。"我替它打开血腥的笼子"，影射人们牢笼般的生存境遇。张枣当时的具体境况近乎一种变异的生活状态："喜欢喝酒"，"经常半夜打电话，哭着倾诉"[①]。因而，"去啊，我说，去贴紧那颗心"这一呼喊的确发乎肺腑。然而我们听到的，却是那最温柔甜润的嗓音："我可否将您比作红玫瑰？"前后音势的跌宕变化令人惊愕，正所谓灵魂已翻江倒海，诗仍温润如玉。但正是在这里，我们看到了张枣高度警觉的平衡感。"屋里浮满枝叶，屏息注视。"这一迟疑的沉默回应正是诗人自己在注视自己，再次表明对话也可能只是与"另一个我"在对话，孤独之感难以言表。

第二首承接上一首结尾深入自我，自画像完全展露。"雪夜"加深了现实的寒冷。清醒的"小偷地下党以及失眠者"暗喻令人无法安宁的混乱现实。"神的使者"与"天使"有无穷的喻指，既附着卡夫卡的形象，也有作为诗人的自喻，展露诗的形而上思考，与过分的世俗对峙。张枣身居

---

① 参见《张枣（重庆）纪念会纪要》，《红岩》2010 年第 3 期。

德国图宾根，这是荷尔德林的漫游之地，他对荷尔德林的亲近自然难免濡染后者的神性讴歌①：

> 你说，但他们如同酒神神圣的祭司
>
> 他于神性之夜走遍大地（荷尔德林）

"在一贫乏的时代里做一诗人意味着，去注视、去吟唱远逝诸神的踪迹。此正为何在世界之夜的时代里诗人歌唱神性。"② 对于荷尔德林来说，宗教神话是其精神背景；对于张枣，则是个人生命体验中超越性的渴望，是他以"诗的宗教"化解现实危机的心愿。他视诗如命，始终对诗怀有绝大抱负。他的孤独说到底是"诗"的孤独，在德国他缺少与之对话的"知音"。而他的忧郁也是"诗"的忧郁，如有论者谈到，"他始终没有一部大作品，他十分想写一部大作品，这一直是他的一个情结。"③ 因而，他对"无穷的眷恋"也始终是对"诗"这"浩大天籁"的"眷恋"。与荷尔德林、里尔克、卡夫卡等精神大师的对话无疑让他的诗拥有了更复杂的质地。譬如这"神的使者"，让我们想起那"在世界之夜的时代，人们必须忍受和体验此世界的深渊，"从而有那必然"进入此深渊的人"④。深渊的极端可怕之处在于，动物比"群众"更敏锐地感到诗人的孤独："剧烈的狗吠"显示这一反抗（动物的形象在下文中比比皆是，鸟、梅花鹿、布谷鸟、蜘蛛、遨游的小生物、枯蛾，等等，似皆可作如是观）。如此似乎尚

---

① 如德国汉学家顾彬说过："他（张枣）十分偏爱荷尔德林，读他的原著，并基于原文向中文读者传递出反应。对德国和中国文化双方而言，有了张枣，可谓是一桩大幸事，可惜太稀有。"（《综合的心智——张枣诗集〈春秋来信〉译后记》）；欧阳江河亦曾记述过张枣在德国为他现场翻译荷尔德林的神来之音："好在精通德文的张枣了解荷尔德林原作的神髓之所在……我们谈到了荷尔德林的《面包和酒》。张枣坚持要立即回家找到原作，即兴译成中文给我听。我们这样做了，张枣当时状态极好，奇迹般地在荷尔德林深奥艰涩的德文世界中打开了一个中文的开关，使我第一次感到荷尔德林的诗篇是多么神圣，多么美，多么天才横溢。"参见欧阳江河《倾听保尔·霍夫曼》，《站在虚构这边》，三联书店，2001，第233~234页。

② 〔德〕海德格尔：《诗人何为?》，《诗·语言·思》，彭富春译，文化艺术出版社，1988，第85页。

③ 参见《张枣（重庆）纪念会纪要》，《红岩》2010年第3期。

④ 〔德〕海德格尔：《诗人何为?》，《诗·语言·思》，彭富春译，文化艺术出版社，1988，第83页。

可自慰，通灵的"狗吠""打开了灌木。//一条路闪光。他的背影真高大。"或曰人亦如卡夫卡笔下的动物变异者："亦人亦鬼"的分裂。因而这陌生感、孤独感令人感到如阴暗的地下室般寒冷："我听见他打开地下室的酒橱，/我真想哭。我的双手冻得麻木。"这正是传闻中爱哭的卡夫卡与爱哭的张枣。

于是，"致命的仍是突围"这一句语气决绝，虽明知这有限的突围是"致命"的，但无法抑制的是对"那最高的鸟"的渴望，既然置身于尘世，就只有一个选择："在下面就意味着仰起头颅。"毋庸置疑的口吻带来的明朗显然不同于第一首的温柔以及第二首的颓丧，虽然整首诗依然带着谦卑，但已成为谦卑的振奋。"鸟"作为连接天空与大地的使者，既属于大地又不属于大地，因为它飞翔的高度使它得以摆脱尘土。这正如灵魂既依附肉体又超越肉体。"鸟"在张枣的诗中象征着灵魂。灵魂是无限的，虽不可见，但可以倾听："歌曲融满道路。"在这里，张枣依然向我们显示出"有穷"（存在）把握"无穷"（灵魂）的可能性，他把这种可能性转化为诗的"眷恋"，涵容到诗句中便是诗人"灵魂的歌曲"，这一歌曲使每一个优秀的诗人心向往之，具体做法则是寻找一种属于自己的声音，最终达到那"音乐的境界"（沃尔特·佩特语），因为没有什么比旋律的秩序更奇妙了，情感总是可以在哪怕单纯到仅仅剩下形式的旋律中油然跃起或被唤起。但诗最终不能为音乐取代即在于它终究是语言的艺术，他渴望的将始终是那永恒的"灵魂的歌曲"，对照下面一段诗，或许我们能明白诗人的苦心：

> 我在黑暗里倾听；呵，多少次
> 　我几乎爱上了静谧的死亡，
> 我在诗思里用尽了好的言辞，
> 　求他把我的一息散入空茫；
> 　　　　　　——济慈《夜莺颂》

"在诗思里用尽了好的言辞"后将不会在乎那"散入空茫"的"一息"，这渺小的"一息"倘若能接近那美的永恒的秩序，"死亡"或"在下面"又有什么关系呢？但"危险的事固然美丽"（《镜中》），则"美只是恐惧之始"（里尔克《杜伊诺哀歌》），"天天梦见万古愁"的张枣对个人的孤立性、有限性、穷尽性的体悟已到了"必死无疑"这四个字的地步，因而在他接近无限的"美"的过程，也不可避免地充满紧张、不安与无可奈何。接下来，我们将看到诗人进入了困苦的"自我争辩"（叶芝语）。

> 我看见一辆列车驶来
> 载着你的形象。菲丽丝，我的鸟
>
> 我永远接不到你，鲜花已枯焦
> 因为我们迎接的永远是虚幻——
> 上午背影在前，下午它又倒挂
>
> 身后。然而，什么是虚幻？我祈祷。
> 小雨点硬着头皮将事物敲响：
> 我们的突围便是无尽的转化。

对于虚幻无可质疑："我们迎接的永远是虚幻"；然而又问什么是虚幻并祈祷。但深知这也不过是"硬着头皮"干的事情，"无尽的转化"里自有"无尽的眷恋"，怀着这一"眷恋"——它某种程度上源于古典悲剧情怀的悲悯感，我们看到的不是自暴自弃，不是愤懑发泄，而是一种持续的端正的"温柔"："温柔不是作为纯粹情怀和修养来理解的，而是作为一种可以从个人延伸到人类生存的意识和知解力来理解。本质上是抒情的，悬浮于群众和民俗之上，是诗者凝聚言语，而又消失于言语的纯语气，或许可以把它叫做音势。在诗歌里，它不光具有表现力，而且也具有道德的高度。"[1]

第四首又回到了第二首那"地下室的阴郁"，"突围"何其艰难，也许我们的处境不过是在更深的陷入，任何光亮的照耀也无济于事："阴郁的／橡树（它将雷电吮得破碎）。"这极端的"破碎"之歌——"而我，总是难将自己够着"，它意味着写作的艰难，写作的艰难也即存在的艰难——"诗

---

① 钟鸣：《笼子里的鸟儿与外面的俄耳甫斯》，《今天》1992年第3期。

的危机就是人的危机；诗歌的困难正是生活的困难。"① 就此而言，诗成了我们跃出有限存在进入无限敞开的途径。

第五首对"突围"的可能，即通过"写作"进行"无尽的转化"做了源自生命体悟的集中抒写。"什么时候人们最清晰地看见/自己？"这一发问的前提是"人"处于遮蔽状态。对于纷扰的存在，尤其是白昼来说，人们更多的处于"迷失"自己的状态，甚至无法感觉到自己的孤独、短暂。那么人什么时候最清晰地看见自己（的灵魂）？"是月夜，石头心中的月夜。"此处依然倾心"心的浩淼"，纵然是一块石头，但凡有心，则拥有那明澈的"月夜"。这里隐含的典故是《石头记》，一块通灵宝玉。因而，"凡是活动的，都从分裂的岁月/走向幽会。"这句便明朗易解，心的活动何其悠远、丰富，凭借一颗心，便能于"分裂"、破碎处走向温暖、喜悦的"幽会"。

"哦，一切全都是镜子！"这一慨叹是复杂的，原因是"镜子"容纳过的世界过于复杂、丰富。从之前的"让她坐到镜中常坐的地方"（《镜中》）到"一切都是镜子！"，意味有延续但也有不同，镜子的虚幻感已加深，如同卡夫卡所说："一切在我看来皆属虚构。"② 但其"展示"的力量也得到了加强，从一个具体的"她"到"一切"，被"悬置"的范围何其加大，不再是一个记忆里的"她"，而是整个世界。正如有论者言，张枣"参与了当代语言制造镜子的进程"③。"镜子把自己流露出去的美/再吸回到自己的镜面。"（里尔克《杜伊诺哀歌》）从西方诗学重模仿的角度来说，镜子有等同于写作的味道，人可以置身"镜中"，看到自己的真实形象，但也将看到不真实的形象，镜子实际上在对人实行"辉煌的欺骗"（罗兰·巴尔特语）。倘若镜子就是世界，世界就是镜子，则"镜中的世界与我的世界完全对等但又完全相反，那不是地狱就是天堂。"（西川《致敬》）对于写作来说，文字的世界何尝不是这样：

---

① 张枣：《朝向语言风景的危险旅行——中国当代诗歌的元诗结构和写者姿态》，《上海文学》2001 年第 1 期。
② 〔奥〕卡夫卡：《卡夫卡书信日记选》，叶廷芳、黎奇译，第 40 页。
③ 参见胡桑《马尔克斯、博尔赫斯、米沃什、李箱、张枣的镜子旅行：从拉美到东亚》，http://www.douban.com/note/120524722/，2011 年 9 月 6 日查。

我写作。蜘蛛嗅嗅月亮的腥味。
文字醒来，拎着裙裾，朝向彼此，

并在地板上忧心忡忡地起舞。
真不知它们是上帝的儿女，或
从属于魔鬼的势力。我真想哭。
有什么突然摔碎，它们便隐去

隐回事物里，现在只留在阴影
对峙着那些仍然朗响的沉寂。

"蜘蛛嗅嗅月亮的腥味"似与第二首中"剧烈的狗吠打开了灌木"一句属同一结构，如卡夫卡的写作分裂动物。但接下来却对一种更人性、健康、温暖、美好的写作进行了辩护，"文字醒来，拎着裙裾，朝向彼此，//并在地板上忧心忡忡地起舞。"这便是文字的世界，既虚幻又真实，既变异又完整，既"醒来"又"隐去"，既"留在阴影"里，又"对峙着那些仍然朗响的沉寂"，既南辕北辙却又统一于一面"镜子"，"一个与我一模一样但又完全相反的男人，在那个世界里生活，那不是武松就是西门庆"（西川《致敬》）。而这样的文字的世界，究竟是上帝的还是魔鬼的诗学："真不知它们是上帝的儿女，或/从属于魔鬼的势力。"这一次，"我真想哭"的是一种更深的绝望：对写作的怀疑感。正如卡夫卡在日记里常常感到的对于写作的绝望感："只有写作是无助的，不存在于自身之中，它是乐趣和绝望。"[1] 早在 20 世纪 80 年代张枣自编的诗集《四月诗选》前言中他就断言："诗歌的声音是流逝的声音。"这承接的便是上一首的"死亡意识"。然而，这种在犹豫中对消逝的反抗却愈加让我们感到力量的临近，哪怕犹豫感甚至朝向以诗来追求对"无穷"的"眷恋"这一追求本身。因为犹豫意味着自我挣扎的争执。不过争执总意味着两种状态的"对峙"，正如"有穷"与"无穷"对峙，如此便不会导致彻底的"沉寂"。因而，即便"今天又没有你的来信"，但"孤独中"我还是可以"沉吟着奇妙的

---

① 〔奥〕卡夫卡：《卡夫卡书信日记选》，叶廷芳、黎奇译，第 60 页。

自己。"但这孤独而无尽的"沉吟"却令人欲哭。

　　"写作"如此，那么"阅读"呢？第六首紧跟其上。"阅读就是谋杀；"这极端的表态惊心动魄，原因在于：

　　　　我不喜欢
　　　　孤独的人读我，那灼急的
　　　　呼吸令我生厌；他们揪起
　　　　书，就像揪起自己的器官。

"孤独的人读我"为什么令"我"如此厌烦？这便是张枣的态度：对诗之纯粹、诗之"至高无上"的保护。诗不可被利用，甚至不可为孤独利用。如此，把诗作为发泄之物便是对诗的一种严重亵渎，揪自己的器官一样"揪起书"更尤其可恶。这也正是为什么张枣那些即便看起来最"切身"最苦痛的诗篇依然流溢着一种恬美的语调的原因，除了诗艺的控制力以外，对诗的绝对信仰起着最根本的纯化作用。接下来的两节对这种"被利用"的阅读行为进行了严厉抵制：

　　　　这滚烫的夜呵，遍地苦痛。
　　　　他们用我呵斥勃起的花，
　　　　叫鸡零狗碎无言以答，
　　　　叫面目可憎者无地自容，

　　　　自己却溜达在妓院药店，
　　　　跟不男不女的人们周旋，
　　　　讽刺一番暴君，谈谈凶年；

　　为"滚烫的夜"所灼伤的人们，"他们用我（的诗）""呵斥"低俗，自己却做着一些最低俗的事情，这就是谋杀"我"。这两节以快速、铿锵的格律容纳着粗陋之物，有着"恶之花"的谨严有序。

　　第七首以"突然的散步"开篇，诗的第三节再有一次"突然的散步"：

突然的散步，

它们轻呼："向这边，向这边，不左

不右，非前非后，而是这边，怕不？"

只要不怕，你就是天使。

这些诗句呼应着奥登的《散步》：

当灵魂里的骚动

或者积雨云约请一次漫步，

我挑选的路线转弯抹角

在它出发的地方结束。

这蜿蜒足迹，带我回家，

我不必向后转，

也不必回答

究竟要走多远，

……

心，害怕离开她的外壳。

一如在我的私人住宅

和随便哪条公共道路之间

都要求有一百码的距离，

张枣"那驱策着我的血"正是奥登诗歌"灵魂里的骚动"，因而，血（灵魂），"戴上夜礼帽，／披上发腥的外衣，朝向那外面"在此甚为明了。"外面"是张枣诗中频繁出现的一个词，——"我啊我呀，总站在某个外面""少于，少于外面那深邈的嬉戏"（《空白练习曲》），"外面啊外面，总在别处！甚至死也只是衔接了这场漂泊"（《跟茨维塔伊娃的对话9》），"你是怎样飘零在你自身之外"（《天鹅》），"内溢四下，却又，外面般欲言又止"（《猖狂的一杯水》）——它正是其灵魂"驰心向外"的某处，它自外于世界，浩渺、深邈。而灵魂"披上发腥的外衣"喻指灵魂的困顿，但仍要"突围"，"朝向那外面"。"灯像恶枭"喻处境的恶劣。枯蛾则具先知般的超越，且已品尝到那"无限的开阔"，这正是诗人念兹在兹的"外面""无穷"。

在完成了上一首诗"两样""突然的散步"之后，第八首，诗人要用"另一种语言"来"铭记浩大天籁"，缔造他那"诗的王国"，以到达"无限的开阔"。"打开手掌，/打开树的盒子，打开锯屑之腰，"敞开吧，敞开一切幽闭之所，如此"世界突然显现""这是她的落叶，/像棋子，被那棋手的胸怀照亮。"落叶像棋子，如果棋子"被棋手的胸怀照亮"，那灵魂上的落叶也可以被敞开之心拂拭。因为"棋手的胸怀"便是棋心，棋心纯粹、干净方有凌厉、超然的棋艺，方能大开大合于棋局：

> 它们等在桥头路畔，时而挪前
> 一点，时而退缩，时而旋翻，总将
>
> 自己排成图案。可别乱碰它们，
> 它们的生存永远在家中度过；

但"困惑"从未断绝：

> 采煤碴的孩子从霜结的房门
> 走出，望着光亮，脸上一片困惑。
>
> 列车载着温暖在大地上颤抖，
> 孩子被甩出车尾，和他的木桶，
> 像迸脱出图案。人类没有棋手……

这几乎是整组诗最痛楚、最惨烈的诗句。作为人类的童年，他们从未能逃脱受苦："采煤渣""从霜结的房门走出"，甚至最苦的是，他们能看见灵魂，能"望着光亮"，但"脸上一片困惑"还有什么比"看见"却无法明白更悲哀的吗？那不能打开心扉（与霜结的房门相对）去照亮的事物，毫无意义。因而，没有诗的照亮，生命不过是行尸走肉。对孩子的否定自成了最刻骨蚀心的否定，那么接下来的诗句就是最恐怖、最疯狂的诗句："列车载着……迸脱出图案。"这是对列车飞驰而孩子静止的相对状态的骇异变形，孩子被甩出温暖，正呼应那万劫不复的绝望感："人类没有棋手……"只能说，人类没有永恒的棋手，诗人（作家）不但是那了悟生存之黑暗的人，其本身也是那"写作有困难的人"："我相信一个作家最隐秘的动力就在他最困难的地方，它就是我们生存的悖论，就是我们生存的困境，每个作家从来都是在这种经历中写作。作品只是对这种恐怖的偶尔战胜。每一部作品某种意义上是一个退而求其次的东西，是一种疯狂的状态，在这种疯狂的状态中间，你感觉它满足了你，但是这种满足是一次性的，你不知道下次要等到什么时候。"[1] 从"很快我就要用另一种语言做梦"到"人类没有棋手"，这旷日持久的"自我争执"根源于"生存的悖论"，及在这悖论中以写作来无垠地超越的眷念。这个过程犹似"抉心自食，欲知本味。创痛酷烈，本味何能知？……""……于浩歌狂热之际中寒；于天上看见深渊。"[2]

最后一首，在一种语无伦次般的自言自语中显露出张枣"作为诗人的自由甚至扩大到对京腔规定的语言秩序不屑一顾。"[3] 他这样写：

> 人长久地注视它。那么，它
> 是什么？它是神，那么，神
> 是否就是它？若它就是神，
> 那么神便远远还不是它；

他自有他的语言秩序，那便是属于他的"音势"，也是他的"有趣"诗法。这纠结盘缠的诘问却直导——"神"。诗人已对它注视太久太久了，"于无所希望中得救"的也唯有"神"了。但我们如何能接近"神"？如何能知道它就是"神"？

> 像光明稀释于光的本身，

---

[1] 张枣、颜炼军：《"甜"——与诗人张枣一席谈》，《名作欣赏》2010年第10期。

[2] 鲁迅：《墓碣文》，《鲁迅散文诗歌集》，中州古籍出版社，2015，第419页。

[3] 〔德〕顾彬：《综合的心智——张枣诗集〈春秋来信〉译后记》，《作家》1999年第9期。

　　那个它，以神的身份显现，
　　已经太薄弱，太苦，太局限。
　　它是神：怎样的一个过程！

不用再多说了，读完全诗我们就能明白：

　　世界显现于一棵菩提树，
　　而只有树本身知道自己
　　来得太远，太深，太特殊；

　　从翠密的叶间望见古堡，
　　我们这些必死的，矛盾的
　　测量员，最好是远远逃掉。

　　看，并没有一个圆融的结尾，纵然"那个它，以神的身份显现"时，也"已经太薄弱，太苦，太局限"。"地洞"无休无止，而"神"无始亦无终，"眷恋"也将"无始亦无终"。

　　读完全诗，深感是在证明那艰难的"哥德巴赫猜想"，而张枣那不算丰产的诗著却足以建构一套"解诗学"。这里只是基于个人的一种"求证"，但这份解读基本能让我们相信诗人说的每句话都是"真的"——在此为语词的精确之意。张枣诗集《春秋来信》的德语译者顾彬说："在他对确切语词的追求中，将语义荷载填充到了几乎全然不可理解的程度——比他以前的所有人更甚。"[1] 他对深奥的推崇也是对浮光掠影的诗歌阅读的拒绝。而"有穷对无穷的眷恋"，又构成了张枣一生将之转化为诗这一崇高及持久的行动本身的精神动力，这几乎已成为关于诗的宗教，关于美的信仰。这份执念，再一次证明在欠缺普遍之宗教传统的中国，有一种"诗教"，从皇皇诗之古国流传到今日，张枣可成为当代诗界当之无愧的掌门人："张枣的诗学实践暗含着对在中国影响极大的现代主义的摈弃和对朦胧诗的远离。它是对汉语之诗的回归。……与其说张枣是二十世纪中国最

---

① 〔德〕顾彬：《综合的心智——张枣诗集〈春秋来信〉译后记》，《作家》1999 年第 9 期。

好的诗人之一，我更想说张枣是二十世纪最深奥的诗人。"① 教义必然"深奥"难解，那参透了生之有穷仍从"无穷"处"望下看，一定能证实大地满是难言的图案"（《看不见的鸦片战争》）的诗人，是"神的使者"，他已来过，请让我们追随……赶上……

二 "空白"与"远方"

《空白练习曲》作为张枣又一首缜密、繁复的迷宫之诗，是诗人"连击空白"，不知以"多少工作"呈现给我们的七宝楼台。它是对"空白"（或曰虚无）的演练，而空白中有"空之饱满"（《大地之歌》）与"无中生有"的亘古奥秘。无论何时阅读此诗，我们都能感受到诗人在"有""无"之间频频穿梭的身影，最终，又仿佛是从空无之境为我们托出这一呕心沥血之作："那从未被说出过的，得说出来。"在我看来，这首出自对语言本原的召唤之诗也成了一则关于"空白"的寓言，其本身也正是关于"诗（语言）与人"的寓言。《空白练习曲》为无韵体组诗，由十首整齐的三行四节诗构成，每一行基本为五音步诗句。十首小诗皆耐人寻味，在组织、结构与内容上，它们正呼应了《大地之歌》的以下诗句：

> 有什么总在穿插，连结，总想戳破空虚，并且
>
> 　　仿佛在人之外，渺不可见，像
>
> 　　　　　　鹤……

譬如，组诗的开头即与结尾遥相呼应：

1

掉落在地上的东西无始亦无终。

合唱的空难，追忆将如何埋葬

那只啮吃气候零件的猩红狐狸？

---

① 〔德〕顾彬：《综合的心智——张枣诗集〈春秋来信〉译后记》，《作家》1999 年第 9 期。

……

10

你的肺腑和疯指

与神游的列车难辨雌雄。幸亏有

远方啊，爱人，捧托起了天灾人祸。

"合唱的空难"泛指一种集体式灾难，"天灾人祸"表明生存的尴尬处境，"空难"只是一个更具集中性、突发性、难逃性的事件，或是诗人起笔的灵感与触发点，且"空难"更有从天而降的难以预料性。从一前一后的呼应来看，起笔颓丧、绝望、充满疑惑，末尾则仍存庆幸感，从"远方"与"爱人"这两个词中汲取力量，以"捧托起了天灾人祸"。但在《空白练习曲》这一写作阶段，"鹤"作为"人之外"的高远、俊逸之象尚未成型，虽然已经出现这样的诗句"盼着上岸骑鹤"。"掉落在地上的东西无始亦无终。"意味着某种无端的神秘，或是"无中生有"的肇始，具虚空性质。"猩红狐狸"可视为对现代交通工具飞机的比喻，"啮吃气候零件"充满搏斗意味，"气候零件"可视为对"云"的抽象隐喻，亦是自然在工业社会的异化，美丽的云朵成为零件被啮吃。诗歌的绝望语气表明灾难无法被遗忘、消除，显露对人之处境的恐惧。这一处境乃无端由的，因而更是根本的、无法取消的，虚无主义的端倪已大大表露。[①]"天色如晦""你，无法驾驶的否定"都承接空难而来，尽显阴沉。可"大地仍是宇宙娇娆而失手的镜子。"在这一失手的空白中，生命该如何亲近宇宙？"拉近某一点，它会映照你形骸的//三叶草，和同一道路中的另一条。"三叶草，一方面具有生命起源的深意，另一方面，其语源或在荷尔德林。在荷尔德林的神话体系里，像狄奥尼索斯、赫拉克勒、基督这三个来自神的半神形象被称作"三叶草"[②]，它透露出张枣对荷尔德林整体写作的钦慕："感性的宗教、理性的神话、作为人

---

① 钟鸣的悼文《镜中故人张枣君》中提及张枣的几封信："……一是我酗酒，专业的酗酒者，我不好意思告诉你"；"我目前正在戒烟，暂时算成功了。我只是想玩一玩意志，只是一种极度的虚无主义而已。"《南方周末》2010年3月12日。

② 参见荷尔德林《荷尔德林后期诗歌》（评注 卷上），刘浩明编译，华东师范大学出版社，2009，第30页。

类教师的诗，这三位一体者就是规定着荷尔德林赞美诗的宗教和诗的理解。"①

　　无中生有，有无相生，虚实相伴，因而皆为"同一道路中的另一条"。实存之所以有异，概皆因"生"与"变"矣：

> 从来没有地方，没有风，只有变迁
> 栖居空间。没有手啊，只有余温。

终极存在仍是"空间"性的"空无"，正所谓"无名天地之始"（《老子》），"形非道不生"（《庄子·天地》）。"没有手啊，只有余温。"这里对空无的领略（或曰唏嘘）令人动容，它似乎仍可读作诗人对消逝后的存在的"偷窥"或尽可能的"挽留"，譬如他竭力想"证明"的：

> 但是道路不会消逝，消逝的
> 是东西；但东西不会消逝
> 消逝的是我们；但我们不会
> 消逝，正如尘埃不会消逝
>
> 别怕，我们不会消逝
> 但我们必须在道上，并且
> 出去……
> 　　　　——《一首雪的挽歌》

"在道上"或可读作"在'道'上"，在通向那无限辽阔的远方，那可以"引领我们走出荒原和荆棘"的"道"。张枣应该是想把中国传统思想的"道"作为形而上的途径与西方的上帝沟通起来。"道"作为众妙之门乃通达的依托。

　　这就是花果坠地的寓言。分币

---

① 〔德〕汉斯·昆、瓦尔特·延斯：《诗与宗教》，李永平译，三联书店，2005，第123页。

　　如此，皮球折服，生灵跪在警告中。

　　谁，在空旷的自然滚动一只废轮胎？

这一节点明，此诗乃寓言。现代诗的寓言已不仅仅是"寄托寓意"，它的终极寓意或许仍是"言之道"，那隐秘的、"从未被说出过的，得说出来"。亦即，"人文之元，肇自太极"，"言之文也，天地之心哉！"（《文心雕龙·原道》）言呼应天地大道，人文顺应天文。寓言式的诗写造就了张枣诗歌难以企及的高度，也塑造了他的"诗道"观。一些日用寻常的形象被他赋予极度浓缩的含义，譬如他尤其喜爱分币、钥匙、樟脑、绿扣子等精微细小的东西。这里，"分币"是一个充满寓意的用法。联系一下他诗歌中其他关于分币的诗句——譬如，"'君子不器，'我严格，/却一贯忘怀自己，/我是酒中的光，/是分币的企图，如此妩媚。"（《灯芯绒幸福的舞蹈》）"喜鹊收拾着小分币。/风的织布机，织着四周。"（《椅子坐进冬天》）"隐身于浩淼，燕子/正瞄准千里外一枚小分币迁飞，"（《献给C.R的一片钥匙》）——分币作为一个最小的货币单位存在，在日常生活中的作用几近于无，它那无用性的好玩大于其有用性，因而更为"喜鹊""燕子"这类大自然的精灵所钟情，所谓"分币的企图"实则没有企图，心性纯粹。诗人喜爱这玩具般的小分币，也显示出他对于"无"的体会。张枣作为一个本真纯粹的诗人竭力维护着诗歌形而上的空白意味，并试图复归于"道"，以此对抗（警告？）现实生活中的工具理性以及现代生活的灾难："生灵跪在警告中。"他对世界的警觉发乎一个诗人天性的敏锐感。但他或又深感沮丧，"鸟越精确，人越不当真"（《跟茨维塔伊娃的对话4》），诗人"叩问神迹"（《断章》），可人怎能轻易参透此中堂奥，有谁愿意"在空旷的自然滚动一只废轮胎？"这里，"废轮胎"既遭废弃，则已丧失其载重功能，几乎可与"分币"置换，二者于形象上亦有相似之处，抚弄一枚分币与滚动一只废轮胎皆可成为怡然的游戏，对"废"的沉湎正在于对"无"的倾心领会。对此，《春秋来信》的一节诗可做反读：

　　天还没亮，睡眠的闸门放出几辆

　　载重卡车，它们恐龙般在拐口

　　撕抢某件东西，本就没有的东西。

恐龙般撕抢某件东西，暴露出现实生活恶劣的纷争、烦扰，"撕抢""本就没有的东西"回应了"你，无法驾驶的否定"。人总是汲汲于占有，而不理会"金玉满堂，莫之能守""反者道之动"的法则。第一首已向我们表明，"空白练习曲"可以读作在"夫物芸芸"的生存境况中对空无心性演练的吁请。诗歌无疑是最好的演练之一，张枣即以温柔的语言之"无"的韧性来抗辩生活的"糟粕"，这其中隐含的坚忍力量透露着一个诗人的诗性修为。因而，我们看到，那个沉湎于无用之诗的他一方面在诗中始终对时代、现实、历史、政治、现代人的生存等有着深切的警觉与关怀，譬如《入夜》《跟茨维塔伊娃的对话》《在森林中》《大地之歌》《看不见的鸦片战争》等，包括《空白练习曲》；另一方面也时时惦记着那"至高无上"。

第二首随即展开写生命不得已被"抛入"人间的尴尬。

> 一面从天国开来一面又隶属人间——
> 救火队，一惊一乍，翻腾于瓦顶。
> 火焰，扬弃之榜样，本身清凉如水，
>
> 假道于那些可握手言欢的品质间，
> 如烧绿皮毛的众相一无所知。

开头承上启下，"天国"与"人间"相贯而统一，亦对个人的灵性冥悟充满自信与使命感。联系第一首的开头，我们发现，二者皆有点题意味，且在句意上正反可以无限翻转："无始亦无终"、"一面……一面……"，第三首亦有诗句："生虫儿在正面看见我是反面。"这是张枣爱用的饶舌句法，也是他追求融通的一种体现。"人间"后的破折号异乎重要——"救火队，一惊一乍，翻腾于瓦顶"。"救火队"呼应"空难"，其手忙脚乱的形象正象征"人间"生存的纷乱与荒谬。但句号后另起一行，"扬弃"的"火焰"是补救，火乃"天国"的征符，普罗米修斯即为人类盗得天火。"火"可以是灾难，也可以是生命的激情，守护人类，以"本身清凉如水"来反辩其炽热，正是对有无相生、正反互补或对立转化的巧妙诗写。而以"火"来隐喻个人出生仍然存有某种"道成肉身"的达观与超脱，因为，那不过是"假道"此世罢了，人间的"握手言欢"岂不是一反语，其背后是利害相背、尔虞我诈，正如"我"深谙这些而"烧绿皮毛的众相一无所知。""皮毛"乃一讥讽。接下来对个人出生做了富于家学渊源的戏剧性处理，"刮风的母亲消闲的/抛入弧形的瓜子"，母亲的形象带神秘色彩，仿佛手持净瓶杨柳的菩萨，点化尘缘，这或许是对"从天国开来"的隐秘呼应。父亲的形象则充满凡俗气息，"在你出世的那瞬展示长幅手迹：/'做人——尴尬，漏洞百出。累累……'"直接点明尘世的纷扰。"然后暴雨突降，满溢着，大师一般。"既顺应书法的气势，亦呼应起句个人降生之使命。

第三首接续"大师"品质，皆为"我"的自白："'我有多少不连贯，我就会有/多少天分。""不连贯"既为对矛盾的敏锐意识，也是感性发达的突出特征。深入诗歌中，则是诗思与诗意的跳跃，声音节奏上的弹跳力，此种跳跃亦构成"空白"。显然这里已转入中国传统美学中的空白意识。张枣从小熟读古典诗词，他深谙古典诗词凝练中漫溢的空白，因而把"不连贯"视为"天分"。另外，他的诗行之间是跳跃的，诗句内部常常是"断裂"的，即明确以逗点频繁标出"顿"或"拍"，却并无凌乱感，反而令诗句步伐昂扬、铿锵。譬如，"做人——尴尬，漏洞百出。累累……"这一句，已达到五音步四停顿。接下来一句："我，啄木鸟，我/闻所闻而来，见所见而去。"声音也是坚定、顿挫。鸟意象对张枣具有至高无上的地位，"那最高的是/鸟"（《卡夫卡致菲丽丝》），后来发展为"鹤"，可以看作人类灵魂或诗人的喻指。"闻所闻而来，见所见而去"[1]直出钟会妙答嵇康语，用在此处尤显张枣写诗的俏皮与有趣，诗的洒脱与率性亦油然而生，此番语气构成这一首的语言风味。如：

> 生虫儿在正面看见我是反面。
>
> 逃脱就等于兴高采烈。
>
> 大男孩亮出隐私比孤独。

这一节果然异常"不连贯"，每一诗行以句号断然结束（下一节亦如此），

---

[1] 《世说新语》，《简傲第二十四》，中华书局，2009，第213页。

表明它们在意义上不是"连贯"而是并列，就诗艺而言是对前一节即时而生动的诗例说法，虽"不连贯"却是围绕着某个中心诗意的"连击"："在正面看见我是反面"正反同一，恰如"逃脱"本意味着慌乱、溃散，可这又等同于"兴高采烈"，"孤独"本为一种幽闭、自锁境况，却又借敞亮隐私来攀比。因而接下来惊呼："我啊我呀，总站在某个外面。""我"自外于自身，并不指一种分裂，而是"内外转化"，"从里面可望见我龇牙咧嘴"。这正是诗人紧接着要点明的：这样的"我"是"无中生有的比喻"。最后一节可视为诗人一个集中的诗学"表白"：

> 只有连击空白我才仿佛是我。
> 我有多少工作，我就有多少
> 幻觉。请叫我准时显现。

此节呼应首节，"连击空白"呼应"不连贯"，具体做法中间两节已示例，种种"不连贯"围绕着"空白"这一"无"的中心，由此并无下一首所说的"凌乱之恨"。因而，虽然前面骄傲地宣称："闻所闻而来，见所见而去"，但最终落实于"请叫我准时显现"这一严格的诗艺安排。把"工作"等同于"幻觉"预示着张枣后来"幻觉的对位法"的发明及其与空白的诗学关联，它强调作为一种诗艺诗人仍需要高度的控制力以调遣那个神游的"我""准时显现"。

　　第四首起句"修竹耳畔的神情，清翠叮咛的/格物入门"堪称司空图《二十四诗品》中"典雅"的"坐中佳士"，呈现心素如简、人淡如菊的古典修为。这一形象正反衬今日"假寐"于凌乱之侧的人，汲汲于功名利禄者——"勋章"——不得不"假寐"的"失眠"。古典时代人心的淡泊、淳朴、宁静似已一去不返："从满室的旧时代/剪下一朵花之皓首"，对读"花朵抬头注目空难"（《入夜》），可知诗人不堪其痛，故而以绝情口吻宣判、讥讽"勋章失眠者"，"你吐纳汪洋深处千万种遨游/却无水可攀援"。此乃一神来之笔，既形象地写出失眠者辗转于万吨黑夜的苦闷，又深涵内蕴，"汪洋深处千万种遨游"与"无水可攀援"两种状态的对比与极度反差几乎令人窒息，"吐纳"终成枯涸中的挣扎。接下来的诗句进一步"宣判"："假定没有神，//怒马就只是人的姿态的帮凶。"这里已不仅是美好性情之"旧时代"的消失，而是进一步沦为精神信仰的缺失："没有神"。张枣一向强调传统，那并非抽象的、化石化的传统，他在乎那渗透我们日常生活中的传统修为，体现在语言、表情和饮食起居中的内心修养。他相信"这个修养趋向于一个本体，就是形而上的层面后有一个真正的本原"，这个本原造就中国文化的一元性，赋予中国人一种稳定的心性，内在地克服恐惧。这个心性与修养的来源即"天人合一"。对于中国人，没有一个外在的、可以倚靠的上帝，形而上的、超验性的"天"亦融入了大自然、日常起居中："我们的天不是一个对象，而是向上的，四季在运行，禾苗在生长，也就是天在起作用，……人最初与天同在的言语，是内在的，不是天在物之外，……天潜在于物象之中"，也即，"人的最原初本性是和天的本性一致的，而在现代社会这种本性被遮蔽了"。① 作为张枣的知音，柏桦曾一语中的："他的痛苦的形而上学：仅仅是因为传统风物不停地消失，难以挽留。"② 这"遮蔽"留下巨大的空白，人的主体被损害而神离去，诗人控诉这"空白"，在艺术中"连击空白"，几乎带肉搏性质。渐渐的，我们可以看到诗中出现了有关"空白"的不连贯性含义：生存之"空白"，作为形而上之道的"无"，美学空白，精神空缺等，构成了一篇空白交响曲。

"那影子护士来了，那喷泉般的/左撇子，她摆布又摆布，叫//食物湿滑地脱轨，畅美不可言。"这是欲望的"姿态"。影子之虚暗示享乐生存的消逝感、空虚，这正是"无水""没有神"的恐怖。

> 人睡醒，是多风的黎明，她那
> 纳粹先生递来幽会不带钥匙。

这里的纳粹先生或许影射意大利诗人邓南遮，一个向往权力、热衷于描绘无节制的性欲和狂热激情的纳粹分子。试联系张枣《邓南遮的金鱼》一诗："我是熊熊烈焰却再也不烫自己了/现在深入水的假寐，我让自己更是水……而他，我的小宝贝，就会来我清凉身旁安歇"，"水的假寐"在此已

---

① 张枣：《〈普洛夫洛克情歌〉讲稿》，《张枣随笔选》，人民文学出版社，2012，第 103 页。
② 柏桦：《张枣》，宋琳、柏桦编《亲爱的张枣》，江苏文艺出版社，2010，第 51 页。

出现，这些诗句和口吻仿佛正是递来的"幽会"。"钥匙"紧扣第五首的诗句"雨伞下颤袅的钥匙打开了一匹／神麟"，这里"不带钥匙"当然无法打开"神麟"，暗示的也是人与人之间关系的崩溃。

第五首冲突迭起，延续并充实第四首对两种生存的拉锯式刻写，现实感与针对性愈显尖锐。

> 凉水上漂泊船帆，不可理喻。
> 稳坐波心的官员盼着上岸骑鹤。

这两句仍是第三首二、三节的并列补充写法。"凉水"在第八首中再度出现："或一杯凉水放下的肉欲——""肉欲"的意味也是紧贴第四首隐晦的色情感。但"漂泊船帆"有驶离作用，暗示逃离，即肉欲的沉湎中仍含倦怠、无根的漂浮感，这正是无信仰中欲望横行难以填补的空虚感，这样的困境自难以理喻。还有，纵然于宦海沉浮中"稳坐波心"的"官员"也"盼着上岸骑鹤"，眷恋闲云野鹤的生活。

> 是的，是那碘酒小姐说你还
>
> 活着；说你太南方地垂泪穷途，
> 将如花的暗号镶刻在幼木身上，
> 不群居，不侣行，清香远播。

"碘酒小姐"与"影子护士"相对。"你还活着"暗含庆幸感与微讽，即并未"沉沦"于"凉水"与"稳坐波心"的那个内在的"你"还活着。"太南方地垂泪穷途"意味深长。《易·说卦》有："离也者，明也，万物皆相见，南方之卦也。"放下、离去的洞明却也意味着个人在世的"穷途"，这一点，陶渊明本人及他的《咏贫士七首》已表现得分外充实和真切了。自古以来，欲善其身似乎总在"穷"的处境，"达"则难以洁身自好。而"你"甚至"太南方"，高洁一如古之隐士，扶植"幼木"，施行教化，"不群居，不侣行，清香远播"，此境直抵"青松夹路生，白云宿檐端"的超脱。接下来一节对现实的混乱、虚伪做了生动、高超的描画。

"码头"喻其终难久留，非安身立命之所。

> 雨伞下颤袅的钥匙打开了一匹
> 神麟。如何不入罗网？晚晴说：
> 让我疼成你，你呢，隐身于我。

这一节回到对"神麟"的信赖。"如何不入罗网？"似对"误落尘网中，一去三十年"的警惕。"晚晴"的话语怜爱动人，或直接化自李商隐《晚晴》诗："天意怜幽草，人间重晚晴。"《晚晴》一诗随兴而至，诗人登高览眺，适与物接，情与境偕。"隐身于我（晚晴）"既指深入诗中所写自然之境，也可指诗人终身深入诗境。

第六首果然写"隐身"，回到个人的内心世界："少于，少于外面那深邃的嬉戏，／人便把委婉的露天捉进室内／如萤火虫。""萤火虫"的意象清幽而含光辉，正映射人内心的光辉，或取"囊萤映雪"的典故，仍是流露对古代人精神境界之倾慕。此句亦是音义结合的绝佳妙语。前一句重复的句内"ao"韵给人沉稳、静穆之感，正暗示维持简单、淳朴的精神生活之充实；后一句响亮的"an"韵又给出清明的敞亮感，恰如露天里的萤火虫所能带来的欣悦。

> 空白引领乌合的目光
>
> 入座，围拢这只准许平面的场所：
> 可以顾盼，可以惊叹失色，活着
> 独白：我是我的一对花样滑冰者

这些诗句堪称精妙，它们是张枣所写情境的完美范例，类似的场景在《跟茨维塔伊娃的对话10》中亦出现：

> 我摘下眼睛，我愿是聋哑人的翻译——
> 宇宙的孩子们，大厅正鸦雀无声：
> 空气朗读着这首诗，它的含义

被手势的蝴蝶催促开花的可能。

二者皆具"无中生有"的性质,从"空"中派出,却拥有对情境的极端敏感、细致入微的感受力,以及语言完美的造境能力。我们固然可以说这不是幻觉,诗人的灵感或本来自一个花样滑冰的特写镜头与一场音乐会,但这可以说是语言的幻觉手法,它所呈现的效果逼人耳目。此种写诗的愉悦也证明诗人对诗与语言终生热爱,甘愿"隐身"其中。语言的非物质世界相对于现实或是一种"空白",但正是这"空白"可以"引领乌合的目光/入座,围拢这只准许平面的场所(喻纸上文字)",正如"大厅正鸦雀无声:/空气朗读着这首诗"。文字的世界仿佛是平面、静止的,然而正是这诗的世界令人"顾盼""惊叹失色","它的含义/被手势的蝴蝶催促开花的可能"。诗人是与自我对舞的人,拥有多个化身,独白也成对语。"乌合的目光"与"聋哑人"呼应,"引领"与"翻译"同义,诗人的使命感再次表露。

> 轻月虚照着体内的荆棘之途:
> 那女的,表达的急先锋,脱身于
> 身畔的伟构,佯媚,反目又返回
>
> 掷落的红飘巾暗示的他方世界。
> 那男的,拾起这非人的轻盈,亮相
> 滑向那无法取消虚无的最终造型。

这两节诗果真令人"惊叹失色",它们是对"一对花样滑冰者"的绝笔式描写,其间轻盈、飘逸、灵活尽现一个语言天才的本领。有趣的是,"我是我的一对花样滑冰者"这句规定出的虚幻感,使张枣在接下来的描写中采用虚实融会的笔法,却使这个花样滑冰的场景陡增无限深意,不仅仅在语言的声音、形态、造型上漂亮至极,意义上竟也给人无限滑翔的虚脱感。此番语言的精彩正对应个体心灵的饱满与丰富,也彰显张枣内化世界物象的功力。把外面的、公众的世界内化于"我",因而"我是我的一对花样滑冰者//轻月虚照着体内的荆棘之途"这样的诗句在文字上便甚为自然、奇妙而优美。作为现代社会被损害的主体，要维持"我"内心的稳定与安宁实属不易，传统已丢失，残缺引发荒芜与危机感，因而有"体内的荆棘之途"。"表达的急先锋"暗示写作与语言，"轻月"则呼应这一暗示。"月亮"在张枣的诗中似乎总有语言的代指意味，例如，"月亮正分娩月亮/凌驾于一切表达之上"（《护身符》），"我写作。蜘蛛嗅嗅月亮的腥味。/文字醒来，拎着裙裾，朝向彼此"（《卡夫卡致菲丽丝》5）。"轻月虚照"正意味着"语言不能落实的那种不在，就像神的不在"①。如此，男女正是现实与诗的喻指，恰如前面提到的那先知般的"碘酒小姐说你还活着"，以及第十首中的对等："诗人，/你命定要躺着，像桥，像碰翻的/碘酒小姐，而诗//仿佛就是你。""脱身于/身畔的伟构，佯媚，反目又返回"，以男女滑冰者的分合动作比喻诗与现实的复杂纠缠关系，以缠绕迭出的句内韵——"畔""佯""反""返""伟""媚""回"，两组韵母间隔呼应——在声音上制造了这一效果。在张枣那里，古典的内心修为最终需寄寓于人文景观、诗的景观。"红飘巾"意象鲜明、具女性气质，引申而为诗性气质，因而"暗示他方世界"，即诗可以为我们呈现的内在世界或"对称于人之境"的世界。"亮相"为中国戏曲表演的一个独特招数，演员出场时的短促停顿，一个写意的艺术瞬间，展现演员自身的神采与风貌，不否认艺术的假定性，创造双重审美，对演员集中写意，产生布莱希特所谓"间离效果"的意味。因而"那男的，拾起这非人的轻盈，亮相"仍是承认诗与现实存在的对位（对称）关系，而非依附性的对应关系。故最后一句给出"亮相"的具体动作："滑向那无法取消虚无的最终造型"，亮相采用的一种雕塑的姿势"无法取消虚无"，写意的艺术并不力求消灭艺术的"假定性"痕迹，注重神韵与情致。这里依然强调对精神世界的关注。

第七首继续写现实存在，不过是现实与内心关系最紧密的一种存在：情感，在结构上可以说仍紧随第六首写到的男女合舞，不过这一首涉及的是实实在在的男女关系。与虚设中（亦是诗的造境中）的男女和谐不同的是，现实中的男女关系却颇为复杂、纠结——诗与现实的对位关系再度隐微显露。

① 张枣：《〈普洛夫洛克情歌〉讲稿》，《张枣随笔选》，人民文学出版社，2012，第104页。

> 你头裹白头巾敲起爵士鼓，
> 我跪着爬回被你煎糊的昨天。
> 荷包蛋在托盘，头颅发疯。
>
> 我的干涸不在乎你是否起舞。
> 林间空地还闲置着那只灯笼，它
> 火红的中心静坐着你，我生动的
>
> 哑妹，你的雨后小照撕碎在地，
> 响尾蛇的二维目光无法盘缠。
> 旧日情书被冷风驱赶如丧家犬。

这三节诗把爱情的紧张关系写得揪心。"你头裹白头巾敲起爵士鼓"，翩翩自得，而我呢，"跪着爬回被你煎糊的昨天"。二者形象近乎天壤之别，情感中的矛盾几乎令人"发疯"。"煎糊""荷包蛋""头颅""干涸"意义层层联络，推衍照应，细节肌理细密周全。我们知道，卞之琳的"上下钩挑法"为人所乐道①，如今，张枣的精微比卞之琳有过之而无不及，张枣在文本的精微处于意蕴上常常比卞之琳更复杂、坚实、饱满。"我的干涸不在乎你是否起舞"，各以一词描述"你我"状态，二人分裂如此。"林间空地"如桃花源的所在，而"那只灯笼""闲置"在远离尘嚣之处，"它火红的中心静坐着你"，似比喻爱情这美好的事物亦难以在尘世落脚，唯"闲置""静坐"而已。"响尾蛇"意象的恐怖与"丧家犬"（旧日情书）的落魄进一步写出情感困境，这也是现实存在的困境。爱情尚如此，可寄寓的是什么呢？唯有诗与语言：

> 从图书馆走出，你胖嫩的舌头
> 开窍于叶苗间。你坐立不安，
> 在长椅下寻找手帕，发夹，表达。

---

① 江弱水：《卞之琳诗艺研究》，安徽教育出版社，2000，第137页。

但这种寄寓仍带着紧张与焦虑。毕竟人无法超越存在，那么语言也无法彻底脱离存在，即便一时可以躲避于语言的乌托邦，而一当"从图书馆走出，你胖嫩的舌头/开窍于叶苗间"。"胖嫩的舌头"无疑比喻鲜活的语言，但这种鲜活却"开窍于叶苗间。""开窍"是一种启蒙，倘若说"太初有言"与"上帝说，要有光，就有了光"均是语言先于物，则语言的启蒙必落实于物。"叶苗"是大自然的存在之物，正如《云》中诗句："一片叶。这宇宙的舌头伸进/窗口"，故而在张枣的语言与存在意识中，词就是物（喻指关系）而词又不是物[1]，前者为语言的现实存在，后者为语言的超验论存在，正如海德格尔的"此在"乃存在论意义上的"存在"。只是，完整意义上的语言总需现身于"物"（存在），继而无可避免地缠绕于"物"（存在），正如"此在"总是作为"从自身脱落、即从本真的能自己存在脱落而沉沦于'世界'"[2]的"存在"，从现象学的角度来说，语言必得现身才有意义，恰如"道成肉身"。只是，此二者是否存在一个和谐的融会点，这一融会点的寻求或必依赖于诗？还是这一寻求本身就是诗而并无一个一劳永逸的融会点？对前者，无法确切奉告，始终令人焦虑："你坐立不安"，只有后者可以坚信："在长椅下寻找手帕，发夹，表达。"对物与语言的寻找正是诗本身，如艾略特在《四个四重奏》中所写："最深的声音是听不见的，但只要你在听，你就是音乐。"张枣相信一首诗是一次行动。

第八首第一节看起来颇费思量，

> 要么是天空深处的一个黄色诺言，
> 要么是自由，远离了暮色的铁轨，
> 或锁，走动，或一杯凉水放下的肉欲——

它由两个选择复句构成了一句两个层次的复合句，第一个层次"要么……要么……"显出踌躇感，即"要么是天空深处的一个黄色诺言，/要么是自由……""黄色诺言"或是一朵雨云（云雨），似乎暗示现实中欲望的

---

① 关于这一点，请阅第三章的详尽阐述。
② 〔德〕马丁·海德格尔：《存在与时间》，陈嘉映、王庆节译，三联书店，2006，第204页。

沉沦，而自由无疑是挣脱沉沦后的本己存在，一种精神的自由。"铁轨"、或"锁"、或"肉欲"乃复合句的第二个层次，三者均是被限定的存在，无可脱身的不自由的化身，但诗人却对之使用了否定法，如被铺于地面的"铁轨"可"远离暮色"，门环上的"锁"可"走动"，热烈的"肉欲"可经"一杯凉水放下"，对限定的限定即成为"自由"。张枣似乎很擅长对物的解放，双重的否定法是他惯用的技巧，即在诗中对某个意义使用"反词"，进一步又否定"反词"，以释放固有意义上的"反词"，从而"解放""反词"论证了意义，又实现了对物的解放。说到底，这种解放终究依赖语言的解放，即经过奇妙的词语并置重新发现并解放了物，这就是语言的效能。因而，最后的破折号及随后的呼唤"——红苹果，红苹果"就意味深长且自然而然：它直接就是对语言的呼唤，因为这首诗最后的两句也是：

> 红苹果，红苹果，呼唤使你开怀：
> 那从未被说出过的，得说出来。

显然，红苹果作为智慧之果此处喻指语言，语言的"开怀"即说出"那从未被说出过的"。但语言的"开怀"并非轻而易举的事情，这无疑是诗人的使命，因为语言的命运在大众那里是"空洞"的：

> 人把你从树上
> 心心相印的妯娌中摘下，来比喻
> 生人投影于生人，无限循环相遇；
>
> 给你命名就是集全体于一身，虽然
> 有人从郊外假面舞会归来，打开
> 冰箱，只见寒灯照彻呻吟的空洞；

妯娌乃兄弟之妻的合称，在中国民间文化中自古以来关系紧张、矛盾突出。"心心相印的妯娌"同样是"反词"组合，妯娌难得心心相印，这便取决于相处的技巧，暗示词与词美好而复杂的关系。但还有一层否定的是，"人把你从……/心心相印……中摘下，来比喻/生人投影于生人，无限循环相遇"这里披露了语言的遭遇，被生吞活剥，被道听途说，被因袭积垢，被"生人"（那从不以心灵对待语言也不尊重语言的人）反复"捉影"且循环利用，使其负荷累累实则空无一物，这种"集全体于一身的命名"不过是舞会上的一张"假面"，也即词语在"生人"的折磨下、社会交往中留给人的是疲乏至极的寒冷与"空洞"。那么语言的温暖在哪里呢？在"内心的花烛夜"，在"我和你久久对坐"中，在诗人的"呼唤"里。这里对待语言的温情与深情正点出诗人是那与语言联姻的人，是语言的爱人。

但即便是在诗人最热烈的呼唤与倾听中，"红苹果"（语言）的开怀也从来不是轻而易举的事情。诗人对语言的寻找正如苦苦寻觅那尚未现身的爱人，因而总需时时谨戒、虔心、修炼。如此，第九首写到"澡雪精神"与"钻木取火"就水到渠成了："我在大雪中洗着身子，洗着，/我的尸体为我钻木取火。"上句当化自《庄子·知北游》："汝斋戒，疏瀹而心，澡雪而精神。"下句当化自《关尹子·二柱》："形之所自生者，如钻木得火。"二者同为道家传统典籍，意味写作的神圣、含辛茹苦与所得语言的生生不息。在张枣涉及"红苹果"的诗中对此也有"互文"："我手里只有一只红苹果。/孤独；但红苹果里还有//一个锻炼者：雄辩的血，/对人的体面不断的修改，/对模仿的蔑视。/长跑，心跳，为了新的替身，/为了最终的差异。"（《第二个回合》）"长跑者停在那里修理他呼吸的器械。/他的干渴开放出满树的红苹果，/飘香升入金钟塔，归还或断送现实。"（《在森林中》）这些诗句更多指涉诗人对写作的悉心体察，为了发现语言的漫长"锻炼"以及语言对主体与现实的更新。不过，张枣或许也想到海子这个"以梦为马的诗人"，想到他的诗句："万人都要将火熄灭 我一人独将此火高高举起"以及"诗歌的尸体"，从而写出"我的尸体为我钻木取火"。因而，接下来这些诗句似乎可以看做写给海子这个"少年号手"：

> 少年号手，从呼啸于冻指中的
> 十辆威士忌车上跳下，
> 吹奏，吹奏一只惊魂的紫貂：

短暂啊难忍如一滴热泪

海子"圣火燎烈"（西川语）般地燃烧灵魂的写作，不正如"吹奏一只惊魂的紫貂"？他激烈而短暂的生命，怎不让人慨然而"难忍如一滴热泪"？

> 高压电站，此刻无人看管，
> 它棕瓷色的骨骼变得皎洁，
> 被云杉连环的冰凌映照，

从字面上看，这三句诗是对雪景的描述，寥寥数语勾勒出一个现代的"万径人踪灭"的清冽雪地，正呼应诗中"大雪"这一整体景观。不过，与其说这是"写真"，我更愿意将之看成"写意"。"高压电站"或比喻精神的高地，诗歌作为灵魂的事业，或许正需要追求此刻"无人看管"之境，正所谓"孤舟蓑笠翁，独钓寒江雪"才能呈现如此寥廓、深远、自得的境地，此刻物自在，人怡然。不过，这仍然需要忍受修炼的功夫，需要忍受冰天雪地中的艰难修行："被铜号催促，溶进这锅沸水；/我在大雪中洗着身子，洗着"。正是依凭这样的修行才可最终内化大地的物象于诗中："大地啊收敛不散的万物。"

第十首可看作结语诗，它对整首组诗的主题起了一个收束作用。起句"茉莉花香与汽笛的鸣呼哀哉，谁是/谁非？"归纳此前论及的冲突，"茉莉花香"贞洁、清新，与"汽笛的鸣呼哀哉"相对。一个是宁静的高洁形象，一个是疲于奔命的现代"汽笛"，最紧密地呼应了第四首与第五首对两种生存状态的意写。"诗人，车站成了你的芳邻。/倚窗望，生活的泪珠儿可东可西。"现实生存总是难以合乎诗人这一异教徒的期待，诗人总是在逃离、眺望、梦想，对于生活他们就是波西米亚人、流浪汉、奇怪的情感奢侈者："泪珠儿可东可西。"生活是这样，但诗人总庆幸"有远方"：

> 幸亏有远方，那枕下油腻的黑乳罩
> 才自焚未遂，玉碎放弃了每张容貌。
> 一颗新破的橙子为你打开睡眠。

诗人高歌："我心在高原，我心在远方。"（彭斯诗）因眷念远方而歌唱，因歌唱而"存在"[1]，唯如此，便使生命得以流淌出清脆的调子，以"玉碎"之声抗拒生活之混乱、悲苦、浮沉，如此抵达的境遇——"一颗新破的橙子为你打开睡眠"——正如"昆山玉碎凤凰叫，芙蓉泣露香兰笑。"（李贺《李凭箜篌引》）声音（诗）之神奇如此。

> 除了长鸣不再有婉转来流产你的
> 晨梦。都在你耳鸣之梯攀沿啊，诗人，
> 你命定要躺着，像桥，像碰翻的
> 碘酒小姐，而诗
>
> 仿佛就是你。

"长鸣"流产晨梦，呼应"汽笛的鸣呼哀哉"。"都在你耳鸣之梯攀沿啊"，又强调诗人的中介使命。在张枣那里，诗的"介入性"从未消散，也即，诗人并不是一个弃世者，毋宁说诗人始终是一个调停者。初看，《空白练习曲》及他的多数诗都在言说对语言的钟爱、对诗的眷恋，仿佛他总是想要躲进诗中，从而写出一种现代"隐逸诗"——"大隐隐于诗"的诗篇，"课虚无以责有，叩寂寞而求音"（陆机《文赋》），但也始终是孔子意义上的入世之诗而非庄子似的逍遥之作。故而，"诗人，/命定要躺着，像桥，像碰翻的/碘酒小姐……"承受事物的媒介、消毒、治疗等功用，在此意义上，诗人本身就是一首诗。张枣曾在1985年翻译荣格的论文《论诗人》，他必定对荣格关于诗人的看法心领神会："艺术家就是他作品本身，而不是一个人。"[2] "你的肺腑和疯指/与神游的列车难辨雌雄。""肺腑"或比喻诗人的内心，"疯指"或比喻满含激情的写作，"神游的列车"或指写作所带来的愉悦与震颤，此三者"难辨雌雄"，意味着写作对现实的成功驾驭与超越，最后一句慨叹便"水到渠成"，"幸亏有/远方啊，爱

---

[1] 里尔克语："歌唱是存在。"见〔奥〕里尔克《致奥尔弗斯的十四行诗3》，载《杜伊诺哀歌》，林克译，同济大学出版社，2009，第84页。

[2] 〔瑞士〕荣格：《论诗人》，张枣译，参见《张枣随笔选》，人民文学出版社，2012，第246页。

人，捧托起了天灾人祸"。

从第一首由"空难"引发的绝望感而导致对虚无无可奈何的沉重"顾念"，到最后一首由对"远方"的眺望与歌唱而信赖这一"爱人"（诗、语言）可"捧托起了天灾人祸"的欣慰，《空白练习曲》历经了一场漫长的心灵与现实的追索与辩驳，诚如臧棣所说，张枣的长诗或组诗一般会有多个线索多个主题，而他不一定会沿着主题往下走，他会不断越位。① 是的，张枣在组诗的途中喜欢旁逸而出，"可东可西"，譬如此诗，他写到现代生存境遇、空白与写作的技艺、心灵与语言、情感、诗人的修为与修炼功夫，等等线索，但据我们以上的分析，始终有一条主干道，是他最终用来贯穿并提挈整首组诗的，这其实也是他一再涉及的，作为有限之人，现实境遇中人，对诗这一无穷的语言艺术的眷恋。这构成了张枣诗歌最根本的对位：即诗与人之境的对位。二者的回环往复、相生相发正如有无之间的相生。或许，在张枣看来，诗即无穷之"无"，人境即有穷之"有"，正是，"无名，天地之始；有名，万物之母。"（《道德经》）此二者从不可割裂而论之，《空白练习曲》即苦心孤诣地以"有无"来叩问终极和谐。

张枣的诗歌有一种气质化了的哲学意蕴。它来源于他深厚的古典诗学修为，这一修为自他在德国这一有着浓郁哲学气氛的国度里经由荷尔德林、里尔克等德语诗人诗歌中神性、灵魂等灵的气息的浸淫而得到加强与参照，再返观中国古老的天道精神，构成了其建构诗歌王国的思想底座。此外，"空白练习曲"的直接发生源仍在于诗人的"现身"处境，即在异国他乡的漂泊感与精神流亡，张枣曾言："住在德国，生活是枯燥的……也会有几个洋人好同事来往，但大都是智商型专家，单向度的深刻者……告别的时候，全无夜饮的散淡和惬意，浑身满是徒劳的兴奋，满是失眠的前兆，你会觉得只是加了一个夜班，内心不由得泛起一阵消化不了的虚无感。……是的，在这个时代，连失眠都是枯燥的。因为没有令人心跳的愿景。为了防堵失眠，你就只好'补饮'。"② 这种生活与语言上的太空舱处境几乎使一个诗人面临孤绝状态，在这一虚无弥漫的孤绝状态中，内心

---

① 洪子诚主编《在北大课堂读诗》，长江文艺出版社，2002，第13页。
② 张枣：《枯坐》，《名作欣赏》2010年第4期。

深处对"母语"的倾听成为一种召唤,他屏息倾听"远方",对着寂静的空白倾诉,或搜寻那莫名的神迹,或呼唤伟大的亡灵。因而,在下一年,当张枣写作《跟茨维塔伊娃的对话》这一名诗,就成为他于空白与虚无中的一次巅峰创作。这一次,他从茨维塔伊娃的预言中找到了慰藉和知音般的倾诉,这位命途多舛的俄罗斯女诗人曾在其最后的诗篇《"我为六个人摆了餐具"》中斩钉截铁地写道:"与其做个僵尸和活人相处/我毋宁成为幽灵来陪伴",这或许就是张枣选择跟茨维塔伊娃对话的灵感。

三 "诗,对称于人之境"

张枣的《跟茨维塔伊娃的对话》(以下简称《对话》)这首著名的十四行诗可视为现代汉诗中的"咏怀古迹"诗,正所谓"摇落深知宋玉悲,风流儒雅亦吾师。怅望千秋一洒泪,萧条异代不同时"(杜甫《咏怀古迹二》)。杜甫的"咏怀古迹"皆由咏古迹怀古人而感叹自身境遇,换言之,正是诗人对自身漂泊、国运兴衰有切肤之痛才能深切"咏怀"。《对话》中"我"跟俄罗斯女诗人茨维塔伊娃的对话本是一场虚构,作者引入"幽灵",使得此番对话具纯精神性质;但诗篇并未因此而陷入高蹈的虚幻、空洞之境,同样如《卡夫卡致菲丽丝》般充满了语言虚构的真切,融入自身深层的异国体验以呼应茨维塔伊娃的流亡。不过,《对话》的艺术性更臻完美,语言巧夺天工,每首诗的诗行皆以五音步迈出和谐的音调;意蕴丰富、复杂、深邃,诗学的、生命的、形而上的主题皆被融入日常情境,又娓娓道出,成就了一曲经典之作。

诗前以茨维塔伊娃说过的一句话作引子:"他是个中国人,他有点慢。"这句话出自茨维塔伊娃在法国巴黎时的一则"邮局轶事"①,这件事被张枣化入第一首诗:

---

① 参阅〔俄〕茨维塔耶娃《中国人》,汪剑钊主编《茨维塔耶娃文集·回忆录》,东方出版社,2003,第302~312页。

> 亲热的黑眼睛对你露出微笑，
> 我向你兜售一只绣花荷包，
> 翠青的表面，凤凰多么小巧，
> 金丝绒绣着一个"喜"字的吉兆——

这个活泼的场景是意味深长的：它使得对话的"你""我"一开始便置身异域的背景中。如果把整组对话看作一场戏剧，则这个"兜售绣花荷包"的场景就像一个序幕。这个序幕最重要的"看点"在于语气的亲切，由此奠定对话的基调与氛围：亲密感。这些诗句音调出奇的和谐，句内平仄起伏富有弹力，句末通韵而流畅自如，一经诵过便朗朗上口。二字顿收尾带来朴素、清晰的说话式效果。如果我们回顾一下《卡夫卡致菲丽丝》的第一首诗——同样亲切、温和、"露出微笑"，便知此种亲密感是张枣对话诗学的关键语素。张枣深谙没有亲密性（并非指交往的熟悉）就没有"促膝谈心"的可能，甚至也没有诗的可能，因而，当他断言"诗歌并非——/来自哪个幽闭，而是/诞生于某种关系"（《断章》）时，还要在前面加上"是呀，宝贝"这一亲密的呼语，从而使这一呼语立即带上他所钟爱的元诗语素。但此类理想的亲密与和谐并不总是顺利的，当面临"现实"的讨价还价，就像一首诗遭遇"坏韵"，"像我们走出人行道，分行路畔/你再听不懂我的南方口音"。隐秘地，张枣已经在道出这首诗的一个主题：关系——对话双方的关系、诗与现实的关系。诗或真正的对话不能容忍现实生活的功利关系，否则就失败："分行"与"听不懂"。对话受阻，于是只能"等"，等什么？

> 等红绿灯变成一个绿色幽人，
> 你继续向左，我呢，蹀躞向右。
> 不是我，却突然向我，某人
> 头发飞逝向你跑来，举着手，
>
> 某种东西，不是花，却花一样
> 递到你悄声细语的剧院包厢。

等待"绿色"许可的通行，等待"幽人"（"幽灵"）——直接暗示最高的对话乃与"幽灵"对话，一如《楚辞》中的"招魂"。因而，接下来真正启动了"对话"的必"不是我"，而是"我的幽灵"："却突然向我，某人/头发飞逝向你跑来。"正是这个被分身出去的"头发飞逝"的"幽灵"，可同时向"你我"跑来，恢复了二者的亲密性："某种东西，不是花，却花一样/递到你消声细语的剧院包厢。"一首紧凑的十四行诗，包含了一个甚为周折的过程，"起承转合"在张枣那里已是圆转自如。

第二首便起始于"万古愁"的"幽灵"："我天天梦见万古愁。""万古愁"源于李白《将进酒》，这一起源蕴含了此诗的又一主题：诗人与政治。李白看似潇洒飘逸，《将进酒》悲壮豪迈，然"抱用世之才而不遇合""大道如青天，我独不得出"的不平之气，每每使太白忧愤深切，自我信念铿然，因而骨子里浸染着浓烈的政治色彩——这或许便是千古以来诗人与现实政治纠缠不休、诗难以彻底"隐逸"的一个"万古愁"，"诗的政治"亦由此而来：诗人总希望应对人世、时代之混乱，以诗的理想主义态度来归结社会之美好秩序，或如荷尔德林在诗的神学中来"转向时代的现实领域"[1]，尽管这些在诗人的处理过程中都已变得异常隐秘。如此，这一永恒的哀愁如"白云悠悠"，覆于茨维塔伊娃，这个不懂政治却为政治捉弄而命途尴尬的女诗人就毫不奇怪了。茨维塔伊娃曾写散文《诗人与时代》探讨诗人与时代、政治的关系，她说："时代对我提出的订货也是我对时代应有的贡献……时代的订货即是我良心的命令，是永恒事物的召唤，这是为所有那些内心纯正、不被颂扬的被害者而存的良心。"[2] 正是为这些"被害者"，使理想的、真诚的诗人意欲行一己之力而拯救之，却又不得不"天真地"发出如此感慨："如果在诗人和人民之间没有政治家该多好！"[3] 但这些都不过是诗人一厢情愿的个人美好愿望，属于"煮沸一壶私人咖啡"这样温暖、有条理的日常生活——但在现实的那种政治面前却是被压制和失败的："方糖迢递地在蓝色近视外愧疚/如一个僮仆。他向往大是大非。"诗人就像纯净而洁白的"方糖"，如远离"咖啡"成为"革

---

① 〔德〕汉斯·昆、瓦尔特·延斯：《诗与宗教》，李永平译，三联书店，2005，第147页。
② 〔俄〕茨维塔耶娃：《诗人与时代》，参见汪剑钊主编《茨维塔耶娃文集·散文随笔》，东方出版社，2003，第301页。
③ 同上书，第293页。

命的僮仆"，为短暂的现时代所蛊惑，必给生活造成"苦涩"。"大是大非"这一富含政治色彩的词语为张枣巧用，反讽意味尤其精彩。张枣虽然对诗怀有绝对崇拜与信赖，但他却是以一种供奉的态度来崇拜诗的，他在诗歌自身的限度内来供奉它，某种程度上成为一种小心翼翼的保护。因而，他写道：

> 诗，干着活儿，如手艺，其结果
> 是一件件静物，对称于人之境，
> 或许可用？但其分寸不会超过
> 两端影子恋爱的括弧。

这些经典的诗句正是对茨维塔伊娃诗句的呼应：

> 我知道，维纳斯是双手的事业，
> 我是手艺人，我懂得手艺。

爱情与艺术是茨维塔伊娃这个疯狂的女诗人的重要主题，她为爱而活，也为诗而活。她的诗歌激情洋溢，一如她自少女时代便勇敢、激烈地追求爱情，她的灵感如生命力般喷薄："我的血管猛然被砍开：无法遏制，不能回复，生命向前喷涌。……诗歌向前喷涌。"（《茨维塔伊娃〈无题诗二〉》）但茨维塔伊娃又能清醒地宣称"我是手艺人"，在她看来，"内心天赋与语言之间相平衡——这就是诗人"。[1] 因而，凭借敏锐的批评才能，诗歌本身成了她的重要主题：

> 诗歌以星子和玫瑰的方式生长，
> 或好似那不曾为家人所期望的美人。
> 对于所有的花环和最高荣耀
> 一个答案：它从那儿到达我这里？

---

[1] 〔俄〕茨维塔耶娃：《诗人与时代》，参见汪剑钊主编《茨维塔耶娃文集·散文随笔》，东方出版社，2003，第323页。

我们在睡，忽然，移动在石板上，

天国那四瓣的客人出现。

噢世界，捉住它！通过歌手——在睡梦中——被打开了

星子的规则，花朵的公式。

——茨维塔伊娃《诗歌在生长》（绿豆　译）

可见，茨维塔伊娃信奉诗歌天然的生长方式。灵感的降临令人惊奇，宛若"天国的客人"，但必须通过"歌手""被打开"，以"星子的规则，花朵的公式"。然而茨维塔伊娃无法逃脱动荡的时代给她带来的困厄，时代向她"订货"了，首要的便是"阻断"了她的爱情与幸福的日常生活：1917年，丈夫艾伏隆应征入伍，一去便杳无音讯，她的渴望、欲望渗入了困惑、矛盾与痛楚：

我的灵魂和你的灵魂是那样亲近，

仿佛一人身上的左手和右手。

我们闭上眼睛，陶醉和温存，

仿佛是鸟儿的左翼与右翅。

可一旦刮起风暴——无底深渊

便横亘在左右两翼之间。

"风暴"来了，时代和祖国等大事也成为茨维塔伊娃的主题。她写了充满战斗节奏的《少女——皇帝》《好汉》《红色战马》《横沟》等间接反映时代的作品。真诚的女诗人相信"诗中有比思想更重要的东西：——音响"[①]，譬如这样的诗句："想到苏维埃俄国，我的心/切切发响——不管你是否喂养，/仿佛我曾是一名军官，/驰骋于十月死亡的疆场。"这些"视敌如友"的铿锵诗句使茨维塔伊娃的听众"混淆"了，诗歌的"分寸超过了两端影子恋爱的括弧"，使她陷入了"无地"的处境。张枣没忘记用"两端影子恋爱"来赋予诗歌写作的某种"虚幻"与"唯美"性

---

① 〔俄〕茨维塔耶娃：《诗人与时代》，参见汪剑钊主编《茨维塔耶娃文集·散文随笔》，东方出版社，2003，第 293 页。

质，"括弧"亦暗示其开放的封闭性。这仍然是对诗歌并不隔离时代但需严格以艺术的升华来超越时代与"人境"对称，而非如"圆手镜"（另一种封闭）般密切摄入、映现时代的警醒。退一步而言，"圆手镜/亦能诗，如果谁愿意，可他得/防备它错乱右翼和左边的习惯"——诗始终是需要分寸的艺术。在茨维塔伊娃那里，她的诗歌被白俄侨民视为"非我族类"："内容似乎是我们的，而声音却是他们的。"现实争斗是混乱而残酷的：

> 两个正面相对，翻脸反目，而
>
> 红与白因"不"字决斗；

对此，孩子般的诗人怎能应对？强劲如马雅可夫斯基——茨维塔伊娃盛赞他是"时代的奇迹"，革命家与诗人极其和谐地融合在一起。[①] ——不也自杀身亡？对此，人怎能不"迷惘"、惊惧？"人，迷惘，/照镜，革命的僮仆从原路返回；/砸碎，人兀然空荡，咖啡惊坠……"可以看到，《对话2》在语义组织上基本是围绕茨维塔伊娃的生存尴尬来进行的。对此，"我"的反应是什么呢？《对话3》由此聚焦于"我"，构成对话的一个回合。

紧接着上一首结尾"革命的僮仆从原路返回；……咖啡惊坠"的"震惊效果"，第三首起笔即"……我照旧将头埋进空杯里面；""我"的埋头与"你"的"向往大是大非"构成明显的对照。"空杯"这样一个小小物件正是一件"静物"，"空杯里面"正与外界风起云涌的革命现实相对。这里表露的仍是"我"关于诗歌的立场与姿态。而"你"呢？

> 你完蛋了，未来一边找葬礼服，
>
> 一边用绷紧的零碎打发下午，

自丈夫出征后，茨维塔伊娃就开始面临前途未卜的命运，实际上，这种未卜恰恰是可确定的多舛，未来将有一连串的苦难在等待着她，生活成为一

---

① 〔俄〕茨维塔耶娃：《诗人与时代》，参见汪剑钊主编《茨维塔耶娃文集·散文随笔》，东方出版社，2003，第298页。

种紧张而琐碎的"打发",作为一个人,她"完蛋了",正如汪剑钊改写其诗句评价她:"作为一个诗人而生,作为一个人而死。"同样,一个陷入黑白颠倒的混乱争斗中而不能守护自己民族的诗人的国家也"完蛋了":

> 俄罗斯完蛋了——黑白时代的底片,
> 男低音:您早,清脆的高中生:
> 啊——走吧——进来呀——哭就哭——好吗?
> 尊称的面具舞会,代词后颤"R"
> 马达般转动着密约桦林和红吻。

这些经典而充满怀旧性的俄罗斯风貌都丧失了——漂泊的女诗人失去了它们,也无法在异乡立足:"巴黎也完蛋了。"茨维塔伊娃陷入了隔绝状态,她不可能回到充满种种禁令的苏联,在巴黎白俄侨民界又遭到排挤,她感到"国外侨民中的俄罗斯,是一个停滞的国家,艺术也与之一同沉沦,不可避免地倒退"①。然而,不能容留这样的诗人的地方是"完蛋了":"没有你,祖国之窗多空虚。"(《对话6》)对话至此,已慢慢引入组诗的另一重要主题:流亡。流亡不仅仅是身体上的,更重要的是精神上的折磨。俄罗斯成了茨维塔伊娃萦绕不绝的乡愁。布罗茨基在《我们称之为"流亡"的状态》② 一文中对流亡的精辟见解极具启发性:"流亡作家大体上是一个向后看、向后走的存在物。换句话说,追怀往事在他的生活中(与其他人相比)占有过量的比重,而将现实逼退到阴影之中,并使未来黯然失色,有如沉落在特浓的豌豆汤里。"对此一处境的应对,流亡作家大抵只能"张望和工作",

> 我落座一柄阳伞下
> 张望和工作。人在搭构新书库,
> 四边是四座象征经典的高楼,

---

① 〔俄〕茨维塔耶娃:《诗人与时代》,参见汪剑钊主编《茨维塔耶娃文集·散文随笔》,东方出版社,2003,第294页。

② 或许可以把《跟茨维塔伊娃的对话》这组诗与布罗茨基的文章进行互文性对读。

中间镶嵌花园和玻璃阅读架。

这些诗句可看作对流亡作家写作的隐喻。"风格的转变与创新在很大程度上还是要取决于远在'后方'的、也即我们故乡的语言的特性，而我们与它纵然藕断，也有丝连。"[①]"四边是四座象征经典的高楼"正象征流亡者心头那挥之不去的祖国的"传统"，而这个传统又被悉数压缩进作家在流亡状态中唯一的携带物：布罗茨基称之为宇宙舱的母语，甚至在作家与母语之间"也空无一物"。因此母语成为镶嵌在诗人身上被封闭着的"花园和玻璃阅读架"。张枣很早就说过一句话："只有这样，我们的语言才能代表周围每个人的环境，纠葛，表情和饮食起居。"[②]这一限定性条件句表明，故乡的语言在陌生环境中不再与"周围每个人的环境，纠葛，表情和饮食起居"发生关联（"藕断"），而仅仅成为流亡者的乡愁（"丝连"）。张枣一到德国就意识到了这个问题，1987年他写作《选择》一诗时流露的正是此种思虑：

> 血肉之躯迫使你作出如下的选择：
> 祖国或内心，两者水火不容。
> 后者唤引你到异地脱胎换骨，
> 尔后让你像鸣蝉回到盛夏的凉荫。
> 如果你选择了前者，它便赠给你
> 随便的环境，和睦又细腻的四邻。

"到异地脱胎换骨"，即张枣满怀使命，"梦想发明一种自己的汉语"，缔造"一个新的帝国汉语"，他力图在现代汉语中恢复汉语的"成熟、正派与大度"，因而去寻找一种陌生的东西，突破现代汉语的界限，使之"跟外语勾连，跟一种所谓洋气勾连在一起"[③]。这就意味着放弃国内"随便的环境，和睦又细腻的四邻"。写作《选择》时的张枣对此仍是乐观的，他相

---

①　〔美〕布罗茨基：《我们称之为"流亡"的状态》，参见《从彼得堡到斯德哥尔摩》，王希苏、常晖译，漓江出版社，1992，第537页。

②　张枣：《一则诗观》，《张枣随笔选》，人民文学出版社，2012，第59页。

③　张枣、颜炼军：《"甜"——与诗人张枣一席谈》，《名作欣赏》2010年第10期。

信这是自己作为诗人的宿命，或能达成所愿：

> 其实选择没有通过你已经发生，
> 像是有另一个人熟睡去你的梦中。
> 你醒来，发现一片金黄的林木，
> 陌生的果实飘然坠地；而那常传闻的
> 天鹅，正可怕地，贴着凉水游向你，似乎
> 它们的内心含着一个惟一的地名……

天鹅正是西方文化中渊源古老的意象，它在西方现代诗人的笔下频频现身。[1] 这些诗句既写出某种命定的召唤，也对使命的艰辛与"可怕"充满敬畏。越到后来，张枣就越感到异国他乡的孤寂，他的散文《枯坐》对此有一番深切的诉说：

> 住在德国，生活是枯燥的，尤其到了冬末，静雪覆路，室内映着虚白的光，人会萌生"红泥小火炉……可饮一杯否？"的怀想。但就是没有对饮的那个人。当然，也会有几个洋人好同事来往，但大都是智商型的专家，单向度的深刻者，酒兴酣时，竟会开始析事辩理，层层地在一个稳密的象牙塔里攀沿，到了一个点，就可能争辩起来，很是理性，也颇有和而不同的礼貌和坚持。欧洲是有好的争辩文化的，词语不会凌空转向，变成伤人的暗器，也不会损耗私谊，可是，也不见得会增添多少哥们的义气。于是，告别的时候，全无夜饮的散淡和惬意，浑身倒满是徒劳的兴奋，满是失眠的前兆，你会觉得只是加了一个夜班，内心不由得泛起一阵消化不了的虚无感。[2]

中西文化差异深入骨髓地渗透于日常生活，以中国文化感性而诗意、注重人与人之间的温情融洽来面对西方文化理性、礼貌的争辩，无怪乎诗人身

---

[1] 参见颜炼军《仍有一种至高无上……——张枣诗中鸟意象的变形记》，《新诗评论》2011年第1辑，第135页。

[2] 张枣：《枯坐》，《名作欣赏》2010年第4期。

心皆遭放逐，虚无感油然而生。如前所论，这种孤寂与虚无感在《卡夫卡致菲丽丝》中得到了淋漓尽致的演绎，甚至使诗人怀疑写作本身（见《卡夫卡致菲丽丝》第五首）。没有"有趣的生活"，"连失眠都是枯燥的，因为没有令人心跳的愿景"①，诗，令人怦然心动的诗如何可能？语言不正成为"玻璃阅读架"？不妨联系欧阳江河 1987 年那首《玻璃工厂》来理解这一点。当语言成为"玻璃阅读架"，也意味着语言的透明与空无一物。

> ……
> 凝固，寒冷，易碎，
> 这些都是透明的代价。
> 透明是一种神秘的、能看见波浪的语言，
> 我在说出它的时候已经脱离了它，
> 脱离了杯子、茶几、穿衣镜，
> ……
> 那么这就是我看到的玻璃——
> 依旧是石头，但已不再坚固。
> 依旧是火焰，但已不复温暖。
> 依旧是水，但既不柔软也不流逝。
> 它是一些伤口但从不流血。
> 它是一种声音但从不经过寂静。
> 从失去到失去，这就是玻璃。
> 语言和时间透明，
> 付出高代价。

无论这里摘引的诗句对《玻璃工厂》是否有断章取义的嫌疑，欧阳江河别具分析性的诗句都已为我们理解那玻璃化的语言做出了深刻的阐释：语言成为玻璃将付出高昂的代价，"玻璃阅读架"仅仅带来隔绝的观看，它的冰凉和坚硬阻隔了人对事物本身的感性触摸与体验，一切只是"从失去到失去"。对此，张枣多么警觉，相对于前面三种"完蛋"，这一次的完蛋才

---

① 张枣：《枯坐》，《名作欣赏》2010 年第 4 期。

是彻底"结束"——诗至此结束：

> 人，完蛋了，如果词的传诵，
> 不像蝴蝶，将花的血脉震悚

张枣格外致力于语言的"震悚"效果，"为人性僻耽佳句，语不惊人死不休"放在他身上尤其合适。可贵的是，他的刻意与雕琢总是令人愉快的，犹如蝴蝶的翩跹之姿，让人惊叹语言的神秘。在这首诗中，流亡主题与语言主题几乎是以神不知鬼不觉的手法相转移或融合在一起的——诗人高明如此。

第四首写道："我们的睫毛，为何在异乡跳跃？"对话的"你我"开始发生共振，合为"我们"，"我们"对异国处境中的精神漂泊感同身受，犹如敏感的睫毛跳荡——"睫毛"在第十二首演变为"睫毛的合唱追问"——"慌惑，溃散，难以投入形象。"这句诗亦是以张枣擅长调配的句内韵出现，元音韵母 an 四次出现，造成一种快速、有力、紧张的节奏，从声音上配合了流落他乡时身心俱疲的困境。接下来进一步对这种困境做细节上的处理与渲染：

> 母语之舟撇弃在汪洋的边界，
> 登岸，我徒步在我之外，信箱
> 打开如特洛伊木马，空白之词
> 蜂拥，给清晨蒙上萧杀的寒霜；

这里仍是刻写语言状态，语言即存在，张枣对此深信不疑。正如布罗茨基所揭示的："我们称之为流亡的状态，首先是一个语言事件：他被推离了母语，他又在向他的母语退却。开始，母语可以说是他的剑，然后却变成了他的盾牌、他的密封舱。他在流亡中与语言之间那种隐私的、亲密的关系，变成了命运——甚至在此之前，它已变成一种迷恋或一种责任。"[①] 如

---

① 〔美〕布罗茨基：《我们称为"流亡"的状态，或浮起的橡实》，《文明的孩子：布罗茨基论诗和诗人》，刘文飞、唐烈英译，中央编译出版社，2007，第52页。

此看来，流亡主题与语言主题本是先天地结合在一起的，关键在于诗人对此转化与处理的自然与微妙。"母语之舟"即布罗茨基所说："你的宇宙舱就是你的语言。"诗人远离母语，面临的是存在的分裂状态："我徒步在我之外。"——但前一句"母语之舟撇弃在汪洋的边界，/登岸……"又对"我"远涉大洋彼岸追求一种新的语言梦想有所指涉，只是在这一追求中诗人作为苦行者必然要偿付某些代价，焉知这一行动收到的不是特洛伊木马一样的"信箱"？这里，"信箱"与此前《选择》中的那个唯一的"地名"构成了遥远的呼应，它暗示的仍是张枣关于诗的神秘论与超验性的一种倾向，这种倾向在 1993 年写作的《一个诗人的正午》中有集中的体现，且看这些诗句：

> 立体波段中，播音员翩然登基，
> 他的影子在预告一朵中世纪的云，
> 那下面，我是诡谲橹舰上的苦役。
> ……
> 花开花落，宇宙脆响着谁的口令？
> ……
> 我递出我的申请：一个地方，一个遥远的
> 收听者：他正用小刀剔清那不洁的千层音。

在张枣那里，诗（语言之花）是"宇宙的口令"，而诗人是一个苦役犯，一个"收听者"。只是，追求色相的他又相信日常生活的丰富与甜蜜。枯燥的异域生涯令他甚为烦闷、沮丧，同在《一个诗人的正午》中亦发出这样的疲惫之声："我已倦于写作，你已倦于迟睡。"写作的倦怠感正与生活的倦怠感同一，"生活的踉跄正是诗歌的踉跄"（《对话7》），而"诗的危机就是人的危机"①。张枣相信，语言的沦陷必等同于生存的沦陷，潜伏在语言中的"特洛伊木马"正是现代生存中神之离去、人心不古带来的空白与危机，缺在引发的害怕使人本真之心"蒙上肃杀的寒霜"：人争斗，欲望泛滥、

---

① 张枣：《朝向语言风景的危险旅行——中国当代诗歌的元诗结构和写者姿态》，《上海文学》2001 年第 1 期。

灵魂生锈。这里，个人体悟与社会历史感相互渗透、纠缠的关系被处理得微妙之至，并在接下来的诗行中以不着痕迹的宛转从前者转换到后者：

> 陌生，在煤气灶台舞动蛇腰子，
> 流亡的残月散发你月经的辛酸，
> 妈妈，卡珊德拉，专业的预言家，
> 他们逼着你的侧影吸外国烟，
> 而阳光，仍舒展它最糟糕的惩罚：
> 鸟越精确，人越不当真，虽然

"陌生"同样是人的一种生存状态，譬如异化即陌生。"在煤气灶台舞动蛇腰子"，意味着悖谬对日常生活的大肆入侵。波兰诗人米沃什曾提问："蛇的腰有多长？"无人能够回答，要么说蛇除了头与尾其余都是腰，要么拒绝承认蛇有腰。这就充满悖谬与反讽，当然，还有由此而来的"辛酸"。"妈妈，卡珊德拉，专业的预言家"，这一句几近呼喊之语——连续的句内韵"a"音响亮而急促——正是对卡珊德拉作为女先知有能力预言一切却被日神阿波罗施以诅咒无人听信而感到忧心如焚，这又是一层悖谬与悲哀。——"卡珊德拉"的出现是"特洛伊木马"的连缀，属同一典故，因而并不给人突兀感。"鸟越精确，人越不当真"，这句警策语把人的悖谬推向真理般的极致，其中蕴含的悲哀达至绝望。这一议论之所以给人强烈的痛楚感，得力于诗人在前面深沉、细腻的情感累积，这些累积都是借助形象树立起来的，如"流亡的残月散发你月经的辛酸"；"他们逼着你的侧影吸外国烟，/而阳光，仍舒展它最糟糕的惩罚"，因而，"鸟越精确，人越不当真"这句议论便如箭在弦，顺势而发，发则饱满。——这里涉及的问题便是中国古典诗论中议论与抒情的关系，也即，中国古典诗歌的"言志""缘情"说从源流上使得一切"景语""事语""理语"皆趋向于"情语"①。在这里，我们看到，张枣已然在现代汉诗中做到"情得然后理真，

---

① 参见孙绍振《议论与情韵——中国古典诗话中情感的矛盾和统一》（三），《名作欣赏》2011年第10期；《"名言之理"与"诗家之理"——中国古典诗话中情感的矛盾和统一》（二），《名作欣赏》2011年第9期。

情理交至"（叶燮《原诗》）这一古人推崇的境界了。

结尾两句同样有上述魅力，"灰烬即历史"这一判断性的议论之语给人沮丧、虚无之感，这种情绪在此可感可触，固然与"灰烬"这一意象密切相关：把抽象的"历史"比作具体的"灰烬"充满感官色彩；不过，又和它低沉的语调不可分离，这一语调由前面紧迫、令人讶异的场景烘托着："火中的一页纸咿呀，飒飒消失，/真相之魂夭逃——"再经一破折号延宕而出，深沉并余绪缭绕。

第五首延续第四首，仍然围绕特洛伊战争的典故来写，这一典故中的人物被诗人处理成"前仆后继"。前六行诗句对"阳光仍舒展它最糟糕的惩罚"做了生动的书写，诗人对日神做了巧妙的讽刺，称"阳光偶尔也会是一只狼"，影射其为"色狼"。阿波罗在卡珊德拉拒绝他的求爱后请求一个吻，伺机沾湿了她的舌头让她的预言魔力"失灵"。这一"惩罚"暗示的也是诗人的处境。这个片段同样蕴含着微妙的说理成分，"预言之盒/无力装运行尸走肉，沐浴在/这被耀眼的盲目所统辖的沙滩"。卡珊德拉的预言代表着语言的力量，在她那里，"语言就是世界"，可悲的是，"世界并不用语言来宽恕"（《德国士兵雪曼斯基的死刑》）。她的预言丧失了与世界沟通的可能，一个无法通灵的、行尸走肉的世界自然不能用语言（预言）来获得宽恕。"盲目"比"醒目"耀眼，且居于"统辖"地位，陷落在所难免。

> 看见即说出，而说出正是大海，
> 此刻的。圆。看的羊癫疯。看。

这里围绕着"大海"对"看见"与"说出"的辨析蕴含的同样是语言与世界的关系。茨维塔伊娃在《我的普希金》一文曾细致回忆自己童年时第一次去看海的前后经历，而这次看海的热情是和普希金的名诗《致大海》紧密缠绕在一起的。在看见实存的大海之前，她早已在普希金的诗中发现一个令她癫狂的"大海"，一个幻想的、说不清、道不明的无所不在的"大海"召唤着她，令她着魔，"在我的'去海边'的幻想中没有任何可见的和物质的东西，只有那澳大利亚玫瑰色贝壳贴在耳边发出的声响，还有那个拜伦和那个拿破仑的模糊的形象……"① 而当她第一次看到了大海，她却没有爱上它，"我与大海的相逢正是与它的诀别"②。茨维塔伊娃在幼年时即表现出对诗歌深刻的洞察力，她把普希金诗中的"自然力"与"诗歌"当成一回事，"自由的自然力"并不是大海，而就是诗，那是人们永远无法与之诀别的诗，"这样的大海——我的大海——我的和普希金的'致大海'的大海只能写在纸上和留存在心里"。③ 这正是异常的"看的羊癫疯"，亦是张枣试图道出的"看"的神秘。"看"在此被反复申述，其意义自然不一般，或为阅读意义上的诗性之看，即汉语口语中"看书"之"看"，因而有"看见即说出，而说出正是大海，/此刻的"。在写于同一年的《祖父》一诗中，张枣对此有所呼应："读，远非做，但读懂了你也就做了。""读"与"看"可视为同义。这里引出的当是茨维塔伊娃关于"词与物"的看法，她曾写信给帕斯捷尔纳克感叹："词对物的揭示多么深刻啊！""要知道，词比物大——词本身也是物，物只是一个标志。命名——使其物化，而不是分散地体现……"④ 在她看来，是词使物物化而非相反，普希金诗中的"大海"要比现实中的"大海"更令她激动，诗之大海激发起的幻想比水之大海更充盈、更圆满、更时刻在她心中，更使她富于爱。——此一"典故"背景在阐释上走得稍远，但张枣在诗中的安排：由"沙滩"而写到"大海"，却过渡自然。只是此"大海"非彼"大海"，而真有诗之海纳百川之感，其关于诗的转喻被张枣掩埋得如此深邃，令人叹服。

但当词与物相分离，命名无效，现实无法与预言相呼应，则意味着"世界无法用语言来宽恕"，生活必然隐身，遗留一片"非人"的狼藉：

> 生活，在哪？"赫克托，我看见你
> 坐着一万双眼睛里抽泣，发愣"——

---

① 〔俄〕茨维塔耶娃：《我的普希金》，参见汪剑钊主编《茨维塔耶娃文集·回忆录》，东方出版社，2003，第119页。

② 同上书，第125页。

③ 同上书，第124页。

④ 〔奥〕里尔克、〔俄〕帕斯捷尔纳克、〔俄〕茨维塔耶娃：《三诗人书简》，刘文飞译，中央编译出版社，1999，第74~75页。

> 你站在这，但尸体早发白。等你
> 再回到外面，英雄早隐身，只剩
>
> 非人和可乐瓶，围观肌肉的健美赛，
> 龙虾般生猛的零件，凸现出未来。

赫克托是真正的英雄，英勇无畏、深情缜密，无奈，这样一位非凡的勇士却宿命地陷于最酷烈的悲剧中，特洛伊人不得不承受"预言失效"带来的惨痛后果。"你站在这，但尸体早发白"，暗示灵魂与肉体的分裂，亦是语言与现实的分裂——同样投射着诗人们流亡异域、与母语隔离的处境，"一个征兆我们是，无解/无痛我们而且几乎/在异邦失掉了语言"（荷尔德林《姹女》）。而"等你再回到外面"，意味着神性之语曾经缺席，这一缺席却早已物是人非，精神的不在场造就的是一个奇形怪状的"未来"。

　　第六首紧接着写对缺在的等待、呼唤、取回，其核心思想仍是对语言及精神的眷恋与回归，但又承接着上一首对"生活在哪"的追问，因而落实到日常场景对缺在的一种萦怀状态。"樱桃，红艳艳的，像在等谁归来。"这个开篇精妙的比喻正是热切等待的女诗人。正因为上一首说"英雄早隐身"，这里"像在等谁归来"才成为可能。"某种东西，我想去取。下午，/我坐着坐着就睡了，耳朵也倦怠"，反复强调一种缺失，以及在这缺失中的疲惫、百无聊赖感。这里呈现了一副困顿的面孔，这一面孔在后来的《春秋来信》中再次出现："有时我趴在桌面昏昏欲睡，/双手伸进空间，像伸进一付镣铐"。张枣曾说："我对这个时代最大的感受就是丢失，虽然我们获得了机器、速度等，但我们丢失了宇宙、丢失了与大地的触摸，最重要的是丢失了一种表情。"他梦想一种安详的表情，渴望在语言中来弥补它。[1] 以语言来修复人类精神的活力，这是他对语言着迷并以此回应时代的办法，也是他作为诗人的赤子情怀。"我答应去外地取回一本俄文书。"申述自己的语言梦想与使命感，正是这一"取回语言"的行动，使"我"与"你"相遇，在流亡的经验上与"你"获得共通感。

---

[1]　张枣、颜炼军：《"甜"——与诗人张枣一席谈》，《名作欣赏》2010 年第 10 期。

> 你坐在你散发里，云雀是帽子。
> 笔，因寻找而温暖。远方，来客。

以变形的笔法写出精神相遇的欢欣感，"你"的形象美丽，使"我"的"寻找""温暖"，这正是写作中向着远方的精神知音倾诉的喜悦感。"你"这一虚拟的倾听者同时也是倾诉者，"对话"的亲密即在于非单方面的宗教式忏悔或教导，而是相互的心有戚戚。因而，"我"的处境亦是"你"的处境："你的手滴落着断指，/我想去取：人，铜号，和火车。"这一首中，"你""我"反复转换——这正是张枣早在《灯芯绒幸福的舞蹈》中就已使用娴熟的人称变换技巧——意味二者同样经受着可怕的现实与内心的渴望，接下来的诗句把这一状态推向了一种"纯粹的极端"，无尽的等待仿佛让等待的对象已变得不重要，只剩下"等"这一"纯粹逻辑"，等待本身变成一种生活，一个习惯、信念——但这何尝不是因孜孜以求而把梦寐变成了现实，梦想的珍贵就在于对其坚守不需要理由，它自成逻辑，可以感性内证——诗人的梦想就是如此。因而，多么害怕自己等不及，多么害怕自己回不去：

> 樱桃，红艳艳的，像在等谁归来。
> 我心跳地估算自己所剩的时光；
> 没有你，祖国之窗多空虚。呼吸，
> 我去取，生词像鳟鱼领你还乡；
>
> 你去取，门锁里小无赖哇吐静电——
> 痛，但合唱惊警地凌空，绝缘。

这些诗句已带梦呓般的挣扎，呼吸急促——诗人自身已不得不自行调整呼吸，因而"呼吸"一词犹如泳者浮出水面换气，以便承受下文激烈的语气压力，由此成为一个张枣式的元诗语素——继前面对"取"这一动作的"语无伦次"与"反复呢喃"的强调，紧张、渴求达到疯狂的程度，一种触电般的痉挛感在"门锁里小无赖哇吐静电"中痛楚到尖锐，但尖叫被抑制住，因前面调整呼吸做过准备："合唱惊警地凌空，绝缘。"诗人在隔绝中经受的压抑已转化入诗学意识，或正是以强烈的诗学意识来表现其压抑，生存与诗歌相生相长。无论这些阅读感受是诗人以艺术的处心积虑暗示给我们的，还是我的过度挖掘，都说明一点，在上面那段引诗中，张枣在极端感性中获得了一种沉思的品质，一种驾驭感官、反思感性的能力。沉思在他的诗句中经过微妙的暗示，就像苹果的芳香，透过果肉和汁液散发出来，无行迹而需闭上眼睛深深吮嗅，它成为感官的沉思而非智性的沉思。这在张枣的诗歌中是一种有意识的诗学实践，对他来说，"诗歌具有某种与哲学意义上的认识论相关联的东西。"① 但他又讨厌枯燥，他为文学而活着的一个简单且感性的理由即"诗歌使我的生活有意思"②，把诗歌写得有趣成为他的一个追求，他力避说理的枯燥，因而，以"感官的热烈"或曰"世界的色相"来融会沉思性的说理成分就成了他有意识的诗学旨趣。③

第七首乃对第六首的转折或"补偿"——整首组诗进行到一半，对话的女主角转变了地理位置，终于，"你回到莫斯科"，但其作为诗人的"流亡"并未结束，境遇并未改善，而是接着遭受厄运，这正是茨维塔伊娃隐喻过的诗人那流亡的命运："每个诗人都是犹太人。"

> 除夕夜，乌鸦的儿女衣冠楚楚地
> 等钟声，而时间坏了，只好四散。

"乌鸦"喻苏联统治当局的乌黑，而在这乌烟瘴气的政治氛围下人民依然对新生活满怀憧憬："衣冠楚楚地等钟声"，但这一奇妙地并置却又敷上了反讽的悲哀色彩。"衣冠楚楚"语源于《诗经·蜉蝣》："蜉蝣之羽，衣裳楚楚。心之忧矣，于我归处。"作者感叹蜉蝣又薄又亮的翅膀，就像美丽的衣裳；而"我"内心忧伤啊，哪里才是"我"归宿的地方！用在这里讽刺苏联当局的"异化"统治，肃反运动、大饥荒、战争等使人民身无归处："而时间坏了，只好四散"，正常的社会历史进程与个人生活皆遭毁

---

① 张枣、颜炼军：《"甜"——与诗人张枣一席谈》，《名作欣赏》2010年第10期。
② 同上。
③ 这一问题将在第四章第四节《感官与沉思》深入阐发。

坏，诗人等精神精英尤其不能幸免，接下来即对"作协"这一集中了社会精英的组织——堪称社会的"总机员"，不过受伤了，躺在"带担架的风景里"——做了生动而准确的描绘，既因茨维塔伊娃是诗人，又浓缩地反映了混乱而荒诞的现实：

> 带担架的风景里躺着那总机员，
> 作协的电话空响：现实又迟到，
> 这人死了，那人疯了，抱怨，
> 抱怨的长脚蚊摇响空袭警报。

苏联大清洗运动中的冤假错案此起彼伏，社会精神陷入瘫痪状态，在此不堪的危机中，"长脚蚊"尖细的长鸣声被想象为"抱怨"，并借其长脚"摇响空袭警报"，这一灵感可谓"奇思妙想"。不过在叶芝晚年的名诗《长脚蚊》中，长脚蚊已被诗人赋予与人类思维密切相连的神秘感应："如长脚蚊在河流上飞翔，/他的思想在寂静中滑动。"因而，"为了免使文明沉沦，/大战落败，/叫狗别吵，拴好小马"，自然，也不能惊动"长脚蚊"。张枣反用这一典故，恰给人出奇制胜的效果。在叶芝的诗中，"思想"获得一种居高临下的"警告"语气，在张枣的诗中"思想"却"逆来顺受"，无可奈何地抱怨，承受着愚蠢的"顶头上司"的凌辱，以及同行愚昧的"幸灾乐祸"，何等悲哀：

> 完美啊完美，你总是忍受一个
> 既短暂又字正腔圆的顶头上司，
> 一个句读的哈巴儿，一会说这
> 长了点儿，一会说你思想还幼稚，
>
> 楼顶的同行，事后报火，他们
> 跛足来贺，来尝尝你死的闭门羹。

诗人这一语言的完美主义者却要承受上司这一"句读的哈巴儿"的指指点点，悖谬无比。1941年8月，德国纳粹的铁蹄迫近莫斯科，茨维塔伊娃移居轵軏叶拉堡市，本期望在即将开设的作协食堂谋求一份洗碗的工作，却遭到了作协领导的拒绝，在精神与物质的双重绝望中，自缢身亡。细细品味这段引诗，可以看到，他者种种境遇被植入张枣妙笔生花的语言中，其在诗中描写人事情境、刻画人物形象的灵活手段以及所达到的效果令人油然敬佩。无论这些经验是来自诗人敏感的阅读体会，还是在其丰富的生活阅历中曾感同身受，其作为诗人的微妙而深刻的感受力、修辞上的精致皆是一流的。

第八首为组诗中最甜蜜的一首。我们或许有所疑惑：何以在上一首写到茨维塔伊娃的死亡后，这一首却如此甜蜜地"荡漾着言说的芬芳？"我们已在第一首的阐释中谈到，这是一场"幽灵"对话，它体现着人类精神交流的超越性与崇高性。最直接的原因即，这一首有一份精神强烈地相互吸引的背景——张枣把茨维塔伊娃写给里尔克书信中的一句话："如果你真想看见我，那么你必得行动"，作为此诗的引子，意味深长。在与帕斯捷尔纳克和里尔克的纯精神恋爱中，女诗人一开始便想象要等他们都死去、躯体融入尘土之后，三个人才可完整地拥有彼此。如今，当世人尝到她"死的闭门羹"，她的灵魂却获得了自身的绝对性，作为诗人她可以属于任何时代，她对精神世界的占有可以超越阻隔，正是这一绝对的欢欣与自由使得此诗充满甜蜜、悠缓而富永恒意味的调子。

> 东方既白，经典的一幕正收场：
> 俩知音一左一右，亦人亦鬼，
> 谈心的橘子荡漾着言说的芬芳，
> 深处是爱，恬静和肉体的玫瑰。

"东方既白"，而"对话"正收场，暗示着最深刻的交流曾发生在黑夜：喻指那隐蔽的精神世界，在那里伟大的灵魂可以神秘地沟通：俩知音"亦人亦鬼"。张枣是长沙人，他对于南楚之地民间巫文化应有耳濡目染的印象，譬如"橘子"就像来自祭奠时摆放的物品。后两句诗应是神来之笔，可说是绝对的"纯诗"，然而其热烈的感官性又蕴含着张枣接下来的诗学表白，毋宁说它们是完美的诗例，使过渡自然而微妙，看："手艺是触摸，无论你隔得多远；""手艺"即诗艺，精神对话即诗，但纯粹的精神仍需寄寓过肉体，"无论你隔得多远"，"你"必然曾经诞生过，可触摸过——此处，张枣开始了对茨维塔伊娃的辩驳，我们知道，也几乎可以说，张枣是一个迷恋于"肉感的音乐"[①] 的诗人："深处是爱，恬静和肉体的玫瑰。"茨维塔伊娃却更崇尚心灵之爱，强调肉体的距离："我不活在自己体内——而是在自己的体外。我不活在自己的唇上，吻了我的人将失去我。"[②] 因而有：

> 你的住址名叫不可能的可能——
> 你轻轻说着这些，当我祈愿
> 在晨风中送你到你焚烧的家门：
> 词，不是物，这点必须搞清楚，
> 因为首先得生活有趣的生活，
> 像此刻——木兰花盎然独立，倾诉，
> 警报解除，如情人的发丝飘落。

这里更像是一场东西诗学的辨析。茨维塔伊娃认为"词大于物"，一定程度上代表着西方对语言逻各斯的崇拜情结，而张枣反思，不应以牺牲汉语诗歌的汉语性去迎合把语言作为终极现实的西方意识，前面连用卡珊德拉预言失效这一希腊神话典故已在暗暗反驳这一意识的神话背景。中国人自古对"意（道）"有"得之于手而应于心，口不能言"（《庄子·天道》）的追求，不能只满足于语言文本。真正伟大的诗人如杜甫、李白、陶渊明皆是以整个生命去写诗，其生命体验与人格品质皆融会灌注于诗中，甚而主客融合到"忘言"的境界："此中有真意，欲辨已忘言。""采菊东篱下，悠然见南山"这一意境，不也正如"此刻——木兰花盎然独立，倾诉，/警报解除，如情人的发丝飘落"？陶渊明"采菊之次，偶然见山，初不用意，而境与意会，故可喜也。"[③] 张枣亦然，写作中与知音风云感会之

---

① 〔爱尔兰〕叶芝：《驶向拜占庭》，《叶芝诗选》，袁可嘉译，外语教学与研究出版社，2012，第 111 页。
② 〔奥地利〕里尔克、〔俄〕帕斯捷尔纳克、〔俄〕茨维塔耶娃：《三诗人书简》，刘文飞译，中央编译出版社，1999，第 204 页。
③ （宋）苏轼：《苏轼文集编年笺注（诗词附）九》，李之亮笺注，巴蜀书社，2011，第175 页。

际适逢"木兰花益然独立"的一瞬，欣然明朗，物我两忘。这是"天人合一"的语言，在拥抱生活的时候，语言"才能代表周围每个人的环境、纠葛、表情和饮食起居"。

诗的结尾重又回到开头："东方既白，你在你名字里失踪，／植树的众鸟齐唱：注意天空。"众鸟齐唱的图景再现了宇宙的甜蜜元素。此诗的扇形结构是奇特的，就像孔雀华丽的屏，在开合之间优雅而淋漓尽致地展示了一幅语言与神思的风姿，伴随着一股醉人的摇曳，读者都成了被诗人诱惑的雌孔雀。

继第八首的甜蜜感之后，第九首却骤然跌至惊心动魄的深渊感。或许这便是从黑暗中与高贵灵魂的对话之虚幻甜蜜回返至耀眼的白天，面对逝者肉体缺席所产生的空虚与恐惧？因而，这一首进一步追问肉体与灵魂（实存与精神，物与词）的关系：

> 人周围的事物，人并不能解释；
> 为何可见的刀片会夺走魂灵？
> 两者有何关系？

茨维塔伊娃自缢身亡借助的是周围可见的事物，物质与魂灵既相互依存又彼此取消，两者的关系令人百思不得其解。同样令人困惑的是，人作为血肉丰满之躯的存在，与作为某一群体的社会存在及作为某种目的的手段存在之间的矛盾与冲突："人造的世界，是个纯粹的敌人，／空缺的花影愤怒地喝彩四壁。"具体、感性的人如何才能不被外在社会条件、环境、制度、观念等所决定、控制、支配，取得富于人之本性的自由，这是中国古典思想史上庄子从个体角度触及的哲学主题[1]，张枣在此以诗意的方式思索着个体的生死命运。"空缺的花影"赋予人这一被决定性的社会属性钳制着的生物以一种被抽空的枯萎形象，但人的自由本性却又在一定程度上反抗着社会存在属性，无论是在社会较开明抑或黑暗时期，譬如中国古代的诗人李白、魏晋贤士嵇康等。或许这个"空缺的花影"就是人那潜在的、深层的灵魂，它永远难于与外界达成盟约，故而有愤懑、激烈地"喝彩四

---

[1] 参见李泽厚《中国古代思想史论》"庄玄禅宗漫述"一节，三联书店，2008，第186页。

壁"。但这种极端的个体人格却又"使你害怕",因为人的独立、自由包括
"本真存在"都只能是历史具体的,超凡脱俗的自由人格同样是一种抽空
式的存在,正如动物性的原始生存不是人的理想自由。况且,人作为凡俗
肉体终受死亡限制。因而这里的困惑更深地推进了一层:

> 我常常想,不是人
>
> 更不是你本身,勾销了你的形体;
>
> 而是这些弹簧般的物品,窜出,
>
> 整个封杀了眼睛的居所,逼迫
>
> 你喊:外面啊外面,总在别处!
>
> 甚至死也只是衔接了这场飘泊。

生死沟通,人的整个存在是一场无止境的循环飘泊,佛教倡导的死亡的拯
救与超脱感被否定了,这就把绝望提到了无以复加的程度,茨维塔伊娃有
"活在外面"的感受,卡夫卡也曾写道:"我现在是否居住在另一世界里?
我敢这么说吗?"(1922年1月30日)艺术家不是哲学家,但他们从直觉
上关注并把握艺术与存在的本源感受。对于诗人来说"甚至连一个世界也
不存在,因为对于他只有外部,只有永恒外部的流淌"①。"最大的困难并
不是来自于存在之物的压力,来自于被称作他们的实在,他们坚定的肯
定——人们无法完全暂定其活动——的东西。诗人正是在非实在性中碰到
了一种沉闷的在场。诗人无法摆脱的正是这种在场。在这种在场中,被剥
夺了存在之物的诗人,遭遇了'这词本身:这就是'的奥秘。"②诗人对
"外面"的体验成为一种更新与检验,他要在"他们的实在"中创造尽可
能美丽的形式,经历甚于死亡的绝望,在绝望中把空无的在场变成已实现
其形式的确定,美的实体。从一种"无根的"、不确定的"玩弄"中把握
"出口","我"作为诗人把精神凝固成作品,那唯一可能的拯救:

> 无根的电梯,谁上下玩弄着按钮?

---

① 〔法〕莫里斯·布朗肖:《文学空间》,顾嘉琛译,商务印书馆,2003,第71页。
② 同上书,第100页。

　　　　　我最怕自己是自己唯一的出口。

　　"电梯"载着我们上升或下降，但它本身是无根的，充满悬浮感，也隐含着不安全感。"谁上下玩弄着按钮"对无可把握的存在处境做了深刻揭示。"玩弄"一词再次表明外在那个莫名之"谁"的异己感与冲突，由此逼迫"自己成为自己唯一的出口"。"我"作为个体对自我的决定性力量获得了崇高的悲壮，既可参悟生死亦可决定生死，如自杀，但常常是迫于谁荒谬性的"玩弄"而不得不被动选择的悲剧结局，这一被动始终是令人害怕的。最后两句诗把极端神秘的生死问题、个体与外界关系浓缩压入现代日常生活中最常见的一个电梯情境中，张枣写作十四行诗与提炼情境的手段可谓卓越非凡。

　　第十首紧接着写"我"，或许是最突出个体之我的一首。对话的女诗人似乎已消失，其实是融入了"我"，因而此"我"又绝非单一之"我"，"我"既是当下的此在的我，又跨越历史，融合了"月亮的对应者"李白、大人先生阮籍，是典型的诗人之"我"，某种意义上的普遍之"我"。这首诗精妙的感觉与想象力配合着典雅、深邃、丰富蕴藉的语言，在阅读层面即获得了接近完美的感染力。

　　　　　我摘下眼睛，我愿是聋哑人的翻译——
　　　　　宇宙的孩子们，大厅正鸦雀无声：
　　　　　空气朗读着这首诗，它的含义
　　　　　被手势的蝴蝶催促开花的可能。

　　这样的诗句或许只有在某些极端特殊的时刻才能写出来。诗句呈现的情境夸张而奇异，但诗人以异常简洁灵活的句法赋予它一种特殊的自然魅力。譬如，"我摘下眼睛"，造句普通，所写的内容却引人注意，这一描写盲人的手法无理而妙，放在"我愿是聋哑人的翻译"前面取得了令人讶异的效果。这个动作使得此诗的"我"一开始便主动获得了与他人沟通、等同的姿态，即"我"愿放弃眼明，成为与"聋哑人"一样的人，"翻译"寻求的是心灵的对应者。手语拨动空气，使其震颤，故而有"空气朗读着这首诗"。"它的含义/被手势的蝴蝶催促开花的可能。"这一句直接呼应组诗第三首最后两行："人，完蛋了，如果词的传诵，/不像蝴蝶，将花的血脉震悚。"可以说前者是后者的"慰藉"，即在词的允诺下，纵使形体有缺憾，人也不会"完蛋"，相反，可以主动放弃肉体的完整追求诗性心灵的同一，也能实现"手势的蝴蝶催促开花的可能"，诗给人带来的自由与力量被赞颂到无以复加的程度。"这首诗的含义"究竟是什么呢？是诗（史蒂文斯有诗曰："诗是这首诗的主题"）？诗人？接下来似乎回答了这一问题：

> 真实的底蕴是那虚构的另一个，
> 他不在此地，这月亮的对应者，
> 不在乡间酒吧，像现在没有我——
> 一杯酒被匿名地啜饮着，而景色
> 的格局竟为之一变。

可以感觉到，诗的调子正在悄然发生转变，由"手势的蝴蝶催促开花的可能"这一暗含欢欣与幸福的声调转向落寞、幽暗。诗人从"宇宙的孩子们"这一温暖的群体中抽身出来，回到那孤单、冷清的"虚构的另一个"，下一句诗成为"虚构的另一个"的同位语："他不在此地，这月亮的对应者。"李白在《月下独酌》中把月亮视为一个有生命的伴侣："举杯邀明月，对影成三人。"对于月亮，他可以凭借众多咏月诗篇位居"月亮的对应者"。这位恋酒爱月的大诗人对于今人就像一个神话和虚构，他早已深刻揭示过人那"真实的底蕴"："今人不见古时月，今月曾经照古人。古人今人若流水，共看明月皆如此。唯愿当歌对酒时，月光长照金樽里。"（李白《把酒问月·故人贾淳令予问之》）对于万古长存的月亮，续如流水的个体，哪怕是拥有与月对应之名的李白，不也像一个虚构，不在此地了，也"不在乡间酒吧，像现在没有我——/一杯酒被匿名地啜饮着"，我们可以说这是对诸如"有酒不肯饮，但顾世间名""古来圣贤皆寂寞，惟有饮者留其名"这类诗句的用典。"匿名地啜饮着"一反古今世人纠缠不休的"万古愁"：身与名、短暂与永恒、真实与虚幻，把名废黜，直饮到痛快淋漓、欢欣自由的解脱。然这或许不过是醉时的酒趣："一樽齐死生，万事固难审。醉后失天地，兀然就孤枕。不知有吾身，此乐最为甚。"（李白《月下独酌其三》）因而，很奇异，在幽暗的背景里我们忽然又感到"匿名"的微弱光亮,从而得到莫名的振奋:"而景色/的格局竟为之一变。"
酒醉则"吾丧身",心自开,似有豁然开朗的一瞬。但接下来的诗句又转
至悲苦涕泣再转至自我宽慰、戏谑轻松:

> 满载着时空,
> 饮酒者过桥,他愕然回望自己
> 仍滞留对岸,满口吟哦。某种
> 悲天悯人的情怀,和变革之计
>
> 使他的步伐配制出世界的轻盈。
> 大人先生,你瞧,遍地的月影……

这些诗句堪称:刻骨铭心。在"饮酒者过桥,他愕然回望自己"这一情境
中,我们看到一个杜甫的身影:"孤舟登瀼西,回首望两崖。"(《柴
门》),在这位大诗人的诗歌里,浓重地辐射出对荒瘠与贫病的悲悯。而
最后两句随韵诗,又以潇洒的步伐和真切戏谑的口吻模拟出一个活脱脱的
李白:"我歌月徘徊,我舞影凌乱。"这个被匿名的饮酒者,负载了古今多
少同悲之心,一人逝去,仍有悲者滞留世间,"满口吟哦",只因"万古
愁"实乃同一人的愁。此番情怀的确"悲天悯人",而诗人渴望超越之的
"变革之计",或为审美,或为释怀的消极行乐之念,似能收获"世界的轻
盈"。可以说,"悲天悯人"的溺人与"变革之计"的超脱乃诗人接触复
杂世相的产物,诗人"经世致用"的情怀愈真切——如李白"长相思,在
长安"、杜甫"时危思报主,衰谢不能休"、陶渊明"猛志逸四海,骞翮思
远翥"之心——则"体世"愈深,自我与外界的接触、冲突愈丰富剧烈,
其感受愈充沛,各种感受的冲撞就愈复杂、激烈。因而可以产生众多看似
难以协调的声音。张枣的天才在于他把内心的争吵之声融入了戏剧性的情
境中,赋予不同的场景不同的声调,并能不露痕迹地切换情绪的镜头。通
过此诗我们看到,他在尺幅之间调动了内心种种冲动,使得这首诗的调子
时而昂扬,时而低沉,诗句迅疾而微妙地从一方跳跃至另一方,他就像语
言的花样滑冰者,技艺娴熟、体态轻盈地驾驭着这些冲动(而这些冲动又
微妙地寓于情境中)。这一点,正是善于此道的李白在《将进酒》《行路

难》《梦游天姥吟留别》等诗中一次次腾云驾雾般做到的。

> ……是的，大人，月亮扑面而起，
> 四望皎然，峰顶紧贴着您腮帮：

这是第十一首典雅而蕴藉的开头，延续上一首优雅的口吻与月亮的景致，与"遍地的月影"那俯视的涉猎不同，这是在平视中旋转的特写镜头，其神奇手法类似李白《送友人入蜀》中的两句诗："山从人面起，云傍马头生。"这一处境有仙境或桃花源的氛围，那奇异性正呼应上一首"满载着时空，/饮酒者过桥，他愕然回望自己……"张枣始终眷恋一个"夜莺的国度"——下面有"夜莺啊正在别处"，或许就如济慈在他那濒死者的绝唱《夜莺颂》里讴歌过的绿色之邦与梦幻之谷。但这一制高点的获得却成为俯视另一世界的视角：

> 下面，城南的路灯吐露香皂气，
> 生活的她夜半淋浴，双眼闭紧，
> 窗纱呢喃手影，她洗发如祈祷，
> 回身隐入黑暗，冰箱亮开一下；

这个世界是世俗的、活生生的，日常生活场景贴切到"扑面而来"，一举而扑灭了开头两句诗的美好、皎然。大自然的景观与城市意象构成鲜明对比，或正是彼岸与此岸的对比。对话的女诗人幽灵般现身，却是作为再次"印证"此世之浑浊而出现，"夜半淋浴"的场景因而意味深长："双眼闭紧，/窗纱呢喃手影，她洗发如祈祷……"痛苦的现实令人不愿直视，仍倾听着另一边那沉冥的最深的声音："窗纱呢喃手影"，这一表达的背后或许又站着李白："碧纱如烟隔窗语"（李白《乌夜啼》）——可见，整个十四行组诗隐含着一个潜在的对话者：李白，那"万古愁"的编剧。把"洗发"这一日常琐碎事件比作"祈祷"，同样意味着对世俗世界的拒斥，因而，"回身隐入黑暗"表明"返回此世"的失败，现实几乎是"绝望"的渊薮，而"死"成为宁静、黑暗、值得隐入的存在。固然，此种"永恒像野猫"，并不令人愉快，并不比"广告美男子踅到/彗星外，冰淇淋天空满是俏皮话……"这诗句对处境的"胡乱调戏"让我们舒服多少。正是这种种刺进了感官的"困顿和麻木"让诗人高喊"……夜莺啊正在别处"为了体会诗人对可悲现实的绝望，不妨读读那期待"永恒的夜莺"的济慈的哀叹：

> 哦，我要一饮而离开尘寰，
> 和你同去幽暗的林中隐没：
> 远远地、远远隐没，让我忘掉
> 你在树叶间从不知道的一切，
> 忘记这疲劳、热病、和焦躁，
> 这使人对坐而悲叹的世界；
> 在这里，青春苍白、消瘦、死亡，
> 而"瘫痪"有几根白发在摇摆；
> 在这里，稍一思索就充满了
> 忧伤和灰色的绝望，
> 而"美"保持不住明眸的光彩，
> 新生的爱情活不到明天就枯凋。

可以看到，在济慈那里对"悲叹的世界"是采取直接抒情地强烈"控诉"；在张枣，则是以戏剧性的场景描写间接道出，无论是饮酒者的"愕然回望"，还是"夜半淋浴"的她，这些场景都不是直接模仿的，也不是直接抒情的，这或许就是张枣以"幻觉的对位法"为我们创设出的一出出绝妙的情境，这样的情境片段在生活中应是常见的、琐碎的，而张枣以敏锐的导演眼光捕捉着日常生活的细节与人物的一举一动，剪辑编排进他的诗中。他有诗人顽强的理想主义气质与唯美情怀，他对美妙的向往达到超验的程度，他对混乱现实的不堪深感悲哀，而他的诗歌却总是奠基于现实、具体可感的有生命力的场景，这些场景皆被他反思过，用心智充分浸泡、沉思过，既鲜活又不空泛。因而我们知道，为什么在他强调活跃的"幻觉"和想象力的时候，一定会有"对位法"；在他把诗歌奉若神明的时候，一定要强调"诗，对称于人之境"。反思能力使他遏制了庸俗的滥情主义和笨拙的现实复制，感官体验使他避免了空洞的说教主义和枯涩的修辞。

这些诗歌技艺，可谓"不多不少，正好应合了万古愁——"人类的感情母题不正如"水成岩"，层层叠叠，带着超个体历史的沉积性，悲哀与叹息皆是相应的，而艺术的新变正在于以"新瓶装旧酒"，诗人的使命也在于赋予普遍的事物与情感以令人惊奇的形式秩序，以唤起人的激昂，因为，事实上：

> 没在弹钢琴的人，也在弹奏，
> 无家可归的人，总是在回家：
> 不多不少，正好应合了万古愁——

这里的"弹奏"与"回家"是一种永恒的眷恋，也就成为一种永恒的哀愁：

> 永生的鸟呵，你不会死去！
> 饥饿的世代无法将你踩躏；
> 今夜，我偶然听到的歌曲
> 曾使古代的帝王和村夫喜悦；
> 或许这同样的歌也曾激荡
> 露丝忧郁的心，使她不禁落泪，
> 站在异邦的谷田里想着家；
> ——济慈《夜莺颂》

个体即种族，因而得以永生，因而有"万古愁"。只是，什么使之得以延续？使"饥饿的世代无法将你踩躏"？是那激荡人心的歌曲，那使灵魂得以高飞远逸的歌声——最后两句诗明确地显露这一点：

> 呵大人，告诉我，为何没有的桂树
> 卷入心思，振奋了夜的秩序？

这里化入史蒂文斯《基维斯特的秩序观》一诗的结尾，但又带着张枣强烈的个性和诗学活力，强调心灵的力量，"对秩序的激情"带来高昂的声音。

且看最后一首：

　　九月，果真会有一场告别？

　　你的目光，摆设某个新室内：

　　小铜像这样，转椅那样，落叶，

　　这清凉宇宙的女友，无畏：

　　对吗，对吗？睫毛的合唱追问，

　　此刻各自的位置，真的对吗？

　　这一首已接近对话尾声，起笔即写"告别"，富仪式性，节奏上有希腊合唱队性质，再次暗示此前的十一首诗皆是戏剧性场景写作。"目光摆设新室内"是典型的张枣式手法，对事物各个位置的安排意味着对秩序的讲究，张枣以导演的激情充分衡量他笔下的演员——词与物——各自的位置。但他并不霸道，他的方式是"对话式"的征询，在他坚持自己立场的时候，他那有力的坚定仍是文质彬彬的，正如我们在《对话2》与《对话8》中看到的。在经过了各个主题的漫长博弈后，他并没有摆出胜利者的姿态："王，掉落在棋局之外……"胜利总包含着某种妥协，同时也意味着对言说的谋杀。小铜像、转椅这些生活中不起眼的事物所处的局部位置与社会现实的权力位置是同构的，生活、政治与言说是一体的，没有任何人可以在政治、历史面前取得免疫力与豁免权，正如伊格尔顿所言，没有任何文学可以在政治阅读面前具有豁免权。茨维塔伊娃的悲剧深刻地印证了这一点。而在诗人，哪怕是最隐逸的诗人那里，也会因其对诗之自由的坚持而产生与政治的斡旋，在看似缺席的写作中，语言的真理对历史的干预无处不在。重要的是，诗必须用自己的声音呐喊，必须坚定地追求说"不"的方式，以此绕开政治的胡搅蛮缠，如《对话7》所揭示的，这是诗的真理，语言的真理：

　　艺术本身包含真理。重视的真理和怀疑的真理。……只承认其艺术的内在动机，不对其艺术的外在要求做出让步——迎合暴君，展现大革命——的艺术家是真实的。……一种纯美学的存在是可能的；所有的其他人都是为了冒险；如果艺术家不能用抽象艺术的巧妙手法不断地使我们快乐，那么这个被感知世界——我们的存在的基础——的动人景象在我们看来会是什么呢？当艺术家掩饰颜色、声音和词语的韵味时，即使不是故意的，他也可能再现被学者埋没的我们的生活世界的最原始真理：在创作形象和神话的时候，艺术家解释世界，总是对我们的存在作出一种道德判断，即使他不讨论道德问题，尤其是即使他不讨论道德问题。诗是生活的一种批判……①

在张枣那里，我们能看到他"用抽象艺术的巧妙手法不断地使我们快乐"，譬如这样的诗句："西风/将云朵的银行广场吹到窗下：/正午，各自的人，来到快餐亭，/手指朝着口描绘面包的通道……"即便他对现实、生活常常提出近乎绝望的批判，但那不过是他太渴望催生一个美好的世界，因而他笔下的世界常常这样生动、活泼、令人忍俊不禁；在他的描绘下，每日可见的云朵成为一个写不尽的意象，购买面包这样的琐事成为喜剧镜头，当我们重新来感知我们存在而常常感到无聊的这个世界，是不是也有些许可爱、喜悦、振奋活现心头？诗，难道不该这样？像"流浪汉手风琴那样"自由而欢悦地对固定的地点、按部就班的生活摆手？这里当然又涉及说理与雄辩，看似质询，实则是我们上面已援引保罗·利科的话论证过的诗的真理与语言的真理。张枣深信诗人握有这一真理，因而喜滋滋地说："丰收的喀秋莎把我引到/我正在的地点：全世界的脚步/暂停！"诗人相信美学真理的绝对性，因而全世界的脚步都会在这一点上暂停。然非知之难也，能之难也，对于艺术（诗）的真理哲学家也可论证之，全世界或也可应允，却只有诗人才能真正实践这一真理，因而，诗人不怀疑语言的真理，他真正怀疑与担忧的永远是："该怎样说'不'?!""不"在张枣诗歌中是一个重要的"按钮"，在《大地之歌》中，他写道："我们得有一个'不'的按钮，装在伞把上。""不"首先是一个词，《护身符》一诗甚至把这个词作为护身符，《空白练习曲》中也有一个背上刺着"不"的人。而"怎样"说"不"的智慧是诗人忧心的，对此没有回答，只有行动，只有写出下一首诗。组诗戛然而止，诗人陷入了下一首诗的等待中……

这是一首迷人的十四行组诗。韵律谐调而灵活自如，倘若不是有意识

---

① 〔法〕保罗·利科：《历史与真理》，姜志辉译，上海译文出版社，2004，第160~161页。

地注意韵脚,一气呵成地读下来,行云流水的声音中我们会忽略押韵的存在。事实上,组诗的每一首都精密地压着韵脚,开篇四行诗诗人即故意连续地通押一个韵:"笑""包""巧""兆",但丝毫没有生硬感,反而读来朗朗上口,每一首最后两行的随韵也总是那么自然。张枣是那"戴着镣铐跳舞的人",他的语言天才和音乐感让他在模型的限制中也得以创造出令人惊叹的复杂度和完整性。

四 "写,为了那缭绕于人的种种告别"

"追忆似水年华",张枣曾明确以这一短语作为一首诗的标题。当诗人追忆年华,他是在倾听时间的声音,同时把这声音对应成语言的节奏。"时间是节奏的源泉。一首诗是重构了的时间。"[1] 在时间的声音与倾听中,诗人与读者皆能获得空间的共在。时间的声音从消逝者的幽暗领域飘来,注定要超越时间,取消心灵在苛刻的时间里的漂游感,在倾听中获得一次次的复返与充盈。因而,"追忆"为我们带来永恒性的东西:"记忆是具有确定性的东西,——因为记忆能把过去带入现在,从而将过去从易逝性中挽救出来。"[2] 张枣极端完备、敏感地在现代汉诗里写出了对流逝的痛感,他对时间的节奏有着发乎天性的恬美倾听,又和谐地以语言回应源自时间的吟唱。如果我们细加品味并悉心洞察,就能发现,张枣的每一首诗几乎都与时间有关:追忆、倾听时间的声音、对此刻的怀疑、由时间带来的问题、写作对时间的挽留,终至上升到死亡。时间主题在他那里一开始就是一个相当自觉的哲学命题,也是一个刻骨铭心的存在主题。一个诗人的早期诗作,如果说并非每一首都能在艺术上表现出成熟,却总能暗示着他日后创作的精神历程,并最终通向其诗歌世界的核心。年轻诗人践履艺术家的天性承诺、忠诚于美学要求和规律时,不经意就把生命的饱满灌注进每一次创造,即使是那些偶一为之的诗篇也能渗透出其一以贯之的东西,那

---

[1] 〔美〕布罗茨基:《听布罗茨基谈茨维塔耶娃》,陈方译,载《文学峰景 与22位世界文学巨擘的对话》,中央编译出版社,2010,第178页。

[2] 〔美〕汉娜·阿伦特:《黑暗时代的人们》,王凌云译,江苏教育出版社,2006,第127页。

构成一个诗人诗学核心的胚胎。

据称，在重庆读书时，张枣有一次在歌乐山上拍着一棵树说，这棵树，我再拍，就是下一刻了，前一拍已经消失了。而他的一个奢侈领域就是收藏记忆与书，书其实是文字化了的记忆，归根结底他收藏一切记忆：个人的、文化的、诗的。让我们回到他那些《星辰般的时刻》：

> 我第一次真正的痛楚
> 白色阻碍透明
> 露珠在自杀
> 你赤裸如四壁
>
> 我们第一次，多么洁白
> 数学般的漂亮
>
> 繁忙的温度侵犯我
> 光亮和肌肤倒悬
> 你是一段肢解的流水
> 夜晚用你绞死我
> 清爽的图案燎伤我
> 皇帝我紫色的朋友为我哭泣

这是一首烙着青春印痕的诗，用语激烈而左突右击，意义在浮现与闪躲中游移，一种莽撞的语气似乎在发泄着青春的热情与无名的"痛楚"，那"痛楚"来自身体，却并不仅仅是青春期的简单的力比多，一种"赤裸"、单纯的"痛楚"，那里潜伏着与生俱来纠缠他的东西，一种命定的"道成肉身"的痛感。从这"第一次真正的痛楚"开始，记忆启程，生命时间有了新的起点，记忆以前的时间对于个体来说几乎是不存在的，关于痛楚的记忆则更是诗性生命的开始，因而会有："我们第一次，多么洁白/数学般的漂亮。""洁白"呼应此前的"白色"，皆印证着"第一次真正的痛楚"干净、深刻，可以"阻碍透明"——这是使时间得以停止的痛楚。在痛的真切、纯粹中，诗人用了"侵犯""肢解""绞死""燎伤""哭泣"这些猛烈的词，浸透了青春的力量与无可阻碍的美与伤逝。仿佛从一开始，诗歌与命运就预言了张枣一生难以释怀的绝望，它从青春与爱情的幻灭中来，在《镜中》达到顶峰，美得入骨，也美得绝望。接下来的诗节转换为一种类似迷乱的"狂喜"与迷惘的"甜蜜"：

> 甚至月亮也展开保佑我的白门
> 台灯熄灭十点钟的散步
> 碎纸迷惘如抚摸
> 你要我忘记贴近的深巷
> 老人一年一年，充满了窗户
>
> 甚至一杯映照的星辰
> 甚至左边少年般的拂晓
> 眺望的衣架纤弱地支撑
> 昨天潮湿的风向
> 我多么洁白呵，如
>
> 你出世之前的空气
> 你曾是更为真实的石榴花

"甚至"一词出现了三次，每一次都拓开时间的延宕，似乎想要时间静止。但每一次的延宕又正显示出时间的推移。"碎纸迷惘如抚摸"，张枣把写作与身体感受统一起来，"碎纸"意味着写作的失败，也是时间的流逝，越甜蜜，越迷惘，越难以忘怀时间的"残酷"："老人一年一年，充满了窗户"，虽然"你要我忘记"，但这恰恰无异于提醒"我"，仿佛"你我"是背着时间"偷欢"。甚至这星辰般的时刻，甚至"少年般的拂晓"，也终将过去。而"我"回望昨天，进一步回望"你出世之前的空气"，那时"你曾是更为真实的石榴花"，仿佛真实的永远是过去，此刻只是虚幻，仿佛"我"已一夜老矣。在张枣的诗中充满着时间之伤，他深谙生命中所有的时刻都像流星，尽管他总是用最美的语言抓住此刻，极尽生命的微妙与美妙，但那终归是诗的，而且在诗中，也常常是转瞬即逝的，或许在下一秒、下一行诗句，他的笔触就转换了。他交替地写出了心境在时间里没完没了的变幻莫测——在现实中，他则为此受尽折磨——虽然这在《星辰般的时刻》这首短诗中还是初露端倪，但正如我们已在《跟茨维塔伊娃的对话10》中所感受到的，那种转换的极致成熟与飞跃。《星辰般的时刻》每一节意味着感受的一次转换，在转换中又渐次上升，如螺旋塔，诗的结尾则混溶了前面的感受，在对永远是过去的生命的回忆里，夹杂着无可奈何的赞叹、肯定与哀伤。螺旋塔的结构是迂回的，它是对时间的一次次挽留而非遵循时间的直线运动所必然呈现出的一种结构。当一首诗在一个结构里成型，它便铭记并呈现了时间，也战胜了时间。

美丽与消逝，真实与虚幻，似乎正与写作中的沉默与诞生相呼应。张枣在《四月》中写到：四月的沉默会诞生极端的美丽，这种美丽在张枣那里是一种甜蜜的声音。他甚至因此而创造了"甜"的汉语声音诗学，一种异常感官的诗学现象，纵使在他写最激烈的内心挣扎的诗篇时他的语言也总是"甜"的。这固然得益于他的语言天赋，他"精通汉语声音诗学"①，他一贯为人所赞誉的声音，如陈东东屡次谈及张枣"声音里有一贯的滋润和甜适""说话的甜蜜程度"和"声调的甜蜜"②。张枣的声音诗学，除了源自他自身作为一个完美的发声体，也得益于他对世界的倾听以及对于隐秘之声极精微的辨析。极端地说，这种倾听是对沉默的倾听，它是对另一世界的探入。正是在沉默中，在剔除了人为的喧嚣中，诗人得以行走在丝绸般宁静的世界，为我们带来那另一世界的奇珍异宝，因而他的诗歌总是充满来自"异域的芳香"（波德莱尔语）。对沉默的倾听隐含着张枣后期关于诗歌写作的一条工夫路径：枯坐——其实也是一种不得已的生活状态：孤寂，这一路径最终又通向"幻觉的对位法"的诗学发明。在枯坐里凝神静听，逼向那万籁俱寂处，赋予沉默的幻象以旋律，仿佛游进时间的琴弦，在"嘹亮的、金属的默然"里发出温柔的声音。这一状态与卡夫卡式的"忍耐"似乎不谋而合：

---

① 宋琳：《缘起》，参见宋琳、柏桦编《亲爱的张枣》，江苏文艺出版社，2010，第6页。
② 陈东东：《亲爱的张枣》，参见宋琳、柏桦编《亲爱的张枣》，江苏文艺出版社，2010，第70、78页。

你不必离开住所。坐在桌旁倾听。甚至不必去听，只要等待。或者等待也不必，只要完全静默，一人独守。世界会在你面前解开面纱；非此不行。这世界在狂喜中自会在你眼前扭动。①

诗人的"此刻"是神秘的，它"沉默"却开出声音的花朵：

> 此刻即将发芽
> 仍是那绯红吉祥的沉默
> 往返于眼睑
> 我将珍藏起那风暴的模型
> 一块遗漏很久的玻璃片
> 一个贴得很近的回声
> 而当你晴天般的指尖向我摸索
>
> 指针却再也不能接近那一点
> 我佚候你细读地形的像谱
> 回答我。此刻该有
> 多少零星的生命在湮灭？

《四月》中的这些诗句仿佛正是呼应冯至的以下诗段：

> 我们空空听过一夜风声，
> 空看了一天的草黄叶红，
> 向何处安排我们的思、想？
> 但愿这些诗象一面风旗
> 把住一些把不住的事体。

正如史蒂文斯宣称的，诗人是一种强有力的人物，因为诗人"创造我

---

① 参见〔美〕哈罗德·布鲁姆《卡夫卡：经典式忍耐和不可摧毁性》，载《西方正典》，江宁康译，译林出版社，2011，第372页。

们不断地转入其间而不自知的世界，并且……给予最高的虚构以生命，没有它，我们就不能设想'那个世界'"①。"思想就是安静地写作，无须工具，无须低语"，并以此防止借助任何物质的力量、可触的事实去倾听真理的声音。张枣早期诗作对沉默世界的倾听，预示着他中期"诗，对称于人之境"这一诗学的提出，以及后期"幻觉的对位法"这一具体诗学方案的发明。在他后来一些"极端的倾听之歌"里，依然漫溢着对生命积淀的过往岁月的倾听，纵使一种幻觉化处理似乎在一定程度上消解了回忆中的"现实感"，但不妨说那正是诗歌自身的真实。譬如在他回忆祖父的诗中：

> 摇响车铃的刹那间，尾随的广场
> 突然升空，芸芸众生惊呼，他们
>
> 第一次在右上方看见微茫的自身
> 脱落原地，口中哇吐几只悖论的
> 风筝。

这一场景应追忆自与祖父一同放风筝的个人经验。但其幻化的描写使广场突然升空，天地倒转，似乎已近于魔幻色彩。也许，诗的世界要么是童话的世界，要么是神话的世界。年轻时，经验单纯，记忆较少，诗人创建童话的世界；随着阅历的丰富，经验的杂质也渐增，或因生存方式的固定而使经验由单纯转为单调，却也意味着某种缺损。于是，对于诗人来说，来自心灵记忆的神话便构成对经验损失的弥补。恰如希尼所说："如果我们给定的经验是一所迷宫，它的不可逾越性仍然是能够对抗的，即通过诗人想象的一些迷宫的对应物，并向他自己和我们描述一种关于它的生动经验。"②

在《四月》中，张枣屡次提及的一个词是"俟候"。而他的等待常常

---

① 转引自〔爱尔兰〕西默斯·希尼《诗歌的纠正》，参见《希尼诗文集》，吴德安等译，作家出版社，2001，第279页。

② 同上。

是关于重返的"此刻"的等待，俟候光泽的返回、回声、空间的复活、体温的回升。这种等待似乎就是从回忆中等待一个诗的世界，从"遗漏"中拾取，从"风暴"中倾听。对遗漏之物的拾取与对回声的倾听所诞生的正是"极端的美丽"。但这种能带来回声的"此刻"虽极端美丽却总是转瞬即逝，甚至指尖温暖的触摸也可取消它。更可怕的是，"此刻该有/多少零星的生命在湮灭？"不妨参照里尔克的《沉重的时刻》：

> 此刻有谁在世上的某处哭，
> 无缘无故地在世上哭，
> 哭我。
>
> 此刻有谁在夜里的某处笑，
> 无缘无故地在夜里笑，
> 笑我。
>
> 此刻有谁在世上的某处走，
> 无缘无故地在世上走，
> 走向我。
>
> 此刻有谁在世上的某处死
> 无缘无故地在世上死，
> 望着我。
>
> ——（冯至　译）

《四月》这首诗不过是张枣早期诗作中对死亡主题的稍微触及。死亡作为个体生命时间的终结，那最震撼人心的一刻，尽管只是一瞬间，但在生命的过程中逐渐学习、领悟如何坦然面对死亡却几乎是人类哲学、诗学、宗教的核心。因为，正如批评家萨缪尔·约翰逊认识到的，人类存在的基本法则不会变化：人类天性不愿直面将要来临的死亡。[1] 死亡的可怕

---

① 转引自〔美〕哈罗德·布鲁姆《西方正典》，江宁康译，译林出版社，2011，第159页。

性紧攫着人，普通人匆忙地投入生之欢乐与操劳即是对这一可怕意识的逃避，试图以有限之生的成就获得一时安慰，摆脱甚至忘却死亡意识的追赶。诗人与哲学家却追求美与思想的力量来实现不朽。前者凭借对已逝时间的重构缔造一个与生命相关却超越自身的可能世界，这个世界因形式秩序的长存延续过去、流传未来。虚幻地说，生命从来无法把握住此刻、当下，即使怀着一种虔诚至死的心情去拥抱当下，仍是将其空空错过。因而我们看到，在里尔克的诗歌中，"此刻"是一个严重的时刻，人无缘无故地哭、笑、走、死，充满荒诞、不测。唯一可行的，是写下那些颤抖的句子，用艺术的创造力，把那些像"坐下来用早餐的一连串偶然事件"变成"一个思想，某种有意图的完美之物"（叶芝语）。因而，"内心追求出众，包括文学上出类拔萃的欲望，其驱动力是相同的：逃避那想到死亡就令人眩晕的意识"。①

精通德语的张枣倾心于荷尔德林，相信荷尔德林《追忆》一诗那著名的结尾"但诗人，创建那持存之物"（but poets establish what remains）定然令他刻骨铭心。虽然他早期学生时代的"悠悠"岁月尚无法令他深入领会如在德国时期那样的困境与孤独，所写之诗除了情感的甜蜜忧伤，并无真正激烈的内心挣扎，细细体察，竟可以说皆是用语言的非物质乐器去捕捉那流逝中的声音。关于这一点，有必要先提及《留言条之一》这首至简的小诗：

> 我走了
> 你在这儿
> 听我微温的声音
>
> 要去多久
> 它不会说
> 语言怎能说？
>
> 你等吧

---

① 转引自〔美〕哈罗德·布鲁姆《西方正典》，江宁康译，译林出版社，2011，第161页。

把我的诗读完

它们在书桌上

灯——我没有关

　　这首诗浑身散发着的体温般亲切的语气令人感动，而它蕴含着的消逝与等待又让人深感寂寞。"留言条"一词意味深长，语言留下来，在物质的纸条上，你可以听"我微温的声音"。于是我们看到，听声音对于张枣一开始便作为一个严格的诗的意识而出现。他早期诗作并不借助严格的格律，仿佛那只是一种感性的声音，如丝绸般飘曳、回旋、萦绕，而诗人仅仅依靠天性的敏锐去捕捉。但不能说这种捕捉是盲目的，它是有意识地注重声音效果的，虽然处于一种近乎抽象的模糊状态，尚未获得一种诗学观的定型。正是这种出于直觉的语言实验与训练，使一个诗人最原始的禀性与气质扎根在个人的声音中，最终得以发明一种稳定的、独特的语言气息。对此，张枣亦有自我剖白：

我潜心做着语言的试验

一遍又一遍，我默念着誓言

我让冲突发生在体内的节奏中

睫毛与嘴角最小的蠕动，可以代替

从前的利剑和一次钟情，主角在一个地方

可以一步不挪，或者偶尔触摸

我便赋予其真实的声响和空气的震动

变凉的物体间，让他们加厚衣服，痛定思痛

——《秋天的戏剧2》

　　这段诗完美地道出了张枣早期写作的"秘密"，也预示着他后来的"路径"。细细品咂，此诗口吻与《白日六章》《杜鹃鸟》《等待》《镜中》《何人斯》《十月之水》等一批诗作皆与《诗经》一脉相通，表面读来悠游、温婉、不动声色，尽显君子之风，实则全然寓风暴与激烈于内："让冲突发生在体内的节奏中。"不过，此种化若无痕当属潜移默化的影响，功夫在于"潜心"与"钟情"，最终转为气与内力：内蓄刚劲、外现绵柔，所谓诗艺的"化骨绵掌":"睫毛与嘴角最小的蠕动,可以代替/从前的利剑和一次钟情,主角在一个地方/可以一步不挪,或者偶尔触摸/我便赋予其真实的声响和空气的震动"。正是那仿若看不见的"蠕动",弹出了连绵不断的"迷离声音的吉光片羽",使我们得以闻听那真实而不同凡响的清籁并感到"空气的震动"。奇妙的是,张枣至1990年代依然对此番诗心念念不忘,在著名组诗《跟茨维塔伊娃的对话》中重述了这一梦寐以求的声音诗学:

> 我摘下眼睛,我愿是聋哑人的翻译——
> 宇宙的孩子们,大厅正鸦雀无声;
> 空气朗读着这首诗,它的含义
> 被手势的蝴蝶催促开花的可能。

这里,"摘下眼睛"后看不见的"我"成为"聋哑人"的翻译,只因所有人,"宇宙的孩子们"皆沉浸于"空气的震动"中。诗的含义被"手势的蝴蝶催促开花的可能",如同极端的钢琴演奏者,可以废弃眼、耳、口种种感知器官,却依然能奏出那令人心狂蹦乱跳的声音。极端的诗的书写者,不是同样要求"词的传诵",神奇般泛起空气的涟漪,传递于那些看似无可交流者,恰如"蝴蝶,将花的血脉震悚"?张枣痴迷于此番诗语之境,在《留言条之一》中他已显露,声音——唯有对生命"微温的声音"的倾听,对留存之诗的阅读,能使"在场"之人与"不在场"之人构成永恒回应。于是我们看到,在他早期的语言实验中,实则是在寻找或者说力图确立一个声音。这个声音依托于《诗经》的基调,又模拟着现实的生动感,并力图创化现代汉诗最温柔的口吻,一如他在后来自称:"一个醉心于玫瑰柔和之旋律的东方青年。"(《朦胧时代的老人》)《危险的旅程》一诗即是他早年潜心于语言试验的一枚青涩的果实,但在这青涩中,我们实能品出一种醋甜的况味。诗的文字排列带着有趣的实验性,多以空白间隔短语、词、字,诗行参差不齐,间或直线下坠,间或如阶梯倾斜。而这种外观上的摇曳不定却正像文字的舞蹈,配合出诗歌本身纷扬、繁复的旋律,仿佛有一股或急或缓的歌声始终在飘荡,时而如梦的呓语,时而如破碎的谵语。歌声唱着那青苹果般酸甜的初恋,那昙花般的美丽恋人，那关于失去的难忍的"锥心的阵痛"。初恋的失败成为张枣内心一段揪心的疼痛，他的那些明确献给娟娟——"他不厌其烦地谈到了一个女孩"①——的情诗以及《题辞》都表明了这一点。《危险的旅程》是一首valediction（告别辞），当"你走了"，而"我不会说再见"时，心灵和语言即面临破碎：

> 时间岂能包含你
> 　　　　你笑过　　时间不会
> 拾取　　你留下的笑
> 列车已经走完了最后一个隧道
> 隧道　　长长的秘密
> 守着长长的隧道　　霉味长长地
> 扑向你长长的发丝
> 和那些长得比未来还长的凝望
> 　　　"又过了
> 　　　　一盏灯"
> 　　　　一个小站
> 　　　　匆匆地
> 　　　　被它带走或扔掉像抹透明的尘土

时间的隧道像一个谜语，而谜底是"长长的秘密"，人短暂的一生无法将之穷尽，却随时面临终结、腐烂，没有什么能长过绝对的"霉味"（死亡）。人，甚至一种"比未来还长的凝望"，也终将被"带走或扔掉像抹透明的尘土"。这是令人绝望的破碎。可是，在告别中，在破碎中，"我"仍听到了歌声，"轻柔如圣诞节的歌声"。圣诞节，难道不是基督重临，那歌声，难道不是给人再生与拯救之感？在"我想睡的那会"，在"我"迷蒙、昏沉的时刻，仍"在呓语中说出了那句忘却了的诗"，那是什么歌啊，"那歌声/真美啊！"

---

① 柏桦：《左边——毛泽东时代的抒情诗人》，香港：牛津大学出版社，2001，第114页。

你

走过来　哼歌"在河之洲　在河

之洲"

……

我亲爱的

啼鸟　多清脆的

　　　声

　　　　音啊　亲爱的　过来吧

我已把自己的全部

全部全部呵，全部交给了

霜雾中的这只杜鹃鸟　抬起头

看我飞

……

"在河之洲

在河之洲"听我

啼

清悦地　啼

用心啼

　　这就是歌声，三千年前的歌唱依然穿越时空令人沉醉，令人感到"千百年坦开的温柔"，如五色石落入掌心的温暖，予人飞升的力量。这就是歌声，当它在痛苦中响起依然让人感到"半个地狱和天堂"的悲喜。这就是张枣，他在对消逝的痛感与爱情的绝望中即早早确立起艺术永恒并伟大的信念。他从《诗经》传统的歌唱力量中感知这一信念并渴望传承这种力量。

　　尽管语言无法向人允诺一个确切的未来，但它总在挽留那些消逝的光景。在此意义上我们可以说，张枣对语言的信任奠基于语言对过去的生命感的积淀。一切幻象根源于过去生命的启示，而语言承担的，几乎就是生命的幽灵。但一首诗却能让我们安然等待，怀着希望等待，由此进入莫测的未来。在《留言条之一》中，书桌上的诗与未关的灯几乎是同一事物，二者均表希望，消逝者的遗留物与黑暗中的光明。在张枣后来的诗中，诗、语言对人的挽救也正如灯的普照，不仅仅挽留着逝去，也照彻着"来世"。譬如同样的一句诗，关于"灯的普照与来世"便重复出现于四首诗中，"现在一切都在灯的普照下／载蠕载袅，呵，我们迷醉的悚透四肢的花粉／我们共同的幸福的来世的语言／在你平缓的呼吸下一望无垠"（《蝴蝶》）；"灯下的一切恍若来世"（《哀歌》）；"灯的普照下，一切恍若来世"（《护身符》）；"灯的普照下一切都像来世"（《孤独的猫眼之歌》）。可以说，对于张枣，诗歌就是宗教，"来世"就是现世中的诗歌世界，就是语言的世界。在我看来，《镜中》这首著名的纯诗便"恍若来世"，而它却源于"追忆"：

> 只要想起一生中后悔的事
> 梅花便落了下来
> 比如看她游泳到河的另一岸
> 比如登上一株松木梯子
> 危险的事固然美丽
> 不如看她骑马归来
> 面颊温暖
> 羞惭。低下头，回答着皇帝
> 一面镜子永远等候她
> 让她坐到镜中常坐的地方
> 望着窗外，只要想起一生中后悔的事
> 梅花便落满了南山

"只要想起一生中后悔的事"，这个开头带着不容质疑的绝对性，它包容"一生"。"后悔的事"如此彻底、确凿无疑，以致"只要想起"，即有物我感应："梅花便落了下来"。此处只是"想"，尚未用语言忏悔。但真诚地"想"似乎比用语言"说"更深刻、更绝对。整首诗似乎自始至终都是"安静"的，那隐匿的"看"的主体，以及看到的"她"，那一连串的动作：游泳、登上梯子、骑马归来、低头、回答，等等，皆发生于"望着窗外"的片刻，或许一切只是那望的人怅然若失的意识流，在这一瞬间里却凝结着永恒："一面镜子永远等候她／让她坐到镜中常坐的地方"。这面

"镜子"不如说就是人的心镜。如诗前述，"游泳到河的另一岸""登上一株松木梯子"分别意味着去远与登高，故均可象征对原地与此刻的"脱离"，此种"脱离"可视为人与事在时间之流中永无复返的前往，这种前往总是意味着对"时间"的丧失，这种丧失对于生命总是一种"危险"。而"危险的事固然美丽"，"她"是多么美丽，"游泳""攀登"，生命是多么美好、充满勃勃生机，可是啊，"美只是恐惧之始"（里尔克《杜伊诺哀歌》）。诗人一面看到美、意识到美，一面又哀叹这美消逝得太快。——爱伦坡曾说一个美女的死是最有诗意的。因而，诗人呼唤"美的归来"，以艺术的永恒秩序的美来超越凡俗中转瞬即逝的美。于是下面这两句娇羞百态的诗就显得格外扑朔迷离：

> 不如看她骑马归来
> 面颊温暖，羞惭。低下头，回答着皇帝

　　这里直接呈现出来的是一幅宫中怜爱图，而它的效果是把读者带回那遥远的古代，在那里皇帝和他心爱的妃子沉溺在那似乎"绵绵无绝期"的永恒温情中。这是一种击退了人间所有悲欢离合的美好场景，"皇帝"这个词以它本身所凝聚的至高无上的权威使一切他想要的秩序得以维持——而我们可以说，诗人就是他的诗歌王国的皇帝——这一遥远的已逝的"皇帝"的称谓，和他那如影随形的满含"古典"气息的女子，恰与"游泳""攀登"的"她"构成了两端，一为现实的、此刻的跃然的美，一为那幻想的、"长生不老"（皇帝总想追求长生不老）的幽静之美。而以后者召唤前者"归来"，我们可以说，正是诗人对艺术的期冀。如爱伦·坡所言："诗的本源就是人类对超凡之美的渴望，同时这种本源总是在一种使灵魂升华的激动中得到证明——这种激动与激情无关，因激情只能使凡心激动；这种激动也与道理无关，因道理只能使理智满足。"[1] 也即，关乎美的激动是对于艺术本身的激动：一种对结合了思想的形式的激动。这种激动源于"永存于人类心灵深处的天性：美感"，而诗人的美感却不止于同大

---

[1] 〔美〕爱伦·坡：《诗歌原理》，参见《爱伦·坡诗集》，曹明伦译，湖南文艺出版社，2012，第300页。

众一样仅从身边的形状、声音、色彩、气味和情趣中去感受或再现愉悦，感受或再现愉悦"还不能证明他配得上诗人这个神圣的称号。远方还有一处他尚未触及的东西。我们还有一种尚未解除的焦渴，而他却没能为我们指出解渴的那泓清泉。这种焦渴属于人类的不朽。它是人类不断繁衍生息的结果和标志。它是飞蛾对星星的向往。它不仅是我们对人间之美的一种感悟，而且是对天国之美的一种疯狂追求。对天国壮美之预见令我们心醉神迷，正是在这种预见的启迪下，我们才通过时间所包容的万事万物和想象之中的种种结合，竭力要去获得一份那种壮美，尽管那种美的每一个元素也许都仅仅属于来世"①。读完爱伦·坡这段话，再读《镜中》最后四句诗：

> 一面镜子永远等候她
> 让她坐到镜中常坐的地方
> 望着窗外，只要想起一生中后悔的事
> 梅花便落满了南山

我于是想走得更远一些，不妨假设那永远等候她的镜子就是诗吧。"望着窗外"，种种已消逝之美浮现于我们的心境，而我们的心境又浮现于诗之镜，这是一面在韵律的颤巍中永不破碎的魔镜，所以它会永远等候，并施着魔法让她坐到镜中常坐的地方。诗写到此时，那"后悔的事"（凡尘之悲欢离合）已化作一种神秘、飘忽的旋律缭绕不绝，达至物我同一。很容易发现，开头的"梅花便落了下来"到诗之结尾，已变成"梅花便落满了南山"。这意味着，经过一番回溯与艺术的安排，一首诗落成，即已获得某种永恒——"南山"这个意象可以提醒我们这一点。"梅花"本如一支曲子，这是人间最美的声音与形式，"落满了南山"真是拥抱了不朽。这首诗的主体沉浸在一种沉思默想中，因而整首诗的氛围始终弥漫着某种静默感，仿佛只是他的思想、意识在无边无际地蔓延着，静水深流着，但最后却从静默中撷取了哀婉的旋律并赋予其语言形式。这或许会令我们想

---

① 〔美〕爱伦·坡:《诗歌原理》，参见《爱伦·坡诗集》，曹明伦译，湖南文艺出版社，2012，第272页。

起艾略特那首《普鲁弗洛克的情歌》，有批评家称，在普鲁弗洛克的时间延续中没有进展，没有运动。依此，则普鲁弗洛克在一个房间里一步都未迈出，仅仅耽溺于空幻的内心独白。① 不过，《镜中》的幻想仍基于追忆，而普鲁弗洛克的幻想是前瞻性的，前者短小的篇幅使其带有更多中国古典诗词对空白意蕴的承续，因而在效果上有直接的超越感；后者则以大量生动的细节、场景描述、对话使幻想（假如那的确是普鲁弗洛克的幻想）衔接当下，最后也的确知道"一旦人的声音惊醒我们，我们就淹死"，即从那幻想的"大海的房间里"回到人世，依然必须面对那令人沮丧的、充满挣扎而最终可能"后悔"的一生。同样是幻想，前者在遗憾中最终呈现诗的愉悦与永恒感，后者却在时起时灭的幻象中、在对美和力的幻象的一瞥中，在内心中唱起一支染有浪漫色彩的情歌时，仍然无法相信什么有价值的、永恒的东西，无法重新面对世界，也无法在自我激励的幻想行动中获得力量，最后依然面临幻灭："被淹死"。对此，我们可以提出很多理由。首要的是，《镜中》辐射着"古典美"，因它传承着"典型的古典主义的做法"②，把内容美和美学美统一在一起，虽然写的是一个遗憾，但他升华为一种幻美的遗憾，一个令人心向往之的境界。这种对消极性的升华，就是中国古典诗歌呈现的对世界的"圆润"态度，言君子之志的情怀，如屈原《离骚》以华美的姿态写惨然的处境。《普鲁弗洛克的情歌》作为典型的西方现代诗，则在幻想的虚构中更真实地呈现人的存在境况。此外，对过去的回想似乎比对未来的幻想更具确定性，更容易给予人信心。艾略特本人在《灰星期三》中就把一切时间（过去、现在、将来）都认同为过去，因为时间永远在流逝，即便是那未来的时间也无法向我们允诺一个永恒，它终将到来、终将过去。在张枣那里，"未来"很早就已成为"记忆"：

> 一个黄昏，一朵雪花的消融
> 一片新叶一个逝去

---

① 参见〔英〕T. S. 艾略特《四个四重奏》，裘小龙译，漓江出版社，1985，第 4 页。
② 张枣：《艾略特的一首短诗：Morning at the Window》，《张枣随笔选》，人民文学出版社，2012，第 69 页。

南岸第一个雪花

第一次对于未来的记忆

——《南岸第一次雪花》

　　因而，对消逝的拯救归根结底依赖于记忆的追溯、重构。艺术家通过比生命更长存的形式捕捉记忆的真实或"原谅"曾经的"懊悔"，便能使在时间中破碎的心灵与黯淡的精神重获慰藉，实现对时间的胜利物化，这便是艺术的永恒功能。如果说张枣对时间流逝的痛感是诗人先天的消逝性敏感，那么他长久执着于挽留这消逝且执意以美的理念在消逝中创建那留存的形式，便是其作为一个消逝之人的伟大了。因为，他的诗已为我们重构了许许多多美好的时间，就像他后来道出的："写，为了那缭绕于人的种种告别。"（《祖父》）

　　在最直接的层面上，张枣写于1994年的《祖父》是一首基于个人经验的"追忆"之诗、关于"诀别"的拯救之诗。但在另一个层面上，这又是一首形而上的元诗，它渗透着张枣对写作的反思与批评，对写作的追问。上述两个层面隐秘的融洽无阂令人激赏。我们读读最后三节，"祖父"用"盐的滋味"对"我"传达中国千百年来最基本的"诗教"理念：

写，不及读；

诀别之际，不如去那片桃花潭水

踏岸而歌，像汪伦，他的新知己；

读，远非做，但读懂了你也就做了。

你果真做了，上下四方因迷狂的

节拍而温暖和开阔，你就写了；

然后便是临风骋望，像汪伦。写，

为了那缭绕于人的种种告别。

　　张枣在这里提到了"上下四方"这个词。"四方"在此总结性地呼应前面出现的"大地""升空""人境""幽灵"。"有四种声音在鸣响：天空、大地、人、神。在这四种声音中，命运把整个无限的关系聚集起来。"
海德格尔认为，虽然荷尔德林本人没有道出"四方"这个数目，但他的全
部道说已使"四方"普遍地根据它们的并存状态的亲密性而得到洞见了。
"所谓'四方'，并非指示一种被计算的总数，而是指示着命运之声音的无
限关系从自身而来统一的形态。……命运使四方进入其中从而取得自身，
命运保存四方，使四方开始进入亲密性之中……作为整个关系的中心，命
运是把一切聚集起来的开端。作为鸣响着的伟大命运，这个中心就是伟大
的开端。"① 那么，人的命运是什么？是那"缭绕于人的种种告别"，那不
断在消逝的、"向死而生"的存在。为此，就需要"追忆"，需要"写"，
需要那"迷狂的节拍温暖而开阔"。艾略特在《灰星期三》中写到：

> 新的岁月漫步，用一片灿烂的
> 云彩似的泪水使岁月复苏
> 用一种新的诗句使那古老的节奏复苏，拯救
> 时间，拯救
> 更高的梦里未曾读到的景象

不妨看看张枣以他馨香的"节奏"为我们拯救了多少青春岁月吧，
1980 年代永恒的梦幻之美，在他诗中永远地留存下来了。无论何时，我们
都可以在他诗中倾听那"水妖迷人的歌"（《危险的旅程》）。那"命运弦
上最敏感的音节"（《秋天的戏剧》），一遍遍经他弹奏着；那些"朗响的
沉寂"（《卡夫卡致菲丽丝》），皆被他写得芬芳清晰。譬如，他写沉寂的
时间：

> 灯，用门
> 抵住夜的尾巴，窗帘掐紧夜的鬃毛，
> 于是在夜宽柔的怀抱，时间
> 便像欢醉的蟋蟀放肆起来。

① 〔德〕海德格尔：《荷尔德林的大地和天空》，参见《荷尔德林诗的阐释》，孙周兴译，商
务印书馆，2009，第 210~211 页。

在《白日六章》中，从那面对"伟大消逝"的一个个飞旋的追忆中，我们可以听到"突围的旋律"，急促而紧迫。在《纪念日》中，诗人让我们倾听"一个月亮般的声音"，短暂而苍凉，生命"偶然如一个象征"，几乎是一种"残忍"：

> 秒针于我们胸间
> 谋杀，急峻的枪声
> 使我们以外的细节
> 如撕裂的花瓣

《杜鹃鸟》中聆听"你的耳语"仿佛"杜鹃的声音"，美丽得足以"把半片湘绣/引入同一个瞬间"。《早晨的风暴》是对"消逝的一场风暴"的倾听："早晨醒来果然听到了风声/所有的空门嘭然一片"，随之想起"遥远的中学时代/老师放低的温柔的声音"。《十月之水》里，"初秋第一次听到落叶"，"当蝴蝶们逐一金属般爆炸、焚烧、死去/而所见之处仅仅遗留你的痕迹/此刻你发现北斗星早已显现/植物齐声歌唱，白昼缓缓完结"。正是这种种对生命之美丽与消逝的极端倾听，让诗人情不自禁地追问："那使人忧伤的是什么？/是因为无端失落了一本书？"（《那使人忧伤的是什么？》）一本书拥有"新页的气味"，"带着许多声音和眼睛进入你"，因而，书籍正是生命的证明与延续，它温暖着别的零星生命，让"腊月也有阳光"。当一本书"不见了"，生命何从触摸，几乎要令人"怀疑它是否存在过"。归根结底，那使人忧伤的是生命的消逝。而书籍的无端失落则使这种"消逝"达到彻底的空无与绝望，那刻录于书本中的生命的鲜活感消失了！后来，他又在《维昂纳尔：追忆似水年华》一诗中说："丢失一句话，也可能丢失一个人。"他认定生命需要"勋章"，需要雕像般的纪念，需要"谛听"，需要以书页"题辞"呈现，否则——

> 开口即将死去
> 下午的线条辐射
> 风景受伤，圆柱和年轮
> 措不及手地旋转

——《纪念日》

多么迅疾！但在"不会留下贝壳的夜晚/书页便是温暖的芭蕉林"（《题辞》）。我们已经说过，对于在诗歌中的聆听与发声，张枣早有清醒的意识，如在《苹果树林》中，我们仍可读出他的一番自我告白：

> 你制造一个清脆的空间
> 同时捏紧几个烈焰般的咒语
> 佯装的风暴从晶亮的眸中迸发
> 景色的信心充满沁柔的惋惜
> 你只是一个瞬息，你被无数瞬息牵引
>
> 因此你追踪那些威严的芳香
> 那个明镜抛弃的光亮
> 你在梦中也尽力分辨白天和黑夜

此番虔诚与苦心令人感慨感动。正如艾略特在谈论叶芝时所说："叶芝的作品中有一种延续的积极个性和简单意愿；因而，没有对他早期作品的研究和鉴赏，就不能理解或不能真正地欣赏他的晚期作品；而晚期作品又反过来帮助我们理解他的早期作品，使我们看见过去未曾注意到的美和重要意义。"[1] 在以上对张枣早期作品所作的回溯中，不得不说，在张枣的诗歌中，同样"有一种延续"，他说过："自己的写作基本上是一次有计划的活动。"[2] 这一计划的实践在他那里是执着、充满激情的，他后来把诗歌信念融入诗艺的复杂变化中，实现了一种彻底、顽强、深邃的延续。

---

[1] 〔英〕T. S. 艾略特：《叶芝：诗与诗剧》，参见《艾略特诗学文集》，王恩衷编译，国际文化出版公司，1989，第 173 页。

[2] 张枣、颜炼军：《"甜"——与诗人张枣一席谈》，《名作欣赏》2010 年第 10 期。

五 向死而诗

1980 年代，张枣即在一本油印的小诗集《四月诗选》前言中写道："此刻地球在启动，这一秒对我和我们永不再来。诗歌的声音是流逝的声音。文学的根本问题是生与死的问题。世界的本质是反抗死亡，诗歌感人肺腑地挥霍死亡。人不是活着，而是在死去。领悟不到死亡之深刻含义的生命是庸俗空虚的生命。死亡教导我们慈祥、幸福、美丽和永恒。"诗人倾听流逝的声音，生命最极端最暴烈的"流逝"莫过于死亡，此次流逝后生命再也无法追忆。张枣这段话流露出来的并非一般意义上的对死亡的绝望，挥霍死亡的慷慨表现的正是先行到死亡中去的勇气，即沉思死亡，"诗歌感人肺腑地挥霍死亡"，并非寻常生命蒙昧地、花天酒地地挥霍死亡。他在非常年轻的时候就颖悟到"文学的根本问题是生与死的问题"，死亡诗学与生命诗学等同，"事生如事死"在他那里体现出来的勇气即：向死而诗。他不断地提到一个形象：樟脑。这种不断挥发着、抑制不住的袅袅飘散着的消逝之物，几乎就是生命的缩影。因而，当他询问："樟脑，你在哪？"（《断章》）就是在问："生命，你在哪？"而当他设想出一个回答："我睡在炸药里。"就是说，生命睡在死亡里，死是生命的炸药，随时可能爆炸。这已是生存论的死亡意识：死是生命的居所。

诚如赫尔曼·布洛赫所言，对人类而言，"从永恒的角度来思考"总是意味着"从死亡的角度来思考"[1]。对永恒的渴望实则产生于生命的"亏欠"，在海德格尔那里，这一"亏欠"毋宁说是一种可能，是被日常存在限制的"此在"向"能在"接近的可能："在此在中始终有某种东西亏欠着，这种东西作为此在本身的能在尚未成其为'现实'的。从而，在此在的基本建构的本质中有一种持续的未封闭状态。不完整性意味着在能在那里的亏欠。"[2] 正是这一"亏欠"，使得作为"现身与领会"了的"此在"

---

① 转引自〔美〕汉娜·阿伦特《黑暗时代的人们》，王凌云译，江苏教育出版社，2006，第131 页。

② 〔德〕马丁·海德格尔：《存在与时间》，陈嘉映、王庆节译，三联书店，2006，第272 页。

在有穷的现实生存中无尽眷念那无穷的"能在","提尽存在的亏欠等于说消灭它的存在。只要此在作为存在者存在着，它就从不曾达到它的'整全'"。① 而死亡却会取消"此在"的存在，封闭存在，因而，对终结性的思考就显得意义攸关。因为，死亡那一刻作为必然的尚未来临，是人可以确知的活着的必然"尚未"以及必然"兑现"，先行到这一"尚未"中去，才能深刻、紧迫地领会存在的"亏欠"。"只要此在存在，它就始终已经是它的尚未，同样，它也总已经是它的终结。死所意指的结束意味着的不是此在的存在到头，而是这一存在者的一种向终结存在。死是一种此在刚一存在就承担起来的去存在的方式。'刚一降生，人就立刻老得足以去死。'"② 对此，《死囚与道路》在哲学意蕴上成为生命最根本的一个寓言：

> 从京都到荒莽，
> 海阔天空，而我的头
> 被锁在长枷里，我的声音
> 五花大绑，阡陌风铃花，
> 吐露出死
> 给修远的行走者加冕的
> 某种含义；
>
> 我走了，难免一死，这可
> 不是政治。

标题"死囚与道路"本身便意味深长。"死作为此在的终结乃是此在最本己的、无所关联的、确知的，而作为其本身则不确定的、不可逾越的可能性。死，作为此在的终结存在，存在在这一存在者向其终结的存在之中。"③ 人一出生，便被囚禁在"向死"这一无可逃亡的牢笼中。"我"不是作为罪犯死去，只是作为一个必死之人死去："我走了，难免一死，这可/不是政

---

① 〔德〕马丁·海德格尔：《存在与时间》，陈嘉映、王庆节译，三联书店，2006，第272页。
② 同上书，第282页。
③ 同上书，第297页。

治。"另外，生命作为过程，一降生便总已经在道路上，倘若没有作为"行走者"的过程，必然没有生命的美丽与意义——那海阔天空与阡陌风铃花啊——于是结局必然空茫。虽然有了过程，若未付诸思忖与领会，一旦消逝，也不过是行尸走肉的一个过程，思想意识几乎一片虚空。因而，最根本的道路有两条：生命之道与思想之道。"从……到……"揭示的即是"在路上"的状态，正是从这一过程中"吐露出死"，那"给修远的行走者加冕的／某种含义"，唯有诗与思可为生命加冕。

> 渴了，我就
> 勾勒出一个小小林仙：
> 蹦跳的双乳，鲜嫩的陌生，
> 熬过未名的水流，
> 而刀片般的小鹿，
> 正克制清荫翠影；
>
> 如果我失眠，
> 我就唯美地假想
> 我正睡着睡，
> 沉甸甸地；

　　不妨猜测"勾勒"与"唯美地假想"带有某种闪避，即"日常的向死存在作为沉沦着的存在乃是在死面前的一种持续的逃遁"[1]。这一"逃遁"即"躲躲闪闪"：人终有一死，但此刻"我"仍活着，因而"松懈"自己到日常操劳与操持的"安定"中，含带色情意味的"小小林仙"鲜活的形象正是此一掩蔽的"诱惑"，"沉甸甸地""睡着睡"也是对死亡的遗忘。本来，"渴"与"失眠"均是对生命"亏欠"的一种具体感知，然而，日常此在通常处于遮蔽状态，或不自觉的逃避中，对死亡停留于一种两可的"确知"中，这种"确知"建立于常人的"闲言"之上，即"没谁怀疑人会死"，然后呢，倘若说不是消极地"死来顺受"，就是在死到来之前放纵一把，"今朝

---

① 〔德〕马丁·海德格尔：《存在与时间》，陈嘉映、王庆节译，三联书店，2006，第292页。

有酒今朝醉",因而,及时行乐也成为文学中一个长盛不衰的主题。但文学中的"及时行乐"主题却又始终奠基于一个背景,那就是时时刻刻对死亡出于本真的确知。那么是谁承受这一确知呢?诗人。因而海德格尔称诗人是在世界的黑夜更深地潜入存在的命运的人,是一个更大的冒险者;他用自己的冒险探入存在的深渊,并用歌声把它敞露在灵魂世界的交谈之中。① ——否则一个人无法做到深刻地"逃避"。对于必死无疑的生命,他越"渴",越"失眠",越无法驰骋于尘世的疆场,他就越不能被实际生存的灯红酒绿所骗,他的哀愁就越大,他就越是无尽颓丧地沉湎于语言的繁花似锦之中,成为一个"语言的物质主义者"(瓦莱里语)。最大的哀愁是那"万古愁":"五花马,千金裘,呼儿将出换美酒,与尔同销万古愁。"(李白《将进酒》)张枣对万古愁情有独钟,在《跟茨维塔伊娃的对话》中,他写道:"我天天梦见万古愁。""没在弹钢琴的人,也在弹奏,/无家可归的人,总是在回家:/不多不少,正好应和了万古愁——"他也曾对诗人臧棣说:"诗歌的主要任务之一,就是对付万古愁。万古愁才是颠扑不破的真理呢。……万古愁是汉语诗的一个出发点。"② 如果说"人生得意须尽欢"是用日常性来消除万古愁,那么诗人同时又认识到,"这种消除并不是一种彻底的了断,它只是一种短暂的但却高度有效的精神上的自我克服"③。因而,文学的"逃避"(消除)就和实际生存的醉生梦死有着根本区别。譬如,在机械化的工业社会里,人们心无旁骛地朝着欲望进发,可有闲暇过问存在的意义问题?那自然的性情已在暴虐的压抑中日渐萎缩,心灵也在蜗牛般的生活壳里挣扎变形。钢筋林、社会分工与个人空间的丧失造成铜墙铁壁般的逼仄、压抑、苦闷、无聊,像寄生虫一样蔓延、咬噬着人的精神。于是,在一个人人必死、看似没有任何意义的世界,只有闲言碎语,满腹的牢骚与幻灭,满眼的支离破碎,满世界的狂欢,人人都在不顾一切地试图遗忘,在感官世界的迷醉中,在颓唐的、罗曼蒂克的快感与昏睡中摆脱意义、深刻、短暂所带来的钳制与沉重——一句话,在操劳与操持中继续遮蔽死、削弱死,忽视被抛入死亡的状态。这种对本真存在

---

① 〔德〕马丁·海德格尔:《诗人何为》,《林中路》,孙周兴译,译文出版社,1997,第89页。
② 臧棣:《可能的诗学——得意于万古愁》,《名作欣赏》2011年第15期。
③ 同上。

的逃避即是对"畏"的逃避。诗人的勇气却承担起那"畏"：

> 如果我怕，如果我怕，
> 我就想当然地以为
> 我已经死了，我
> 死掉了死，并且还
>
> 带走了那正被我看见的一切

　　这段诗，最直接的来源或许是史蒂文斯《徐缓篇》中的一句话："每个人都是自己死掉自己的死。"① 这种死亡观，也出现在张枣《德国士兵雪曼斯基的死刑》一诗中："我死掉了死——真的，死是什么？/死就像别的人死了一样。""死掉了死"，毋宁说是死掉了赴死，且是死掉了自己的死。作为名词的"死"是绝对的、无限的死后，而生却是偶然的、有限的此生，且是时时刻刻在"缓慢地失血"的"赴死"。对于有情生命，最可怕的或许不是死亡的瞬间与死后肉体的腐朽，而是活着时"死的永远的折磨"（卡夫卡语）。这致命的深渊感，无可逃遁亦无可转移。"任谁也不能从他人那里取走他的死。"② 可以为某种确定的事业为他人牺牲自己，但这不过是说以自己的生命为代价延缓他人的生命，换句话说即延缓他人的死刑。因而，"畏死不是个别人的一种随便和偶然的'软弱'情绪，而是此在的基本现身情态，它展开了此在作为被抛向其终结的存在而生存的情况"③。但一般的，人们拒绝领会这一"基本现身情态"，而是逃遁到日常实际生存活动中，且"以沉沦的方式死着"，让自己消散于滚滚红尘，随波逐流地被死亡载走。而"死掉了死"最根本的是主动坦露了一种勇气，一种先行到死亡中去的勇气。这勇气。是最本己的内在的自由。"向死存在，就是先行到这样一种存在者的能在中去：这种存在者的存在方式就是先行本身。在先行着把这种能在揭露出来之际，此在就它最极端的可能性

---

①　〔美〕华莱士·史蒂文斯：《最高虚构笔记　史蒂文斯诗文集》，陈东飚、张枣译，华东师范大学出版社，2009，第257页。
②　〔德〕马丁·海德格尔：《存在与时间》，陈嘉映、王庆节译，三联书店，2006，第276页。
③　同上书，第289页。

而向其自身开展出自身。把自身筹划到最本己的能在上去，这却是说：能够在如此揭露出来的存在者的存在中领会自己本身——生存。先行表明自身就是对最本己的最极端的能在进行领会的可能性，换言之，就是本真的生存的可能性。"① 因而，先行，对生存的能在最积极的筹划，一种对生存最大限度的承担之勇气，对"畏"的勇敢出入。"畏"在海德格尔那里作为一种基本现身情态乃是"敞开"的存在，"畏使此在个别化为最本己的在世的存在。这种最本己的在世的存在领会着自身，从本质上向各种可能性筹划自身。因此有所畏以其所为而畏者把此在作为可能的存在开展出来"②，它"将此在从其消散于'世界'的沉沦中抽回来了"③，不使自己消失于日常操劳状态中，不心安理得于安逸地在世，简言之，"畏"会让那个独一无二的此在处于茫然失所的不在家状态。这一茫然失所常常是莫名其妙的"烦"，是存在者开始触摸那个意义问题（即便未曾明言）以及随之而来感到手头所追求的一切莫不虚空的一种"威胁"，这一"威胁"可以说是自我之战，"畏"亦是深层自我之畏。"这种威胁实际上可以和日常操劳的完全安然与无求并行不悖。畏可以在最无关痛痒的境况中升起。也不需要有黑暗境界，虽然人在黑暗中大概比较容易茫然失所。"④

对于诗人，先行的勇气或许并不借助于哲学的深邃，也非宗教的来世之允诺。诗人主动承担的自由来自他的写作。因为写作与生命休戚相关，就不得不与死亡深刻关联。死亡使生命面临的紧张正是诗歌偾张的力量，因为美丽转瞬即逝，诗人感到焦虑，他必须找到那同样美丽甚至更美丽的形式来纪念生命。因而，"只有在诗歌中，才会酝酿出这样的态度：爱因无疑的事物而萌生，而强悍。借助于必死带来的速度和力量，爱，帮助我们去捕获'生存的勇气'"⑤。如此，他就能骄傲地写下："我死掉了死，并且还带走了那正被我看见的一切。"

褪色风景的普罗情调，

---

① 〔德〕马丁·海德格尔：《存在与时间》，陈嘉映、王庆节译，三联书店，2006，第 302 页。
② 同上书，第 217 页。
③ 同上书，第 218 页。
④ 同上书，第 217 页。
⑤ 臧棣：《可能的诗学——得意于万古愁》，《名作欣赏》2011 年第 15 期。

酒楼，轮渡，翡翠鸟，

几个外省的鱼米乡，

几个邋遢地搓着麻将的妓女，

几只像烂袜子被人撇弃在

人之外的猛虎

和远处的一只塔影，

更远一点，是那小小林仙，

玲珑的，悠扬的，可呼其乳名的

小妈妈，她的世界飘香

　　无论这生存的世界是怎样凌乱不堪，充满"褪色风景"，邋遢无聊的妓女，甚至那"猛虎"（猛虎在张枣的诗歌中一向有着高尚的意味）也"像烂袜子被人撇弃在/人之外……"，但诗人还是可以看到"远处"的塔影，更远一点的美丽的"小小林仙"，那飘香的世界。因为"必死无疑"教导诗人热爱世界，必须更敏锐、更紧迫地捕捉混乱生存中的美——而这一切，需要多么大的勇气！这勇气，对于诗人，正来自创造的洪流，一个创造者必是一个先行者，他设计一个世界，他能感到这个世界的完满以及完成创造休歇时的那种心满意足。创造是梦想，正如每一个赴死的人都会做梦，但诗人的梦想又是"人外人的梦"，他加入生之洪流，更投入创造的洪流，使梦想的诗从这个世界跃起，但"纯诗"（梦想的诗）终究是受"赴死者"限制的，因而"是不纯的"：

像大家一样，

一个赴死者的梦，

一个人外人的梦，

是不纯的，像纯诗一样。

　　在古典观念中，世界曾被认为是永恒的，因而人们可以用这种永恒性来使自己与死亡和解，对永恒的眷恋就暗含了向死而生的人试图平和地迎接死亡的态度，相信死后尚有永恒之灵魂。张枣曾写过这样的诗句："呵，一只蝴蝶/我猜不透/你是谁家的灵魂。"① 因而，和哲学家一样，幽邃的诗人总是在进行持续而深入的思考，力图诗意地道出他的领会。在《死亡的比喻》中，我们感到一种轻松调皮的口吻，似乎就是试着化解人与死亡的冲突："死亡猜你的年纪/认为你这时还年轻。"

但关于死亡的智慧对于任何人都不可能来得轻易。诗人在诗歌中先行到死亡中的勇气也并不代表他们在实际生存中就能轻松面对死亡，既然作为一个存在者，"此在首先与通常以在死亡之前逃避的方式掩蔽最本己的向死存在。只要此在生存着，它就实际上死着，但首先与通常是以沉沦的方式死着。因为实际的生存活动不仅仅一般地和无所谓地是一种被抛的能在世，而且总也已经是消散于操劳所及的'世界'"②。诗人依旧有其凡胎肉体，对于崇尚"感官之热烈"的诗人，其对凡俗肉体的爱事实上往往比普通人更浓烈。由此，对于一向在诗歌中感人肺腑地挥霍死亡的已逝诗人张枣，其绝笔诗《灯笼镇》自是别有一种况味。这里全文引录《灯笼镇》：

> 灯笼镇，灯笼镇
> 你，像最新的假消息
> 谁都不想要你
> 除非你自设一个雕像
>
> （合唱）
> 假雕像，一座雕像
> 灯红酒绿
>
> （画外声）
> 搁在哪里，搁在哪里
>
> 老虎衔起了雕像
> 朝最后的林中逝去

---

① 转引自欧阳江河《站在虚构这边》，三联书店，2001，第 248 页。
② 〔德〕马丁·海德格尔：《存在与时间》，陈嘉映、王庆节译，三联书店，2006，第 289 页。

雕像披着黄昏

像披着自己的肺腑

灯笼镇，灯笼镇，不想呼吸

　　这首病榻上写就的诗，可以说是一首在死亡的情境中写成的诗，是诗人确切地意识到死亡即将到来的诗，灯笼镇像死亡的境地，死亡成为一个具体的地名。灯笼的形象夸饰、醒目，而其形状的封闭性在整首诗的氛围里染上了令人窒息的感觉，且看最后一句："灯笼镇，灯笼镇，不想呼吸"。张枣曾在《卡夫卡致菲丽丝》里提到"血腥的笼子"，并说："活着，无非是缓慢的失血//我真愿什么会把我载走/载到一个没有我的地方"。仿佛一句谶语，这一次，这个笼子真的降临了，死亡的到来总是让临死者难以置信，并本能地拒绝："你，像最新的假消息/谁都不想要你"。但，还有一种眷恋，这眷恋足以使人接受死亡："除非你自设一个雕像"。雕像似乎总是给予人永恒感，这透露出张枣始终认定雕像似的成就足以战胜死亡。而这成就对于一个顽强的诗人来说，不就是那不朽的诗篇，在浩如烟海的文明中"幸存"？作为一个天生的诗人——"总是有个细小的声音/在我内心的迷宫嘤嘤/它将引我到更远/虽然我多么不情愿"（《云天》）——他似乎总是在祈祷：

在我最孤独的时候

我总是凝望云天

我不知道我是在祈祷

或者，我已经幸存？

　　　　　　——《云天》

因而，为了那"莫名发疼的细小声音"，他不惜祈祷着同样的牺牲，像一只"练习闪烁的小鹿"被"沉潜的猛虎吃掉"。对此，或许可以理解为，在伟大的诗歌事业面前，或曰在秘密的语言面前，作为普通人的自己可以牺牲掉，被作为灵的诗人那"沉潜的猛虎"吞没，被引向"更远"。因而，他这样坚信并"终生想象着"：

> 我想我的好运气
> 终有一天会来临
>
> ——《云天》

正如在《昨夜星辰》中他骄傲地断言：

> 有谁知道最美的语言是机密？
> 有谁知道最美的道路在脚下？
> 我只可能是这样一个人，一边
>
> 名垂青史，一边热爱镜子

因而，"雕像"等同于"名垂青史"，二者皆为死亡后的遗留物。或许只有确知艺术能越过死亡，艺术家才能在创作中建立起对死亡的主宰感，才能从容地从事写作。然而，当死亡真正来临之际，而诗人在诗歌中期待的允诺尚未来临——张枣生前自是寂寞的，他认定自己"是个大诗人，绝对是个大诗人"[1]，除了在几个好友中得到应和，广泛的"大诗人"之名似乎并未向他招手。——他必将对"早逝"充满恐惧，像任何一个"个别人"那样软弱地恐惧。于是，在《灯笼镇》的第二节，我们听到了众生的"合唱"：

> 假雕像，一座雕像
> 灯红酒绿

这一"合唱"是诅咒式的，有着革命式的决绝。易于腐朽的生命是"假雕像"，这雕像是"沉沦"的。"沉沦"在此借用海德格尔的生存论意义，它意味着：此在首先且通常寓于它所操劳的"世界"。这是一种"消散"，即消散在常人的公众意见中，从深刻的、能领会的此在自身脱落，从本真

---

① 引自陈东东《亲爱的张枣》，载宋琳、柏桦编《亲爱的张枣》，江苏文艺出版社，2010，第80页。

的能在中脱落而沉沦于"公众世界"。① "灯红酒绿"刻画出庸常的生存面貌，它是集体的、共在的，作为现身与领会的此在也可能沉沦于这种光鲜的"晦暗不明"之中。但诗人有其天职，作为"收听者"（《一个诗人的正午》）他必须回应宇宙脆响的口令，以此歌唱那存在，照亮那被遮蔽之在。在集体狂欢的引诱与喧嚣中，诗人的声音就是那"画外声"，他仍在追问"搁在哪里，搁在哪里"，生命的归宿与意义究竟在哪里？这是极端状态中的发问，是茫然无际的痛苦，终究得不到答案。因而生存的迷失与逃遁（包含寻找出路）成为文学一个永恒的母题。但丁在《神曲》开篇即迷失在幽暗的森林中，经过导师与爱人的指引重返星辉灿烂的光明世界之后，后来人的出路并没有一劳永逸地找到。诗、文学、哲学、宗教等并未消亡，因为个体的深层自我时刻面临脆弱、孤独、困惑，仍然需要前者为之寻找精神的高级出路。因为出路不是某种现成的东西，人的存在也不是依靠千篇一律的论证可以囊括的。存在的意义问题，哲学家或也爱莫能助，譬如海德格尔的《存在与时间》，自始至终都在引发我们去思考、领会，以此作为向澄明与本真存在的通达之途。倘若说澄明与本真存在是生命的意义，这恰恰是需要作为过程的现身与作为行动的领会来实现的，即需要"能发问"为前提的。而一旦有了确切的答案，发问似乎就被取消了，意义问题被遮蔽了，意义便也无从显现。伴随着实际存在的生命的出路只能是行动，追问与寻找本身即意味着一种澄明，追问的行动本身就有意义的可能，它意味着追问者的"现身与领会"，唯有追问发生，存在才可能敞明，只有能"领会"的"此在"才追问。作为神与人的中介，如柯勒律治称诗歌写作是"神创造行为的幽暗的对等物"，诗人总是为世人提供着最高的"领会"，关于时间、死亡、语言与道等。在《灯笼镇》中接下来的两节，诗人为我们展示的就是对"死亡"的"领会"与"承担"，这种对真正进入"死亡"过程的"领会"与"承担"并非宗教式的超脱，它是痛苦的但仍然是英勇的：

老虎衔起了雕像

---

① 参见〔德〕马丁·海德格尔《存在与时间》，陈嘉映、王庆节译，三联书店，2006，第204页。

朝最后的林中逝去

雕像披着黄昏
像披着自己的肺腑

老虎是张枣格外钟爱的一个意象，这自然与他属虎有关，也与他的骄傲有关。在《云》一诗中，可以读到"未知的老虎跳跃，叨来野外"，这"未知的老虎"在他的诗歌中多次出现，充满直观哲学的神秘意味。这里，"老虎衔起了雕像"直喻死神将接走生命。"披着黄昏"这一短语充满终结感，所呈现的依然是对死亡的"接近"。最后，在充满死亡气息的"灯笼镇"，直言"不想呼吸"，语气异常微弱、紧张、绝望。在此时刻，死亡此前漫长的可能变成了骤灭的必然，生命与死亡之间的冲突突然被放大，诗人对他"此在"的死有了身临其境的领会，死的紧迫性已从生存论，或从以前浪漫的诗学论中降临为实在的存在体验，因而，"怕死"成为生命真切的软弱与道出，正如他此前说过："一切都没被感到，如果／一切都没被深深的经历：可谁能不受缚于疆界呢？"（《一首雪的挽歌》）。基于对死亡的经验与传达，"诗歌教导了死者和下一代"[1]。这一教导，即从诗歌我们能够获得深切的死亡的感受，诗歌对这一崇高时刻的把握，正在于可能的心满意足地死去。这首小诗，在词语上回环反复，带出了萦绕不绝的旋律；歌剧式的处理盛大而悠扬，在阅读中仿佛已驱散了我们对死亡的意识与恐惧，而诗人也重返宁静。

六　"天人合一"的颂诗

张枣曾对他的学生颜炼军说过，自己最满意的作品是《云》组诗，觉得这组诗解决了最尖端的诗学问题。[2] 于是我们首先要问，在张枣看来，"最尖端的诗学问题"究竟是什么？这在《云》中不像在《跟茨维塔伊娃

---

① 西川：《我和我　西川集　1985~2012》，作家出版社，2013，第103页。
② 龙九尊：《我们的心要这样向世界打开》，《科学时报》2010年10月14日B4。

的对话》中那样明确提到，后者会直接出现关于诗的观点："诗，干着活儿，如手艺，其结果／是一件件静物，对称于人之境／或许可用？但其分寸不会超过／两端影子恋爱的括弧。"以及"人，完蛋了，如果词的传诵／不像蝴蝶，将花的血脉震悚"，以及"词，不是物，这点必须搞清楚，／因为首先得生活有趣的生活"等。虽然在《云》中也有直接出现"诗"这一字眼的诗句："诗歌看着它们／胡闹了好几天，便一走了之。""'你是谁'？而没有哪种回答／／不会留个影子。这是诗艺。／影子叠着影子使黑暗蠕动起来。"但可以注意到，这里已经不是纯粹的说理性诗句了，而是赋予诗一个角色，把它带进了情境，暗示着什么。《云》结尾写道："瞳孔深处才溅出无穷无尽的蓝，／那种让消逝者鞠躬的蓝。"消逝如人者，可对之鞠躬的"蓝"，该是怎样一种浩渺、幽邃的蓝？这蓝，来自天空，来自宇宙，纯净、安宁、永恒，也来自人心，纯粹、沉稳、和谐。在《云》中，我们感到，张枣自留德国开始内心所承受的种种激烈、孤独、阴郁，终于在诗中获得调和，达于一种深邃的"颂调"。这一"颂调"的思想基调虽是其一贯激赏的东方审美体系的核心思想："天人合一"，但，表达它却绝非轻而易举。无论在诗学还是生命感悟的体现中，张枣的诗歌呈现出螺旋结构，即中国古典审美体系与西方文学文化相互调和、补充、升级，终至汇融在极致的诗性语言中——《云》以极端浓缩、集大成式的手法呈现了这一点。张枣盛赞中国"天人合一"思想，并极富感性地称之为"甜"的思想，体现在汉语中是一种"元素的'甜'，不是甜蜜、感伤，而是一种土地的'甜'，绿色的'甜'"①。但，如果我们认为《云》是实现了对这一东方智慧的诗意道说，以无斧痕的诗艺及诗境营造出人与诗的最高境界，一种圆满的"天人合一"宇宙观，则这一"圆满"在古诗中已为陶渊明、杜甫等伟大诗人写得非常"圆满"了！而用现代诗将之发明出来，那该有多难！更难的是，如何不只是重复这一古典诗境，即所谓"原始的圆满"，而是创造性地将之发明于现代汉诗的现代性新境中？——这是否那个"最尖端的诗学问题"？

在我看来，无论是在诗学还是语言、诗意上，《云》是一首涵容着"天人合一"之境的"高远"之作。以这一涵盖张枣"最尖端诗学问题"

---

① 张枣：《绿色意识：环保的同情，诗歌的赞美》，《绿叶》2008年第5期。

的诗作为焦点，探讨其整个诗歌创作与艺术成就，将大有裨益。于形式上，《云》已相当"圆满"，八首小诗，每首为四行三节的十二行诗，未严格押韵，声韵上呈现行云流水般的和谐。于内容上，此诗是张枣为儿子两岁生日而作，在祝福儿子生日快乐的时候流露出怡然的喜悦与天伦之乐，同时把种种复杂思想与美学问题，皆融入父子关系的和谐亲密之中。

"当我，头颅盛满蔚蓝的蘑菇，/瞭望着善的行程"，开篇即如此"甜蜜"、幽邃、动人心扉，无论何时，当我们脱口吟哦，都将获得一种悠远、超脱之境，这种境界不会亚于心头浮起"采菊东篱下，悠然见南山"的古诗语所能带来的澄澈。蓝，奠定了整首诗的基调："善的行程"。因而，这里的云已不是普通的白云或乌云，是蓝色的云，意味整个宇宙。"头颅盛满蔚蓝的蘑菇"，暗示人与宇宙的合一，这是"善"的根源。"人之初，性本善"，即人之心性与天合一，因而人性善乃"天之所与我"。人类的"行程"需延续"善的行程"，"儿子"的出现，也就自然而然了，只是这里的"儿子"，不仅仅是简单的代际之间父亲的儿子："别说，云里有个父亲。"试想想德里克·加曼的电影《蓝》的台词："我献给你这宇宙的蓝色，蓝色，是通往灵魂的一扇门，无尽的可能将变为现实。"正如，"云朵的几只梨儿/摆在碗中，这静物的某一日"。云朵、梨儿、碗中如静物画般成为一体，充溢着古典的和谐与宁静：宇宙之善即存在于我们的日常生活中。因而，"我牵着你的手，把扛着梯子的/量杯伸出窗中，接住'喂'这个词"。"扛着梯子的/量杯"既为绘有梯子的量杯，又寓意人通向"宇宙"之可能——"梯子"在《圣经》中亦是连接天与地的媒介，古老的希伯来族长雅各布曾"梦见一个梯子立在地上，梯子的头顶着天，有上帝的使者在梯子上，上去下来。耶和华站在梯子以上，说：'我是耶和华——你祖亚伯拉罕的上帝，也是艾萨克的上帝；我要将你现在所躺卧之地赐给你和你的后裔。'"（《圣经·创世记》）这一"天地相连"的光景，是西方基督教文化中"在地如在天"的"天人关系"之体现①，张枣在这里确乎是想找到东西文化的"张力和熔点"②？且看他"接住'喂'

---

① 参见林鸿信《从基督教的天人关系看儒学的天人关系——经文辩读的思考方式建议》，《基督教文化学刊》2011 年秋第 26 辑。
② 北岛：《悲情往事》，载宋琳、柏桦编《亲爱的张枣》，中信出版社，2015，第 100 页。

这个词"，接住呼唤。温情的动作与普通的生活用具、口语的呼唤表露人与宇宙亲密无间。"喂"这个词于全诗出现两次（"打开喂乌托邦？"），此一日常最普通的招呼之词却从宇宙接来，且是"乌托邦"，不能不说充满玄机。先看下一句："这是中午，或者说，/这是虚空，谁也拿它没法。"这看起来是突兀且无奈的，实则蕴含着大肯定大智慧，"中午"一词显然暗含机关。组诗后面将有回应，如第二首的诗句：

> 多，就是少？未必如此。
> 我喜欢不多不少。

以及第三首的：

> 这儿是哪？这是千里之外。
> 离哪儿最近？很难说——
> 也许，离远方。咫尺之外，
> 远方是不是一盒午餐肉罐头，
>
> 打开喂乌托邦？

因而，时辰的"中午"，实为"中"（"不多不少""咫尺之外，远方是不是一盒午餐肉罐头"）、和谐，摆脱了偏执、激烈的"中和之道"、圆融之道。据《甲骨文字诂林》的分析、综合：第一，"中"为测日影之工具；第二，中是最初氏族社会的徽帜，立于广场中心，以号召庶民，整饬军队；第三，中宗，指宗庙的位置。可见，"中"地位重要，接近天地人神的本然状态。且回看"喂"这个词，"接住"一个词，实则接住的是"道"。此处再次彰显张枣对王阳明"文道一也"思想的服膺。王阳明在本体论上主张"文道体用一源，而显微无间"，与传统儒家美学"文以载道"有着根本区别，他重新启用先秦所确定的"文"之宇宙论意义，如《易传·系辞》"通其变，遂成天下之文；极其数，遂定天下之象"。又有，"道有变故曰爻，爻有等故曰物，物相杂故曰文，文不当故吉凶生焉"。皆为从天地万物与道的显微关系来规定"文"，恰如刘勰《文心雕龙·原道》曰："文之为德也大矣，与天地并生者何哉？……心生而言立，言立而文明，自然之道也。"因而，文即是道，道即是文，文道一也。此一推论虚妄得近似"乌托邦"，却又令人无可辩驳："这是虚空，谁也拿它没法。"

"天道"必下贯人间，人是天地的产物："天地细缊，万物化醇。男女构精，万物化生。"（《周易·系辞下》）因而，"你"出生："这是你的生日；祈祷在碗边/叠了只小船。""祈祷"是一种宗教仪式。宗教在人类文明中一直是神圣的。"我们如要晓得人类初时的宇宙观，只要探索他们的宗教；我们如要晓得他们对于自然界的解释，也只要查问他们的信仰；我们如要了解社会上各种事件如神权政治、宗法制度、生产、死亡、婚姻、战斗的仪式、耕猎、畜牧、衣食、住所等的习惯，都可以参考原始的宗教而得到解释。"① 可见，神性的自然必将为人的存在提供祈祷的"小船"，正如上帝为人类提供"诺亚方舟"。但"诺亚方舟"的出现，乃在于人类将经历洪水肆虐的灾难变故。"我站在这儿，/而那俄底修斯还飘在海上。/在你身上，我继续等着我。"俄底修斯在海上千辛万苦地漂泊，离开故乡20年才得以与妻子团聚。这一典故暗示着什么呢？如果说"天人合一"的古老命题在李泽厚那里已被赋予了现代意义，予以了"西体中用"的改造和阐释，它不能再是基于农业小生产上由"顺天""委天数"而产生的"天人合一"②，那么在张枣这里，"天人合一"也一定被反思过。这种在现代汉语里已经丢失的古老意识，要再追溯、融合与呈现之，必然不是机械的弘扬与恢复，而是在接受现代文明时历史地、社会化地将之转化为一种内在精神性，使我们积极应对现代世界，在面临现代生存中无可奈何的挣扎、损害时能经受住悲剧、惨厉与危机，抵达崇高的超越。换言之，现代生存的和谐与至善并非也无法避开险恶、冲突等崇高的悲剧美，"儒道互补"的相对贫乏、静观难以对称于动态的复杂的生命历程。现代性视野中的"天人合一"，须主体承担精神苦难，丰富的生命历险，承载西方的悲剧性崇高。因而，"天人合一"的现代呈现不再是一个静观的终极境界和审美理想，而是一个动态的过程，它体现在行动着的人的行动

---

① 林惠祥：《文化人类学》，商务印书馆，1991，第218页。
② 李泽厚：《中国古代思想史论》，天津社会科学院出版社，2004，第304页。

中，在历史的、现实实践基础上，主体能化解内心危机能动地、自由地承载"参天地，赞化育"的"天人合一"。"俄底修斯还飘在海上""在你身上，我继续等着我"均可以说是对这种延续的、历史的、动态的接受悲剧精神的"天人合一"思想的衍化。

第二首接续上一首"自然的人化"或"天人合一"的道说。"宇宙的舌头伸进/窗口，引来街尾的一片森林。"继续点出"宇宙之文"（亦为宇宙之道），且呼应上首"伸出窗子"的量杯，"接住'喂'这个词"。"德国的晴天，罗可可的拱门"，代表此时此地的人境；"你燕子似的元音贯穿它们"。"燕子"：一个极具中国古典意味的形象。"喂（wei——uei）"，一个纯元音的发音，这来自宇宙的声音"贯穿"人境，是为"天人合一"。因而，"你只要说出树，树就会/闪现在对面，无论你坐在哪儿"。"文"对"道"的召唤即"文道一体"。但这种合一的召唤需心性的宁静，而不管身处何地："无论你坐在哪儿。""坐"点出"正心"的工夫路径，即以心性的本真状态来涵容自然之道："灵昭之在人心。"①

> 但树会憋住满腔的绿意，
> 如果谁一边站起，一边说，
>
> "多，就是少？未必如此。
> 我喜欢不多不少。"口吻慵倦。

当人"坐着"，树"闪现"；但当人"一边站起，一边说"，树则"憋住满腔的绿意"。人与自然合为一体，总在一静一动、一张一弛中保持"中正"："不多不少。"而当本然地处于"中"的状态："诚者不勉而中，不思而得，从容中道，圣人也。"（《中庸》）即不勉、不思、口吻慵倦亦与天道吻合，

> 这时，蝉的锁攫住婉鸣的浓荫，
> 如止痛片，淡忘之月悬在白昼。

---

① （明）王守仁：《王阳明全集·卷七·文录四》，上海古籍出版社，1992，第251页。

这样一种美丽祥和的状态，几近于"曾点之乐"的"洒落"，亦如孔子所言："志于道，据于德，依于仁，游于艺。"

第三首转入对"远方"与"咫尺"的诗性辩证：

> 这儿是哪？这是千里之外。
> 离哪儿最近？很难说——
> 也许，离远方。咫尺之外，
> 远方是不是一盒午餐肉罐头，
>
> 打开喂乌托邦？

"远方"是一个意蕴深广的词，在整首诗的语境中可令人想到宇宙之远、天道之高。但"道也者，不可须臾离也。可离非道也"（《中庸》）。从"一盒午餐肉罐头"这切身的远方"打开喂乌托邦"？是的，"百姓日用即是道"，天道即人道。《孟子·尽心上》有言："尽其心者，知其性也。知其性，则知天矣。存其心，养其性，所以事天也。""知天"与"事天"，皆在于人"尽心""养性"，前者何其远矣，后者亦何其近矣，然"天"与"心"一体也，"心即理"（王阳明），这儿就是千里之外，是"旋涡的标本，有着筋骨的僻静，/也有点儿讥诮，因为太远"。这玄奥几乎令人感到"讥诮"！那就体悟吧："所以得迷上那随意的警觉，/坐在这摇椅眺望。"接下来便是一场审美地观天望云：

> 远方是
> 工具箱，被客人搁在台阶上，
> 一朵云演出那遇刺的哑暴君
> 脸"啊"地一声走漏了表情。

其丰富的遐想皆与人间对应，被赋予了戏剧性的表述，简洁而意蕴无穷，末句惊叹之情溢于言表，真正的审美境界乃"乐"，即个体生命与宇宙的融洽统一，"与天地为一"。卞之琳亦有《望》，可形成参照：

> 小时候我总爱看夏日的晴空，
> 把它当作是一幅自然的地点：
> 蓝的一片是大洋，白云一朵朵
> 大的是洲，小的是岛屿在海中；
> 大陆上颜色深的是山岭山丛，
> 许多孔隙裂缝是冷落的江湖，
> 还有港湾像是望风帆的归途，
> 等它们报告发现新土的成功。
>
> 如今，正像是老话的沧海桑田，
> 满怀的花草换得了一把荒烟，
> 就是此刻我也得像一只迷羊
> 辗转在灰沙里，辛亏还有蔚蓝，
> 还有仿佛的云峰浮在缥缈间，
> 倒可以抬头望望这一个仙乡。

只是，《望》仍出于在尘世的"迷失"（"沧海桑田"，"荒烟"，"像一只迷羊""辗转在灰沙里"）中对"蔚蓝"与"仙乡"的渴望，且基于孩子的天真无瑕的幻想心态，以求得一时忘却的抚慰，叙述与寄意皆显得模式化。《云》则整体基调更深邃、统一，其审美品格达于中国美学"乐"的终极理想，故而更纯粹、彻底，其语言的活力亦是显而易见的。

> 今天你两岁；美人鱼凭空跃起，
> 天上掌声一片。而摩托颤袅，
> 拐进世纪末。

上引第四首的诗句延续第三首末节对"幻象"的写作，但"美人鱼、摩托"等又与孩子的玩具相关联。紧接着"把骑的幻象怪兽般/刹到迷迭香前，你，小伙子/翻身而下，表情冷落"。当是一幅父子共同嬉戏的有趣场面，其乐融融。蓝色的迷迭香在欧洲广植于教堂四周，被教徒视为神圣的供品，具有神的力量，是"圣母玛利亚的玫瑰"。

云呀

遍地找着鞋子，弄堂晾满西风。
百舌鸟换气，再唱："当你
把钥匙反锁在家里，你也

反锁了雨外看雨的你。"

此一段大有深意。云、风皆为宇宙无形之物，恰似道之无形；但
云找鞋子、弄堂晾满西风，则又赋予风云一定之形，恰似语言试图言
道，为道定名。然"道不可言，言而非也"（《庄子·知北游》），故
有："百舌鸟换气，再唱：'当你/把钥匙反锁在家里，你也//反锁了雨
外看雨的你。'"一把钥匙总有其固定之锁，一旦反锁，则只能"破"
锁。无论是言与道，皆随物赋形，此亦"言不尽道"且"言不碍道"
的中道语言观。此一诗句模仿百舌鸟，带来歌唱般的啁啾，听到这鸟
儿的启示，

你，
绕着落地玻璃往室内张望：
钥匙摇摇欲坠。你喊你的名字，
并看见自己朝自己走出来……

因了启示，"钥匙"竟也"摇摇欲坠"，此乃一神秘；而喊名字会看见
自己朝自己走出来，此乃又一神秘。这些神秘，皆源于"文道一也"之神
秘，张枣以幻象道出这最高神秘。第五首以"……幻景飘逝"开篇，即提
示以上所写为"幻景"。

……幻景飘逝。桌面，精灵的遗址。
上面留了颗香橙糖，自虐的
甜蜜。瞧，窗外，地球在动呢。

"桌面""精灵的遗址""香橙糖"，表明从幻景回到孩子的游戏场面。

但"窗外，地球在动呢"却转换成云的视角，仿佛在云端从高空下望人世，有：

地心下脚手架上，人有个替身——

那儿，那背上刺着"不"的人，
饕餮昏黑的引力，嘴角
流淌着事件：明天的播音员。

实存之人为本体之人的替身，正如事物是理念的替身。"不"在张枣的诗歌中是一个极其重要的"词"。如《跟茨维塔伊娃的对话》组诗即以"该怎样说：'不'?!"结束全篇；《护身符》一诗甚至把"不"这个词作为护身符，结尾亦是"旷野——不！不！不！"的激烈呐喊。"刺着'不'的人"即永远对某个固定的实存说"不"的本体，因而甚至有"'不'这个词，驮走了你的肉体"（《护身符》）。无形之道永远反抗有形之言："夫道，窅然难言哉！"（《庄子·知北游》）但本体之"道"却永远在引诱"言"，"饕餮昏黑的引力，嘴角/流淌着事件：明天的播音员。"明天永远在到来，明天的播音员也将无尽地在言说。但"言"在绝对之"道"的检测下将面临失败：

云的双乳称着空想的重量，

当揉皱的一团纸，跪对着
花瓶的傲慢。

"诗歌看着它们/胡闹了好几天，便一走了之。"诗乃对道的最高言说，当言说失败之时（胡闹），也是诗歌"一走了之"之时。此时，剩下的只有空的道、无形之道："风的织布机，织着四周。"

第六首可说是组诗最具温情的一首，一个父亲在儿子的生日，开始思念自己的父亲和祖父。"地平线上，护士们忙乱着。/瞧，我那祖父。他正弯腰/采草药。"思绪回到遥远的个人经验，与诗人的《祖父》一诗可形成互文。

> 乌云把口袋翻出来，
> 红豆，在离地三足高的祖国
>
> 时日般泻下，吸住我父亲，
> 使他右手脱臼，那天他比你
> 还小，望着高出他的我在
> 生气。

　　"红豆"表露相思。这种相思甚至引发了接下来的"共时性"幻象：父亲脱臼的那天比你还小，望着高出他的我在生气。再次涉入宇宙神秘现象。荣格曾在《论共时性》（On Synchronicity）一文对一些意味深长的神秘现象进行描述，他认为"在异质的、没有因果联系的过程之间存在着同时发生的有意义巧合"，一个观察者感知到的内容同时可以被外在事件所表达，即在"心灵内部"与"外在世界"之间同时发生①。理论物理学的发现揭示了宇宙是一个和谐统一的过程，是相互联系的元素所组成的动力网。荣格认为共时性事件旨在"一切存在形式之间的深刻和谐"，一旦体验到这种和谐，即产生巨大的力量，给予个人一种内外之间超越时空的灵性。而荣格在回顾中国古代哲学时亦认识到共时性和不可名状的"道"之间的对应，他所谓人的外在与内宇宙的同一性与中国古代哲学的"天人合一"思想恰相应和。"于是，他要当书法家/尊严从云缝泄出金黄的暗语。"看，多么奇妙。

> 地平线上，护士们在撒手：
> 天上担架飘呀飘。你祖父般
> 长大。你，妙手回春者啊！

---

① 〔瑞士〕卡尔·古斯塔夫·荣格：《心理结构与心理动力学》，国际文化出版公司，2011，第 362 页。

"我"的祖父已逝去，但"你"又"祖父般长大"，生命的神秘与和谐将拯救生命的流逝："妙手回春者啊！"

> 你拾起小老虎，当现实的
> 老虎跳跃，叼来满眼的圆满。
> 那是雷电。

"老虎"的玩具去除了虎的凶猛，带来游戏的和谐，亦表露属虎的诗人自己温雅亲切。"现实的老虎跳跃"比喻"雷电"，风、云、雨、雷，构成宇宙万象之"圆满"。"说，雷电，是它叫／苹果林中惊叹号猿人般蹦蹿"，以"惊叹号猿人般蹦蹿"比喻暴雨，满含童趣。

> 当撕毁了的东西升空，聚成
> 乌云之魂，浇淋遍地的图案，
> 未知的老虎跳跃，叼来野外；
> 薄荷味儿派出几个邮递员。

这一节以典型的张枣式陌生语言，对一场雷雨进行了有趣的审美观照。"撕毁""升空""聚成""浇淋"几个动词生动地演绎了一场宇宙能量守恒与循环定理。就是这未知的神秘的"老虎"，为人"叼来野外"，而雨后清新的空气如邮递员送来大自然怡人的气息。

接下来一节，"当母蛾背着异乡陷落杯底"，喻指人的危机，是身处德国的诗人自身经验的浓缩。但在此，张枣已摆脱了此前的《卡夫卡致菲丽丝》《夜半的面包》《祖国丛书》《哀歌》《孤独的猫眼之歌》《海底被囚的魔王》《希多尔夫村的忧郁》等诗对孤独、哀伤、危机等"歇斯底里"般的哀调式书写，而以一句"孩子，活着就是去大闹一场"传达生命的欢欣、积极与"宁静"：

> 空间的老虎跳跃，飞翔，
> 使你午睡溢出无边的宁静。

最后一首与第四首形成对应，均以"今天你两岁"写起，显示出前四首与后四首分别为组诗的两个部分，这使《云》在整体结构上显出平衡。"雷雨已耗尽了我心中的云朵。"喻指一首诗的写作过程：丰富激烈的内宇宙之运行与体验，并接近尾声。

> 下午一道回光伫立，问：
> "你是谁？"而没有哪种回答
>
> 不会留个影子。这是诗艺。

"一道回光伫立"是雨后阳光，也可比喻一首完成的诗。诗反问"你是谁？"也即"言"反问："你是谁？"但"没有哪种回答/不会留个影子"，是啊，确切的"言"，甚至一首落成的诗也无法穷尽无边的"道"，总会留个影子，"这是诗艺"。但"影子叠着影子使黑暗蠕动起来"，"回答"仍是毋庸置疑的，诗（言）对人是不可须臾分离的，诗意与智慧的道说会使"黑暗蠕动起来"。此处彰显张枣一生为诗而生、以诗为形而上之终极信仰的诗学高度。

> 尘埃，银河般聚成一股力，
> 寄身于这光柱，奔腾又攀谈：
>
> "别惹我。自强不息，我
> 象征着什么"，只因它不可见，
> 瞳孔深处才溅出无穷无尽的蓝，
> 那种让消逝者鞠躬的蓝。

这几句诗，可说是张枣诗歌中的最高颂调，一种绝对的光明与力量把我们透穿，寄身于这光明与力量，仿佛可以"扶摇直上"，灵魂飞翔。"天行健，君子以自强不息。"（《周易》）这古老的训示来自永恒的天道，与《大地之歌》的结尾构成了热烈的呼应："仍有一种至高无上……"

这沸腾的一秒，她低回咏叹：我

　　满怀渴望，因为人映照着人，没有陌生人；

　　人人都用手拨动着地球；

　　这一秒，

　　　　至少这一秒，我每天都有一次坚守了正确

　　并且警示：

　　　　仍有一种至高无上……

　　这个伟岸的"我"，是光明的、激情的"我"，"与天同德"的"我"，一个诗中的君子。

　　综上所述，《云》是一首"圆满"之诗，一首"天人合一"的颂诗，因其建立在张枣此前众多以回望自身来观望世界并熔炼着"悲天悯人情怀"的诗作之上，因而无论是对诗人本人还是对读者，甚至对分裂、悖谬与虚无统领当今文学与现世之时，皆为"弥足珍贵"之作。而在诗学上，其珍贵处在于以现代诗写出古人智慧的高远之境。或许张枣所认为的"最尖端的诗学问题"即为此，恰似用现代诗去写一泓与古诗缱绻缠绵为一体的西湖，其难度"相当于用现代诗去写一首古诗！"诗人陈东东的一番诗话可为我们的猜测做证：

　　将近十年前，张枣曾跟我从上海到杭州一游。这个二十出头就去了德国，三十大几才得以回来探看，对所谓江南虽有个概念，但还没什么体会的诗人，在白堤上走了一程，过断桥，过锦带桥，站到平湖秋月三面临水的茶室石台前，置身于波澜初收，千顷一碧，而又旁构轩檐，装饰着曲阑画槛和樱花烟柳的境地，不免叫道："啊呀我知道了……我知道那是怎么回事了！"后来我们又上了游船，渡向湖滨，其间时而谈景论诗。上岸那会儿张枣问我："你觉得现代诗最难的会是什么？"我一时不知如何设想，也不打算把玩乐途中的话题拽离眼前形胜，就随口答曰："最难的大概是用现代诗去写这一泓西湖。"略想了一下，我记得张枣浑身一凛……①

———————————

① 　陈东东：《湖山此地曾埋玉》，《源流》2008 年第 8 期。

张枣的提问与"浑身一凛",表明他已思索到现代诗难上加难的"最尖端的诗学问题"。奇妙的是,在《张枣的诗》一书中,《云》前面的一首诗即为《西湖梦》,虽未明确系年,但夹于同样标注为1996年的《在森林中》与《云》之间,几乎可以判断,《西湖梦》与《云》同写于1996年。曾有论者言:"《西湖梦》好不容易才将文学知识和'幻觉'中的'西湖'与西湖自身协调起来:'泪的分币花光了,而泪之外竟有一个/像那个西湖一样热泪盈眶的西湖,/黎明般将你旋转起来。'"① 是的,《西湖梦》亦如西湖本身一样"美轮美奂",读来将把我们"旋转起来"。但显然诗人对之仍未满意,它使人产生的"好不容易"之感终未达至彻底的"圆融",这才有了在《云》中的彻底"完善"。

以如此分裂的散文笔法析解一首"天人合一"的"圆融"之诗,实为罪过。好在,至此我们可以弃岸归舟了。掩卷抬首,再看碧空上流云,心中存留的当是人与诗的最高境界——"言道"。

小　结

我们已对张枣的一些重要作品做出了详尽的阐释,这些作品同时也是诗人最艰深最晦涩的果实。在深入文本的阅读过程中,我们体验到诗人严密的诗思控制和逻辑把握,他的批评精神参与着写作过程,在诗的"内在诉求"与"外在型构"方面达成了平衡与统一。他没有忽视诗对现实的追问与重构,尤其是对诗与现代主体的内心世界、历史处境和社会状况之间关系的追问与重构。张枣使现代汉语诗歌的写作获得一种稳定、积极的文化框架,在人的广阔的精神文化关联中使现代汉诗的写作成为综合性的整体写作,即,既是精致的纯粹的艺术——以复杂而高超的技艺来成就,一个最具代表性的特点即:他用现代汉语写出融叙事、抒情、描摹、议论于一体的现代诗,转运自如而炉火纯青——又是基于人的处境的深邃的形而上学与汉语文化传统的诗性建构。这一建构,无论从整体还是诗的微观细

① 王东东:《护身符、练习曲与哀歌:语言的灵魂——张枣论》,《新诗评论》2011年第1辑,北京大学出版社,2011,第126页。

节而言，在他那里均实现了一种复杂、精致、感性、深刻的表达。

我认为，源自时间的生命消逝感以及对诗之永恒的信赖构成了张枣诗歌的精神主题："有穷对无穷的眷恋"。有限之人所面临的种种告别、消逝、空白、死亡的现实使诗人对永恒与美产生孜孜不倦的眷恋，对"天人合一"的和谐之境衷心赞颂。这种"眷恋与赞颂"在张枣那里是以苛求极端的语言秩序来抵达的，他以"艺术挥霍"和"美学奢侈"的"浪费和缓慢"来进行诗歌写作，"梦想一种复得"，以此抵御"悲哀"①。

---

① 张枣、颜炼军：《"甜"——与诗人张枣一席谈》，《名作欣赏》2010 年第 10 期。

第二章　文与道的修复

在张枣的《空白练习曲》中隐藏着一个古老的"君子"形象，在《跟茨维塔伊娃的对话》中体现着屈原式的闷骚、李白式的"万古愁"、杜甫式的悲天悯人等君子恪守崇高理想的激情，在《云》中蕴含着血缘人伦与君子意志自足的和谐。这个古代的君子，在一定程度上已被张枣置换成现代"诗人"，正如在《论语》中，君子常被等同于文人。[①] 张枣说自己后来喜欢禅宗[②]，而他诗学思想中更根深蒂固的方面体现在儒家心学，这在他的两篇访谈《"甜"——与诗人张枣一席谈》《环保的同情，诗歌的赞美》以及诗歌中皆可以清楚地看到。这里集中探讨由"天人合一"思想展现的张枣诗歌的原儒境界，他试图以此将现代汉诗与中国古典诗歌承续起来，更重要的是，他相信应该在这样一种诗歌中重建人与世界、自我的关系：在现代汉语中恢复古汉语那"圆融、正派、大度"的气节，以古典精神来修复现代社会"天人""人人"关系的恶化。

一　"天人合一"的诗思

1."鹤君"

作为 1976 年后参加高考的第一批学生之一，兼属少年班的张枣有着强

---

① 参见〔美〕狄百瑞《儒家的困境》，北京大学出版社，2009，第 34 页。
② 张枣、颜炼军：《"甜"——与诗人张枣一席谈》，《名作欣赏》2010 年第 10 期。

烈的精英意识和使命感，他那种"文学可以改变这个世界"① 的信念蕴含着儒家君子（文人）的天命观念。但恰恰，传统的儒家君子常常处于不受重用和赏识、动辄遭受排斥的境遇中，"人之不己知"的焦虑（这种焦虑大多是"君王焦虑"）在孔子的谈话中就常常被触及并劝解，要求君子不愠，专注于自我修养、自强自立。古典诗人在政治上的失意会使他们怀疑自己的天命——屈原率先发出了"天问"，但他们强烈的政治使命感必须依托于王朝国家，因而，仕途多舛构成了传统文人君子的一种普遍境遇及对其个体人格的考验。这种考验的结果一方面体现为以杜甫为代表的格外坚韧仁厚的人格感染力；另一方面是以陶渊明为代表的逍遥超脱魅力。但两方面都意味着文人改造世界的失败，这似乎是自孔子的颠沛到屈原的自杀已揭示了的君子（文人）的宿命。如果说传统意义上的文人这种现世的、政治使命的改造已被证明是屡屡受挫、失败的，那么天命就存在于另一向度了：一个设想中的虚构的、乌托邦的精神圣地，诗在精神层面的支配性框架，虽然这个框架在古典中国可以说仍是紧密依附于政治的，但它的胜利在于最终超越了时空。在孔子对君子做出了仁、礼、学/知的种种美德探讨后，《论语》的最后一则语录是："不知命，无以为君子也。"（《论语·尧曰三》）。此"命"乃天命，即君子所担当的责任来自上天的委派，这种使命感激励着他坚持不懈地追求某些特殊的品质与才能。正是君子与天同德的个体心性自足建构起一套在现实逆境中"自强不息"的传统人文意志。"知我者天乎"的天人合一感维系着君子无可摧毁的精神力量以及孜孜不倦地对崇高理想的追求，"人能弘道"的信念使得君子即便在仕途失意中仍能安道苦节，维系一些超越的价值。虽然，天道即人道的合一性决定了儒家对现世生命的强烈肯定，缺乏对另一个超验世界和具体人格神的信念，这在极端情况下导致人对天的质疑进而自我崩溃，如屈原。但在原儒中另存出路，那就是"吾与点也"的欣然怡然，虽然这是无可奈何的"喟然叹曰"。因"浴乎沂，风乎舞雩，咏而归"正是天人合一另一面的明朗、甜蜜，即君子遵从的是天命、"天道"，并非钻营一己私利、贪求富贵享乐；他思想纯正，就像《诗经》中的牧马人那样"思无邪"，一心只想让马儿

---

① 张枣、颜炼军：《"甜"——与诗人张枣一席谈》，《名作欣赏》2010 年第 10 期。

俊美、健壮、奔腾；如果不能在政治上以一己之力为人民带来福泽——
这种治世抱负随着王朝国家的解体对于现代文人，尤其是诗人已丧失了
诱惑力——那就以自身的学识保存文化，施行教育，弘扬"斯文"。孔
子曾极力捍卫周朝的政治秩序与正统典范，但最终效果没有体现在政治
上，他的理想成为精神取向融入了中国人的文化意识。况且，每个时代
都面临着新的挑战，政治历史是现实的，"道"是恒常的，需要以智慧、
形式让它融入新的时代社会中。①

　　这同样是君子的使命，这一使命感，在张枣那里就是通过对"诗无
邪"的渴望来恢复、追溯"天人合一"的"道"。他极力想要在这个充满
缺失的现代世界重新发明中国古典文化的精神性，在一个荒芜的时代近乎
崩溃的心灵挣扎和被破坏的自然环境中挽回甜蜜的圆融："我对这个时代
最大的感受就是丢失。虽然我们获得了机器、速度等，但我们丢失了宇
宙，丢失了与大地的触摸，最重要的是丢失了一种表情。""我想复制这种
（安详的）表情，重新去梦想它……我做的工作，就是想在语言中来弥补
它。"② 可以认为，这种"安详的表情"正是儒家君子"不改其乐"的泰
然自若，是凭借坚毅的修为和高尚的心灵对困境的超越。自然这不是普通
大众都可以做到的，君子也不能一蹴而就，但君子的天命信念使他成为一
个理想主义者、一个梦想者并为了这一梦想而致力于某项长久的事业。我
想，在张枣那里，他作为诗人的使命感传承的是儒家君子的天命感，即如
何把古典中国最核心的精神生活凝聚、发明于现代汉诗中——诗歌作为一
种形式秩序有着礼仪般的通天性质，如人们在祭祀时以巫术礼仪沟通神
明，在农耕时规划土地创造秩序顺应天时——又与当下中国关联并对之发
言。在中国古老文明与文言经典中蕴含着文人的基本教养，如何使这些悠
远品质迤逦不辍，在张枣看来，就是人不能背叛他的人文背景：君子"弗
畔矣夫"。20 世纪 80 年代，当张枣的女友喜欢上生意人的轻松好玩而放弃
沉重的诗人时，张枣说："分手并没有给我带来那种撕心裂肺的痛苦，而
是觉得你怎么能背叛你的人文背景呢？"③ 而 80 年代离开中国的他在回国

---

① 参见〔美〕狄百瑞《儒家的困境》，北京大学出版社，2009，第 30~53 页。
② 张枣、颜炼军：《"甜"——与诗人张枣一席谈》，《名作欣赏》2010 年第 10 期。
③ 蒲荔子：《无论是否听说过他　他的诗都值得你读》，《少年写作》2010 年第 9 期。

后对虚浮世界充满"惜伤",在书信中又坦言自己对写诗如履薄冰。① 这些实在的警醒、谨慎,以及他诗中的唯美情怀,都常常让我们感到,这个当代诗人是一个"文质彬彬"的君子,他以诗为礼,渴望恢复天、地、人之间的美好关系。这样一种渴望,是需要以极大的品质来回应天命的:"身披命服却从来两袖清风"(《昨夜星辰》)。换言之,君子理想的和谐——使"我"的精神与世界事物建立起至高无上的秩序关系——常常使他必须接受严峻的挑战,或许是一生的抗争。

这里,我们讨论张枣的一首诗《同行》。首先,我认为在这首诗中隐含着张枣对传统文化的君子理想的倾慕。

> 节日,我听到他骂我。
> 他右眼白牵着右下巴朝
> 右上方望去,并继续骂我。
> 他吃着吃着面又骂我。
> 他换上白衬衫,头尽量伸出窗,
> 把一支跟晴天配套的钢笔插进兜里,
>
> 他要来见我。经过集市和田埂,
> 游泳池和胡桃树。他怕迷路,
> 边走边把一大串钥匙解下,
> 他一片片插在沿途对他有意义的点上。
>
> 风说他近了。我们坐下来谈谈。
> 他左眼中慢慢降下一丁点儿黑。
> 但已经迟了,因为
> 一个陌生人正溜进屋里,又像
> 橡皮擦,溜出来也就擦掉了它;
> 还沿来路收拾了那些记号——

① 转引自陈东东《亲爱的张枣》,载宋琳、柏桦编《亲爱的张枣》,江苏文艺出版社,2010,第70页。

使黄昏得以降临。我们还坐在这里。

会不会有另一双眼睛呢?

从背面看我有宁静的背,微驼;

从正面看,我是坐着的燕子,

坐着翘着二郎腿的燕子。

可以看到,在这首诗里有一个既体恤人情世故又温文尔雅的君子:"我"。它处理的主题或许是"人不知而不愠,不亦君子乎?"的真君子内涵。在"节日"这样的神圣日子,"他骂我",直接出示了人与人之间关系的崩溃——在做人这一共同的事务上,人人都是同行。"他右眼白牵着右下巴/朝右上方望去,并继续骂我。"这是一副滑稽、变形的表情。而"换上白衬衫""头尽量伸出窗""一支跟晴天配套的钢笔"正在恢复整洁、明朗,为"他要来见我"铺下桥梁。接下来"经过集市和田埂"一节庶几可以读作"有朋自远方来"的现代演绎。"同行"本是最有共同话语的一类人,最能实现愉悦交流的可能,但"怕迷路"的担忧与"插钥匙"的自我保护行为却透露出紧张,吻合于人与人的阻隔与对对话的不信任。一个"他"者的设置反构了"我"的君子信条:《论语·学而一》的最后一句就是"人不知而不愠,不亦君子乎?"正因此,君子(与天地同德)可以领受自然的信息:"风说他近了。"这里,除了"不愠",还有对和解的吁请:"我们坐下来谈谈。/他左眼中慢慢降下一丁点儿黑。"但张枣信任的和解建立于知音式的怡然心会——这是极端理想的状态,因而,"他"对于"我"——一个曾"骂我"的人,始终携带着一个"陌生人",这种陌生会在不留神间擦拭掉那"一丁点儿黑",又使"他"无法返回,使"黄昏降临","我们"处于一种僵持状态。但"会不会有另一双眼睛"看到另一个彼此呢?或许"他"看到的是"我"的背面,佝偻的一面;但可否穿越心灵的旷野,费心走很远,不害怕迷失,来发现"我"的正面:古典、轻盈的"燕子",一个意蕴深远的形象,就像一个满含文化积淀的君子。——当然,这或许是对这首诗我自己也不大信服的一种误读,因而,接下来,我们将为这首诗换一种读法,以表明此诗的深邃。

如果我们赞同张枣有天命观,那就可以看到他的君子之畏:君子既"知命",则"畏天命"。因而,《同行》一诗庶几也可以读作诗人对生命与命运的无限惜伤了。首先，通读全诗，这首诗的圆转章法提醒我们注意，最末的燕子呼应着起笔的"节日"。晏殊有词曰"燕子来时新社，梨花落后清明"（《破阵子·燕子来时新社》），所以，这个节日最可能是清明节。清明的祭祖扫墓直与死亡相关，因而，此诗的"我"这一代词有了高度抽象的形象：命运与死亡。

> 从背面看我有宁静的背，微驼；
> 从正面看，我是坐着的燕子，
> 坐着翘着二郎腿的燕子。

命运有天赋的、高扬的一面："坐着翘着二郎腿的燕子"，观看生命微小的努力、自择、无力。命运也有宁静、佝偻的一面，它包孕着死亡。所以，在张枣四十八岁（接近"知天命"的五十岁）去世之际，他在长久的"向死而诗"之后，知晓了"天命"，其病中诗《鹤君》道："别怕。学会藏到自己的死亡里去。"这里，对死亡有了真正有力量的勇气与明朗，虽然也只是仅此一句的自我劝祷，但对死的预感与担当迸发了悲怆的力量。这种力量，在《同行》中也显示出来了——含蓄地触及死亡，死亡令生命戛然而止，像燕子剪过天际，什么痕迹都不余留，但哀而不伤。生命与死亡的不和解状态一开始就呈现了："节日，我听到他骂我。""他"也是高度抽象的，是贯穿的一生，与"我"是一体的。清明节，"他"骂死亡带走亲人朋友并最终要带走"他"。"他"一生所走的路途、奋斗的痕迹、寻求的意义，都无可阻止"他"将越来越靠近"我"，在"他"慢慢"知天命"的途中，而最终：

> 一个陌生人正溜进屋里，又像
> 橡皮擦，溜出来也就擦掉了它；
> 还沿来路收拾了那些记号——

只有死亡能如橡皮擦一样把生命印记擦掉。说"我"对于"他"就像"陌生人"，似乎揭示人们对死亡的恐惧与逃避。而生命携带着死亡就像苹果携带着果核，"我"一直与"他""同行"（xíng），这是无法摆脱，也无法逃避的隐秘关系。通常认为，孔子"未知生焉知死"的态度留下了儒家拒绝思考死亡和鬼神问题的后遗症，因而对人的永恒性问题也思考得有限。不过，有一种观点是，儒家立足于人的此时此地之生存这一出发点，是以包括对死和鬼神的感受等生存观念为依据的，因为，哀悼仪式和祭祖礼本是孔子深为关切的，也是儒家传统的具体形式。① 就像这里，诗人要追问："会不会有另一双眼睛呢？"用另一双眼睛看到生命的一体两面：生与死。因而，最后，"他"与"我"合而为"我们"，一个我的"背面"和"正面"。但这个"背面"是"宁静"的，没有挣扎，同样意味着对死亡的接纳，那就是在中国文化中"事死如生，事亡如存"的一面，古人崇信阴间是人间世界的写照，死者仍过着类似阳间的生活。这形成了中国人对世界与生命"既形而上又形而下、既唯物主义又唯心主义的思考"②，这一超越对立的思维方式其根源仍可以说是"天人合一"的宇宙观：对生命、现世的执着与肯定，在日常际遇和世俗经验中体察本体、道、无限，在宗法血缘中维系延绵不绝的族类永恒。

2. 天人合一的诗性反思

但，一切都不会是理所当然的，"乐"与"和解"不应该是毫无觉醒、拒斥疼痛的"沉沦在世"，不应该是阿Q式的沾沾自喜与浅薄。现代君子乃现代性境遇中的文人知识分子，他面临的挑战已不仅仅是把自我修炼、塑造成古典世界中"内圣外王"的理想人格。现代深邃、幽闭的自我不同于古典中国外向的"自我"，譬如李白，作为最富激昂自我的"浪漫"诗人，当他写下最体己的诗行时——"天生我材必有用"，"仰天大笑出门去，我辈岂是蓬蒿人"，"大道如青天，我独不得出"——这个"我"终究是中国古代文人济苍生安社稷、浸透了强烈的政治理想和报国热情的"我"，一个不得志的"我"；而杜甫"名岂文章著，官应老病休。飘飘何所似，天地一沙鸥"的"沙鸥"自我同样是在"兼济天下"之不得与"独善其身"之不甘中反复运转。而闺情诗传统中以闺情为比兴手段向帝王将相（君）文荐又使得这一本该私密的自我变得不纯粹。无论是李白的

---

① 〔美〕杜维明：《儒家思想新论——创造性转换的自我》，曹幼华、单丁译，江苏人民出版社，1991，第48页。

② 张枣、颜炼军：《"甜"——与诗人张枣一席谈》，《名作欣赏》2010年第4期。

"飘逸"自我还是杜甫的"沉郁"自我，他们的背景是一个共同的立行立德的理想。这样的自我根本上是一种健康、积极向上的能量辐射型自我，较少孤绝的个体形而上焦虑。正如刘小枫所体认的："个体的成德、历史王道的传承、社会秩序（礼乐）的维系湮没了个体生命的深渊处境问题。"① 但这一问题，随着时代的发展、西方社会生产方式与文化思想的影响，开始在中国式的文人君子中凸显。个体形而上的孤绝品质、心理的巨大冲突、灵与肉的分裂、死亡的哲学沉思，使中国诗人开始备受折磨。

英加登认为，"形而上质"是指崇高、悲剧、神圣、悲悯以及令人深为感动的性质。这些难以言传的性质揭示出人的生命存在的深层意义，是所有伟大文学作品的一种标志。② 反之，形而上质在作品中来自强烈的形上诉求，一种终极关怀意识，对生命意义的追索，对存在的叩问，对漫长时间与遥远空间对照下人的短暂性、瞬息性的哀叹，以及对人作为意义之源的"此在"、人的存在状态之关切；或另一种在时空的循环中人感觉世界已老、价值枯竭、死亡逼迫的虚无色彩。然而，正是"虚无中无尽敞开的话语之源"（福柯），使得哲学家、诗人们不顾老生常谈、陈词滥调的危险，一次次"叫起灵魂来目睹他自己腐烂的尸骸"③，一次次发问："我是哪一个？我为什么而存在？"亚里士多德称，"个体性"是本体的一个特征，人始终凭借个体的思想而存在，追问"我"的意义，在广漠宇宙中探求"我"这一个生命存在的根据。有了对"我"的追问，便有了对"人"的追问，只有在意义意识这个精神层面才真正凸显出人之为人的本质。海德格尔认为，只有人才能理解，只有人才能提出"存在"的意义问题，并试图回答这个问题，因而人的"存在"便是一种特殊的"存在"——"此在"，意义的"有"（"存在"）与"无"（"不存在"）皆以人为关键。而人作为"自为的存在"永远在发现、发展中，便也永远处于存在的缺乏中，他不断追寻存在的可能性，即他不断意识"自为"的可能性，不断地否定、超越自身。但意识永远不是实体，不是意识到的那个"东西"。由此，人便陷入巨大的"空无所有"之中、"虚无"之中。然而"自为的

---

① 刘小枫：《拯救与逍遥》，上海人民出版社，1988，第179页。

② 参见〔波兰〕罗曼·英加登《论文学作品》，张振辉译，河南大学出版社，2008，第283~288页。

③ 鲁迅：《娜拉走后怎样》，海南出版社，2016，第121页。

存在"又永远为"自在的存在"所包围，他在特定境况中计划、想往、追逐自己理想中渴望的某种人，他要超越自身，创造自身，他要成为他"意义"中的人。如此循环，便构成了人生存过程中的思想、焦虑、恐怖、厌烦、忧郁、绝望。

这类存在与思的折磨，在中国现代诗人那里已有了强烈的表现。鲁迅《野草》"难以直说的痛苦"便涨满了对自我、分裂、黑暗处境的形上诉求。此后，这一声音就以或强或弱的节奏鸣响在诗人们的作品中。20世纪30年代的卞之琳常以一个"闲人"的形象在荒街上沉思，在稀疏的斜阳下徘徊，"他"发呆、叹气、做梦、寂寥，"不知道上哪儿去好"，不知道"我要干什么"。"说不定有人，/小孩儿，曾把你/（也不爱也不憎）/好玩的捡起，/像一块小石头，/向尘世一投。"（《投》）这里，生命的偶然性、荒诞性几乎以一种令人哑然的悲哀传达出来。诗人的诗思吻合着哲学家的哲思，如在海德格尔看来，人是"被抛"入这个世界来的，"他"未被征询、未经同意、无从选择，便落入一个"此在"。在纷扰的世间，他无根无据，无所来无所去，却不得不承担起这一个荒诞的命运。也许他能安慰一下自己，迷恋（投入）一下红尘，感受一下短暂意义之喜悦，但死亡却逼迫着生命，时间的摧毁性亦会令一切烟消云散，使他最终无法把握住一个实在的绝对价值——虽然那是他"自欺欺人"般孜孜以求的。于是，海德格尔把"此在"在世的结构整体性定为"畏"与"烦"两种情绪。在哲学家那里对这两种情绪是以形而上的高度来做出阐释，在诗人那里则是以诗来凝结至深的生命体验，从而反观人的形上存在，故而李健吾所说"孤寂注定是文学制作的命运"① 也可从这一角度来理解了。于是这个诗人（卞之琳）经常"设想自己是一个哲学家"。（《对照》）他带着对于生命不能抗拒的烦忧，"我真愁，/怕它掉下来向湖心直投。/你想说不要紧？可是平静——/唉，真掉下了我这颗命运"（《落》）。他虽然竭力排遣情绪貌似平静甚而表面调侃，但就是那些似日常里随口说出、轻描淡写般的句子却让人忽然要大哭。《寂寞》里连天真烂漫的小孩子也怕寂寞，只能养一只蝈蝈！他无由庇护无所寄托。等到长大了操劳，却不过是"乱

---

① 李健吾：《〈鱼目集〉——卞之琳先生作》，《咀华集·咀华二集》，复旦大学出版社，2005，第62页。

转过几十圈的空磨"，纵使"尘封座上的菩萨也做过"，却终是无可奈何，
"现在你要干什么呢？你哪儿去好呢？"不过是在时间无情无衷的滴答里等
着生命的止息。最可怕的是，生命止息而无所归。归向哪里呢？"莫非在
自己圈子外的圈子外？"可是诗人怀疑，不确定，他感到"伸向黄昏去的
路像一段灰心"（《归》）。时间永远不管不顾一任流去，人不过被遗弃在
时间的巨大深渊或黑洞里，静归于无。"明月装饰了你的窗子/你装饰了别
人的梦。"（《断章》）纵使生命是一个"圆宝盒"，但"我的圆宝盒在你
们/或他们也许就是/好挂在耳边的一颗/珍珠——宝石？——星？"（《圆宝
盒》）诗人追问，他无法确定。生命的意义难道不过是这个世界的一缕装
饰，一星点缀？这"一条白热的长途"真是让人"呕也呕不出哀伤"哪，
因为"他的悲哀属于一种哲学的'两难'"[1]。而在另一位诗人穆旦那里，
一种"丰富的痛苦"则使他几乎成为一把紧张而扭曲的弓。他把对"个体
的分裂"的"沉思"看作"智慧的来临"："不断分裂的个体//稍一沉思
会听见失去的生命，/落在时间的激流里，向他呼救。"（穆旦《智慧的来
临》）这种被割裂的痛楚在穆旦早期的《我》《诗八章》中均得到了充分
的展示。而最终，穆旦寻求"在合一的老根里化为平静"，其晚年诗作
《听说我老了》绝妙地呼应了这种"平静"："我只不过随时序换一换
装，/参加这场化妆舞会的表演。//'但我常常和大雁在碧空翱翔，/或者
和蛟龙在海里翻腾，/凝神的山峦也时常邀请我/到它那辽阔的静穆里做
梦。'"的确，这首诗以"化妆舞会"隐喻死亡，渗透着一股"骄傲而超
脱的语气"[2]。穆旦对"平静与静穆"的回归也体现着儒家文化意识中的明
朗与圆融。

　　不过，自现代以来的这首"真正的自我之歌"，来自现代主体盘旋曲
折的心路历程，它的音律复杂、多变，具有内在的深刻分裂感。这种分裂
一方面固然与现世生存的混乱有关，另一方面却必须凭借一定的形而上之
哲学诗思才能得到深刻理解。回头看去，中国现代诗人已开拓了疆域，他
们埋下"中国知识分子受折磨而又折磨人的心情"[3] 这一痛苦的种子，使

---

[1] 李健吾：《〈鱼目集〉——卞之琳先生作》，《咀华集·咀华二集》，复旦大学出版社，
2005，第 67 页。

[2] 易彬：《穆旦评传》，南京大学出版社，2012，第 533 页。

[3] 王佐良：《一个中国新诗人》，《文学杂志》1947 年 2 卷 2 期。

后来的诗人们有了持续超拔的激情，例如我们在张枣这里看到的。他在对时代的诊断中亲历着信仰与危机感的相互交织与渗透，个体身心历经尘世极度挣扎与苦痛而渴望达致和谐的圆满。这些我们在第一章已有阐释，俄底修斯式的漂泊命运（"而那俄底修斯还飘在海上"）是他深有体会的，这集中体现在他 1992 年创作的一批诗作中，如《伞》写"孤绝"："那天我到峰顶吹冷风/其实是想踮足摸摸风筝跳荡的心/我孤绝。有一次跟自己对弈/不一会儿我就疯了。"《夜半的面包》写致死的寂寞与无人对谈的苦闷："如果我是寂静/那么隔着外套，面包也会来吃我"，"是谁派遣了灾难，派遣了辩证法/事物鸡零狗碎的上空/死人的眼睛里含满棉花//我会吃自己，如果我是沉默"。《祖国丛书》写令人恶心的幽闭症："而我开始舔了/我舔着空气中明镜的衣裳//我舔着被书页两脚夹紧的锦缎的/小飘带；直到舔交换成被舔/我宁愿终身被舔而不愿去生活"。《哀歌》在拆阅雪片般的信件中飘着一缕歇斯底里的躁狂："一封信打开……另一封信打开……一封信打开……另一封信打开……另一封信打开……一封信打开……一封信打开……另一封信打开"，直到最后，"另一封信打开后喊/死，是一件真事情"，反反复复的语言结构模拟出内心一刻不休的骚乱，直到最后喊出一声"死"，诗篇戛然而止，遁入巨大的空白。这些诗紧随《卡夫卡致菲丽丝》之后，它们内蕴的紧张、冲突、焦灼感与《卡夫卡致菲丽丝》一脉相承。最明显的是，死亡以及与死亡相关的字眼（永恒、灾难、空难）频频出现在这些诗篇中。但张枣的力量是能够将内心的挣扎接受为生命中必然承受的冲突、惨厉、悲剧意识和崇高感，从消极性中振奋起来，如同样写于 1992 年的《蓝色日记》，最后有两句诗："白昼的另一端，如云的醉汉/突然放歌。"这个醉汉突然在颓废的沉溺中清醒过来，有了引吭高歌的冲动，这一"放歌"，放出的是嘹亮明朗的心境。虽然这是一个曲折的过程，在获得一种充满力量的稳定的心理结构之前，仍有消极的"反弹"，如在 1993 年 1 月写的《那天清晨》最后一节：

> 我攀登你的泪水离开了我或你。
> 我听见性命昂贵地骑着写作的
> 大神秘飞跑。
> 然后你再睡。你入迷地梦见又梦见

　　人的梦像人的小拇指甲那样

　　没有前途。

一方面，他相信在这个时代，歌唱与写作与梦对于性命来说，都是"昂贵地"，感到它们"没有前途"；然而，他还是在 1993 年的一首诗《入夜》中写："那竖立的，驰向永恒/花朵抬头注目空难"。相比于时代的浮华与空虚烂醉，诗人应该有力量获得清醒：

　　横着的仍烂醉不醒

　　当指南针给远方喂药

　　森林里的回声猿人般站起

　　空虚的驼背掀揭日历

　　物质之影，人们吹拉弹唱

　　愉悦的列车编织丝绸

　　突然，那棵一直在叶子落成的托盘里

　　吞服自身的树，活了，那棵

　　曾被发情的马磨擦得凌乱的大树

　　它解开大地肮脏的神经、

　　它将我皓月般高高搂起

　　树的耳语果真是这样的，

　　神秘的人，神秘的人

　　我不知道你是谁，但我深知

　　你是你而不会是另一个

树乃竖立者，"驰向永恒"，这一竖立的姿态也是诗人昂然独立的姿态。在里尔克的《致奥尔弗斯的十四行诗》中，树是诗歌独创性的象征[①]："那里升起过一棵树。哦，纯粹的超升！/哦，奥尔弗斯在歌唱！哦，耳中的高树！"张枣的《入夜》也呼应着里尔克的《入口》：

---

① 〔奥〕里尔克，林克编选《里尔克诗选》，长江文艺出版社，2013，第 23 页。

不论你是谁：入晚请跨出

你的斗室，其间一切你无不领会；

你的房屋位于远方的起讫处：

不论你是谁。

你的眼睛困倦得几乎

摆不脱那破损的门槛，

你却用它们慢慢抬起一株黑树，

把它朝天摆着，瘦削而孤单。

而且造出了世界。世界何其壮丽，

像恰巧成熟于沉默的一句话。

而且一当你想去抓住它的意义，

你的眼睛便温柔地离开了它……

（绿原　译）

可见，诗人总是在诗中获得安身立命和新生的力量。

张枣在《云》中呼吁："孩子，活着就是去大闹一场。"以生命的激烈冲突磨砺心灵，使个体心性拥有冲破安宁、担负现实混乱的勇气与内在力量："'别惹我。自强不息，我/象征着什么，'只因它不可见，/瞳孔深处才溅出无穷无尽的蓝，/那种让消逝者鞠躬的蓝。"（《云》）"我"从一种不可见的力量中溅起无穷无尽的"善"，这种"善"类似于宗教情怀，充盈的"爱"的力量。我认为，在张枣对"中国诗歌有别于一切诗歌的真正奥秘"的发现中，这一点是至关重要的。在他看来，这奥秘是"抒情主体"：

在处理自身悲哀的同时，赞美了生存。《离骚》真正美的所在就是赞美。"朝饮木兰之坠露兮，夕餐秋菊之落英"，写的是处境的清苦和落寞，同时也写出了对这种逆境从容辽阔的心境，对糟糕的现实的圆润流转的看法，表达了个人精神面貌的独立和芬芳，这种合二为一的双层面，超越了对立和矛盾，这就是典型的汉语原初的美，诗意的美……它写的是凄惨，或者说消极，但是它唤起了对待消极的心境之美。①

---

① 张枣：《绿色意识：环保的同情，诗歌的赞美》，《绿叶》2008 年第 5 期。

这种对"赞美"的渴望，里尔克晚年曾热烈吁求：

> 啊，诗人，你说，你做什么？——我赞美。
> 但是那死亡和奇诡
> 你怎样担当，怎样承受？——我赞美。
> 但是那无名的、失名的事物，
> 诗人，你到底怎样呼唤？——我赞美。
> ……
> ——里尔克《啊，诗人，你说，你做什么……》
>
> （冯至 译）

在里尔克这里，赞美意味着对生存苦难的担负，而终极且极端的担负，又是对死亡的担当与赞美。这种担负乃基督教的宗教情怀，它超逾儒家"吾与点也"的审美意趣、道家"纵浪大化中、不喜亦不惧"的自然本性逍遥、禅宗的清净解脱。汉语诗歌的诗句本身所体现出来的美感，承负着对消极的赞美，这从《诗经》的古老源头即形成了传统，如《采薇》中"昔我往矣，杨柳依依；今我来思，雨雪霏霏"，在一首戍卒的哀歌里把从军的艰辛和思归的哀伤写得美感绝伦。又如杜甫"正是江南好风景，落花时节又逢君"、王维"劝君更尽一杯酒，西出阳关无故人"，皆是美感大于对生命时过境迁与别离的凄惨。这种力量，也是张枣渴望获得的，即汉语本身"甜"的元素。但在他的诗歌里，并不限于赢回传统的诗意美感，他追求认同一种终极力量——善——来赞美，这种善并不越逾生命的现存状态："真实的运命比起这些暂时的忧郁使人更多地担负痛苦，但也给人以更多的机会走向伟大，更多的勇气向着永恒。"[1] 于是，"赞美意味着对世界的承诺，对我对之显现的那些人的一种承诺，意味着我根据我的爱好行事，伪善的特征是不能兑现已经作出的承诺"[2]。譬如，在他的《湘君》一诗中，我们看到，对"胖姐沈仪"，"我"丢失了记忆的回忆是对生命本身之善与美的竭力挽留。这一回忆是通过"你"来帮"我"追寻的，因而，

---

① 〔奥〕里尔克：《给青年诗人的信》，冯至译，上海译文出版社，2005，第19页。

② 〔美〕汉娜·阿伦特：《精神生活·思维》，姜志辉译，江苏教育出版社，2006，第39页。

"你""我"可以说是生命存留与遗失的两面，也是"善"与"恶"的两面。"我"对"死者之善"——其实是生命之善——的空无记忆使"我"成为缺席者，一个活着的"死者"。如此，"我"才无比焦灼地，像"你深深地向咖啡杯底张望"一样，"望着咖啡杯底那些迭起如歌的漩涡//那些浩大烟波里从善如流的死者"。"咖啡杯底"这个重复了两次的意象可以让我们想起艾略特的著名诗句"我是用咖啡匙子量走了我的生命"。而张枣此处的意图应该是双重的，一方面生命在无端地流逝；另一方面又在这流逝的过程中充满"善"的永恒。"恶"是生命受损、被贬、遭受遗忘，"善"与生命的缺在——恶、病痛、死亡——紧密相随，是对生命的修复、铭记，可他认为，这"在现代社会是一个绝望的事，只有通过艺术的暗示或许才有可能"①。亦即，或善或恶总是对立的世界，既然存在终归要存在，无法彻底抽身而去，那么化解、融和就是中国人古老的智慧了："道生一，一生二，二生三，三生万物。"（《老子》）"二"为阴阳之分，是物质的对立。可是，还有一种冲气："万物负阴而抱阳，冲气以为和。"（《老子》）气之氤氲流转、清浊变化成了最高审美境界。因而，使诗性力量成为生命的自觉韵律和形式，在张枣那里最终获得了非伦理意义的美学之善，也即，对于生命，美就是善。这种"赞——美"的力量就成了他诗性反思的回归："赞美是一种呈现，它呈现了世界原本的'甜'，原本的'空'和原本的实在与充足。赞美不是美学手法，不是修辞领域，而是生存方式，是人的动作和行为。"②

张枣为自己这种"赞美"的理想，精心挑选了一个古雅事物——鹤。他认为，这是我们丢失的一个美好形象，但同时，这又是一个"拯救"我们的形象："你知道现在鹤在干什么吗？它正在我们无从知晓的地方飞翔，正在连接这个世界。"③ 这只"鹤"，就是那至高无上的美学理想，是诗，也是那"苦练时代的情调"的诗人（"鹤君"）。不过，张枣最后在病中似乎经验着"天丧予"的挫败，他的病榻之诗《鹤》对于自己作为"鹤君"追赶着诗歌连接这个世界（"天人合一"的美满）的运命流露出怀疑

①　张枣：《〈普洛弗洛克情歌〉讲稿》，《张枣随笔选》，人民文学出版社，2012，第96页。
②　张枣：《绿色意识：环保的同情，诗歌的赞美》，《绿叶》2008年第5期。
③　张枣：《绿色意识：环保的同情，诗歌的赞美》，《绿叶》2008年第5期。

并无限哀伤：

> 鹤？我不知道我叫鹤。

> 鹤？天并不发凉
> 我怎么就会叫做鹤呢？

> 鹤？我扬起眉，我并不
> 就像门铃脉冲着一场灾难。

> 鹤？是在叫我？我可不是
> 鹤呢。我只是喝点白开水。
> 天地岂知凉热？

这或许是，当人在现实中遭遇死亡的必然性与真实性——生命终极的"恶"，一切可能性都坍塌了。在中国人的"天人合一"宇宙观里没有一个彼岸的上帝。可是对于张枣，这个长期寓居德国、倾心于一再在诗中呼唤"神性"的荷尔德林的中国诗人，对于儒释道等所谓"此世超越主义"似乎仍无法满足。在康德看来，那些接受形而上学的幻觉，但又因得不到满足而感到绝望的人，将会不可避免地堕入一个根本性的否定立场——怀疑主义、相对主义、多元主义，等等。在《鹤》这首诗中，我们看到七个问号和一连串的疑惑。对于自视生来具有天命、依天性之理写诗的天才，"我不知道我叫鹤""天地岂知凉热？"这种不确定感既来自绝望感也导致绝望感，这最终，或许仍是那个终极问题：生与死是哲学、宗教的出发点，诗的"最佳作品乃是以能够心满意足地死去的能力为基础"，是一辈子追求在待死的床上让倾诉美而且纯净的发展①，诚如荷尔德林的诗所道：

> 再加一个秋天，我的歌便会纯熟，
> 　　这样，我的心才乐于死去，它从

---

① 〔奥〕卡夫卡：《卡夫卡书信日记选》，叶廷芳、黎奇译，百花文艺出版社，1991，第44页。

甜蜜的演奏中得到了满足。

——《致命运女神》（顾正祥　译）

二　"叩问神迹"

当我读完茨威格的《坠入永恒的荷尔德林》一文时，心里发出一声深深的感叹：上帝，你在干什么？随即我想起张枣在《一首雪的挽歌》中写过这样一句诗：上帝/你在干些什么？我翻出这行诗，读到这两节：

像风中会飘来旗帜
残忍很快就来了
我们轻声问：上帝
你在干些什么？

上帝说：我在下雪
这不是理所当然的吗？
我心爱的孩子们死了
世界曾伤透他们的心

我当时就想，这首诗可能是写给荷尔德林的，或者说是关于荷尔德林的。1989年，张枣在给钟鸣的信中写道："荷氏是我最重要的精神食粮。他是一个先知。是最后一个神。"[①] 仔细读完《一首雪的挽歌》后，我仍然认为这是张枣写给荷尔德林的挽歌，或者说是给神的挽歌。张枣曾任教于图宾根大学，而荷尔德林神志不清后就住在图宾根大学旁边一位木匠的塔楼上。张枣对荷尔德林，可谓心有戚戚。张枣在信中说一个人应该"敏窥神意"。他的神是一种诗意和诗性的认知途径，也可以说是他的对话诗学的终极指向。他自己曾说他的关于对话的诗学认知是对

[①]　张枣：《鹤鸣瘥，张枣致钟鸣尺牍残篇（3）》。参见《象罔》公众号，2018年3月1日查。

中国古典的知音乐趣传统的重新发明。但是，他的对话诗学也依托于西方宗教文化背景，也即，其中隐含着神的维度。具体说就是借助马丁·布伯的对话哲学。在同一封信中，他说，十分想跟翻译马丁·布伯著作《我与你》的陈维纲联系上。《我与你》阐明了一种"关系哲学"，即以"我—你"关系为枢机的"相遇"哲学。1990年，张枣在《断章》中写下："诗歌并非——/来自哪个幽闭，而是/诞生于某种关系中。"终极的相遇是一种"神遇"，即人与上帝，那个"永恒之你""绝对之你"的相遇，终极的对话也是人与上帝及先知圣徒的"对话"。张枣一再在诗中证实，人与人可以用语言联结起来。[1] 正如他写道："丢失一句话，也可能丢失一个人。"（《追忆似水年华》）而他其实也相信，人与神也能用语言联结起来。在张枣对俄国诗人 G. Ajgi 的采访录中，我们看到他一再向 G. Ajgi 请教"沉默的神性问题""诗歌的神性问题"。这不仅因为后者把词语视为对圣言的沉默的倾听——"词的沉默发自上帝的沉默"[2] ——也因为张枣本人一直从荷尔德林、里尔克那里体认着诗歌的神圣。从早期"到处叩问神迹/却找到偶然的东西"（《断章》），到而立之年写"玻璃窗上的裂缝/铺开一条幽深的地铁，我乘着它驶向神迹……"再到晚期认定"诗歌的终极应该是对神性完美的向往追求"，可以辨认出张枣诗歌的神性意味。

诗歌的神性是张枣始终萦怀的；或者说，他关心元语言的古老魔力，而这与世界原初的沉默和诗人对神性的倾听相关，譬如荷尔德林启悟："人被赋予语言，那最危险的财富……"也即，"太初有言，言与神同在，言就是神"（《圣经·约翰福音》）。倘若语言原本的意图遭到破坏，人类将面临空白的威胁。"当尼采把'上帝'与'真实生活'作了替换，语言的神性内涵被颠覆，'上帝'这个词蜕变成失去原初意义的符号空壳，由此导致的一个必然结果是：'从前对上帝的恶行是最大的恶行，但上帝死了，这种恶行也随之消亡了。'"[3] 神的离去成为现代人的缺在，重新在语

---

① 〔德〕苏姗娜·格丝：《一棵树是什么？"树"，"对话"和文化差异：细读张枣的〈今年的云雀〉》，商戈令译，《当代作家评论》2000年第2期。

② 张枣：《俄国诗人 G. Ajgi 采访录》，《今天》1992年第3期。

③ 宋琳：《谛听词的寂静——关于艾基的沉默诗学》，《今天》2007年第3期。网络版：http://www.jintian.net/307/d14.html。

言的沉默本性中召唤神性成为人类领受神谕的第一行动。语言的诗性本源最终来自对"神性尺度的采纳",而诗人对诸神隐遁的世界的言说乃是追踪神迹,并最终落实为改变自己的生活。

1. 神性的挽歌

在这里,我们先仔细阅读张枣这首由十个小节构成的《一首雪的挽歌》(以下简称《挽歌》)。对于这首诗,我将通过贯穿全诗的三个关键语素来阐述我的看法:这首诗在对语言的挽歌中追述原初的神性。第一个关键语素是"雪"。诗起笔即写:"在一个黑暗的年代/雪又能够怎么样呢?""黑暗的年代"寓意人的深渊处境。而"雪"这一从天而降的圣洁之物,几乎就是语言的隐喻:这是上帝的言辞。譬如,在 G. Ajgi 的诗歌《死》中就有这样的诗句:"而雪花给地球/源源不断地送来//神的象形文字……"可是,上帝的言辞——《圣经》的神迹,已经被人抛弃。上帝对第一个人说:一切树上的果子都能吃,但分别善恶之树的果子不能吃,因为你吃的日子必定死。但狡猾的蛇诱惑了人,它说:"不一定死,而且会使你们眼睛明亮,会像上帝一样知道善恶。"人接受了诱惑,尝了禁果,于是他睁开眼睛看到了世界的美,也懂得了欲望和善恶。从他知善恶的那一刻起,原罪与知识一同进入了他的世界。而愈到后来,人对知识、理性的追求与崇拜使他愈加自信,如哲学家黑格尔即深信:蛇没有欺骗人,知识之树的果实是一切未来哲学的源泉,而理性真理就是永恒真理,必须无条件的服从它:"一切现实的都是合理的",这样就把拥有理性的人与上帝等量齐观——早在康德那里,道德理性的"普遍性""必然性"就成了信仰的替代品,人不再需要上帝的救恩:"道德律令在我心中",道德理性比靠上帝的救恩更能表明人的力量。但是,这种对单一个体发达理性的强调却无法忽略其另一强悍面:这个自信能够极端自主自律的"我"本身也暗含着对公共共同体的蔑视乃至否定,假如个体坚决反对普遍性、必然性的道德戒律,强调其作为主体力量的"我",那怎么办呢?这其中的矛盾是思辨理性无法解决的,无论在理论上还是在实践中。这个问题在另一个思想家陀思妥耶夫斯基那里呈现为:假如没有上帝,世界将会怎样?是否一切事情都可以做,一切行为都可以允许?没有上帝,道德将如何可能?没有上帝,就没有那个无限的可能性,理性思辨的必然性终将杀死人类,这同时也意味着可怕的、虚无

的、致命的"堕落"。① 由此，人被打入有限性的冷宫，惊惶失措、自我
纵容，面临的世界将是："白昼的光更加沉重／冬天显得无比荒凉"。对此，
第四首有明确的呼应：

> 像风中会飘来旗帜
> 残忍就快来了
> 我们轻声问：上帝
> 你在干些什么？
>
> 上帝说：我在下雪
> 这不是理所当然的吗？
> 我心爱的孩子们死了
> 世界曾伤透他们的心
>
> 他们再也没能回到我身边
> 上帝又说：我可以哭吗，世界？
> 他们也没能回到东西里
> 雪，你感到他们了吗？

拯救会和危机相伴随，就像"风中会飘来旗帜"。倘若人并无堕落，仍在
伊甸乐园里无忧无虑，则人不会面临罪恶——罪诞生在人对上帝的背叛
中——也就不会有"残忍"，也不需要上帝的圣言。只有当人深深领悟到
生活的不幸、黑暗、坠落，他才会感叹世界的虚无并祈求上帝，回到上帝
身边，而这时候，他的生命才会获得极高的价值。② 在《圣经》中，上帝
并没有否定和禁止原初意义上的知识，上帝予人使命去称谓一切事物：
"东西"——张枣在此使用了一个极其汉语化、日用化的词语："东西"。
这恰恰是一个安全、富有命名魔力的词，在中国五行中，东方属木，西方

---

① 参见〔俄〕列夫·舍斯托夫《旷野呼告　无根据颂》，《作者序：克尔凯郭尔和陀思妥耶
夫斯基》，方珊、李勤、张冰等译，上海人民出版社，2004。
② 参见〔丹麦〕索伦·克尔凯戈尔《克尔凯戈尔日记选》，晏可佳、姚蓓琴译，上海社会
科学院出版社，1992，第152页。

属金，南方属火，北方属水，火烧水漏，所以叫"东西"不叫"南北"。因而，这个词在此也暗喻了人原初的命名力量。这是诗中第二个关键语素。——可是人不愿意，不想满足于赋予上帝所创造的"东西"以名称，他想要更多的"知识"。而这使他丧失了在上帝所创造之物里诗化栖居，在海德格尔那里，诗化的尺规乃神性。他说，唯有诗化能令栖居为人之栖居，但人能否诗化，取决于他的本质在何等程度上顺服于那垂青人因此而需要人的神。"我可以哭吗，世界？／他们也没能回到东西里／雪，你感到他们了吗？"这一询问，难道不也意味着"词语抛下我们不管"（霍夫曼恩塔《一封信》）。倘若"雪"无法感到上帝心爱的孩子们，即人无法听到上帝的口信而履行其命名使命，这只能意味着人与神彻底隔离。这，在东方的中国，同样有其神话："天命玄鸟，降而生商。"（《诗经·玄鸟》）对此，张枣有过一番玄妙的领悟：

> 我直觉地相信就是那被人为历史阻隔的神话闪电般的命名唤醒了我们的显现，使我们和那些馈赠给我们的物的最初关系只是简单而又纯粹的词化关系。换言之，词即物，即人，即神，即词本身。这便是存在本身的原本状态。存在清脆的命名抛掷出存在物和宇宙图景，哪儿没有命名，哪儿便是一片浑沌黑暗。①

出于对词语照亮黑暗处境的信任，张枣喜欢把语言喻为火或灯，在语言的允诺意义上，他在几首诗中反复写到这句诗："灯的普照下一切都像来世。"正如《挽歌》第一首最后一节他急不可耐地呼吁："我的耐心只剩一点点了／火苗，快从房间里燃起／不是照亮挂钟和四壁／快快照亮尘埃的远方。"被照亮的远方象征着明亮、希望，如来世一般予人慰藉。可是，人的妄自尊大导致了怎样的结果呢？"一个黑暗的年代"、神话消逝的世界是如何出现的呢？

> 他们满以为是他们
>
> 拯救了火，当它亮出

---

① 张枣：《诗人与母语》，《张枣随笔选》，人民文学出版社，2012，第54页。

灾难的舌头，或者微茫
如弥留者的臂膊

当东西的外表还未暖够
当四肢还被黑暗僵结
他们满以为是他们
给予了火以生命

面对着这些鄙怯的脸孔
面对着这些可笑的耳朵
火说：我存在，我之外
只有黑暗和虚无

火是光亮，人曾从上帝手中接过命名的火把，取名照亮各物："神用土所造成的野地各样走兽和空中各样飞鸟都带到那人面前，看他叫什么。那人怎样叫各样的活物，那就是它的名字。"（《旧约·创世记》）但人那时只经验各物，并不"觉悟"。可是，正如张枣在论述"母语"时所说："母语在给我们足够活下去的光亮的同时，也给了我们作为人的最危险本质——我们对我们自身的觉悟。"① 这里的母语可视为世界的母语，人类的原初语言，人与上帝的初始交流。倘若人没有被赋予命名万物的能力，没有语言，人不会与蛇交谈，不会被诱惑，不会觉悟："而在任何自觉发生之前，母语只可能以必然的匿名通过对外在物的命名而辉煌地举行自指的庆典，在这里，外在化的命名和自指性的命名是同一的，主体或客体不成其对立。"② 在人神对话中，匿名的命名导向自指的庆典，词语皆为原初意义的自指之词，因而命名是同一的，人与词、与物同一，诗人并无主观化的别有用心，事物在词语中自行敞开，自己言说自己。但是，人被迷惑了，也将觉悟、"烦躁"：

---

① 张枣：《诗人与母语》，《张枣随笔选》，人民文学出版社，2012，第 54 页。
② 张枣：《诗人与母语》，《张枣随笔选》，人民文学出版社，2012，第 55 页。

但是，一切都没被感到，如果
一切都没被深深地
经历：可谁能不受缚于疆界呢？
只有孩子，顽皮的孩子

孩子对东西和河流说
"那是你吗，我的对面？"
但为何是我的对面呢？
我就在你们的中间

哦，无限辽阔的，哦，远方
红豆的嫩芽蹦进逆来的春天
孩子们藏进平凡的东西
像回到了充满玩具的家

"深深地/经历"意味着丰富的经验对存在的把握，也意味着经历者与被经历者之间无可消弭的疆界："谁能不受缚于疆界呢？"因为经验无法诉说它的另一番模样，也很难赋予我们普遍的真理与更高的理性。① 一旦人站到了事物的对立面，觉悟爆破了匿名的"自指"，人神隔离，就导向二元对立的思辨法则："那是你吗，我的对面？/但为何是我的对面呢？/我就在你们的中间"。自从笛卡尔提出"我思故我在"，形而上学理性把信仰变成知识，信仰的激荡充盈便枯萎了。这一点，我们可以在当代诗人吴情水那里看到一种格外感性的呼应：

我知的悲哀，核仁那样穿着外套
攫夺着我
却感受不到

---

① 参见康德关于先验—哲学的理念之论述。参见〔德〕康德《纯粹理性批判·导言》，邓晓芒译，人民出版社，2004，第4~5页。

还给我，好吗？

哪怕是流着泪饱含痛苦的灵魂

拼写出难过的心，否则这种事情不会出现

若我不是弥留在羸弱的肉身而去认真看待生命的捐赠

万物因枯萎而进入真理，我枯萎着进入我。

那么，请在我的墓碑上立一座烛台。①

诗歌最后渴求在墓碑上立一座烛台：这神圣、庄严的照明物。这是至死渴求鲜活生命被照亮而非被僵硬理性套住的决心，"万物因枯萎而进入真理，我枯萎着进入我"，"认真看待生命的捐赠"，连上帝也与地上有血肉的活物立下永约，以彩虹为记，不再发水泛滥毁坏有血肉之物。可是人"知的悲哀"却攫夺着自己。"还给我，好吗？"这一发自肺腑的哀求就成为一个伟大的要求：这是人第二次的感知自己，呼应诗题："我枯萎着进入我醒来"，但这一次，应该像上帝懂得与人立约一样，学习与生命本身立约。

　　在张枣那里，对认识论的勘破是与对语言的神性信仰紧密联系在一起的。"孩子们藏进平凡的东西/像回到了充满玩具的家"，对母语，这一诗人的前语言状态的回归与寻找即回到空白状态的事物，"使被命名的词语直接变成实存的事物"②。张枣正是试图以诗的神性尺度瓦解儒家功利主义诗教："孔子对远古诗歌的阐释一笔勾销了它的匿名性而使其获得他本人意识形态的签名。……诗歌'兴、观、群、怨'，它化下刺上的社会功能和经验主义导向无法再使诗指向诗本身。"③当语言不被践踏成宣传的工具，不是只作为话语的抽象价值来存在时，便是诗之命名重现之时，亦是词与物之原始关系呈现之时。法国思想家福柯在其著作《词与物》中对此进行了知识考古学的深掘。他认为，"在其初始形式中，当上帝本人把语言赋予人类时，语言是物的完全确实和透

① 吴情水：《我枯萎着进入我醒来》，《宁杭道上》，香港：银河出版社，2009，第29页。

② 张枣：《危险旅行——当代中国的元诗结构和写者姿态》，《上海文学》2001年第1期。

③ 张枣：《诗人与母语》，《张枣随笔选》，人民文学出版社，2012，第56页。

明的符号，因为语言与物相似"。① 正如"气"的甲骨文**☰**代表层叠的云气。但是，当语言失去了与物的相似性，并上升到与物极端分离的话语层面，只有一种语言还保存着相似性的记忆，那便是诗的语言，它径直源自已被遗忘的原始词汇，而上帝正是使用这种语言，才向倾听他的人讲话。

但是，"像回到了充满玩具的家"，摄取一些表象："我们可以一起拍张照吗？／加上玩具猴儿，衔雪茄的奥托"（《挽歌7》），这一切还远远不够。"语言乃存在的家园。"（海德格尔语）这一断语隐含着非理性的信仰激情，诗的语言将一遍遍引领我们返回那被幸福陪伴着的"生与死"，"点亮中国的灯笼／古罗马的水渠和萨福的叹息"，且使人类永远拥有"未来的爱人"："哦，我未来的／情侣，我可以用我的道路来／表示吗？你在我的道上／远方在你的呼吸下轻颤"。在通向语言的途中，诗人恰如容光焕发地瞭望他远远的美丽的爱人，在《空白练习曲》中，我们又看到张枣把语言视为诗人的爱人。

> ……
>
> 哦，望远镜，迷醉的望远镜
> 它高喊：那是你吗，未来的爱人？
> 你的睫毛多么修长
> 你的臂膊迎风跳荡
> 那是你吗，我的燕子？
>
> 道路衔在你的嘴里
> 像飞翔的春天衔着种子
>
> 东西啊，哪里不是家呢？

爱的激情总是无可理喻，这身心跳荡的迷醉给人的享受就是希望、自由、飞翔。但，正如信仰与爱的相同——有一种最高的激情来自信仰，爱

---

① 〔法〕福柯：《词与物——人文科学考古学》，三联书店，2002，第49页。

与信仰的感性蕴含无须任何证明：

> 但这一切还远远不够。东西
> 并没有动。正面或反面。
> 唯一的或许是信仰：
> 瞧，爱的身后来了信仰
>
> 正如冬天里来了一场雪
> 上帝说："摩西，亲爱的孩子
> 你在干什么？"摩西答道：
> "我在看，在问，在准备着。"
>
> 父亲啊，是时候了吗？
> 我不巴望你神迹的证明
> 因为我相信。我——相——信。
> 请引领我们走出
> 荒原和荆棘

　　这是《挽歌》的最后一节，以《圣经》中上帝晓谕摩西引领以色列人出埃及的故事为典故，演绎神性的绝对。信仰超逾理性，无须证明，"信仰是多么荒谬。这种荒谬可以把屠杀变成取悦上帝的神圣行为，可以把伊萨克还给亚伯拉罕。对此，任何思维都无法胜任，因为信仰起始于思维停顿之际"[①]。在创世之初，上帝曾吩咐人说，唯有分辨善恶之树的果子不能吃，吃了必死。我们想想，没吃之前人尚不可能理解善恶，也不可能理解死——甚至不存在死。上帝所要求于人的即无可理解的信奉与服从，他作为绝对者要人荒谬地保持信仰与敬畏。我们知道，信仰是一种燃烧，"而诗歌的真实是燃烧——一首孤悬于虚空之诗"[②]。张枣常常慨叹中国传统宇

---

① 克尔凯郭尔语。转引自〔奥〕李斯曼《克尔凯郭尔》，王彤译，中国人民大学出版社，2010，第73页。
② 〔俄〕捷纳狄·艾基：《诗歌—作为一沉默（随笔）》，宋琳译，《今天》2007年第3期。

宙观与人文精神的失落，这种趋向于一个本体精神的古典修为的丧失在他看来与西方文化中上帝死去的缺席是同构的。而人文精神的背景是不可背叛的，诗人更需要传递一种精神的能量，这种能量甚至可以源于语言的神性，对圣言的倾听，成就"诗歌的宗教性"，而诗人对神之离去的哀诉也成了拷问时代的灵魂担当。

《挽歌》中我将提及的第三个语素是"小飞蛾"，它出现在第三节诗中，紧随第二节的"火"。

> 别怕，小飞蛾
> 当你的墙被想象成
> 旷漠的广场
> 那儿只有你
>
> 别怕，小飞蛾
> 当你在时间里
> 再看不出一条道路
> 那儿只有我
>
> 别怕，我们
> 你在火焰的核心
> 我在黑暗的核心
> 我们，别怕

这节诗，以温和的口吻一再安慰"小飞蛾"与"我"（人），因二者处境的黑夜状态，且在这黑夜状态中对光明的渴求，这渴求又带来无可避免的牺牲。飞蛾扑火焚身，人睁开眼睛看到光明，则罪孽并与之相联的生命恐惧随着而来，这是怎样的"再看不出一条道路"啊。在此前，张枣在《与夜蛾谈牺牲》一诗中就高声诘问过这一"无限沉沦"之境。这首诗采用人与夜蛾对谈的形式，对谈的话题是"牺牲"，共六节，每节五行，以彼此的话语交替推进诗思，"夜蛾"与"人"为相互争辩、探询的两个声音，俨然一出微型话剧。在这里，"又是一个平淡的夜/世纪末的迷雾飘荡在窗外冷树间/黑得透不过气来，我又愤懑又羞愧/把你可耻的什物闯个丁丁当当……"读到这些诗句，我们会想起海德格尔对人类生存图景的隐喻："世界之夜弥漫着黑暗。"① 夜蛾被塑造成一个英勇的追求光明的烈士。"世纪末的迷雾"令人想起它诘问着人的软弱与畏缩："人啊，听我高声诘问：何时燃起你的灯盏？"而人尚有犹疑："过分狂热，你会不会不再知道自己是谁？/夜蛾，让我问一声：你的行为是否当真？"夜蛾却坚定地回答："我的命运是火，光明中我从不凋谢……我不止一个/那亿万个先行的同伴中早就有了我/我不是我，我只代表全体，把命运表演"。与其说这只是夜蛾的声音，不如说这是诗人的声音，诗人渴望做全体命运的代表的声音，而他内心的自我反诘只是因为他在痛、在挣扎：

人

那么难道你不痛，痛的只是火焰本身？

看那钉在十字架上的人，破碎的只是上帝的心

他一劳永逸，把所有的生和死全盘代替

多年来我们悬在半空，不再被问津

欲上不能，欲下不能，也再不能牺牲

这里流露出对"牺牲"的渴望，对苦难担当的英雄主义情怀。五年后，就在对 G. Ajgi 的那次访谈中，张枣仍然把他的疑惑向这位富有基督教色彩的俄罗斯诗人请教，他认为 G. Ajgi 诗歌的宗教性往往表现为一种牺牲精神，譬如在《桦树瑟瑟响》一诗中，作者说我们都在这世上瑟瑟响，然后又提到复活。对此，张枣提出一个问题："您是不是想告诉我们，如果十字架上是空的，每人都得做好牺牲准备走上十字架？"G. Ajgi 则认为他提出了一个多么可怕的问题："只有像克尔凯郭尔那样狂热的人才会作肯定的回答。不，我们太卑微，太软弱，根本不值得被绞死。"② 我想，张枣其实是明知故问，他何尝不知道人的卑微、软弱、无力、不可靠，一切似乎都无

① 〔德〕马丁·海德格尔：《诗·语言·思》，彭富春译，文化艺术出版社，1991，第 82 页。

② 张枣：《俄国诗人 G. Ajgi 采访录》，《今天》1992 年第 3 期。

从把握，何以担当牺牲的荣耀。而他本来只想从这位来自基督教信仰的诗人那里获得一种肯定和力量，答案却是他所预料的。他早已对人"欲上不能，欲下不能，也再不能牺牲"的境况充满洞察与悲哀，知道黑暗的极端在于人丧失了承担黑暗、做出牺牲的资格，借夜蛾在第五节对人做出判词："你的命运紧闭……因此你徒劳、软弱，芸芸众生都永无同伴"，人，"永在假的黎明无限沉沦"，遭受着怜悯。这种英雄主义情怀在诗人海子那里表现得更为强烈、极端，他最终把在诗歌中对神性的激情召唤化为牺牲的一次行动。而张枣则用他的诗歌告诉我们，神性不是别的，神性就在我们赖以生存的语言中，就在诗歌这一绝对性的语言中，写下来，就是接收宇宙脆响的口令，就是落实神性。张枣在《云》中把语言比喻成宇宙的舌头，因而人最终意义上是一种美学存在，"语言与永恒宇宙的象形文字息息相通"。"宇宙会善待圣者，给他一颗奥妙的内心"（《风向标》）有了这样一颗心，一个人还不能获得身心解放吗？

2. 海子：终极超越

海子自杀后，张枣写了《给另一个海子的信》，"另一个海子"呼应海子最后一首诗《春天，十个海子》中的"你"，这一代词在《春天，十个海子》中共出现六次，在第二节集中出现了四次：

> 春天，十个海子低低地怒吼
> 围着你和我跳舞，唱歌
> 扯乱你的黑头发，骑上你飞奔而去，尘土飞扬
> 你被劈开的疼痛在大地弥漫

引诗第二行出现了"你和我"，这个"你"正是张枣写信的对象：另一个海子。很明显，"十个海子低低地怒吼/围着你和我跳舞"，表明这个"你"并非复活的十个海子之一。这个"你"乃"我"的主体镜像，是诗人海子把"我"视为他者的客体对象，是"我"被劈开了的"你"。相对于代词"我"，代词"你"所承载的属性更多感官因素，如"你这么长久地沉睡""你的黑头发""骑上你""你被劈开的疼痛"，再联系"我"最后对"你"的诘问："你所说的曙光究竟是什么意思"，我们可以试着推断，"你"在海子这首诗中更多扮演肉体角色，而"我"则更具灵魂属性，二者尚处于

一种藕断丝连的半分裂状态。凡尘肉体或还相信某种理想家园的曙光，告慰灵魂之"我"，譬如，"在春天，野蛮而悲伤的海子"（你）：

> 就剩下这一个，最后一个
> 这是一个黑夜的孩子，沉浸于冬天，倾心死亡
> 不能自拔，热爱着空虚而寒冷的乡村
>
> 那里的谷物高高堆起，遮住了窗户
> 他们把一半用于一家六口人的嘴，吃和胃
> 一半用于农业，他们自己的繁殖

这个黑夜的孩子仍"热爱着空虚而寒冷的乡村"，但理想中的乡村其实已消逝："神祇从四方而来，往八方而去/经过这座村庄后杳无音信"（《太阳·土地篇》）；"神灵的雨中最后的虎豹也已消隐/背叛亲人 已成为我的命运/饥饿中我只有欲望却无谷仓"（《太阳·土地篇》）；不能自拔的孩子抓住的稻草是他童年的、童话般的乡村。"那里"这一远指的处所词暗示的正是不在此地的图景，那"谷物高高堆起"的祥和、自足的生存状态，只是镜喻着诗人"我"在无神的黑暗中所向往的富足、美好。然而"我"对此表示怀疑，"我"心里很清楚，"你""倾心死亡"，沉睡在一己的理想中不能自拔。而现实是，"大风从东刮到西，从北刮到南，无视黑夜和黎明"。

> 现代人 一只焦黄的老虎
> 我们已丧失了土地
> 替代土地的 是一种短暂而抽搐的欲望
> 肤浅的积木 玩具般的欲望
> ——《太阳·土地篇》

《土地篇》中，面临此一丧失，面临"众神的黄昏"，海子尚坚信"我的诗，有原始的黑夜生长其中"，"白雪不停地落进酒中/像我不停地回到真理/回到原始力量和宝座/我像一个诗歌皇帝 披挂着饥饿/披挂着上帝的

羊毛/如魂中之魂　手执火把/照亮那些洞穴中自行捶打的血红鼓面/一盏
真理的诗中之灯"。然而到最后，在《春天，十个海子》中，"我"已深
刻感知一种"无视"的黑暗即不再能体验贫乏的全然贫乏，自然也无法领
略诗中之灯的"曙光"，"我"对"你"的最后一行质问使"你我"彻底
分裂。这便是海子最后的绝望，在这首诗中他不再考虑自己作为诗人的力
量，不再以像他所热爱的诗人荷尔德林那样"在黑夜中走遍大地"自勉。

　　于是张枣在《给另一个海子的信》中写道："你千万别像他那样轻
生。//整个世界最令我提心吊胆的/就是你/和灯"。把"你"和"灯"相
提并论，据我们此前讨论过的"灯"在张枣诗中作为诗、语言的重要隐
喻，以及海子"一盏真理的诗中之灯"，可见在张枣眼里，海子本人等同
于诗，一个原初意义上的、超越主体创造的诗人，这样的诗人和原初的语
言一样，在这个"老想着将它自己拆毁"（《给另一个海子的信》）的世
界必然是"危险"的、令人"提心吊胆"的。我们分析过，原初意义上的
诗人与语言是同神联系在一起的，无论是在诗歌还是少数诗论中，张枣一
直在为此辩护。他说："诗人只有开宗明义地吁请诗神缪斯假道于自己才
能舒展被歌吟的世界蓝图。而这一过程再次使他还原为匿名。"① 此一匿名
即诗人主体个性的隐匿，如荷马，一个盲歌者，完全无法把握世界表象，
只在史诗开头吁请缪斯赐予灵感。张枣自己也在《一个诗人的正午》中对
收听宇宙的口令递出申请。海子在《土地篇》第十二章《众神的黄昏》中
则热烈歌颂荷马并祈求"盲目"：

　　　　一把歌唱的斧子　荷马啊

　　　　黄昏不会从你开始　也不会到我结束

　　　　半是希望半是恐惧　面临覆灭的大地众神请注目

　　　　荷马在前　在他后面我也盲目　紧跟着那盲目的荷马

　　　　　　　　　　　　　　　　　——《太阳·土地篇》

此等"盲目"造就的便是"对我们这个空前空白的时代毫不作言说妥协的

---

　　① 张枣：《俄国诗人 G. Ajgi 采访录》，《今天》1992 年第 3 期。

难得的写作狂"①。海子就是这样一个在诸神隐匿的空白中超越规则的"写作狂",他"圣火燎烈"地燃烧着自己对诗歌、语言的迷恋与激情,成就了现代汉诗中一种从根本上而言"属灵"的写作,他的悲伤与生俱来,他的神性情怀与生俱来。这使他得以直接"以词替物"(张枣语)地探入"人类秘密","做一个热爱'人类秘密'的诗人。这秘密既包括人兽之间的秘密,也包括人神、天地之间的秘密。"② 这秘密的馈赠使他获得神的言语:

> 秋天深了,神的家中鹰在集合
>
> 神的故乡鹰在言语
>
> 秋天深了,王在写诗
>
> ——海子《秋》

鹰作为神的使者其集合与言语和"王在写诗"有神圣的同步。就此可以理解海子在一种近乎幽闭的生活中献身于黑洞般的写作、力图证明"生活应该就是诗"的"火山一样不计后果"(《阿尔的太阳》)的喷发与被吞噬。因而,海子首先被誉为"最纯粹的诗人"③。在他那纯净而神性的歌唱中,没有渗入生活的杂质,他的写作可以说就像瓦莱里所言,是"对语言所支配的整个感觉领域的探索"④。用他自己的话说即是"寻找对实体的接触""对实体的意识和感觉""诗应是一种主体和实体间面对面的解体和重新诞生。诗应是实体强烈的呼唤和一种微微的颤抖……诗人的任务仅仅是用自己的敏感力和生命之光把这黑乎乎的实体照亮,使他裸露于此。"⑤ 这是他针对史诗而说的最基本特质。但这一诗人的任务与立场在他的短诗中同样有效。因为他向来立足于诗的本体意义与形而上质而写作,关心词语与词语间的关系所产生的共鸣与美感。他的音乐性即这种效果之一:民歌型、

---

①　张枣:《朝向语言风景的危险旅行——中国当代诗歌的元诗结构和写者姿态》,《上海文学》2001年第1期。

②　海子:《我热爱的诗人——荷尔德林》,西川编《海子诗全集》,作家出版社,2009,第1071页。

③　见西川编《海子诗全集》,作家出版社,2009,封面。

④　〔法〕瓦莱里:《纯诗》,孟明译,参见韩作荣主编《诗志》(2014年第一卷),第112页。

⑤　海子:《寻找对实体的接触(〈河流〉原序)——直接面对实体》,参见西川编《海子诗全集》,作家出版社,2009,第1017~1018页。

吟咏及谣曲型，悠扬流动。因而我们不可能以张枣式戏剧性的"杂耍"技艺这一视角去看待他，譬如海子的《九月》，以下是全诗：

> 目击众神死亡的草原上野花一片
> 远在远方的风比远方更远
> 我的琴声呜咽　泪水全无
> 我把这远方的远归还草原
> 一个叫木头　一个叫马尾
> 我的琴声呜咽　泪水全无
>
> 远方只有在死亡中凝聚野花一片
> 明月如镜高悬草原映照千年岁月
> 我的琴声呜咽　泪水全无
> 只身打马过草原

这首诗三次直接写到"我的琴声呜咽，泪水全无"，诗句的循环往复构成了诗歌的主旋律。阅读多次过后萦绕心头的或许仍是它的语言节奏以及死亡、草原、野花、呜咽、泪水、只身等词语带来的模糊想象，而某种更微妙的触动，则需要我们调动对海子的深刻理解来领会。如前所述，海子是呼唤生命的原初声音的诗人，他相信"诗不是诗人的陈述"，是诗人对倾诉着的实体的倾听，"在自己的诗里听到另外一种声音，这就是'他'的声音"①。这种倾听恰恰需要在极度排外性的沉默中才能倾听，"作为'上帝之地'的沉默（最高原创之地）……一种'非我的'沉默"②，这对于诗人乃神秘的赤裸，诗人的任务即敞开这赤裸。于是，海子在诗中会提笔即写："目击众神死亡的草原上野花一片/远在远方的风比远方更远"。前一个句子美丽而崇高、富于神秘意味；后一个句子则直白成复沓的节奏，海子这一类故意随意的诗句常易引起误解，仿佛他对词语的处理不够细

---

① 海子：《寻找对实体的接触（〈河流〉原序）——直接面对实体》，参见西川编《海子诗全集》，作家出版社，2009，第 1018 页。
② 〔俄〕艾基：《诗歌—作为—沉默（随笔）》，宋琳译，《今天》2007 年第 3 期。

致。而他自己早已有过解释："从荷尔德林我懂得，必须克服诗歌的世纪病——对于表象和修辞的热爱，必须克服诗歌中对于修辞的追求，对于视觉和官能感觉的刺激，对于细节的琐碎的描绘——这样一些疾病的爱好。"① 因而，"琴声呜咽，泪水全无"哀叹的不是普通的日常琐事带来的忧伤，这首诗没有具体事境，也没有细腻的感官细节，因为他是站在"终极超越"的立场来歌唱神性维度。

　　比较而言，张枣则基本采取了"内在超越"②的立场，如本文第一章第一节提出的"有穷对无穷的眷恋"。具体而言，他的苦心在于，要把在西方文化中汲取的基督精神与中国宇宙观相融合，以在诸神退席的现代，发明意义之源。就他对德语文学的谙熟与对现代汉语诗歌的期待来看，基督宗教思想在歌德、诺瓦利斯、荷尔德林、里尔克、卡夫卡等诗人中所体现着的诗与宗教、神性的永恒问题，中国新诗人也应该倾心思考。宗白华在谈论歌德时曾言，诗人都是泛神论的。薄伽丘则直接定义：诗是神学，神学不是别的，正是上帝的诗。③ 这使诗人对语言与形式的向往和迷恋正如对宗教的顶礼膜拜。如海子说："我有三种幸福：诗歌　王位　太阳"（海子《夜色》），这三种幸福其实都是诗歌："我是擦亮灯火的第一位诗歌皇帝"（海子《太阳·诗剧》），是"太阳王"。对"我"的两个比喻皆

---

① 海子：《我热爱的诗人——荷尔德林》，参见西川编《海子诗全集》，作家出版社，2009，第 1071 页。

② 借用 20 世纪 50 年代初期由唐君毅、牟宗三等人提出的"内在超越"概念。在 1953 年出版的《中国文化之精神价值》一书中，唐君毅指出："在中国思想中……天一方不失其超越性，在人与万物之上；一方亦内在人与万物之中。"牟宗三在两年后发表的《人文主义与宗教》一文中，有更为明确的表述："儒家所肯定之人伦（伦常），虽是定然的，不是一主义或理论，然徒此现实生活中之人伦并不足以成宗教。必其不舍离人伦而经由人伦以印证并肯定一真美善之'神性之实'或'价值之源'，即一普遍的道德实体，而后可以成为宗教。此普遍的道德实体，吾人不说为'出世间法'，而只说为超越实体。然亦超越亦内在，并不隔离。"牟宗三在《中国哲学的特质》中亦说："天道一方面是超越的（Transcendent），另一方面又是内在的（Immanent 与 Transcendent 是相反字）。天道既超越又内在，此时可谓兼具宗教与道德的意味，宗教重超越义，而道德重内在义。"不过，在对中国思想史的研究中，内在超越不只被用来描述儒家，更广泛地用于概括儒释道三家（汤一介：《儒释道与内在超越问题》，江西人民出版社，1991）。参见郑家栋在《"超越"与"内在超越"》一文对"内在超越"概念的提出与缘起之梳理，《中国社会科学》2001 年第 4 期。

③〔意〕薄伽丘：《但丁传》，朱光潜译，参见高建平、丁国旗编《西方文论经典　从文艺复兴到启蒙运动　第 2 卷》，安徽文艺出版社，2014，第 47 页。

指向诗歌的精神核心，但这位诗歌皇帝却"悲惨地活在世上"，一次次哭泣"我走到了人类的尽头"（《太阳·诗剧》）。这或许因为，纯粹超越总仰赖一个"绝对的他在"，如上帝——那超智识理解的无限。在海子那里，这一精神核心类于黑格尔的绝对理念或最高存在①，他的诗歌理想也体现了这一点："在中国成就一种伟大的集体的诗。我不想成为一个抒情诗人，或一位戏剧诗人，甚至不想成为一名史诗诗人，我只想融合中国的行动成就一种民族和人类的结合，诗和真理合一的大诗。"② 在对这一"真理"的仰赖中，海子又感到"高处不胜寒"的"空虚与寒冷"，忍受着"流浪 爱情 生存"的实在性苦难。因而，他在《寂静（〈但是水、水〉原代后记）》最后写道："可能诗仍然是尘世。我依然要为善良的生活的灵魂歌唱，这些灵魂不需要地狱……我是说，我们不屑于在永恒面前停留。实体是有的，仍是这活命的土地与水！我们寻求互相庇护的灵魂。我仍然要在温暖的尘世建造自己就像建造一座房子。我是一个拖儿带女的东方人，手提水罐如诗稿。那么，永恒于我，又有什么价值。"③ 这是在诗学散文里海子对尘世生活的良好愿望：做"一个拖儿带女的东方人"，但它仍然是格外理想的一种状态：善良的生活、温暖的尘世，"手提水罐如诗稿"，这是对尘世温暖与幸福的渴求和想象，诚如他后来的著名诗篇《面朝大海，春暖花开》里那最动人的吟唱。而这样的幸福感对于海子终究不是源于尘世，只是源于他的终极理想主义。

> 从明天起，做一个幸福的人
>
> 喂马，劈柴，周游世界
>
> 从明天起，关心粮食和蔬菜
>
> 我有一所房子，面朝大海，春暖花开

---

① "当时他只有 19 岁，即将毕业。那次谈话的内容我已记不清了，但还记得他提到过黑格尔，使我产生了一种盲目的敬佩之情"，参见西川《怀念》，载西川编《海子诗全集》，作家出版社，2009，第 10 页。

② 海子：《海子诗全编》，上海三联书店，1997，参看"海子简历"。

③ 海子：《寂静（〈但是水、水〉原代后记）》，见西川编《海子诗全集》，作家出版社，2009，第 1026 页。

这里仍然不是日常具体事境，喂马、劈柴、周游世界、关心粮食和蔬菜是诗人对明天的一种遐想，弥漫着理想色彩与浪漫情调，它更像那桃花源的生活。"愿你在尘世获得幸福/我只愿面朝大海，春暖花开"，对陌生人的祝福与自我排他性的誓言意味着海子并没有打算和尘世生活真正打交道。他的幸福只能来自诗歌中的精神圣殿以及那纯粹超越之所在。他宁愿生活在封闭、寂寞的"天真"状态，而拒绝参与一种更纷杂、丰富，当然也是更危险的"经验"状态。[①] 诚如帕斯捷尔纳克所言：人生在世，何似在田间漫步？真正的世俗生活可能是拖累我们形神的奔波劳碌，是泛滥的、稀里糊涂的蒜皮碎屑构成的浊流，布满复杂的人际关系网络和随风飘扬的"一地鸡毛"。海子宏大的诗歌抱负让他选择直奔人类伟大的终极精神境界，从熊熊燃烧的太阳之火中直取"栗子"：那神性的真理，因而在他激昂蓬勃的年轻生命中绝无从琐碎生活中剥洋葱般剔除那多层萎缩、黏附表皮的过程。他强调诗人应直接关注生命存在本身，而他心目中的生命存在更多是哲学层面或曰符号界的存在，绝非实在世俗的琐碎与沉沦式存在。他飞翔在一个理想主义诗人对苦难、灵知精神的想象与担负中，"飞着，寂寞，酸楚，甚至带着对凡俗的仇恨"[②]，"写诗并不是简单的喝水，望月亮，谈情说爱，寻死觅活"[③]。他在《诗学：一份提纲》中明显流露出对富于超越性的宗教文化的崇拜，谈论上帝的七日，谈论王子、太阳神之子，全然涉于西方的诗歌王国。他认为西方伟大的人类精神——作为宗教和精神的高峰——甚至超于审美的艺术之上。在他大概列举的五项伟大的人类精神[④]中，基本是宗教精神。他直言不讳地宣称："我恨东方诗人的文人气质。"这一文人气质，也即他感到难以忍受的东方诗人自我陶醉的文

---

① 参见西川谈海子的生活方式。西川《死亡后记》，见西川编《海子诗全集》，作家出版社，2009，第1160页。

② 海子：《源头和鸟（〈河流〉原代后记）》，载西川编《海子诗全集》，作家出版社，2009，第1020页。

③ 海子：《动作（〈太阳·断头篇〉原代后记）》，载西川编《海子诗全集》，作家出版社，2009，第1037页。

④ "1、前2800~前2300金字塔（埃及）；2、纪元4世纪~14世纪，敦煌佛教艺术（中国）；3、前17~前1世纪（《圣经·旧约》）；4、更古老的无法考索不断恢宏的两大印度史诗和奥义书；5、前11世纪~前6世纪的荷马两大史诗（希腊）还有《古兰经》和一些波斯的长诗汇集。"海子《诗学：一份提纲》，载西川编《海子诗全集》，作家出版社，2009，第1051页。

人趣味，恰恰是与中国人潜意识里的主流文化儒家思想深刻关联着的。我们曾经提到，在儒家的经典中，君子常被等同于文人，他在平凡乃至粗陋的生活中仍能谦卑、高雅，相信天命，以修身为内在的价值源泉，在群体关系中达到全面的人格完善，以期"治平"：转化世界。因而，韦伯甚至称，"君子是一件堪称古典、永恒的灵魂美之典范'艺术品'，传统儒学正是把这种典范植入蒙生的心灵中"①。中国古典诗人常常恰切地表现了为儒家思想浸染的生命形态、心理内涵与价值取向。这里自然不必赘述杜甫这一伟大代表，就拿海子提到的陶渊明（海子把他与梭罗比较，认为二者同时归隐山水，而陶重趣味）来说，其儒家君子人格也是辉耀异常的。在他身上固然融合了道家思想："聊乘化以归尽"（《归去来兮辞》），并亲身躬耕，陶然于诗酒，然萧统早有言："吾观其意不在酒"（《陶渊明集序》），而陶本人也是"猛志固常在"："脂我名车，策我名骥，千里虽遥，孰敢不至。"（《荣木》）可见，君子之志与文人趣味一样是中国古典诗人面对世界的人生理想形态，这源于儒家根植于世界并致力于以个体修身、明心来改善世界的信念："自天子以至于庶人，壹是皆以修身为本。"（《大学》）这一修身的根源又在于儒家坚信"人能弘道，非道弘人"（《论语·卫灵公29》），天地人三才，人性与天性合一，人能替天行道：

> 唯天下至诚，为能尽其性。能尽其性，则能尽人之性。能尽人之性，则能进物之性。能尽物之性，则可以赞天地之化育。可以赞天地之化育，则可以与天地参矣。（《中庸·第二十二章》）

既然天道就存在于人道中，儒家坚信日常人伦具有深刻的精神意义，"通过把'世俗的'视为'神圣的'，儒家试图依照他们天人合一的理想来重塑世界"②。这样的文化背景，在海子那里是隐匿的——或者说这对于他并非背景，他本身即置身其中，而他是老想拔着自己的头发超越它，于是这一超越最终在纯粹精神上发生。张枣却试图基于此一最潜在的文化背景来

---

① 〔德〕马克斯·韦伯：《世界宗教的经济伦理·儒教与道教》，中央编译出版社，2012，第206页。

② 〔美〕杜维明：《儒教》，上海古籍出版社，2008，第15页。

疗救现代诗人在西方现代性影响下对家园的渴望的失衡感，或者，是他旅居西方对中国的另一种理想主义式怀乡与回返？他自己其实明白个中奥秘，赴德不久，在《选择》一诗中写下如下诗句：

> 血肉之躯迫使你作出如下的选择：
> 祖国或内心，两者水火不容。
> 后者唤引你到异地脱胎换骨，
> 尔后让你像鸣蝉回到盛夏的凉荫。
> 如果你选择了前者，它便赠给你
> 随便的环境，和睦又细腻的四邻。

可见，张枣亦明白，——"祖国或内心，两者水火不容"——大多数中国人从不切断自我与外部世界的联系，不会只探索纯然的内心精神。对于已经被祖国亲切的人伦生活隔离而置身于自我精神圣殿的他，中国人"红泥小火炉……可饮一杯否"的温馨温情就变得弥足珍贵。于是，问题浮现了：抛开诗人出于天职为创作拒斥世俗生活这一极端使命感不谈，诗歌对高远的、神性世界的召唤究竟能否与尘俗现世达成诗学和解？这一点，我想正是张枣在《给另一个海子的信》最后一节喊出的意味深长：

> 但你必须活着，可怜的孩子
> 活着就等于呐喊：
> 永恒的中国！

"永恒的中国"在这里并非作为一个空洞的大词出现，"活着"也并不仅仅只是为了活着而已。在这里，可以看到张枣对海子（和他自己，因他也有过割腕的念头）的劝解。毕竟，像海子这样的理想主义诗歌天才是不是需要一张生活之网来按捺住他飞腾的生命力与挥霍般的创造力，使其才华细水长流，而不是过早离开、断送其回返的可能与现代汉语诗歌更多的可能性？这便是在张枣那里呈现的诗歌课题："对来自西方的现代性的追求是否要用牺牲传统的汉语性为代价？如何使生活和艺术重新发生关联？如何通过极端的自主自律和无可奈何的冷僻的晦涩，以及对消极性的处理，重返和谐并与世界取得和解?"①

3. 张枣:"内在超越"

海子纯粹的"终极超越"与荷尔德林相近。荷尔德林是"向诸神倾诉的悲剧性天才"②,他追求神圣之诗,一直沉浸在童年的纯真的善意和神圣里,永远处在超越生活而非理解生活的幻梦里。但张枣和他们不同,他想转化荷尔德林和海子的悲剧,回到"汉语性"。荷尔德林作为"诸神的布道者和祭品"③ 的那种苦涩与痛,他对黑暗的经受,张枣一定深深震撼过、领略过并深刻同情。这在《一首雪的挽歌》《与夜蛾谈牺牲》中体现出来了。这种牺牲诗学在后来被他的赞颂诗学,即吟唱《大地之歌》取代了。这也是从基督精神回返原儒思想。正如他对"永恒的中国"的呐喊。这个中国就是他想要的汉语性,就是东方思想。张枣着力翻译的史蒂文斯受过道家的影响,他自己最终也醒悟到与世界和解的启示其实就蕴含在汉语思想中,所以他致力于发明汉语之甜。茨威格说德语是基督教的语言,硬朗艰涩,而甜是圆润流转。张枣把天人之际的和谐、圆融落实为具体的、世界的、人的亲密与会心,落实为语言的精妙与美,正如他的对话性最终也落实为情境的、亲密的、人的。

在我看来,张枣是以"内在超越",即吸收儒家的"内圣"思想,如明儒王阳明那样一种"动态的理想主义"来守护他的诗歌理想,在"日常之神的磁场"(张枣《而立之年》)中来感应诗与世界万物的同一感,包容人与世界的关系——不光是彼世的那个超验世界,也是此世的活生生的周遭世界。这里,就有现代基督精神与儒家思想④的对话与交流。神学家汉斯·昆在论述荷尔德林时曾说:"对于现代宗教,某种决定性的东西产生了"——

上帝、神性——或者如人们通常所称的终极的最真实的现实——

① 张枣:《Anne-Kao 诗歌奖受奖辞》,载《张枣随笔选》,人民文学出版社,2012,第 241 页。
② 莫光华:《荷尔德林的五张"脸":20 世纪荷尔德林接受与批评史述要》,https://www.douban.com/group/topic/54547383/,2012 年 9 月 15 日查。
③ 同上。
④ 尽管基督教在中国也多有人信奉,儒学也被国外一些思想家称为儒教,鉴于本文乃是探讨现代汉诗与文化的关系以及诗人的诗学信念等问题,并非宗教论文,因而在此仍谨慎地使用基督精神与儒家思想这两个词来表达宗教精神对诗人的影响。

不再从素朴的人类学上，看作是一个在物理学天空中居于我们之上的神，同时也不再从启蒙主义和自然神论上，看作是一个外在于世界，即处于形而上学彼岸的神。恰切的方式是，思考世界中的上帝和上帝中的世界，亦即有限中的无限，内在中的超越，相对中的绝对。因此，上帝、神性作为包容万物统治万物的现实，处于事物之中，处于人之中，处于整个千差万别的感受中。①

这段话读起来就像在呼应儒家思想，儒家的"天命观"，有机宇宙论，对"仁"作为天道贯注人间又内在于个体心性这一神性的不懈追求与道德实践，使其具备了一种"此世超越主义"的宗教性："儒家思想有一超越的面向。人道源于天道的观念，暗示着儒家的现世观具有深远的宗教性。"②

　　在第一章的文本分析中，我们曾详细探讨过《云》作为一首"天人合一"的颂诗在张枣诗学思想与作品中的重要性。如今可进一步明确，这首诗的明朗与甜蜜呼应的正是张枣所向往的诗学之境："人类诗歌的终极应该是喜而非悲，对神性完美的向往追求。人在诗歌中的生存应该是和谐。"自然，这种和谐不会来得那么轻易，它必然是人与世界、他者、自我痛苦纠缠与对话的产物，是一种历经磨砺而抵达的圆融——通常情况下仍然只是对圆融的一以贯之的心愿，追求圆融的过程，正如儒家的君子须漫长的一生来修为、实践对仁的追求，成圣更是永无止境——否则还是不堪一击就破碎。如同卡夫卡的启示——"私人的信仰"必与其"私人的受苦"密切相连——若要理解一个形而上学问题、诗学问题、宗教问题，必须事先了解提出这一问题的人私人的受苦。③ 也即，并没有一种抽象的、想象的、与世界事物脱离关系的神性，此世即神性的一部分，乃神性必然拂照的世界。而人作为有灵之长，必能感应"日常之神的磁场"，"能近取譬"，触发内在心性体验贯通天道，"为仁由己"。在此，我想通过张枣的《而立之年》来进一步探讨他的日常神性诗学以及他的内在超越之道。诗题"而立之年"自然出自孔子："吾十有五，而志于学。三十而立。四十而不惑。

① 〔德〕汉斯·昆、瓦尔特·延斯：《诗与宗教》，李永平译，三联书店，2005，第122页。
② 〔美〕杜维明：《儒教》，上海古籍出版社，2008，第15页。
③ 刘小枫：《沉重的肉身》，华夏出版社，2007，第229页。

五十知天命。六十耳顺。七十而从心所欲，不逾矩。"（《论语·为政》）这是孔子对自我精神修养发展过程的综述，引领这一过程导向的是超道德的天命。"志于学"乃"志于道"，因"天下之无道也久矣，天将以夫子为木铎"。这种天命观，也是君子修道的根据与源泉。《而立之年》作于1994 年，张枣 32 岁，但这首诗整体上波动的情绪节奏暗示着张枣并不觉得自己已立起来。一些困惑充斥着他的内心，生活中的不安、不满在诗的开篇即完全暴露出来：

> 一边哭泣一边干着眼下的活儿
>
> 自由，燕子一般，离开了铁锤
>
> 我的十根手指纳闷地伸向土地的尽头
>
> 聆听。是什么声音呀，找着，找着
>
> 一种旋律，一块可以藏身伏虎的大圆石
>
> 一个迹象，一柄快剑，让我学习忍受自己

这里呈现了两种状态：日常存在与对神秘事物的渴求。哭泣地干着眼下的活儿，自由在日常事物中远离，"我"纳闷地向土地的尽头聆听一种声音。个体的内心对现实处境尚处于不自由的逃避状态，寻求"一块可以藏身伏虎的大圆石"。张枣属虎，此处应有自况味道。而大圆石仍是外物，真正的融洽并未在内心产生，因而不得不"学习忍受自己"。来自土地尽头的声音与旋律乃神秘的诗意、宇宙的口令。然而这必须用作为宇宙内在反响之一部分的生命力去听，用一种怡然、超然的心境，才能聆听作为"我"之内部声音的"天籁"。这一高妙之境显然不会得来全不费工夫，在此之前必先踏破铁鞋：学习忍受自己。鲁迅有言："凡自以为识路者，总过了'而立'之年，灰色可掬了，老态可掬了，圆稳而已，自己却误以为识路。""或者还是知道自己之不甚可靠者，倒较为可靠罢。"[1] 张枣的友人钟鸣说过，张枣"是那种仅为诗而存在的人，或者说，视诗为人生惟一意义者"[2]。可是在而立之年，他对于自己的诗歌之路也惶惑，为写作忧心忡

---

[1] 鲁迅：《导师》，《莽原》1925 年 5 月 15 日第 4 期。

[2] 钟鸣：《镜中故人张枣君》，《南方周末》2010 年 3 月 12 日。

忡：“我今年的写作数量锐减，不知何故，莫不是江郎才尽了吧。”[1] 这或是每一个为写作痴迷的人都有的焦虑，而张枣是把这种写作的困难和危机感与生活的困难等同，在诗歌中持续不断地对此做出追问，以此镜喻存在的困难并作为创作本身富于诗意的动机。于是接下来我们看到，如何突破写作危机又成为张枣的诗意闪光：

> 雨意正浓，前人手捧一把山茱萸在峰顶走动
>
> 他向我演绎一条花蛇，一技之长，皮可不存
>
> 关键有脱落后的盈腴，鸣响沧海桑田的可能
>
> 歌者必忧；槐树下，西风和晚餐边一台凋败的水泵
>
> 在那里，刺绣出深情的母龙的身体

我们要说，上面这节引诗是古典与现代的完美融合。中国古典诗歌是一种现世诗歌，多写日常际遇，在日常际遇中又渗透着人间温情与细腻情怀，其美感在于于尘俗世界中感应万物，于心物交融中体悟宇宙永恒。但极少漠视世界，并将高远的审美落实为富有吸引力的生活方式。譬如在重阳节这样一个民俗节日，古典诗人对于吟咏手捧茱萸登高、仰观俯视、游目骋怀格外青睐，生命的绸缪往复就在这长久的习俗与天地间：“万古乾坤此江水，百年风日几重阳”（李东阳《九日渡江》），宋僧道灿亦有“天地一东篱，万古一重九”的诗句。就在“江水”“东篱”“重九”这现世的事物中，诗人敏悟幽深浩渺的无限宇宙。其中奥妙乃诗者天地之心，张枣在早期的一首诗《风向标》中即写道：

> 夜深了我还梦着它似乎单纯的声音
>
> 像它会善待宇宙，给它合乎舞台的衣裙
>
> 宇宙也会善待圣者，给他一颗奥妙的内心

而诗艺正如“演绎一条花蛇”，它挑剔技艺的纯熟，剥落一切粗芜表皮，

---

[1]　引自陈东东《亲爱的张枣》，参见宋琳、柏桦编《亲爱的张枣》，江苏文艺出版社，2010，第70页。

显露世界的盈腴晶莹，又必容留宇宙大化、社会历史变迁的沧桑。"歌者必忧"的信条再次流露张枣对古典言志诗学的认可。最后一句，在西风、晚餐和凋败的水泵这些日常现象的事物中，"刺绣出深情的母龙的身体"，意味着他"试图从汉语古典精神中演生现代日常生活的唯美启示的诗歌方法"①。或者，写诗本如刺绣，对现实纷乱事物的挑选犹如从杂乱的线团中配色，绵密的针脚最后给人出其不意的惊喜。龙作为传说中的图腾之物，凝聚着中国人的神性崇拜。因而，这里的微妙处又在于，从槐树下这一切身的周围事物来寄寓对神性之物的想象，诗歌乃帮助我们发现这一"日常之神的磁场"。张枣一直想在诗歌中建构日常世俗的神性。因为，假如生存是不可脱离的，人对幸福的追求是无可遏止的，那么我们就一定需要某些途径来支撑并安顿我们在世俗生活中对精神、灵魂、神圣、超验这些隐秘而无穷之境的向往，而他坚信，这样一个安顿处在诗歌中，在语言中。奥尔巴赫在论述旧约时说："上帝的伟大作用在这里深深影响着日常生活，从而崇高与日常生活不仅在实际上紧密相连，而且也根本不可能分开。"② 同样，在新约中，上帝派遣圣子基督降生于尘俗中，神性与人性交会。由此，基督精神中世俗与神性的趋和在西方文学中构成了一对恒久的张力。中世纪基督教对肉体的束缚与强调反而显露并加强了肉欲概念，使世俗的肉体在罪恶中寻求灵魂的皈依，诺瓦利斯甚至断言："基督的宗教是本真的性欲的宗教。罪是对神爱的巨大刺激。"③ 而如果说，有罪的是人的处境，不是罪恶本身（卡夫卡语），那么，这处境就是我们必须活在不完满的尘世，而最终于这处境本身体会神性，哪怕深陷恶之中。也许，正是这使人饱经沧桑的处境，令人最终以朴素、仁厚之心接纳、关注日常事物中的崇高与神性。于是我们听到了张枣那句发自肺腑的感叹：

> 要走多少路，人才能看见桌上的一只
> 鳄梨啊？周围是

---

① 张枣：《销魂》，《张枣随笔选》，人民文学出版社，2012，第28页。
② Erich Auerbach：*Mimesis：The Representation of Reality in Western Literature*，上海外语教育出版社，2009，第22～23页。
③ 〔德〕诺瓦利斯：《夜颂中的革命和宗教——诺瓦利斯选集卷一》，林克等译，华夏出版社，2007，第136页。

一杯红酒，一颗止痛片，口琴，落扣，英雄牌
金笔，它们都偎着我朴素的中年取暖

这些诗句本身是朴素而温暖的，它蕴含的是生命智慧的结晶。一些精心挑选的日常物品，投射着深厚的情怀。而"偎着"一词，又让我们看到中年张枣对日常生活的拥抱。这种拥抱焕发着实在的神奇力量，它包含着对待生活的谦卑、成熟和炽热的信念，以及由之而来并不凌空蹈虚的超越境界。这或许是张枣最从容的四行诗，面对漫长的人生旅途，面对生活中此时此地的空白，凭借内心的力量真正地去学习容忍直至拥抱：

我身上的逝者谈到下一次爱情时
试探地将两把亮匙贴卧在一起，头靠紧头
是什么声音呢，哑默地躲在
日常之神的磁场里？

可以看到，在"逝者"和"下一次爱情"之间，就是此刻的空白。此时没有爱情，但已学习"试探地将两把亮匙贴卧在一起，头靠紧头"。爱情是最具人间温情的事物，是生命之源，同时又伴随着凡俗仪式、生活琐碎、复杂的体验。现代人的爱情甚至需要凭借哲学思维来理解，如穆旦著名的《诗八章》所表述的：

相同和相同溶为怠倦，
在差别间又凝固着陌生；
是一条多么危险的窄路里，
我制造自己在那上面旅行。

他存在，听从我底指使，
他保护，而把我留在孤独里，
他底痛苦是不断的寻求
你底秩序，求得了又必须背离。

——穆旦《诗八章·六》

爱情的复杂、深刻、变动不居在穆旦的揭示下几乎给人绝望的感觉，这或许根源于个体本质上的孤独，克尔凯郭尔式的"生存性绝望"，并最终导向飞跃式的终极断裂及至信仰。但清晰洞察如此，穆旦也仍然写下如下诗句："所有科学不能祛除的恐惧/让我在你底怀里得到安憩——"这种恐惧与对温暖的渴求，也是张枣走过多少路后对"一杯红酒"的渴望。"我身上的逝者"——"逝者如斯"的紧迫感渗入其中——对两把亮匙的贴卧意味着让下一次爱情好好相处的期待。两把亮匙乃相近的事物，易靠近易亲切，又易"溶为怠倦"，其结合或许不会如钥匙与锁那样有实在的吻合，此处仍以精神的交融为先，但"头靠紧头"的亲密却带来真实的身体感觉，这是血肉存在的感官爱情，而非抽象的形而上之爱。但张枣也并不确定，"试探地"这一限定性副词微妙地流露出他的小心翼翼，毕竟只是而立之年，并非"不惑"。然而他又探听并追寻那"哑默地躲在/日常之神的磁场里"的声音了，或许仍难以辨识，但那内在的喜悦也微妙地流露出来了。这一次，"燕子自由地离开铁锤"，比较全诗第二行"自由，燕子一般，离开了铁锤"，凭借主语与状语的互换制造了完全相反的效果："自由"离开后只剩沉闷、空乏，"燕子自由地离开"却是欢快、空灵，于是我们将读到的就是下面这段充满窃喜直至狂喜、语言旋转如舞蹈的诗：

> 外面正越缩越小，直到雷电中最末一个邮递员
> 呐喊着我的名字奔来，再也不能转身出去
> 玻璃窗上的裂缝
> 铺开一条幽深的地铁，我乘着它驶向神迹，或
> 中途换车，上升到城市空虚的中心，狂欢节
> 正热闹开来：我呀我呀连同糟糕的我呀
> 抛撒，倾斜，蹦跳，非花非雾。

"外面"在张枣那里有一种神秘的形而上感，尤其在中后期其用法多接近哲学维度，如《空白练习曲》中有："我呀我呀，总站着某个外面""少于，少于外面那深邈的嬉戏"；《跟茨维塔伊娃的对话》中有："等你/再回到外面，英雄早隐身""你喊，外面啊外面，总在别处！/甚至死也只是衔

接了这场漂泊"；在《纽约夜眺》中有："露天消失/零星的外面抛赏给自杀者"；《钻墙者和极端的倾听之歌》中有："苹果林就在外面，外面的里面，/苹果林确实在那儿，/源自空白，附丽于空白，/信赖它……"等等。结合这里的几处可见，"外面"在张枣那里乃与心相合，"他的心智对'至大无外，至小无内'的宇宙模型怀着最迷狂的激情"①，几有"万物皆备于我"（《孟子·尽心上》）的诚与乐。在孟子，最高范畴乃天，是天将万物备于我身，故有君子反躬自问，恕而求仁，这一内在的主体意识即尽心知性，进而知天、与天合一，因而并没有"外面"："外面正越缩越小，直到雷电中最末一个邮递员/呐喊着我的名字奔来，再也不能转身出去"。可以认为"雷"呼应了前文"母龙的身体"，古人与民间即以天空中的雷电为龙，带神的生命格。"邮递员"隐喻诗人，那传递宇宙口令的使者，被雷电中，"呐喊着我的名字奔来，再也不能转身出去"。"我"吸纳宇宙山川，天地自在我怀，这境界，正如孟郊所唱："天地入胸臆，吁嗟生风雷。文章得其微，物象由我裁！"以"天地为庐"，正可谓"玻璃窗上的裂缝/铺开一条幽深的地铁，我乘着它驶向神迹，或/中途换车，上升到城市空虚的中心"。世界有其支离破碎的"裂缝"与"空虚"，然而"我"也并不能逃离，正如梅洛·庞蒂指出的："我能逃离存在，但只能逃到存在。"②不在自身之外，也就是不在世界之外去寻求意义，"我"总能于幽深处瞥见一条出路，"驶向神迹"。老子曰："不出户，知天下。不窥牖，见天道"；孔子曰："谁能出不由户，何莫由斯道也？""道"与"神迹"，皆由生命本身来鸣响其节奏，它们具象于生活，而为诗人"我"以象罔之艺所寻获。象罔，境象与虚幻的融会，变灭与永恒的形相，闪耀着宇宙生命的真理、道、神性。这样的艺境将给人带来酒神式的狂热的迷醉感，因而接下来的诗句攫住了一种扭动的狂喜，一种"非花非雾"的艺术迷狂，有趣的是，狄奥尼索斯同样是人神结合之子。然而，张枣必也深知，现实中的矛盾始终存在，所有对"我所当是"的信念都只能蕴藏在"我之所是"的结构中。犹如儒家在本体论的意义上呼唤每个人都必成圣，然而在现实存

---

① 宋琳：《精灵的名字——论张枣》，见宋琳、柏桦编《亲爱的张枣》，江苏文艺出版社，2010，第170页。

② 转引自〔美〕汉娜·阿伦特：《精神生活·思维》，姜志辉译，江苏教育出版社，2006，第23页。

在中，纵使圣人孔子也强压着脱离人间世事的诱惑（"道不行，乘桴浮于海"），做着"知其不可而为之"之事，也承认君子学道修行的永无止境①："君子之道四，丘未能一焉。"（《中庸·第十三章》）于是，在《而立之年》的最后，我们又看到这一根深蒂固的矛盾在诗人内心浮现：

> 高脚杯突然
> 摔碎，它里面的那匹骏马戛止
> 如一绺高贵香水
> 于黑暗中循循诱动
> 我祷告的笔正等着我志在四方的真实儿女，而
> 　　　一种对公社秧苗的
> 　　　　　不详预感
> 一种谈心，无法践约的
> 在我之外，如一个滑旱冰的
> 　　　　　小阿飞
> 委蛇而来。

酒神的器皿"高脚杯突然/摔碎"，烈酒如奔腾的骏马戛止，如"高贵香水/于黑暗中循循诱动"。这是又一次的受阻。但这一次，是对矛盾的正视，抱有思虑过日常存在之苦与甜的释然。或许正是这苦与甜，喂养着诗人"祷告的笔"，这支笔"等着我志在四方的真实儿女"，这是真实的世界，这是真实的儿女，"活着就是去大闹一场"（《云》），志在四方。有趣的是，张枣接下来用了一个看似世俗意味极为浓厚的短语——"公社秧苗"——来指代人间世。公社曾经作为中国社会最基层的社会组织，秧苗又携带着一种喜洋洋的合作社风情，可谓别具一番中国特色的汉语性。然而在中国古代，公社又是官家祭祀天地鬼神的处所："孟冬之月，……天子乃祈来年于天宗，大割祠于公社及门闾。"（《礼记·月令》）因而仍有其神圣处，仍在"日常之神的磁场里"。于是，纵然仍有"不详预感"，有无法践约的在"我"之外的谈心，但这是否意味着，诗人需要将自己置身

---

① 参见〔美〕杜维明《儒教》，陈静译，上海古籍出版社，2008，第106~115页。

于现实存在之长久的危险之中，在日常与超验的紧张互动乃至冲突中激发诗之激情，毕竟，"最大的贫乏是不能存在于客观世界之中"（史蒂文斯语），而丰富、波动起伏正为诗构造难以平息的张力感。但在经过写作的调整之后，诗人必能收获暂时的解脱，那一首诗的安慰，那艺术超越时间的自由与满足。于是，我们看到，无法践约的可能性就在戏谑、轻松的语调中出场了："如一个滑旱冰的/小阿飞/委蛇而来。"没有讥讽，更不拒绝，只有亲切、相迎。这是诗的可能性，正是诗的存在使尘世可能与不可能的都化为幸福，这种幸福，就在《猖狂的一杯水》中：

> 薄荷先生闭着眼，盘腿坐在角落。
> 雪飘下，一首诗已落成，
> 桌上的一杯水欲言又止。
>
> 他怕见这杯水过于四平八稳，
> 正如他怕见猥亵。
> 他爱满满的一杯——那正要
> 内溢四下，却又，外面般
>
> 欲言又止，忍在杯口的水，忍着，
> 如一个异想，大而无外，
> 忍住它高明而无形的翅膀。
>
> 因此，薄荷先生决不会自外于自己，那
> 漫天大雪的自己，或自外于
>
> 被这蓝色角落轻轻牵扯的
> 来世，它伺者般端着我们
> 如杯子，那里面，水，总倾向于
>
> 多，总惶惑于少，而
> 这个少，这个少，这才是

我们唯一的溢满尘世的美满。

　　这是一首富有魔力的诗。标题"猖狂的一杯水"引人无限遐想，仿佛这是一杯魔水，一杯正在狂热地扭着腰肢的水，它自由潇洒，又玲珑通透，因而可与人物人格相关联，这使其成为一首诗人品藻之作，它同样构成张枣对古典写意在现代诗写中如何可能的一个面向，这一次，他的对象是魏晋名士般的诗者精神与人格。猖狂，猖介狂放也，清洁自好而狂以进取，"狂者志存古人，一切纷嚣俗染，举不足以累其心。真有凤凰翔于千仞之意，一克念即圣人矣"①。这是张枣喜欢的王阳明对狂者的肯定，溯及孔子及儒家对人格与气象的推重。不累其心，乃怀本真之心、赤子之心，现真性情、真血性的"仁"。譬如孔子痛恶虚伪："巧言令色，鲜矣仁！""礼云礼云，玉帛云乎哉！"在他看来，徒有其表之礼法乃"乡原，德之贼也"，是为"小人儒"。故而他极力赞美猖狂（"……浴乎沂，风乎舞雩，咏而归！"夫子喟然叹曰："吾与点也！"）而摒斥乡原，对生活怀着超然蔼然的"依于仁、游于艺"之性情与情怀，在"乐山乐水"中达到"从心所欲不逾矩"的境界。猖狂的一杯水初看可隐喻诗人主体志愿的自然形态，一种现代猖狂之士。张枣曾说："我不相信诗来自现实的说法，我相信一首诗的真正源头是创造那首诗的诗人本身，诗来自诗人。"② 诗与诗人之不可分，正如舞与舞者之不可分。真正的诗人本身亦是一首经得起品藻的诗。张枣的薄荷先生即神情超迈、名姓清凉："薄荷先生闭着眼，盘腿坐在角落。"这里透露出"枯坐"中的心游万仞，亦有"自诚明，谓之性"（《中庸》第21章）即本体即工夫的合一：闭眼静坐，则"精神命脉全体内用"，安于其所思，中心磊落，不为媚世。"诚者，天之道"，天人感应而"雪飘下，一首诗已落成"——这种神秘感应在那首著名的《镜中》早露端倪："只要想起一生中后悔的事/梅花便落满了南山。"后期，又在充满个人寂寥和芳香的无限《边缘》中显现："他时不时望着天，食指向上，/练着细瘦而谵狂的书法：'回来'！/果真，那些走了样的都又返

---

① 〔明〕王守仁：《刻文录叙说》，《王阳明全集》卷四十一，上海古籍出版社，2012，第1307页。
② 张枣：《略谈"诗关别材"》，《作家》2001年第2期。

回了原样：/新区的窗满是晚风，月亮酿着一大桶金啤酒"——这一句呼应了我们在《一首雪的挽歌》中提到的雪作为上帝的言辞飘下，降而为诗人之词的神秘。诗人作为尘世与神性之桥梁，对这一使命的担负必有与天同德的率性、光明内心而旨高韵远，故有"桌上的一杯水欲言又止"。这杯水既为一首诗，也是诗者之心。诗者不粘滞于物的活泼性灵既娇娇脱俗，又与世界事物发生高迈的精神关联，和其尘同其光，在现量的生活里追求无量的生命意味。"四平八稳"与"猥亵"为狷狂者所害怕。"满满的一杯"正为满心天地——行文至此，可以感觉，张枣极大地宣扬了一种心学诗学。这一方面是他对中国传统思想做现代诗学转化的积极努力；另一方面，史蒂文斯对心智的推崇也对他影响甚深："心智是世界上最有实力的东西。"① 在史蒂文斯那里，"世界作为冥想"（史蒂文斯语）意味着"心与思不停地合跳"，其多数作品，如《内心情人的最高独白》《世界作为冥想》《胡恩宫殿里的茶话》《宁静平凡的一生》（这些诗均为张枣所译）赞颂的几乎都是诗人的慧心及其高妙的想象力。把《宁静平凡的一生》与《狷狂的一杯水》对读会发现，经由张枣译出的史蒂文斯已切实成为张枣身上的史蒂文斯：

> 他坐着冥想，他的位置，不在
> 他虚构的事物中，那般脆弱，
> 那般暗淡，如被阴影笼罩的空茫，
>
> 就像是在一个雪花纷飞的世界，
> 他起居在其中，俯首听命于
> 寒冷骑士挥洒的意念。
>
> 不，他就在这，就在此时此刻，
> 因地制宜。就在他家的他的房里，
> 坐在他的椅子上，思绪琢磨着最高的宁静。

---

① 〔美〕华莱士·史蒂文斯：《最高虚构笔记　史蒂文斯诗文集》，陈东飚、张枣译，华东师范大学出版社，2009，第253页。

最老最暖的心，任凭

寒夜骑士挥洒的意念切割——

夜深又寂寥，在蛐蛐的合唱的上方。

听它们喋喋不休，听各自独领风骚。

高妙的形态里是没有愤怒的。

而眼前之烛却炮制出熊熊烈焰。

———史蒂文斯《宁静平凡的一生》（张枣译）

这同样是一个雪花纷飞的世界，寒冷骑士"坐在他的椅子上，思绪琢磨着最高的宁静"，为意念所切割。张枣的薄荷先生就像史蒂文斯诗中的寒冷骑士，同样"忍着，/如一个异想，大而无外，/忍住它高明而无形的翅膀"。对意念世界自由而无形的沉湎充盈着这两首诗。一种奇妙的平衡感在于，诗哲同源间，诗人唯心主义思想中看似如此虚无的思绪收获的并非面目狰狞相，反而是温暖迷人的心境与诗境之交融："我的心境下着金色的香油之雨。"（史蒂文斯《胡恩宫殿里的茶话》）《猖狂的一杯水》也在对心灵神性的持守中抵御了对"尘世"的落荒而逃，它甚至引出对重复的来世——"被这蓝色角落轻轻牵扯的/来世"——之向往："它伺者般端着我们/如杯子"。最后两节满溢着源自内心力量对世界的赞颂："这个少，这个少，这才是/我们唯一的溢满尘世的美满。"呼应史蒂文斯的信念：不完美是我们的天堂。这个少的美满、这个不完美的天堂，它出自"永无休止的心灵"与"高妙的形态"，诗与心，在诗者那里互为对方安顿秩序，或二者本就是宁静平凡的一生中唯一的美满。

三　元诗与"啜泣"

张枣的元诗诗学，在他那篇重要论文《朝向语言风景的危险旅行——中国当代诗歌的元诗结构和写者姿态》中，有深入透彻的阐释。后有论者以《卡夫卡致菲丽丝》为文本中心探讨过他诗歌中元诗意识的历史变迁。[1] 在此我们将主要围绕张枣的另外两首诗《在森林中》《希多尔夫村的忧郁》来谈论关于他的元诗问题的一些看法。张枣在论文中谈论柏桦的《表达》时提道："特别值得注意的是，柏桦在下文中将'言说的困难'这一主题引入对宇宙本原、人生基本价值如爱、生与死的一系列本体追问中，这表明中国当代诗歌的元诗结构常常将'写'与广泛的其他人文题材相关联，并使'写'作为它物的深层背景，不仅使作品增设了形形色色层面，也丰富了诗学解读：万象皆词；言说之困难即生活的困难。"[2] 从这段话可以读出，张枣念念不忘的元诗意识并非仅仅停留于枯燥而索然无味的"诗之诗"。他评价海子的一句话放在他自己身上也格外恰当："他同时也是用过度的迷恋来体现对它（元诗式的写作狂姿态）质疑的少数几个写者之一。"他对"日常之神的磁场"之钟爱以及对"诗对称于人之境"之强调，都表明在他那无比高蹈的"为诗一辩"的现代诗歌神话崇拜中，对那种与生活脱节而"令人发怵和恶心"的语言"幽闭症"的抵抗。如果说海子无法证明"人类如诗，栖居大地"那般"生活应该就是诗"的美好理想，只能用牺牲来证明自己已经走到了以词替物的暗喻追思的"人类的尽头"，张枣却从海子的牺牲中获得了生存意义上的重大启示，他反思并且追问：纯诗艺的元诗写作如何才能不陷入语言自我循环的怪圈，如何使生活与艺术重新发生关联？基于这样的反思与追问，可以看到，张枣的诗是从几近震荡的自我体验中升起，在一种既逃避又反思的姿态中来与时代、生活发生关联。当他说"如果我写我的爸爸，写我某一天胃疼，写我失去的某一个人，我就是在写我的时代和我的世界，我就是在写我当下是如何与世界发生关系的"[3]，我们不应该忘记他是"将对世界形形色色的主题的处理等同于对诗本身的处理"[4]，反之亦然。

《在森林中》作于1996年11月。这首诗最明显的主题即"危机与拯

---

① 余旸：《张枣诗歌中元诗意识的历史变迁》，《新诗评论》（第二辑），北京大学出版社，2005，第151~165页。

② 张枣：《朝向语言风景的危险旅行——中国当代诗歌的元诗结构和写者姿态》，《上海文学》2001年第1期。

③ 张枣、颜炼军：《"甜"——与诗人张枣一席谈》，《名作欣赏》2010年第4期。

④ 张枣：《当天上掉下来一个锁匠》，见《张枣随笔选》，人民文学出版社，2012，第36~37页。

救"。全诗共四节，前三节均采用代词"你"，最后一节转为代词"他"：
一个长跑者，这使得我们可以在结构上把这首诗视为两部分来把握。就诗
艺的层面而言，"你""他"其实是对隐蔽的"我"作为经验之"我"与
写作之"我"的分化。也即，对诗歌发生过程的理解而非仅仅满足于对世
界语义的传达，"在诗歌方法论上就势必出现一种新的自我所指和抒情客
观性"①。这种"新的自我所指和抒情客观性"对写作主体极端的自主自律
提出了严格的要求。这一点，在这首诗中得到了完美地安排与体现。这首
诗给人的首要感觉是物象纷繁，尤其在前三节，张枣给我们制造了一种迷
失在森林中的焦灼感，关键的诗句有以下几处：

1

几件你拖欠的事情，

乌云般把你叫到小山顶。

落叶的滑翔机，

远处几个跳伞的小问号蠕蠕地落进

风景的瓶颈里。天气中似乎有谁在演算

一道数学题。

你焦灼。

……

2

你走动，似乎森林不在森林中。

松鼠如一个急迫的越洋电话劈开林径。

听着：出事了。

天空浮满故障，

一个广场倒扣了过来。

你挂下话筒，身上尽是枫叶。

……

---

① 张枣：《朝向语言风景的危险旅行——中国当代诗歌的元诗结构和写者姿态》，《上海文学》2001 年第 1 期。

3
你狂暴地走动。
那发票就攥在你手中，
你想去取回你那被典押的影子。
森林转暗，雨滴敲击着密叶的键盘，
你迷失。而
希望，总在左边。
……

这种紧张的气氛给人异常压抑的危机感，让我们嗅到一种充满火药味的兴奋。对于一个诗人，一个尤其关注诗歌的发生与其运行过程的元诗倡导者，我们可以设想，这一紧张的处境既可能是他在面对现实、也可能是在面对诗歌应如何处理现实中的重大事件时的写作感受，即诗人该如何针对现实、时代、历史与当下等境况发言。在茫茫森林中其实可以隐喻诗人在纷纭世界之中，作为一个诗人他该如何引领现实万象走进语言的秩序，进入他想要的更高、更自由的诗歌王国？张枣在森林中想让自己对事物的感受更具体一些，获得一些基于人生困惑的独特意识，这也是基于诗与现实的冲突问题。可是他的用意未免太重，物象纠缠得他无法撒手："你狂暴地走动。/那发票就攥在你手中，/你想去取回你那被典押的影子。"下文出现"啄木鸟"，这一形象在张枣诗中多次出现，可上升为世界的修补者作为诗人的隐喻。循着此一意象，《希尔多夫村的忧郁》就与《在森林中》构成了互文，前者的第二节与第三节如下：

带乡音的电话亭。透过它的玻璃
望着啄木鸟掀翻西红柿地。
暗绿的山坡上一具拖拉机的
残骸。世纪末失声啜泣。

几天来我注意到你的反常，
嘴角留着乌云的滋味——

> 越是急于整理凌乱，
> 东西就越倾向于破碎。

这里的"反常"与"乌云的滋味"，正呼应《在森林中》开篇"几件你拖欠的事情，/乌云般把你叫到小山顶"。最后两句劝慰，既是对忧郁的疏导，也可看作对创作之焦虑心态的一种安抚，它所蕴含的诗学意义也许在于，人在压抑或狂暴的当下状态是不适宜创作的，诗对现实的发言也不是亦步亦趋地"整理凌乱"，一种明朗、从容、已然容留反思空间的心境才能使破碎归于艺术的秩序，这一点，我们已经在《卡夫卡致菲丽丝》和《跟茨维塔伊娃的对话》两首组诗的第一首领略过张枣的诗歌创作"热身运动"。《在森林中》则是最后一节进一步深入这种元诗状态：

> 一圈空地。
> 长跑者停在那儿修理他呼吸的器械。
> 他的干渴开放出满树的红苹果，
> 飘香升入金钟塔，归还或断送现实。
> 他因干渴而深感孤独。他低头琢磨
> 他暖和的掌心：它仿佛是个火车站，
> 人声鼎沸。一群去郊游的孩子泼了几绺
> 缤纷的水柱。
> 光，派出一个酷似扳道工的影子站在岔道口。
> 他觉得他第一次从宇宙获得了双手，和
> 暴力。

这里直接提到了"归还或断送现实""从宇宙获得了双手，和暴力。"也即，现实与写作（双手）是紧密相关的，诗人是会为"世纪末失声啜泣"的。张枣的元诗崇拜表明他是一个新古典主义者，也即，一个诗人中的诗人，时时刻刻惦记着诗的发生如何可能，语言的本体崇拜也出于对诗歌本体美学的尊崇。这似乎会导向纯诗写作：朝向语言形式的美学努力，或曰 aestheticism，唯美主义。但张枣也在诗歌中提醒过，纯诗是不纯的："是不纯的，像纯诗一样。"（《死囚与道路》）瓦雷里在论述他的纯诗理论时也辩证地说过这样两句话："一言以蔽之，（纯诗）是对语言所支配的整个感觉领域的探索……我们的身上包容了这个世界，而这个世界也包容了我们。"① 我们生活于这个世界，这个世界存在于我们的感觉领域。因而，关于诗之诗的元诗观念就不可能是语言无穷镜像的自我循环。② 张枣对诗与语言至高无上的崇拜与苛刻态度在于，他相信要"最恰切地说出某种无言的无助，唤醒和加深人们对自身处境的体验，以期在消极性中发明出超越它的憧憬和幻想"③。就像他相信"远方有匹骏马奔腾/仿佛消逝的只是这黄昏"（《黄昏》）。人被世界的荒原处境与黄昏感"生擒其中"，这是现代汉诗现代性的一部分，它携带着西诗在悠久的宗教传统下侧重存在关怀与灵魂拯救的因子，这些堪称历史的"啜泣"，这就是我们的处境。张枣说："诗的创作者不可单纯地生存，都必须寄身在各自的社会角色里，来种植和呵护自己的莲花。不要误认为哪种社会角色与诗歌是难以兼容的，恰恰相反，个人只有依托他本人的此时此地和此种处境，才能使其写作具备深刻的必然性。拯救只有在危急中即在需要拯救时才显得有意义。"④ 如此我们才可以相信："难以克制的是幸福的诗篇。"（《诗篇》）在被历史、现实所磨砺和吞噬着的内心深处，也必有一种"新奇的节奏"，那隐在的、需要诗人小心翼翼去偷窃的、能使我们惊叹的东西——诗："我们每天都随便去个地方，去偷一个/惊叹号，/就这样，我们熬过了危机。"对元诗的坚守意义正如此。作为写作策略与感知力的释放而非强加，诗人本就以个人身份和独立立场关注时代与生活，并对其"提炼"以保护诗歌。写作本身也是一种生活与现实。谁能说，保护写作、保护诗不为强权与时代所伤害，不是另一种意义上的关怀？张枣自己说，他的诗是一个封闭的系统，根除了生活的细菌，当代生活几乎没有伤害到他的诗歌，因为他会极端警惕："生活中的垃圾千万不要带进诗歌。"反过来，诗时时在"拯救"为时代所挤压的人那变形的心灵。在张枣那些乍看带上了面具的诗篇中，如《卡夫卡致菲丽丝》，起句即"我叫卡夫卡"，实则是最彻底地遍布了诗人的涉世生命感触。又或者在他那些"以诗作为一首诗的主题"

---

① 〔法〕瓦莱里：《纯诗》，孟明译，见韩作荣主编《诗志》（2014 年第一卷），第 112 页。
② 参见姜涛《"全装修"时代的"元诗"意识》，《文艺研究》2006 年第 3 期。
③ 张枣：《略谈"诗关别材"》，《作家》2001 年第 2 期。
④ 同上。

的元诗中，如《跟茨维塔伊娃的对话》，看似杜撰的一个中国诗人与茨维塔伊娃关于诗学问题的一场对话，远离着生活，但仍充满这样刻骨铭心的诗句：

像现在没有我——
一杯酒被匿名地啜饮着
而景色的格局竟为之一变。满载着时空，
饮酒者过桥，他愕然回望自己
仍滞留对岸，满口吟哦。某种
悲天悯人的情怀，和变革之计
使他的步伐配制出世界的轻盈。

——《跟茨维塔伊娃的对话10》

诗人的心灵必"满载着时空"，如饮酒者一般沉醉且兴至而"满口吟哦"。但诗人对现世的跨越："过桥"，并不意味着他将"乘风归去"，置身"琼楼玉宇"，制作"高处不胜寒"的诗。他总在"愕然回望"那"仍滞留对岸的自己"。作为创造者的诗人是更敏锐、更饱满、更彻底的个体。而诗人只有"回望自己"才能回望世界，正如史蒂文斯的诗所言："我自己就是那个我漫游的世界，/我的所见所闻皆源于我自身；/那儿，我感到我更真实也更陌生。"（史蒂文斯《胡恩宫殿里的茶话》）吟哦的诗人通过诗歌的内向世界来审视外在世界，以一己之心推他人之心，如此，"悲天悯人的情怀"伴以诗的"变革之计"缔造高度的秩序，从而使"步伐配制出世界的轻盈"，这便是用诗来拯救生存的紧张、危机，脱离"在此世界的烦"。而在形而上的写作意义上，一首诗应回归诗自身，由此，诗构成了人类恒久的主题。

小　结

张枣有诗曰："难以克制的是幸福的诗篇。"（《诗篇》）他是那样"为幸福而忘情歌唱"，哪怕"在别人的房间，在我们/生活的地下室"

（《为幸福而歌》）。归根结底，张枣创造了一种崇高灵境的"美学幸福"（纳博科夫语）。柏桦说，在他的印象中，张枣"基本没有任何世俗生活的痛苦，即便有，他也会立刻转换为一种张枣式的高远飘逸的诗性"。因为认定人间没有幸福可言，把痛苦当做家常便饭，也等于取缔了痛苦；"他的痛苦的形而上学：仅仅是因为传统风物不停地消失，难以挽留；因为'少年心事当拿云'的古典青春将不再回来，又难以招魂"[1]。因而，痛苦仅在于艰难的"挽留"与"招魂"，而幸福也在于转换为"高远飘逸的诗性"来实现可能的"挽留"与"招魂"，痛苦与幸福唯独构成诗这枚硬币的两面："请给我痛，怕，恨以及扭曲/请给我额上装一枚永久的月亮/风暴，风暴，照亮我如同我的鬼/正面或反面，我乱皱皱的皮……"（《风暴之夜》），所以他在《蝴蝶》中写到一对情侣此世历经的水深火热与鸡零狗碎，所能企盼的唯有"我们共同的幸福的来世的语言"，所以他在《到江南去》中写"十里荷花，南风折叠"的江南"像一个道理"，它存在于"奥尔弗斯主义者"的理想与歌唱中，因为"大地的篮球场，比天堂更陌生！"那么，剩下的只是，"寻找幸福，用虚无的四肢"，也即，用语言、诗篇缔造幸福，以诗歌之力对现代受损的文与道做出修复。张枣告诉我们，为了"化腐朽为神奇"的幸福，我们的心要这样向世界打开：

> 我们的心要这样向世界打开：
> 它挑剔命运心跳的纸和笔
> 像猛虎的舌头那样挑剔，从不
> 啜饮盛在玻璃杯中比喻的水
> 于是心会映出一个两极称平的世界
> 我们的心这样打开后会看见
> 那看不见的海上看不见的船舰，正被
> 那更看不见的但准时的一架飞机救援
> 黑夜的世界有些恶心，因它裹着
> 凶恶的金和雾，它让自己装扮成一副

---

[1]　柏桦：《张枣》，宋琳、柏桦编《亲爱的张枣》，江苏文艺出版社，2010，第51页。

恐龙骸骨的模样

……

因此我们的心要这样对待世界：

记下飞的，飞的不甜却是蜜

记下世界，好像它跃跃跃欲飞

飞的时候记下一个标点

流浪的酒边记下祖国和杨柳

化腐朽为神奇

我们的心要祝福世界

像一只小小蜜蜂来到春天。

——《我们的心要这样向世界打开》

第三章　语言本体论的反思

　　传统文化及其在现代的变迁是现代诗歌背后的广阔原野，没有这片原野的视域，诗歌的画面或旋律都将无法产生远景与回音。杨炼曾倡导，把现实、历史、文化合成诗人手中的三棱镜，以此置入诗人的智力空间。不过，仍然不能忘记，语言是诗歌的本体存在，也是熔铸三棱镜的水晶体。张枣的诗歌以大量信息和诗学信念强调"语言就是世界"，虽然他接下来说，"而世界/并不能用语言来宽恕"（《德国士兵雪曼斯基的死刑》）。这里呈现的是两个世界：由语言发明的不可见世界、可见的现象世界。语言不能宽恕的世界意味着一个糟糕的、混乱的现实世界，因此，必须用语言来创造另一种新的真实、新的秩序，否则于何处守护我们的完整？世界愈是碎片，愈是不能用语言来宽恕，则诗歌愈是严格地不屑于模仿它，而要创造和赞美一个更具希望、更为美好的世界："不再谅解过去的一切。"（圣琼·佩斯《风》）这是诗歌最隐秘最恒久的伦理和政治，因为它始终为人类争取超越的法则、美的存在，故而瓦莱里说，诗歌"命令我们变，远甚于要我们理解"，里尔克就斩钉截铁地下过命令："你必须改变你的生活。"（《古老的阿波罗躯干雕像》）在一尊雕像中，在一首诗中，藏着一个看不见的世界，一个到过此一世界的人和未曾来过的人将截然不同的世界：语言刮起上升的旋涡，扶摇直上，抵达无边的灵魂世界。为此，必须回到语言，回到这一本体处来研究诗歌。

一 "言志" 工夫合一

1."新古典主义"的语言本体立场

关于张枣的语言信仰和语言本体观，前面两章已做出了足够的文本阐释，用诗人自己的话一言以蔽之："万象皆词"，"将写作视为是与语言发生本体追问关系"①。这种本体追问，就是对诗歌独立"自我"的追求。

现代汉诗自诞生起，一直在寻求如何确立自身：那个新诗的"自我"，即面临追求"现代性"的问题。继集中显现于鲁迅的《野草》、"象征派"诗人、1930年代的卞之琳、废名、"现代派"诗人，1940年代的冯至和"九叶"诗人所追求的"新诗""现代性"传统自1949年被拦腰斩截后，新诗"自我"的惨伤一直延续到1978年"今天派"。"没有朦胧诗人所提供的从蒙昧的群体中分离出来的少数醒悟的大写的'人'，就没有80年代专注于个体生命体验的'新生代诗人'。"② 但前者因混合着历史悲剧的眼泪而带"政治水分"的意象与语汇仍然是历史梦魇的后遗症。直到新生代诗的出现，现代汉诗审美现代性的艺术自律精神才可说又有了真正的独立："内具一种强烈的批判精神，处于与现存秩序、流行见解、社会主导理念之间的紧张关系之中，表现出一种毫不妥协的决绝姿态。"③ 新生代诗人们的决绝姿态有两种。一是"第三代诗人"④ 以诗歌暴动来"造反"的

---

① 张枣：《朝向语言风景的危险旅行——中国当代诗歌的元诗结构和写者姿态》，《上海文学》2001年第1期。

② 陈超：《让诗和诗人互赠沉重的尊严——论郑单衣的诗兼谈先锋诗的抒情性问题》，《诗探索》2004年秋冬卷。

③ 崔卫平：《海子、王小波与现代性》，《当代作家评论》2006年第2期。

④ 关于"新生代"与"第三代"、"后朦胧诗（后新诗潮）"各个概念或名称之间的关系，参见洪子诚、刘登翰在《中国当代新诗史》第十二章第二节《"第三代"或新生代》的详尽梳理与辨析，北京大学出版社，2010，第246~254页。本文在此选择"新生代诗"这一整体性的概念来涵盖作为一种诗歌运动的"第三代诗"以及与"朦胧诗"有着血亲关系的"后朦胧诗（后新诗潮）"这两个局部性概念，以求新生代诗的整体面貌。在我看来，"第三代"这一概念并不能恰切地指称"朦胧诗"之后青年先锋诗歌写作的复杂现象。"新生代"诗并不仅仅只有喧嚣的诗歌运动。但"第三代"诗人在1980年代抢尽风头，他们大吹大擂的"诗歌暴动"留给人们的印象是捣乱、叛逆、破坏、世俗化，所依据的背景是进口的后现代主义。因而，倘若在"第三代"与"新生代"　（转下页注）

民主行动；二是"后朦胧诗"中的"新古典主义"写作倾向。无论是当时的"事实"还是后来的"误读"，"第三代"诗人已给人们留下诸般"坏"印象：姿态大于作品、精神大于文本、破坏大于建设。如《中国新时期文学词典》给"第三代诗人"所下的定义就是——他们以反北岛的姿态出现，对原有的诗歌观念进行全面调整，反文化、反理性、反抒情，甚至反诗歌，称为"第三代诗人"或"新生代"。如此，"新生代"这一命名也被"祸及"。连"第三代"代表流派"他们"诗人于坚也曾说："作为艺术方式，第三代人并不那么出色，第三代人最意味深长的是他们给这个时代提供了一种充满真正民主精神的人生态度和生活方式。"① 言下之意即，"第三代"诗人的社会学意义大于美学意义。洪子诚认为，"第三代"诗歌在"偏于高亢、理性、浪漫激情，节奏上偏于急促的朦胧诗之后"，为诗歌革新的推进提供了如下动力因素："比如世俗美学的传统，现代都市生存境遇的经验，日常感性的更为细致的感受力，和对口语在内在现代汉语活力的挖掘、发现等。敏感、生活阴影和细节、内向性、回归质朴平易、反讽调侃……"尽管他也认为这"并非唯一的想象力"②，但其用词却显露了侧重点，即对"第三代"诗歌的指认："世俗美学、日常感性、口语、平易、反讽调侃。"但正如人们已经认识到的，"反崇高""口语化"等特

（接上页注④）之间画等号，无异于冤屈死"新生代"另一批"纯粹"的诗人。"第三代"这一称谓已流行甚广，要消除它种种"不是"将徒劳无功，不如将计就计，让"第三代"贴在轰轰烈烈的"第三代"诗歌运动及部分参与者这一诗歌事件上。如有一种提法便是，"第三代"这一命名专指在1980年代初中期由万夏、杨黎等提出，"非非主义""莽汉主义""他们文学社"等诗歌流派与社团所倡导的诗歌倾向：反崇高、反文化、反抒情、反意象、口语化甚至虚无化。事实上，起草《第三代人宣言》的万夏说过："第一代人为郭小川、贺敬之这辈，第二代人为北岛们的'今天派'，第三代人就是我们自己。""非非"的主要人物杨黎也说过："1986年《非非》创刊意味着第三代人的论争结束。第三代人其实质是用一个数词来指三种创作倾向：北岛式、杨炼式、万夏杨黎式，特别是以第三种区别北岛的朦胧和杨炼的史诗，并不是断代的意思。"如此，"第三代"人奉告我们，"第三代"实在只是小部分人的创作倾向，绝不能代替新生代诗人整体多样性的倾向。不但如此，甚至"第三代"诗人们自己也害怕遭受被遮蔽的命运，如于坚对"第三代诗"与"后朦胧诗"两个所指完全不同、差异很大的概念的强调。他认为第三代诗歌所要反对的就是"朦胧诗"，而"后朦胧"这个企图涵盖20世纪80年代诗歌现象的词恰恰是对"第三代"历史贡献的抹杀和歪曲。这恰恰反证了"第三代"这一命名同样不能企图涵盖20世纪80年代诗歌现象，它们均是"新生代诗"的子现象。

① 于坚：《棕皮手记》，《诗歌报》1989年5月21日。

② 洪子诚：《〈第三代诗新编〉序》，洪子诚、程光炜编《第三代诗新编》，长江文艺出版社，2006，第2~3页。

征并非"朦胧诗"之后的青年实验性诗潮这一整体的全部：张枣唯美精致而"叩问神迹"、海子高举诗歌"太阳"、骆一禾诗性涵咏"世界的血"；另有臧棣、西川、柏桦、陈东东、郑单衣、戈麦等，或坚持在敏锐的内心境地，以幻觉、冥想抒写纯粹情怀，或虔心持守精神圣地。这是新生代诗人的另一主脉，他们拒绝越出艺术的边界去邀众喝彩，唯愿从事"修远"的诗歌事业，寻找语言的圣地，自觉遵循诗歌本体之美以及由之而来的"限度"、"秩序与责任"和必然的"寂寞"，默默耕耘。这些诗人的写作姿态、精神信仰、诗学理想，更重要的是，他们贵族般的诗篇，向我们展示着一种"为永恒而操练"的自觉、庄严、纯粹的写作，成为时代的纯良品质。这样的诗人，可以以新古典主义诗人来命名之。

新古典主义是一种情感，一种高贵的情感调和着它的诸多品质。这种淳正的情感源于对伟大的敬畏与仰慕这一久远的古典人性，它不同于唯理性的诡辩，也区别于精密的计算，它厌憎市侩、野蛮、粗俗，一句话，抗拒"平庸之恶"。这种抗拒体现在对美的追求，对庄重诗艺无限可能性的追求，以及从中所领略到的美感和人性滋养。新古典主义作为一种气质性的美学追求，在任何时代都可以作为一种美学场域、美学氛围包括美学理想来彰显。诚如曼德尔施塔姆所言："诗歌必须是一种古典主义。"① 也就是说，诗人坚信诗歌理应并必然是一种精致而"尖端"的艺术，持守高度庄严、自觉的艺术精神与技艺探求，并且，其创作实践以及文本成果能实实在在地吻合于这一诉求，成就伟大的典范。

每一时代都有对伟大与古典②的追寻。李白《古风》第一篇即振聋发聩地道出：大雅久不作、正声何微茫。雅者，正也：正派、大度、圆融。既兼指雅颂，亦指歌乐舞的精神内涵：一种美学高度以及"整体境界"③。

---

① 〔俄〕曼德尔施塔姆：《曼德尔施塔姆随笔选》，黄灿然等译，花城出版社，2010，第124页。

② 什么是古典？这里的古典，既有古老的典范之意，又指历代典范所积蓄相递的伟大品质。恰如圣-佩韦所言："一位真正的古典作家，如我意中喜欢提出来的定义，是一位丰富了人类精神的作家。他确实增加了人类的宝藏，使人类又向前跨进了一步。他发现了一种精神道德上的毫不含糊的真理，或者他在无不周知、无不探究的人心里又攫住了某种永恒的热情。他以某种形式，即广大壮阔的、精微合理的、本身健康美丽的形式，把自己的思维、观察和创见表达出来。"见〔法〕圣-佩韦著《什么是古典作家》，载高建平、丁国旗主编《西方文论经典·第三卷》，安徽文艺出版社，2014，第550页。

③ 参见翁文娴《变形诗学》，北京大学出版社，2013，第282页。

大雅与正声，毋宁说就是诗歌的理想。这种古典的大雅风范，是汉语思想的伟大内涵，是对"诗无邪"的坚守，一种有精神良知的写作。它着重对诗歌品质的坚守，延续古典主义的内涵：以崇高的理念、均衡并稳定的章法，寻求完美的艺术形式，钟爱精纯、深刻的诗性语言，铸就经典之作。既怀揣虔诚的理想主义信念，又对诗歌写作之复杂、深邃满含敬畏、尊重、谦卑与修行，且不乏灵性敏悟；崇尚诗的自足与独立性，恪守诗的本体立场，以诗来追问世界的本源与终极，构筑高贵的精神文化世界，把写作视为"灵魂的历险"，敬爱生命隐秘的诗意。此外，还要参照瓦莱里对古典主义的严格定义："'古典主义者'，是自身包含着一个批评家，并将其与自己的创作紧密结合在一起的作家。"① 即那些拥有艺术自律精神，能将自己的写作放置到清醒的省察、高度的耐心和反复磨砺之技艺下的诗人。

如果说现代主义的写者姿态可以看作罗兰·巴尔特式的"零度写作"："用语言来弄虚作假和对语言弄虚作假，这种有益的弄虚作假，这种躲躲闪闪，这种辉煌的欺骗使我们得以在权势之外来理解语言，在语言永久革命的光辉灿烂中来理解语言。"② 那么，值得注意的问题是，同样出于对语言本体的关注，何以存在两种判然有别的诗歌语言：一种是以典雅精致的书面口语入诗；另一种却直接以俚俗口语入诗？这里面，除了技术手法和风格的差异外，是否存有微妙而本质的问题，造成二者诗歌语言的根本区别？答案或许是，一种超然物外的诗与纯粹玩弄符号的诗是有区别的。"辉煌的欺骗"恰恰需要最高明深奥的语言技艺才能达到"语言永久革命的光辉灿烂"。诚如张枣所言："放弃对深奥的追求是对诗歌的侮辱。"③ 诗人挖掘语言就是挖掘世界，一种极端自主自律的诗艺探索。小铁锹岂能抵达地心的深邃？诗人锻炼的是语言的金刚钻，无疑需要对语言投入极度的沉湎与尊重，同时伴随着真诚的技艺考验，它超越简单粗暴的语言工具论，本体即成信念。语言挖掘者相信"语言言说"，这与其说是迷信语言不如说是尊崇语言。语言不等于世界，但没有诗性语言的世界是丧失了力

---

① 〔法〕瓦莱里：《波德莱尔的地位》，见《文艺杂谈》，段映虹译，百花文艺出版社，2002，第174页。

② 〔法〕罗兰·巴尔特：《符号学原理》，李幼蒸译，三联书店，1988，第6页。

③ 张枣、颜炼军：《"甜"——与诗人张枣一席谈》，《名作欣赏》2010年第4期。

量的世界。新古典主义诗人深谙诗人的使命：净化语言，还其本性。他们拒绝破布条式的零碎符号，因而和新生代的另一些诗人——号称"反文化""非理性""反（非）崇高""消灭意象"，崇尚"日常"并砸毁"那些精密得使人头昏的内部结构或奥涩的象征体系"等旗号①——截然不同。

新古典主义的语言本体追求即"审美现代性"诉求，它必将对艺术手段提出严格的要求，呼唤创造，而非模仿古老的典范；因为只有高明的手艺才能在社会现代化的时代呼应雅的创生，才能追述诗歌中的"大雅"精神与"正声"之音。诚如圣-佩韦所言："'古典'这个观念本身含有连贯和坚实的、整体和传统的自然结构，自然相传而永久持续的东西。"同时，也应该懂得，"怎样把传统与发展自由及独立精神相调和、相结合"②。一种灵动、轻逸的语言之诗在汉语语境内可否真正摆脱"言志"传统，对个体怀抱、情志是否真的可以割舍？张枣对此问题作了充分反思，他呼吁并追求"丰盈的汉语性"③，让我们看到一种"言志"工夫合一的语言本体写作向度。因而，新古典主义既体现于"回望过去"的姿态，又体现于现代彻底的艺术自主精神，二者凝聚、创造为艺术家心目中的"内在典范"之作，因而可以说是现代主义的古典主义、自由主义的古典主义，是为新古典主义。

2. "言志"工夫合一

追踪张枣的诗歌及语言思想，或者说考量当代诗学状况，深入思考"诗言志"的传统命题，我们便能感到另一种微妙的含义，或者说这一命题应被"重新发现"，那便是"言"蕴含名词与动词的双重意义，与"志"既是并列又是动宾关系。取动词意味强调写作过程，"言"获得动力学意义，即"言志"在工夫上合一，"言"与"志"互文共生。如此，问题便呈现为"言"与"志"在诗歌中的践行关系，即"言志"工夫的合

---

① 见徐敬亚等编《中国现代主义诗群大观 1986—1988》（同济大学出版社，1988）中关于"非非主义""大学生诗派""莽汉主义"的"艺术自释"。
② 〔法〕圣-佩韦著《什么是古典作家》，高建平、丁国旗主编《西方文论经典·第3卷从德国古典美学到自然主义》，安徽文艺出版社，2014，第548~549页。
③ 张枣：《朝向语言风景的危险旅行——中国当代诗歌的元诗结构和写者姿态》，《上海文学》2001年第1期。

一："言"与"志"互文共生，恰如风生水起，它关注诗的过程而超越最终表达，因为表达的目的将在表达的工夫中水到渠成。这便有了张枣在为北岛的诗集《开锁》所写的序言中提到的："……写者在文本中所刻意表现的语言意识和创作反思，以及他赋予这种意识和反思的语言本体主义的价值取向……"① 欧阳江河在解读张枣《悠悠》一诗时提出："一个当代诗人在体制话语的巨大压力下，处理与现代性、历史语境、中国特质及汉语性有关的主题和材料时，文本长度、风格或道德上的广阔性往往起不了决定性的作用，如果不把诗学方案的设计、思想的设计、词与物之关系的设计考虑进来的话。"② 的确，诗人写作，如何化解权力话语限制获得一种艺术与人格的自由，最终将落实到"怎么写"的问题。用心阅读张枣的诗歌，可以发现对"诗学方案的设计、思想的设计、词与物之关系的设计"确实是他诗歌写作中甚为关心的问题。张枣的诗学观念大多融会在诗歌中，以写作本身投射出来。反过来，人们在阅读这样的作品时，关注点便不能仅仅局限于诗歌传达的意义效果，也应关注诗的思维过程并思考诗本身等。

当然张枣的诗歌无论在语言、声音、情韵等方面均有着令人难以忘怀的艺术效果。阅读他的诗歌，我们会时时面临那跳跃到近乎断裂又在深处衔接得天衣无缝的诗句。那些诗句就像一个圆的无数条半径，每条半径从圆心发射一个方向旋转，每条半径又回归到同一个圆心。它们闪烁、变幻而终能让你找到一个饱满光滑的圆圈——虽然这一寻找常常是艰难的：他的诗歌因玄奥而让阅读障碍重重——读者在这圆上流连忘返，却随时都可能顺着每一条半径的切线被抛射出去。这是张枣诗歌语言的力度和速度共同的矢量所产生的"离心力"。诗人如魔术师操练着语言布阵的繁复过程，而其最终呈现的诗境（效果）又如霓虹般光怪陆离且美轮美奂。不过那些奇妙如花开的诗句还会把你引诱回来，让你一次次品味其中的柔韧与芳香。比如著名的《镜中》，读者最好把它放在心上细细摩挲，一遍遍低吟，一次次回味，尽管享受诗的美妙感觉即可。也许初读这首诗，我们会听到一种"唐朝的声音"，如"长恨歌"的缠绵悱恻。但它的晶莹又拒绝了浓

---

① 张枣：《当天上掉下来一个锁匠》，《张枣随笔选》，人民文学出版社，2012，第36~37页。
② 欧阳江河：《站在虚构这边》，三联书店，2001，第124页。

重的哀怨，仿佛一声美丽的"喟叹"，仿佛张枣的另一诗句所表达的，"这醉我的世界含满了酒/竹子也含了晨曦和岁月"（《楚王梦雨》）。悔意固然如岁月悠长，竟也含满了酒，是一种幻美的遗憾，如醉境般令人沉潜。这种沉潜的效果来自诗人高妙的语言技艺，他创造的甜美悦耳带来珠玉般的温润质感与微澜般的震颤。

如《镜中》所呈现的，张枣在诗歌中常常以幻想、纯粹感觉来抗衡与挑战，或者说重新追问、构建现实的辩护性反思究竟有多深刻？他的语言本体论观念究竟走得有多远？让我们来看张枣对"词与物之关系"的深刻洞察。为方便论述，在此，我们把"言与志"替换为"词与物"，稍后将详细阐释这一问题。这一问题在张枣的重要作品《跟茨维塔伊娃的对话》组诗中得到了淋漓尽致的演绎。我们知道，文学的写与读，是语言的写与读，诗尤其如此。对于张枣的诗，读者往往可能满足于其语言的陌生感、鲜活性及精妙度，或者首先被诗人那旋律萦绕的语言吸附住，沉潜于其声音如沉潜于音乐。作为一个湖南人，张枣拥有一个精致的南方诗人所能拥有的甜润与柔情的声音，譬如这样的诗句：

> 亲热的黑眼睛对你露出微笑，
> 我向你兜售一只绣花荷包，
> 翠青的表面，凤凰多么小巧，
> 金丝绒绣着一个"喜"字的吉兆——
> 两个？NET，两个半法郎。你看，
> 半个之差会带来一个坏韵。
>
> ——《跟茨维塔伊娃的对话1》

这些诗句本身就是"绣花荷包"，或者说诗人写诗便是进行精致的刺绣工作，词语的声音正如丝线的颜色，诗人以其天然的敏感调配出缠绕的韵府，最大限度地追求词语的亲密性，并细心留意十四行诗的严格韵脚与"坏韵"之间的差别。对诗歌韵律的苛刻讲究与用字的严格挑选使张枣的诗淌泻着高山流水般的音韵，这正是基于他对语言本体的沉浸。张枣认为，这是现代性（现代主义性）最核心的东西，正是这一态度使得西方纯现代主义者如马拉美、艾略特、曼德尔斯塔姆等人保持纯写者姿态从而避免身份危机，"沉潜语言本身将生活与现实的困难和危机转化为写作本身的难言和险境"，① 于是"生活的踉跄正是诗歌的踉跄"（《对话8》），从而在美学范畴内完成对自现代以来尤其尖锐的"消极主体性"的克服，真正走向"非个人化"这一经典现代主义诗学手法。而儒家诗教"诗言志"由于容易衍生诗人与社会、"小我"与"大我"、语言与现实等二元对立，尤其在把语言看成工具、把艺术作为传声筒时则显示出它的限度，成为诗人的"阿喀琉斯之踵"，在极端历史条件下导致诗人身份与诗本身的危机。而基于语言本体立场的"言志"工夫合一则强调，在诗歌的写作过程及诗学设计中，"让语言的物质实体获得具体的空间感并将其本身作为富于诗意的质量来确立"②。"志"在言说的方式、过程中被追问、被建构，艺术的方式与过程将带来超现实的真实。以这样的写者姿态创作的诗"常常首先追问如何能发明一种言说，并用它来打破萦绕人类的宇宙沉寂"③。可见，这一写作向度并未滑向"虚空"的深渊，毋宁说它正是对客观意义之"虚无"的拯救，以诗歌语言那极端的更新、创造行为，那始终召唤、言说着未曾言说者的力量成为不足之现实的拯救。所以诗人断言：

> 人，完蛋了，如果词的传诵，
> 不像蝴蝶，将花的血脉震悚
> ——《跟茨维塔伊娃的对话3》

诗，即"词的传诵"，必须是令人震悚的。诗人，甚至一个民族，丧失诗的语言是不可想象的。诗的言说僵硬疲惫，语言层层积垢，必然意味着生存世界被钳制、衰老、思想活力丧失，"诗的危机就是人的危机"。然"词的震悚"又是多么不容易，言说的困难正是诗的困难，"我"在前面即已清楚地看到了这一点：

---

① 张枣：《朝向语言风景的危险旅行——中国当代诗歌的元诗结构和写者姿态》，《上海文学》2001年第1期。
② 同上。
③ 同上。

> 人在搭构新书库，
>
> 四边是四座象征经典的高楼，
>
> 中间镶嵌着花园和玻璃阅读架。
>
> ——《跟茨维塔伊娃的对话3》

　　人们"搭构新书库"，即写作，始终是在其自身的传统处境中进行的：四边是四座象征经典的高楼，花园和玻璃阅读架使人们难以绕行。因此，面对浸淫于中国"诗言志"这一古老的核心诗学传统铸就的写者姿态，如何立足于汉语诗歌的自身处境，而非亦步亦趋于西方现代主义诗歌成为移植品，就成为中国诗人的突围与挑战。以西方意识上的纯写者姿态来匡衡现代汉诗的写作，必然导致削足适履，成为邯郸学步的悲剧。脱离了时间、地点、实物的纯粹存在和纯粹的虚无合一，如黑格尔所言："人为理想状态提供的一切载体或者居所都是与理想状态相矛盾的。"[①] 语言也面临这一命运。由此，去物化的词语是一个虚空的状态，正如绝对的专制性幻想是一种理想。张枣追求语言的理想和奇迹，但他的语言梦想并未导向空无。在他看来语言的"及物性"本是一个伪命题，诗的语言，或者说，"文学在诗意情况下发出的任何一个词都跟我们的生命、事实世界、跟我们的未来、跟我们的现实发生深刻的关联，而不是说有一个规定的关系一定要发生"[②]。言下之意即，一个诗人如果不是在起点上，也应该尽快超越这类问题，正如汉语言本身已是一种自然象形语言，一种高级的诗意语言。"看见即说出，而说出正是大海，/此刻的。"（《对话5》）看见大海，"大海"这个词与在场的大海这一事物发生关联，对此刻的大海重新命名，找到诗。空洞的、化石化的、陈旧的"大海"一词，并不指涉"此刻"的大海，并不是"此刻"或宁静或咆哮的大海。"此刻"，正是"言志"工夫合一的"契机"：

　　　词，不是物，这点必须搞清楚，

---

① 转引自〔德〕胡戈·弗里德里希《现代诗歌的结构》，李双志译，译林出版社，2010，第118页。

② 张枣、颜炼军：《"甜"——与诗人张枣一席谈》，《名作欣赏》2010年第4期。

因为首先得生活有趣的生活。

像此刻——木兰花盍然独立，倾诉，

警报解除，如情人的发丝飘落

——《跟茨维塔伊娃的对话 8》

就在"此刻"，即有美丽而生机盎然的生活。以赞美的姿态去拥抱生活，而非以强制性的冥想拒绝生活，才能化解存在的危机，从而化解诗的危机。"警报解除，如情人的发丝飘落"，这是甜蜜的一瞬间，也是因赞美而获具力量的一瞬间。"正是江南好风景，落花时节又逢君。"中国古典诗歌大多发生在这样一个"正是"的此刻。当我们思量着这样美的诗句，怎能不热泪盈眶？历尽沧桑的伟大诗人杜甫，在对地点与时节的赞美声里超越了人与命运的尖刻对立，这不正是以"明朗而甜蜜的宇宙观"为背景的诗句？在这样的思想文化背景上，张枣坚信："任何方式的进入和接近传统，都会使我们变得成熟、正派和大度。只有这样，我们的语言才能代表周围每个人的环境、纠葛、表情和饮食起居。"[1]

由此可见，在对"词与物"之关系的反思上，常年旅居德国的张枣并未"全盘西化"，而是"以对西方文学与文化的深入把握，反观并参悟博大精深的东方审美体系，试图在这两者之间找到新的张力和熔点"[2]。东方审美体系的核心是"天人合一"，张枣把这一宇宙观称为"甜"的思想，并主张援引这一古老思想来化解面对西方诗学压力的方法论危机。他把语言作为这两者之间的"张力和熔点"，以一种尽可能亲近"物"与"生活"的态度来追求语言本体，以便做到人在现代语言中的栖居也是"天人合一"。我们把这种依持返归"诗言志"意义上的语言本体写作向度概括为"言志"合一。倘若借鉴王阳明"知行合一"之说，则可以很好的理解张枣这一写作向度。强调语言本体写作，如此则"语言带有乌托邦的性质，但它又涵容并呵护着日常性，恰如'道不可须臾离，可离非道'所象征性的揭示的"[3]。不妨反过来把"道"理解为语言，而这语言与"志"

---

[1] 张枣：《一则诗观》，《张枣随笔选》，人民文学出版社，2012，第 59 页。

[2] 北岛：《悲情往事》，参见宋琳、柏桦编《亲爱的张枣》，江苏文艺出版社，2010，第 85 页。

[3] 宋琳：《精灵的名字——论张枣》，参见宋琳、柏桦编《亲爱的张枣》，江苏文艺出版社，2010，第 136 页。

（日常性的内容，包括心灵、现实等）浑融共生，一而二、二而一。言追问、催生志，志始终未见弃于言。但凡有言，则必有志。虽然有志不一定能言，如此便也不是真"志"，即无可抵达"诗"。犹如但凡有行，则必有知，而只说一个知，不一定自有行在，便也不是真知，二者需在工夫上达成合一。正是在"合一"的践履中，诞生了诗歌。正因为能深刻领悟并把握、立足于"言志"工夫合一，张枣的诗歌既有语言的精纯唯美，又摆脱了踩语言高跷的危险。

二　现代性与汉语性

张枣曾主张把"现代性"辩争为"现代主义性"，即围绕"消极主体性"这一环球性现代主义文学核心意识形态及相关的种种现代主义诗学手法①。可以认为，所有的诗学手法最终都将归结于语言手法，"没有出色的语言不可能有出色的文学"，"写作必将是语言创造意义上的写作"②。因而，文学的现代性即缔造"词语工作室"来呈现现代人的主体与心智，修复其受存在之恶侵袭的损伤。张枣坚持的是波德莱尔意义上的现代性："现代性就是过渡、短暂、偶然，就是艺术的一半，另一半是永恒和不变。"③ 也即，从短暂、消极、流行、黑暗的东西中提取出富有诗意的东西，从过渡中抽出永恒，制造出令人着迷之物———种美学的积极，在鲁迅式的沉默或开口的诗学中即暗示着一种警悟的发光的主体对抗意识，把消极性化为美感，化成文本，以"言说的锋芒"成就"生存的锋芒"。对此，张枣亦以鲁迅的《立论》阐发"发声方式的困难即生存的困难"这一深刻思想。"词语工作室"的建构即关注在生存危机中诗歌如何可能。极端的美学原则由此浓缩为对语言即存在的语言本体论认识，可以说是诗歌现代主义性的根本写作姿态。不过，张枣异常警觉，他反思到，对诗歌的形而上学、元诗结构的全面沉浸———某种意义上也是对语言本体的沉浸，

---

① 张枣：《朝向语言风景的危险旅行——中国当代诗歌的元诗结构和写者姿态》，《上海文学》2001 年第 1 期。

② 李欧梵：《未完成的现代性》，北京大学出版社，2005，第 175 页。

③ 〔法〕波德莱尔：《波德莱尔美学论文选》，郭宏安译，人民出版社，2008，第 439 页。

纵使能够完成汉语诗歌对自律、虚构和现代性的追求，然而："中国当代诗歌最多是一种迟到的用中文写作的西方后现代诗歌，它既无独创性和尖端，又没有能生成精神和想象力的卓然自足的语言原本，也就是说，它缺乏丰盈的汉语性，或曰：它缺乏诗。"① 换言之，这仍然是复制了一种言说方式或诗学方案，而且是对精神文化实质迥然相异的另一地的复制。张枣在为北岛的诗集《开锁》写序言时说过这样一句话："他只关注写诗，写出一种尖端的诗，而不关注他是否在写汉语诗。"② 这一尖端包含经典现代主义的诗学手法，如非个人化的无地域"无自传"写作、"对外界物性的虚化和对词的通约化"。这一批评的言外之意即张枣所反思的元诗写作或曰语言本体写作的悖谬：一种以词替物的狂欢与惰性，"语言原本"丧失了，写诗变成了符号布景与能指网里的循环。反之："如果寻求把握汉语性，就必然接受洋溢着这一特性的整体汉语全部语义环境的洗礼，自然也就得濡染汉语诗歌核心诗学理想所敦促的写者姿态，即：词不是物，诗歌必须改变自己和生活。"③ 也即，诗歌并非来自语言自足的幽闭，而是诞生在"词与物"的亲密拥抱与互动关系中，最高的理想即马拉美思考的"对外界物的摹写使物的自在性如此真实地体现，以致它与它的意念完全叠合，在这过程中，主体'只是媒介，宇宙通过他而显形可见'"。④词与物的关系即张枣在《朝向语言风景的危险旅行——中国当代诗歌的元诗结构和写者姿态》一文中提出的"现代性"与"汉语性"问题的关键。

1917 年以来的白话文，"从文学发展的意义上讲，它是要求写作语言能够容纳某种'当代性'或'现代性'的努力，进而成为一个在语言功能与西语尤其是英语同构的开放性系统，其中国特征是：既能从过去的文言经典和白话文本摄取养分，又可转化当下的日常口语，更可通过翻译来扩

---

① 张枣：《朝向语言风景的危险旅行——中国当代诗歌的元诗结构和写者姿态》，《上海文学》2001 年第 1 期。

② 张枣：《当天上掉下来一个锁匠》，参见《张枣随笔选》，人民文学出版社，2012，第 43 页。

③ 张枣：《朝向语言风景的危险旅行——中国当代诗歌的元诗结构和写者姿态》，《上海文学》2001 年第 1 期。

④ 张枣：《当天上掉下来一个锁匠》，《张枣随笔选》，人民文学出版社，2012，第 42 页。

张命名的生成潜力。"① 现代性的一个突出特征是它的复杂性，语言同样如此。现代诗人在语言上注重磨炼、挖掘、转化，面临着语言的多元化、"杂种化"②，这就是诗歌语言面临的现代性问题，这一点，穆旦曾在他的诗歌中积极而明确地追求过。那么，是否有一种纯正的汉语性的诗歌语言呢？萧开愚说："粗糙也是汉语性的一种。讨论汉语性，我想不是为了返祖和追求绝缘于当代的雅致。"③ 讨论汉语性的确不是为了返祖，而诗歌语言的雅致也不意味着绝缘于当代，我更愿意把粗糙视为汉语的现代性，即一种语言的复杂化和不断被渗透的可能性。汉语性与现代性不是两个二元对立的因素，但也不是可以含糊混之而取消其各自效果的成分，它们是互补并可以相互"勾连"的语言追求，是诗人自觉努力磨炼语言的决心和苦心的可能。在诗歌中没有标准语言，但一定有可以让人感觉到的好坏；或许对语言感觉的好坏也"从来没有可操作的标准"④，但一定有可操作的方向、方法和实践，以及经过努力后或者在语言天才那里可以感受到的经典效果，而经典就是一种标准。因为，我们"不会赞同相对主义的虚无观点，只不过好坏的标准较前更多元、更复杂了"⑤。张枣强调立于汉语的处境写作，立于汉语性写作，写诗伊始，他即"试图从汉语古典精神中演生现代日常生活的唯美启示的诗歌方法"⑥。"汉语古典精神"即充盈的汉语性，它是与传统核心思想"天人合一"相吻合的语言，没有主客二元对立，不像西方语言那样有明显的"我"和对象之间的命名与被命名的关系："汉语是世界上最'甜美'的语言，它不是二元对立的。"⑦ "汉语言柔弱、干净、寂寞、多情。……世界上任何诗篇本来都应该是用汉语言写作的。"汉语性最充足的时候，如古典诗歌中的语言，是非常"甜美、圆

---

① 张枣：《朝向语言风景的危险旅行——中国当代诗歌的元诗结构和写者姿态》，《上海文学》2001年第1期。

② 李欧梵：《当代华文写作的语言问题》，《未完成的现代性》，北京大学出版社，2005，第171页。

③ 萧开愚：《关于"汉语性"的一点感想》，《此时此地》，河南大学出版社，2008，第434页。

④ 同上。

⑤ 李欧梵：《当代华文写作的语言问题》，《未完成的现代性》，北京大学出版社，2005，第176页。

⑥ 张枣：《销魂》，参见《张枣随笔选》，人民文学出版社，2012，第28页。

⑦ 张枣：《绿色意识：环保的同情，诗歌的赞美》，《绿叶》2008年第5期。

润和流转的"①。在古典汉语里，我看世界和世界看我是同一的。古典诗歌对此境界的呈现是很常见的："相看两不厌，只有敬亭山"；"水流心不竞，云在意俱迟"；"片云天共远，永夜月同孤"；"蓬山此去无多路，青鸟殷勤为探看"；"感时花溅泪，恨别鸟惊心"……大量这样的诗例表明，这并不是单纯用拟人这类修辞手段可以简化的，它在根底里是中国"天人合一"宇宙观的折射，人与物在一个合一的世界里平等相处，心物感应，传递到语言中即表现为甜蜜的、物语合抱的"汉语性"。张枣想要做的，是在他写作的现代汉语诗歌中恢复这种与事物原始的关联，与"大地的触摸"，在他的诗歌语言中，"天地人神好好地相处在美满的绿色中"②。不妨随手摘录他的一些诗句："只要想起一生中后悔的事，梅花就落了下来"；"植树的众鸟齐唱：注意天空"；"樱桃，红艳艳的，像在等谁归来"；"谈心的橘子荡漾着言说的芬芳/深处是爱，恬静和肉体的玫瑰"；"像此刻——木兰花盆然独立，倾诉/警报解除，如情人的发丝飘落"。这样的诗句读起来就像用现代汉语写作的古典诗意，它们清洁、甜蜜、古意盎然，在这样的语言世界中，没有现代性的焦虑与疲惫："警报解除"，人与物、物与词相互等待、守候、倾诉、倾听，语言的表情就是人的表情，它们安详、温柔。

　　然而，正如荷尔德林意识到的，语言是人类最危险的东西，诗人应该对语言保持高度警觉与病态般的敏感。在多元化的"现代性"洗礼中，现代汉语必也异质混成、鱼龙混杂。倘若我们认同，思维是语言的思维，语言是思维的语言，"没有言语的思想是不可想象的。'思想和言语相互依赖，它们不断地相互替代'"③，那么，当"现代性"的思想入侵时，必也带来"现代性"的语言。叶维廉在论及中国现代诗的语言问题时曾提出，中国现代诗在"两种视境及表现中求取一种均衡：表现上达到超然的纯粹的倾出，经验的幅度兼及转化自现代梦魇生活的'形而上的焦虑'"④。前者等同于我们讨论过的中国古典诗歌中物我合一、"以物观物"的"审美融入"的"汉语性"，它脱尽抽象、枯槁、概念式的分析和

---

① 张枣：《绿色意识：环保的同情，诗歌的赞美》，《绿叶》2008年第5期。

② 同上。

③ 〔美〕汉娜·阿伦特：《精神生活·思维》，姜志辉译，江苏教育出版社，2006，第34页。

④ 〔美〕叶维廉：《中国诗学》，人民文学出版社，2006，第348页。

演绎；后者乃西方诗歌建立在其语言重逻辑与分析基础上的叙述性与演绎性表现，即便诗人极力融入事物里，终难免有主体出场，流露出"我"形而上的"焦虑"。中国古典汉语中恬静和祥的超然宁静难以容许"哈姆雷特式或麦克白式的狂热的内心争辩出现——然而，由于传统的宇宙观的破裂，现实的梦魇式的肢解，以及可怖的存在的荒谬感重重的敲击之下，中国现代诗人对于这种发高烧的内心争辩正是非常的迷惑"①。这体现了"现代性"的思想因素与写作意识的同构，"现代主义的一个特征就是对艺术问题具有一种敏锐的意识，一种不懈的自我意识"②。这个自我意识是写作主体的意识，易言之，经验之"我"被写作之"我"书写。福柯说，没有原初意义上的历史，同样，也没有不在逃逸中的经验。当诗人用写作手法表达经验时，其实是在塑造经验，诗歌之"我"是对经验之"我"的出离与"延异"。这个诗歌之我就是现代性的关键语素：强调主体。如黑格尔首次将现代性的自我确认即主体性当作哲学的基本问题予以对待，并认为在现代性之中，宗教生活、国家形态、社会结构以及科学、道德和艺术均是主体性原则的转换和表现形式。这个主体以发声的力量对现代生活中时刻遭到贬损的"自我"进行修复。

> 只有一种复杂而要求严格的艺术才能恰当地传达一种关于世界的现代意识。技术不仅使世界充满了前所未有的"事物"，而且使封建时代相对固定的关系变为现代工业国家混乱的开放状态。心理学研究对人格的复杂性的揭示，哲学研究对人在创造他所经验之现实时具有的能动性之注重，使现代艺术家的意识更加注重自我，对权威的不再尊崇是这种境况的另一个方面。③

个体应对复杂境况的能动性使他愈是重视自我，他对与外部世界的冲突的反应就愈是激烈，他渴望修复自我、表达自我的欲望就愈是强烈，这一欲望聚焦于艺术家的主体身份。扩大而言，这也是卡林内斯库认为的西方现

---

① 〔美〕叶维廉：《中国诗学》，人民文学出版社，2006，第 336 页。
② 彼得·福克纳：《现代主义》，付礼军译，昆仑出版社，1989，第 34 页。
③ 福克纳：《现代主义》，付礼军译，昆仑出版社，1989，第 38 页。

代主义文艺传统即艺术的现代性对金钱、庸俗现实这种布尔乔亚的现代性的对抗。简言之，这样的"现代性"内含一种紧张的二元对立关系，抒情之"我"想方设法以种种手段超越、拔离经验之"我"，以实现艺术的拯救，最突出的手段也就是"我"是那"虚构的另一个"。当人、思想、语言在如此这般"现代性"的裹挟中，现代汉语诗人又该如何作为呢？一代代诗人都在不懈地探求汉语诗歌的语言新出路。李金发把文言句法硬拼在白话上，却拗口；吴兴华用文言写新诗，却落入陈旧诗境；穆旦追求熔铸现代口语的质感，迷恋翻译体；昌耀展现"多重语言类型景观"[①]，采用文言句式，追求语言苍茫的历史感、哲理化的抽象、余音流响等"高古"意蕴，却难免滞涩和粗糙。这些，都未能实现古典与现代之间的完美平衡。对此，张枣的梦想是，"发明一种自己的汉语"，"用另一种语言做梦"（《卡夫卡致菲丽丝》），缔造"一个新的帝国汉语"。他认为，在高度语法化及逻辑化的西方语言入侵中，如何追溯并融会古代汉语那种"相看两不厌，只有敬亭山"的圆润流转与精神气度，应是汉语诗人的使命或梦想。

　　在方法论上，张枣的策略仍然是超越中西二元对立，在 1995 年给钟鸣的一封信中他说道："……我是有方法论的，因而想再谋求在汉诗的现代性上作一些突破，以最后确定这门语言在诗的先锋性上的可能。先锋性离不开汉语性，这点我已确信不疑，这也一直在指导着我的诗歌实践。"[②]"古典汉语的诗意在现代汉语中的修复，必须跟外语勾连，必须跟一种所谓洋气勾连在一起。"[③] 这种勾连既融合了西语分析性、逻辑性的精密与精确性，以此传达复杂的现代处境与心境，同时又能保留古汉语圆润流转的暗示性与最大包容力：精奥。文言、日常口语、翻译体一并构成诗人的重要资源。1986 年，作为英语专业的研究生，张枣仍不满足，仍然试图冒险，寻找一种陌生的东西，突破现代汉语的界限。为此，他自称顶着最大的困难——失去柏桦、钟鸣等一批知音朋友所给予自己创作上的激发这一宝贵财富，怀着一种"风萧萧兮易水寒"的壮志远赴德国，去"完成一个

---

① 燎原：《多重语言类型景观中的昌耀——昌耀十周年祭》，《青海湖》2010 年第 3 期。

② 张枣语。转引自钟鸣《诗人的着魔与谶》，参见宋琳、柏桦编《亲爱的张枣》，江苏文艺出版社，2010，第 128 页。

③ 张枣、颜炼军：《"甜"——与诗人张枣一席谈》，《名作欣赏》2010 年第 4 期。

使命，进入一种更加孤独的境地"，熟练习得德语、法语、俄语等，进入
西方原汁原味的文学世界，成为一个掌握着多门语言的诗人。张枣曾说，
这些语言"在我的内心形成很多种声音。对我来说，这些声音综合在一起
就变成诗意的声音。而这种诗意的声音在内涵上不是单一的声音。这也是
获得外语的声音的必要性"①。我认为，张枣在这里提出了一个重要的问
题，即化欧化古的精髓是"化声音"。诗人听到某种外语的声音，就能感
受到这种语言的声音质地，也等于在内心中置身于这一语言世界的情境，
领略它的思想。多种语言相叠加，诗人就能冶炼出一个混同着丰富元素
而独特的声音，犹如画家可以从几种颜色调配出新的颜色。写作早期，
张枣注重从古典语言中化声音，如我们说过他对《诗经》语调与口吻的
内化，这种内化不是对典故的生硬套用，它是在声音这一难以琢磨的事
物中发生了化学反应，哪怕是在西方语言注重连接词的分析性与演绎性
的逻辑句法上，也令人感觉其吞吐中的袅袅神韵，著名的如《镜中》
《何人斯》《十月之水》等诗。且看《镜中》欧化句法的腾挪蹀躞："只
要想起一生中后悔的事/梅花便落了下来/比如看她游泳到河的另一岸/比
如登上一株松木梯子。"句法的清晰可以有完整的对应翻译：When recall
the regret of life/Plum blossoms then fell out/Such as watching her swimming
across the river/Such as boarding a pine ladder. 诗句在隐匿汉语主语的同时
又勾连英语依赖虚词的连贯句法，既获得辗转缠绵的唏嘘语气，又去除
了英语人称归属严格的狭隘（翻译后，主语成了"梅花"，于是一系列
的动作在语法上都确定无疑的归属于梅花。而在中文中，隐匿的主语却
始终指向某个未出场的人）。又如《何人斯》："你要是正缓缓向前行进/
马匹悠懒，六根辔绳积满阴天/你要是正匆匆向前行进/马匹婉转，长鞭
飞扬/二月开白花，你逃也逃不脱，你在哪儿休息/哪儿就被我守望。你
若告诉我/你的双臂怎样垂落，我就会告诉你/你将怎样再一次招手；你
若告诉我/你看见什么东西正在消逝/我就会告诉你，你是哪一个。"这里
的诗意来源于《诗经》"彼何人斯，其心孔艰。胡逝我梁，不入我门"
的激动，糅合着古典意蕴与感觉，却以婉转的现代汉语追诉出"声音的
热烈"。这些看似繁复而啰唆的句法，包含着细腻的感觉与难以名状的

---

① 张枣、颜炼军：《"甜"——与诗人张枣一席谈》，《名作欣赏》2010 年第 4 期。

迷离:"二月开白花,你逃也逃不脱。"贴切的语调、神情、态度赋予这首诗声音上最直接的丰满,这便是一种被现代汉语所发明的古意,古典与洋气的勾连。

作为一个敏锐的汉语诗歌实践者,我认为张枣在现代诗"以词当物"这一现代性语境中,又反思中国"诗言志"的古老核心诗学传统这一汉语性处境,为探讨"现代"汉语诗歌创作现代"汉语"诗歌提供了面临挑战与突围危机的行动和典范文本。这一典范文本就是《云》,它集大成地实现了张枣所谓"现代性"与"汉语性"的诗歌理想。这首诗丰富复杂,我们第一章第六节的文本解读或许只是触及其中一隅。这里将要补充的是,它对语言中的语言的再造,在这种语言形而上的再造中,它存在着波德莱尔所说的"另一个世界的真实",这个世界是瞬间现时的,语言从时间的序列中跳脱出来,成为陡然直立的空间,譬如我们曾经在《云6》中读到的"共时感"。以下是《云2》:

> 一片叶。这宇宙的舌头伸进
> 窗口,引来街尾的一片森林。
> 德国的晴天,罗可可的拱门,
> 你燕子似的元音贯穿它们。
>
> 你只要说出树,树就会
> 闪现在对面,无论你坐在哪儿。
> 但树会憋住满腔的绿意,
> 如果谁一边站起,一边说,
>
> "多,就是少?未必如此。
> 我喜欢不多不少。"口吻慵倦。
> 这时,蝉的锁攫住婉鸣的浓荫,
> 如止痛片,淡忘之月悬在白昼。

这首诗的语言第一节富于古典的"汉语性",没有分析和演绎,句法和隐喻都经过了严密的压缩,事物在其中自然呈露,然而某种语言与宇宙的神秘气息渗透着，充满犹太教神秘哲学关于造物是神性语言中的文本这一教谕的味道。第二节这一味道明显变得稠密了，其句法是典型的西化语言，洋气十足，四行诗一共用了四项逻辑虚词："只要……就""无论""但""如果"，充满繁复而纠缠不休的辨析。第三节中和前两节，从分析性、争辩与表白中再次回到事物与宁静的"淡忘（忘我）"中，止住了被质疑的疼痛。

在上文提到的那封信中，张枣坦言："但我的汉语性虽准确，却太单薄，我的方法往往都是靠削减可用的语汇来进行的，因而题材还太窄，有些技术如幽默、反讽、坚硬一直未敢重用。现在我想试试这些走向，《跟茨维塔伊娃的对话》开了一个好头。"① 《跟茨维塔伊娃的对话》的确幽默、反讽因子增加，为这首诗丰富了尖利、硬朗的元素。最明显如《对话7》（详析请阅本书第一章第三节）。此外，张枣也会以语言的悦耳音响来追求抽象的现代智识内容，甚至极端的进行一些"空白练习曲"，以纯粹声音之滑美构成形式力量来搏击意义的虚空，但于整体上，那仍然不是空洞的，他最终坚守着汉语诗歌的精神性。我认为，这在《悠悠》一诗中达到了嵌入性的契合，从而也使这首诗在诗的过程与诗的精神之间构成了张力，这便是以"洋气"的姿态来呈现"古典"的境界。关于《悠悠》的诗学方案意义，欧阳江河在《站在虚构这边》已做出了详尽而精彩的阐释，此处不再赘述，只对《悠悠》内蕴的精神性予以讨论。在我看来，《悠悠》是"一首悠远的诗"，写出了"枯坐的悠远"，在清苦、寂寞的处境里所能怀有的芬芳心境与精神美感。开篇的"顶楼"二字表示这一境界远离喧嚷的人世。"秋天哐地一声来临，/清辉给四壁换上宇宙的新玻璃。"这是一个以透明来敞开、却又不受干扰的境界，是清辉般的澄澈之境。"戴好耳机，表情团结如玉。"表明对这一境界的进入。"团结如玉"在中文里并不是一个现成的词，但张枣在诗里用起来却似信手拈来，而我们读到时也有似曾相识之感，仿佛大伙儿在语音室里上听力课时那表情正是团结如玉，非这一短语不能传达当时神情的俨然。这是奇异的汉语，是令人沉迷的诗句！正是在心醉神迷的语言中我们得以抵

---

① 张枣语。转引自钟鸣《诗人的着魔与谶》，参见宋琳、柏桦编《亲爱的张枣》，江苏文艺出版社，2010，第128页。

达悠悠之境。"怀孕的女老师也在听。迷离声音的/吉光片羽：/'晚报，晚报'"，似真似幻的声音仿佛传自夜幕降临的遥远天际，但又渗入沉溺中的"大伙儿"，由此带来一种节奏的加速。真正的悠悠是在面对消极处境时的超越与赞美，纵然也有血液的贲张、紧张。"不肯逝去，如街景和/喷泉，如几个天外客站定在某边缘，/拨弄着夕照，他们猛地泻下一匹锦绣；/虚空少于一朵花！"物象纠缠，声音激越，仍不过是要把紧张、急促化淡、化融至悠悠的一种过程。悠悠似一种虚空，虚空是一种新格局："每个人都沉浸在倾听中，/每个人都裸着器官，工作着，//全不察觉。"纵使是"同一个好的故事"，每个人都用一台织布机不厌其烦的讲述它。"喃喃"二字表明这种讲述如梦幻般的呓语，是沉浸的讲述，也是沉浸的倾听。"裸着器官，全不察觉"表明这一沉浸的巅峰状态。倘若一首诗能把人带入"裸而不觉"的状态，则可称达到了悠悠之境。《悠悠》可说是对"悠悠"之情或境的向往与迷醉。诗人柏桦在回忆张枣一文《张枣》中谈道，1997 年张枣在德国图宾根森林边缘写下《悠悠》，"在回忆中写他15 岁读大学时的良辰美景：'书未读完，自己入眠？'"可见，悠悠岁月与悠悠生活的经验均在这一诗中，并上升为对一种诗性境界的颖悟。由此，《悠悠》一诗可看作对中国传统文化"境界"一词的诗性阐释，是以现代的生活和现代经验来表明境界这一诗性品格。因而，《悠悠》在表达精神性的同时也获得了精神性的表达，可作为诗人众多元诗中的一首，正表明他的旨趣："写诗是需要高兴的，一种枯坐似的高兴。从枯坐开始，到悠远里结尾。"① 语音室里的听力课正是从屏声敛气式的枯坐开始，到进入吉光片羽的沉浸之悠远里结束。

无论是语言的现代性还是汉语性，对于张枣，正是他所翻译引用过的诺瓦利斯那句名言能令他颔首："正是语言沉浸于语言自身的那个特质，才不为人所知。这就是为何语言是一个奇妙而硕果累累的秘密。"②这秘密也正是生命的秘密，是诱惑、挑战，是诗本身不可祛魅的永恒诗意。

---

① 张枣：《枯坐》，《名作欣赏》2010 年第 10 期。

② 张枣译。转引自张枣《朝向语言风景的危险旅行——中国当代诗歌的元诗结构和写者姿态》，《上海文学》2001 年第 1 期。

三 "词的传诵"

> 人，完蛋了，如果词的传诵，
> 不像蝴蝶，将花的血脉震悚。

1. 隐晦与素朴

宇文所安在"诗与欲望的迷宫"中谈到诗的"招引"。西方诗歌的招引似乎总是公开坦率的，而汉语诗则有着层层叠叠的掩饰与暗示，在优雅体面的诗歌表层下隐藏着诱惑的形态。在这方面，汉语诗歌能完美地蕴蓄与释放它最精奥的能量，在掩饰与吐露之间闪躲，在素朴的言辞中别有用心，因而它也格外强调互动性：总是要求读者能够别有会心。例如，古诗十九首中那一首，从"青青河畔草，郁郁园中柳"到"荡子行不归，空床难独守"，在层层的掩盖中导向绵延不绝的欲望，在语言所设的空旷空间中，总有一种招引。张枣在谈到李白的《长干行》时，也涉及这一问题。汉语总是缭绕着人性的感觉，在明朗与晦暗中游走，在内敛中富于暗示与磁性，在诉求与延宕中张弛有度，在微妙的感觉中呈现着柔韧性，这成就了它的一种基本美感：微言大义，或曰隐晦。庞德试图翻译《长干行》，但汉语隐晦的暗示，尤其是"十五始展眉，愿同尘与灰"这类精微的性暗示，西方语言无法翻译："这是一首口语化的诗，汉语文本中的口语基本没怎么变，但诗意地隐晦性西方人不理解。……中国诗歌虚的部分，英语没法表达，英语的美感必须建立在物质性的实感基础上。中国民歌中对性的隐晦的表达富有人性，深情就从此而来。"[1] 张枣在这里提出的问题值得我们关注，这也是诗歌中的一个语言问题。中国古诗与民歌中有质朴的口语，而在口语中有诗意的隐晦性。也即，隐晦并不意味着一种佶屈聱牙的、艰涩的与日常口语脱节的语言。某种程度上，与日常口语脱节倒是意

---

[1] 张枣：《关于〈长干行〉及其庞德英译本》，参见《张枣随笔选》，人民文学出版社，2012，第 111~112 页。

味着语言的贫乏。而质朴也不是简单明了，它是涵咏不尽的明朗，包含着对人性、存在的深刻感知与洞见，而"任何本质的洞见都包含'某种程度的素朴性'——即是说，无意识"（胡塞尔语）。这一"无意识"毋宁说是"下意识"，它出乎直觉、天性的锐敏，也就包孕着本己的丰富性。因而素朴不是朴素，不是简单的判断、概括式表达与说明，它是事物与语言的澄明状态，是词与物彼此间砰然心动的邂逅，在温润的火星中流溢着隐晦的光泽。这时候的诗语"并不是为了更雅致，而是为了更原始，仿佛那语言第一次的诞生"①。这时候，事物呈现"原初的物性"，词语都成为新词。这也是张枣的梦想："我的诗歌形象的意义就在于，恢复词语原本的意图，即它和我们生存的内在联系，从而在虚构的空间里或者想象的意义上颠覆消费文化的复制的、那些所谓'有用的'词语。"② 想象、感觉、生存意义上的人性内涵，这些都在呼唤诗人隐晦书写的能力，而这种能力得力于诗人的直觉与感受力。诗人的直觉与感受力，某种程度上又源自他对人、事物与世界的深情。深情而蕴藉，这是汉语诗歌最动人的魅力。这就使得我们在读到杜甫"人生不相见，动如参与商"或贺知章"儿童相见不相识，笑问客从何处来"这样素朴的诗句时每每有潸然泪下之感，人生聚散，悲离慧生，诗句的浑朴又透露出多少深厚与眷恋、酸楚与达观的丰富性！

如果我们认同张枣所言，鲁迅的《野草》是"用爱情话语写作的"，里面"有很多一流的情诗"③，无疑鲁迅的隐晦书写能力是第一流的。他的深情在"难于直说"的声音中萦绕不绝，一方面竭力虚构着语言文本的美，逃避他人的倾听，掩饰着生命中的秘密；一方面又真诚而陶醉地徐徐吐露着这秘密。吐露而仅仅露着端倪，使自身保持在阴影中。这一姿态往往作为艺术明确的意图，如鲁迅常常置身虚构的梦里，躲在一个影子里。譬如在《野草》中，我们可以"偷听"到"讲给别人的话"以及鲁迅对自己说的话。鲁迅非常明白这种"偷听"，因而他一面使用大量的"障眼法"，一面竭力追求文本本身的美，使这种美获得艺术纯粹的独立性。在

---

① 林庚：《唐诗综论》，商务印书馆，2011，第 282 页。
② 张枣：《绿色意识：环保的同情，诗歌的赞美》，《绿叶》2008 年第 5 期。
③ 张枣：《秋夜，恶鸟发声》，《青年文学》总第 423 期。

写情方面，张枣也擅长隐晦而素朴，他的《预感》即这方面的代表作。①《献给 C. R. 的一片钥匙》用翻飞的隐喻烘托着内心世界的沉思与交流，那片钥匙就像灵魂之间的航空信，"在你我之间递来递去"，它会打开"我们"心上黑磁铁的枷锁，让内在不再空旷："用赤裸溢满廊台。"《椅子坐进冬天》写出在虚无与寒冷中内心那点爱的冲动：对变换中某种唯一性的天真持守。张枣或许也觉得这首诗以拓扑学来隐喻爱的内在唯一性会让阅读变得难以索解，故而在最后用"像那年冬天……／……我爱你"这一最直白的表白给出端倪。

> 主人，是一个虚无，远远
> 站在郊外，呵着热气，
> 浓眉大眼地数着椅子：
> 不用碰它即可拿掉
> 那个中间，
> 如果把左边的那张
> 移植到最右边，不停地——
> 如此刺客，在宇宙的
> 心间。突然
> 三张椅子中那莫须有的
> 第四张，那唯一的，
> 也坐进了冬天。像那年冬天……
> ……我爱你。

拓扑学主要研究"拓扑空间"在"连续变换"下保持不变的性质，强调重复、变换中的可定向性。在这首诗中，一字儿排开的三张椅子被不停地"刺客"，然而在这样的游戏中会有一个唯一的定向，那"第四张"，在居无常物的世界可定向的一份真理，看起来是莫须有的，却是此刻——写这

---

① 参见王光明《理智与情感的纠缠》（王光明等：《开放诗歌的阅读空间　读诗会品赏录》，社会科学文献出版社，2008，第 245~246 页）、陈仲义《从疑问句里，找寻神秘底片的"曝光"》（陈仲义：《百年新诗百种解读》，安徽文艺出版社，2010，第 186~189 页）等解读文章。

首诗的时候——唯一可信的："像那年冬天……/……我爱你"——这朴素的字眼放在这里就有了想哭的冲动，这首诗也拥有了温暖、动人的力量。

在写历史与时代方面，张枣也常常进行隐晦处理，他的思考总是化为诗的方式，让现实事件艺术地存在着。诗人让自己保持在阴影中的写作姿态，却往往使他得以突破具体历史事件，摆脱道德负荷，把处于历史的、时代的困境转化为语言的、诗歌的超越。因而诗人常常是一种在幽暗中工作的人，他躲在暗处，而他的眼睛透出犀利、睿智、洞察的光芒，他用语言、用别出心裁的手法来与历史的权势较量，因为在隐晦中，他往往艺术地、又是素朴地道出了事物的真相。

2."剔清那不洁的千层音"

作为诗人，张枣是一个完美的发声体与倾听者，善于对隐秘之声做精微的辨析，他是一个实实在在的"奥尔弗斯主义者"。里尔克在《论诗人》①一文中，以一场个人经验证明，一个歌唱的人乃使世界征服阻力前进的发动机。对歌唱的赞美也出现在《献给奥尔弗斯的十四行诗》中："歌唱即存在。"诗人的位置有一部分即在于他是歌者，声音的魔法师：

> 将那不可征服的化成了一串串悠扬回旋的歌调，一串串化入浩森无限中的歌调，一串串激奋人心的歌调。当他四周的世界总是不断地与那可捉摸的下一步接触并征服它时，他让他的声音与那最辽远的空旷联系在一起，让那远方也将我们连紧，直到它将我们拉过去。②

诗歌是诗性之歌，声音与节奏堪称其命脉。这个问题历来为诗人所看重，如荷尔德林就把它推向极端，称艺术作品是独一无二的节奏："当节奏已成唯一的、独一无二的思想表达方式时，仅仅在此时，才有诗歌。要使精神变为诗歌，它必须在其自身包含着先天节奏的奥秘。精神正是在这种唯一的节奏中才能生存并变成可见的。各种艺术作品只是唯一的和同一的节奏。一切只是节奏。人的命运是唯一的上天的节奏，如一切艺术作品

---

① 〔奥〕里尔克：《论诗人》，张枣译，参见《张枣随笔选》，人民文学出版社，2012，第242~244页。

② 同上书，第244页。

是独一无二的节奏一样。"① 那个神秘的声音，对于诗人的写作来说，或是一种难以勘察的秘密，也许他只是在某个瞬间仿佛站在了世界的开端处倾听并传达而已；但对于阅读与批评来说，某些迷人的声音与节奏所带来的愉悦，就像希腊神话中塞壬那甜润的歌声会勾魂摄魄，在沉湎与遗忘中引领着灵魂走向主题的高潮。这是声音上的直觉感知，它与物理感性形式以及音符的组合结构相关。这些组合结构，在诗歌语言中，就是批评试图发现的语音形式，诸如韵律、音组、语调、和声等模式，具体一点，如布尔顿所指："元、辅音关联组合的近似、重复或差异所造成的模式。"② 元辅音的关联组合更多与西语有关，因其直接以连续的字母音素表音。而汉语以单个汉字表音，一个字（音节）属于一个语音单位。但汉语作为口语来看并非单音节语言，文字的单音节不代表语言单音节。③

　　自新诗诞生以来，对汉语格律的探讨皆以音组（顿、音尺）为基础。如诗人艾青对格律诗有一个扼要的定义："简单地说，格律诗要求每一句有一定的音节，每一段有一定的行数，行与行之间有一定的韵律。"卞之琳则认为音节是这个定义里的中心一环，并把这个问题具体、透彻地探讨了一番④。张枣是当代诗人中对闻一多、卞之琳等现代诗人倡导过的音步

---

① 转引自〔法〕莫里斯·布朗肖《文学空间》，顾嘉琛译，商务印书馆，2003，第229页。

② 〔英〕布尔顿：《诗歌解剖》，傅浩译，三联书店，1992，第17页。

③ 参见高友工《中国语言文字对诗歌的影响》，参见《美典：中国文学研究论集》，三联书店，2008，第184页。

④ 他首先上溯到旧诗，即古典诗词，认为，在旧诗里，"每一句有一定的音节"便是"格律的基础或中心环节。旧诗里每句有一定的顿数，一定的顿法。四言诗是'二''二'两顿；六言诗是'二''二''二'三顿（'分'字不算）；五言诗是'二''三'两顿（也可以说是二顿半）。七言诗是'二''二''三'三顿（也可以说是三顿半）"。在他看来，'近体诗'每一句各顿中的平仄安排也是顿的内部问题，而脚韵与句内的双声叠韵更属诗艺问题；平仄安排会造成顿与顿之间抑扬顿挫的效果，是更客观、更有规律可循因而可以通过学习训练得以把握的，所以属"顿的内部问题"。譬如五言律诗的平仄即有一个最基本的格式，即相对的两联：

仄仄平平仄，
平平仄仄平；
平平平仄仄，
仄仄仄平平。

有这两联的错综变化、排列组合便可构成五律的四种平仄格式。而押韵则更变化多端，是诗人个人遣词调句的技艺问题。诗人天生对语言敏感，就善于调制出一套套精密的韵府。卞之琳也用西方诗歌证明了音步是其格律的基础或中心环节。值得注意的是，在考察古今中外诗歌音律时，卞之琳敏锐地指出中西诗律组成模式的差异，即西 （转下页注）

理论或顿感说在诗歌践行上最忠诚最积极也最富成果的一位。比如他的诗句"做人——尴尬，漏洞百出。累累……""我，啄木鸟，我/闻所闻而来，见所见而去。"(《空白练习曲》)"诗，干着活儿，如手艺，其结果"，"暂停！对吗？该怎样说：'不'！"等等，常常在一个诗行中有数个停顿，即直接以"顿"来突出音组与意组的和谐。这一点，卞之琳也曾实践过，譬如这一句："三阶段：后退，相持，反攻——"一个音组一停顿，连续的二字顿造成很强的顿挫感，但并不是为了停顿而停顿，就是意义上要求如此。在《无题二》中也有这样的停顿："鸢飞，鱼跃；青山青，白云白。"当然，这与这些诗人雄厚的西诗功底有关。像卞之琳和张枣这样的诗人在英诗的音步抑扬格潜移默化的影响下，会让他们对音步的运用娴熟到不自觉、毫无顾忌的程度。英语的声音本身很流畅光滑，如果诗人在轻重抑扬格上处理得好，就会带来明显的跳跃、起伏感，这种流畅中的跳跃、起伏会让诗的声音很有活力。比如拿一首英文十四行诗来朗诵，就算不懂它的含义，也仍然可以听到它流畅、响亮的声音。所以西诗的浸淫会让汉语诗人对音步产生一些敏锐、微妙的感觉，这是中西双修、化欧的精髓，最终得以在创作实践上体现出来。

我认为，音韵的和谐除了闻一多、卞之琳、林庚、朱光潜等探讨过的音组、押韵这些因素外，尚有一个重要因素可以挖掘，在此我先将其统称为句内韵。这个因素更多针对无韵体诗与自由体诗，也即，在一首既未严格关注一行诗内部的音组安排、也未押韵的诗歌中，它读起来给人的感觉依旧音韵和谐，譬如我们已经领略过的张枣的《云》这一首，还有他在诗

（接上页注④）诗的音步节律可以通篇一体，如英语格律诗每一行可皆为五音步抑扬格，但中国古诗却平仄交错，相应的，既然平仄属于顿的内部问题，则新诗每行音步的内部组织也应交错变换。但现代汉语双音节或多音节词占主导地位，又使得它不可能像以单音节词为主的古代汉语那样可以方便地、有规律地追求平仄变化，因而汉语诗歌顿的内部组织就由字的平仄调整为顿的字数（音节数）问题，二字顿与三字顿的交错使用会带来一种顿的参差与节奏的摇曳感，而每行固定的顿数又保持着诗歌整体的均衡。卞之琳的顿感论上承闻一多的"音尺"论、再继孙大雨的"音组"说而来。不过他有扬有弃，拒绝了闻一多要求每一行既有一定数目的音尺、也要有相同的字数、以达到"节的匀称，句的均齐"的"豆腐块"诗形，而坚持"顿"是诗行节奏的中心环节，关键不在于汉语单音字数如何整齐划一。如他的《对照》一诗，四行一节，每行四个音组，押抱韵，所以在现代汉语诗歌里就算一首形式秩序严格的诗，而它的字数并不像刀切一样整齐。每一行也是二字顿和三字顿的随意交叉组合，并没有古诗那样固定的平仄安排。

歌中作为一个语言的音乐大师本身的案例性。这里面的奥秘难道仅仅是一种纯粹听觉的感受吗？张枣是一个语言的炼金术士，他对声音的巧妙配置，是藏有操作层面的技术功夫的。换言之，一首诗在朗诵的时候让人感觉疙疙瘩瘩，甚至在默读的时候给人出乎直觉上的阻碍，另一首却能给人带来诵读的愉悦，这是可以凭借对声音的严格倾听而在写作中实现更佳效果的。在张枣严格押韵的那些十四行诗中，读者会发现，稍不留神就会忽略他在押韵。固然，我们可以说是张枣押得巧妙而顺溜，但这首先与诗句的内部音韵谐调、整体音势流畅相关。也即，现代诗的音韵效果并不一定在一行诗的末尾，而是在诗句内部，以及诗句与诗句之间的绵延起伏，反复完整的声韵比单个韵脚更有魅力，它使得诗行可以像蛇一样优雅地前行。我相信这种整体的声音效果最终还是依赖于每个细部，即诗人"善于调配一行行精密的韵府"。如何调配当然很大程度上取决于诗人的语感，对此很难做技术分析。但正如音乐既有旋律感和平均度，又有强度和重复率一样，语言的韵律仍是一件客观存在的事实，在诗句的起伏里，汉语的四声平仄当然是一个天然的基础声调。而新诗初期胡适提到的句内韵显然是一个重要因素。在他那篇重要文献《谈新诗——八年来的一件大事》中，胡适集中谈论了"新体诗的音节"，他的看法在今天仍然还有很大的价值和启迪意义。他明确指出，说新诗没有音节或做新诗可以不注意音节，这都是错误的；进一步，以为句脚有韵，句里有"平平仄仄""仄仄平平"的调子，就是有音节了，也是不懂得"音节"是什么。中国韵最宽，句尾用韵那是打油诗和顺口溜也可以做到的。所以他说，"押韵乃是音节上最不重要的一件事。至于句中的平仄，也不重要"。——这个话未免说得极端，在现代诗中，音韵和谐作为一种整体效果，韵脚或平仄固不是主导因素，但也是相互配合从而取得神奇效果的语言因素，其他因素包括音组、双声叠韵、同声重复等。胡适举古诗"相去日已远，衣带日已缓。浮云蔽白日，游子不顾返"，评曰："音节何等响亮？但用平仄写出便不能读了。"又举陆放翁诗："我生不逢柏梁建章之宫殿，安得峨冠伺游宴？"这两句是"仄平仄平平仄平仄平平平仄"，而读来音节仍然流利顺畅。这是因为一则它的自然语气一气贯注；二则逢宫叠韵，梁章叠韵，不柏双声，建宫双声，故而音节和谐。所以，胡适提出，"诗的音节全靠两个重要分子：一是语气的自然节奏；二是每句内部所用字的自然和谐。"①
语气的自然节奏，在我看来可以包含两个方面：旋律感和语调。前者接近
诗的音乐性，后者接近说话时自然亲切的调子。卞之琳在评论徐志摩时说
过这样一句话：

> 诗的音乐性，并不在于我们旧概念所认为的用"五七唱"，多用
> 脚韵甚至行行押韵，而重要的是不仅有节奏感而且有旋律感。② （1979
> 年7月31日）

在他看来，节奏感不等同于旋律感。不如说，节奏感是以"顿"为基础的
诗行或急促或徐缓或从容的效果。顿就像诗的脚步，事实上在英语里也正
是用 foot 这个单词来表示音步的。一个人的脚步有迅疾、缓慢、轻盈、滞
重之分，一群人的脚步有凌乱和整齐之分，如阅兵时军人的步伐之昂扬、
铿锵。如果依照瓦莱里的一个定义：散文是散步，诗是舞蹈，则散步时的
步伐一般是随意、缓慢的，而跳舞的步子则总是要快于散步。所以诗的声
音总是需要弹跳力与起伏感，以此感染人或振奋人。诗歌的顿就是让诗人
把握诗的步伐和节奏，不致于凌乱。旋律感则是一首诗整体的萦绕的氛围
感，所谓余音绕梁的感觉，大抵由旋律带来。旋律感固然以节奏感为基
础，如果说旋律是音的线条，那么节奏就是音的关系。节奏有轻重、长
短、强弱之分，而这些都是建立在相对的关系之上，因而节奏可以如踩鼓
点般把握，旋律却靠感觉与沉浸。比如，徐志摩的诗歌以旋律感取胜，在
整体效果上弥漫一种疾风回雪似的旋律，轻快、飞扬、连绵，如《雪花的
快乐》《我不知道风——》《再别康桥》等，所以卞之琳说"徐志摩诗语
言所以生动、音乐性所以是内在的"③。语调则更基于活的口语的说话式神
韵，有在意图上吞吐、跌宕的神味，这种神味就是卞之琳曾赞赏过的戴望
舒《断指》《我的记忆》等诗篇在"亲切的日常说话调子里舒卷自如，锐

---

① 胡适：《谈新诗——八年来的一件大事》，参见《胡适文存》（上），中央编译出版社，
2014，第241页。
② 卞之琳：《徐志摩诗重读志感》，《卞之琳文集》（中卷），安徽教育出版社，2002，第312页。
③ 同上书，第319页。

敏，精确，而又不失风姿，带着有节制的潇洒和有工力的淳朴"①。在新体诗中，胡适又就沈伊默的《三弦》做出分析："看他第二段'旁边'以下一长句中，'旁边'是双声；'有一'是双声；段，低，低，的，土，挡，弹，的，断，荡，的，十一个都是双声。这十一个字都是'端透定'（D，T）的字，模写三弦的声响，又把'挡''弹''断''荡'四个阳声的字和七个阴声的双声字（段，低，低，的，土，的，的）参错杂用，更显出三弦的抑扬顿挫。"② 双声叠韵其实是中国语言文学中早已存在的问题，如刘勰《文心雕龙·声律》说："凡声有飞沉，响有双叠。双声隔字而每舛；叠韵杂句而必揆……辘轳交往，逆鳞相比。遇其际会，则往蹇来连。其为疾病，亦文家之吃也。……异音相从谓之和，同声相应谓之韵。"③ 他的意思是"和韵"当为最佳效果，否则，为了双声叠韵，"西溪鸡齐啼"，或者"携锡壶，游西湖，锡壶掉进西湖，惜乎锡壶"，这样的戏句也成好句了。王国维《人间词话》言："于词之荡漾处用叠韵，促节处用双声，则其铿锵可诵，必有过于前人者。"④ 同样也为追求声音的轻重、缓急、起伏，连绵而富于变化。

我们知道，音节只是最自然的语音单位，音素才是最小的语音单位。因而，从音素出发来分析语音形式可以促进诗歌中声音的流畅性。前述句内韵就是与音素相关的一种韵式。布尔顿说："韵是诗行末尾，或者有时在诗行中间的元音与辅音的某种组合形式的重复。"⑤ 这里，"诗行中间的元音与辅音的某种组合形式的重复"庶几可以表达我们谈论的句内韵。这些组合形式，在英语诗歌中，又可分为头韵与腹韵，头韵指一行诗中几个单词的首字母相同，腹韵则指几个单词的元音韵相同，辅音不论。汉语语音的基本单位是音节，音节有声、韵、调三个组成部分。声调与平仄相关，平仄相间为诗句带来抑扬顿挫感毋庸置疑，此不赘述。我们重点关注

---

① 卞之琳：《〈戴望舒诗集〉序》，《卞之琳文集》（中卷），第350页。

② 胡适：《谈新诗——八年来的一件大事》，《胡适文存》（上），中央编译出版社，2014，第241页。

③ （南朝·梁）刘勰：《文心雕龙注释·声律第三十三》，周振甫注，人民文学出版社，2002，第364~365页。

④ （清）王国维：《人间词话·第十五则》，参见彭玉平撰《人间词话疏证》，中华书局，2011，第133页。

⑤ 〔英〕布尔顿：《诗歌解剖》，傅浩译，三联书店，1992，第51页。

汉语语音的声母与韵母。汉语音节的声母处在音节开头（或零声母），韵母则是声母后面的成分，可以是单元音、元音的组合或元音和辅音的组合。张枣在《冯至作品中的节奏结构》这篇文章中提出一个"行间半谐音"（line assonance）的概念：

I will demonstrate that in these poems there is interaction of a contrapuntal or mutually highlighting kind between rhyme, on the one hand, and on the other hand a formal feature which I do not believe has yet been described, which I propose to call *line assonance*. [1]

试译为：我将证明，一方面这些诗歌（冯至十四行诗）在十四行的对位或交互韵脚上有突出表现，另一方面，它们有一个重要特点，我相信还没有被描述过，我提议称之为"行间半谐音"。

Assonance 在英文中指靠得很近的单词中有两个音节元音相同而辅音不同或辅音相同而元音不同。这一看法也与头韵和腹韵相关。张枣认为"行间半谐音"这个语音维度可以带来一种新鲜、微妙的美感，而这一可能性在新诗的分析中未能得到揭示，因而他细致地分析了冯至十四行诗的节奏结构。他认为冯至在一首十四行诗中会有意识地在整首诗中寻找诗行之间遥相呼应的谐音，这使其十四行的韵脚可以浓缩为三个韵之间的连续往返，产生宽泛（broad）的节奏结构。譬如在冯至的十四行之七中，诗节三的第 11 行和诗节四的第 12 行紧跟着押韵（"过去""街衢"），而全诗第 1 行和第 14 行也押韵，这使十四行在声音上也构成了环形结构。[2] 萨丕尔在《语言论》中提到，汉语诗的节奏系统依靠音节数目、响应（指同位元音和押韵）和声调对比原则。[3] "行间半谐音"即一种微妙的响应。不过，除了在诗行尾部存在，诗行内部的半谐音更丰富。张枣对于诗歌语言的语音配置是非常敏感并下意识地注重"半谐音"实践的，譬如他在讲解艾略特的《普鲁弗洛克的情歌》时说："一个元音的反复出现，往往表示一种沉

---

[1] ZhangZao：*Some Rhythmic Structures in Feng Zhi's Sonnets. Signum：Blätter für Literatur und Kritik.* Die Scheune，2006，p297-326.

[2] Ibld，p301.

[3] 〔美〕爱德华·萨丕尔：《语言论》，商务印书馆，2009，第 206 页。

闷。这种语调下这样的沉闷感就出来了，而且跟语义相吻合。……其中含有很强的音乐性，字的反复重复，字音相近、押韵，复制了很多手段。"[1]他曾在《一个诗人的正午》中写到一个收听者："他正用小刀剔清那不洁的千层音。"这种细致入微的语音功夫最后呈现的效果就是诗歌语言在语音上打磨过的光滑、流畅，或者说音乐性。张枣把音乐性和形式看作同一个东西，并视其为"诗意的部分"和"诗性"，这种支撑一首诗的内在音乐性和隐喻的速度、词色、味道等，就是诗歌区别于散文所在，"诗人的致命天才就是使他的言说恰好说出散文不能说出的"[2]。他认为诗的音乐性就是它的内在气质，诗歌艺术是依赖于音乐性的艺术，这又依赖于诗人的才华，"一个人是否有一种内在的生命的音乐性，这种节奏正好与诗歌内在的音乐性发生关系，这是一个诗人的命运"[3]。1980年代，张枣的诗歌倾向于歌唱性，譬如在《危险的旅程》《四个四季·春歌》《四个四季·夏歌》《镜中》《何人斯》《维昂纳尔：追忆似水年华》《十月之水》《楚王梦雨》等诗篇中，我们都能感受到声音的轻舞飞扬与旋律的低回萦绕，或伴随着轻语呢喃，或含露着款款深情。这种令人愉悦的声韵，从诗歌的发生学上来说，一定和诗人心灵中升起的旋律感有关，这是一种生命气场与状态。但从研究与批评的细致处而言，我认为仍有基于经典文本对音韵的可把握处。这里，我们就以《镜中》这一精练的文本为例，对张枣早期诗歌在"半谐音"上的可能性做一取样式验证。为了方便更清晰地辨识诗歌中声母与韵母之间相互认同、回响的重复谐音，我将用汉语拼音录入此诗，同时以不同记号标识相互呼应的"韵"，这种呼应，在整首诗中会一波涌向一波，最后造成连绵起伏的"声浪"：

1　Zhi yao xiang qi yi sheng zhong hou hui de shi

2　Mei hua bian luo le xia lai

3　Bi ru kan ta you yong dao he de ling yan

4　Bi ru deng shang yi zhu song mu ti zi

---

① 张枣：《〈普洛弗洛克情歌〉讲稿》，参见《张枣随笔选》，人民文学出版社，2012，第92页。

② 张枣、颜炼军：《"甜"——与诗人张枣一席谈》，《名作欣赏》2010年第4期。

③ 同上。

5　Wei xian de shi gu ran mei li

6　Bu ru kan ta qi ma gui lai

7　Mian jia wen nuan,

8　Xiu can. Di xia tou, hui da zhe huang di

9　Yi mian jing zi yong yuan deng hou ta

10　Rang ta zuo dao jing zhong chang zuo de di fang

11　Wang zhe chuang wai, zhi yao xiang qi yi sheng zhong hou hui

　de shi

12　Mei hua bian luo man le nan shan

这首声韵柔婉的诗一共十二句，首先可注意其句尾的韵脚，如 1、4、11 的 -i、i、-i 押韵；2、6 为同声同形韵；3、7、10、12 的 an、ang 相协；5、8 押韵。如此，除了 9，其余的每一诗行皆与其他某些诗行押遥韵。其次，也可对其声母和韵母的"响应"考察一番。在第一句，我们可以读到三个辅音相同、元音不同的协字，后鼻音 ng 本身具有某种低吟、哼唱的效果，它在一定程度上奠定了该诗徐缓、温婉的基调；第 2 句紧接着用 m 这个辅音来呼应，同属于低音。而在整首诗中，ng、n、m 这一系列的辅音都频繁出现，这一密集的声音也就巧妙地配合了"后悔"与"梅花落了下来"的情调。9 到 11 行，皆有 5 次之多，12 行也有 4 次，这样连续的比例是显著的，他们的不断重复对于我们的听觉感受必然产生作用。在我的猜测中，张枣那温柔呢喃的语调也部分在于他对后鼻音的习惯性挑选。比如，在汉语的语气词中，呢（ne）、么（me）这两种比较温和的语气皆以辅音 n、m 为声母，以发音位置靠后的 e 为韵母，这或许并不是偶然的；它们比起啊（a）、吧（ba）、呀（ya）、啦（la）这些响亮的元音、迅捷的爆破辅音更富于温婉效果。对于后者，张枣也曾写过："男低音：您早，清脆的高中生：/啊——走吧——进来呀——哭就哭——好吗？"（《对话3》）这种"清脆"、不安的急迫甚至需要借助破折号来延缓、平衡其声音。在另外的激烈处，张枣写道："火中的一页纸咿呀，飒飒消失，/真相之魂夭逃——灰烬即历史。（Huo zhong de yi ye zhi yi ya, sa sa xiao shi/ Zhen xiang zhi hun yao tao——hui jin ji li shi）"这里，内部拟声词的连续使用（一页，咿呀，飒飒）造成火势涌动之感，声音与意义之间和谐振荡。又譬如，"狂欢节/正热闹开来：我呀我呀连同糟糕的我呀/抛撒，倾斜，蹦跳，非花非雾。高脚杯/突然摔碎，它里面的那匹骏马戛止"，也以同位音素来表现狂欢的运动。而《父亲》一诗，从听觉上而言，它的语言就像快板书，句内连绵的an-ang韵一贯到底，节拍干脆利落，构成一篇绝妙的说唱段子。在追求句内声音的协韵上，张枣会常常选用文言语汇来制造一些出其不意而又恰到好处的美妙效果，譬如这个例子："你继续向左，我呢，蹀躞向右。"这个诗行中有两个连绵词：继续、蹀躞，二者不仅在声音上连绵呼应（jixu、diexie），字形也相像，一左一右构成了"你""我"跷跷板似的平衡。又譬如："俩知音一左一右，亦人亦鬼"，文言词"亦"字非此不可，它夹在口语中不仅不生硬，反而有文雅的波荡感。

张枣1990年代的诗歌倾向于吟调与诵调的巧妙融合，这是就他做得最好的那部分说的。这里我们来看《对话8》：

东方｜既白，｜经典的｜一幕｜正收场：		22323
俩知音｜一左｜一右，｜亦人｜亦鬼，		32222
谈心的｜橘子｜荡漾着｜言说的｜芬芳，		32332
深处｜是爱，｜恬静和｜肉体的｜玫瑰。		22332
手艺是｜触摸，｜无论你｜隔得｜多远；		32322
你的｜住址｜名叫｜不可能的｜可能——		22242
你轻轻｜说着｜这些，｜当我｜祈愿		32222
在晨风中｜送你｜到你｜焚烧的｜家门：		42232
词，｜不是物，｜这点｜必须｜搞清楚，		13223
因为｜首先得｜生活｜有趣的｜生活，		23232
像此刻｜——木兰花｜盎然｜独立，｜倾诉，		33222
警报｜解除，｜如情人的｜发丝｜飘落。		22422
东方｜既白，｜你在你｜名字里｜失踪，		22332
植树的｜众鸟｜齐唱：｜注意｜天空。		32222

这是一首典型的莎士比亚十四行体，五音步诗行，除了第 1 行和第 9 行结尾是三字顿，其余皆为二字顿。不过，在诗行内部，可以看到，二字顿与三字顿交叉重复，带来了短促与悠长互为配合的节奏感，达到了卞之琳所谓"参差均衡律"的"自如与自由"："看来还是循现代汉语说话的自然规律，以契合意组的音组作为诗行的节奏单位，接近而超出旧平仄粘对律，作参差均衡的适当调节，既容畅通的多向渠道，又具回旋的广阔天地，我们的'新诗'有希望重新成为言志载道的美学利器，善用了，音随意转，意以音显，运行自如，进一步达到自由。"① 另外，倘若我们把《对话 8》反复吟诵，它颤抖的音调便会超出其理性的内涵。这首诗的语言魔力体现在其诗句的音韵力量上，也体现在一个个看似不相关的词语脉动上，如"谈心的橘子""肉体的玫瑰""植树的众鸟"，仿佛只是一束声音的电流在传递、闪光。它的形式是异常严谨的十四行，交替押韵，每行诗遵从五个音组。而在词语的选择上则几乎完全遵从音韵的奇妙搭配，正如马拉美那句名言："诗人将主动权交付于词语，词语因彼此不一致而互相碰撞，并由此而运动。"② 对这首诗的循环诵读将获得一种无限的旋律感，那些语义上遥不相关而在声音上彼此触发的词语让节奏"产生于手指触碰词语之琴键的探问演奏"。读者为一种立体环绕的音响磁场吸附住，在心灵的共振中几乎可以忘记对其意义的追索，虽然这意义，无论是抽象还是感官就在那声音中"荡漾"："谈心的橘子荡漾着言说的芬芳，/深处是爱，恬静和肉体的玫瑰。"

　　一个诗人在写作时可以像马拉美一样说只用词语写诗，"除了符合他们将为自己制造的需要之外不符合任何需要"③。但这一看似"神经质的魔术"，却是为了剔除语言这一复杂现象的杂音与粗粝，最终缔造高度的秩序和纯粹以"撑起圣诗上的穹窿"（朱朱《更高的目标》）。因而一首好诗首先在语言上会无可争辩地令我们一见钟情，并无数次回到它，或者直接就搬进内心，过目不忘。当我们发现，一首拗体诗配上乐曲也将变得易

---

① 卞之琳：《哼唱型节奏（吟调）和说话型节奏（诵调）》，参见《卞之琳文集》（中卷），安徽教育出版社，2002，第 429 页。
② 转引自〔德〕胡戈·弗里德里希《现代诗歌的结构》，李双志译，译林出版社，2010，第 121 页。
③ 〔法〕瓦莱里：《文艺杂谈》，段映虹译，百花文艺出版社，2002，第 287 页。

于唱诵，则明白声音（形式）对于一首诗快速地进入读者内心所起的作用。而那写在极特殊、极紧迫之中的诗，它和谐的声音必已融会或裹挟着那坏不到哪去的内容。对此，诗人朱朱曾写道："语言，语言的尾巴／长满孔雀响亮的啼叫。"这堪称对语言这一神秘事物惊人的"发现"。语言那难以捕捉而又余音缭绕的声响被他喻为"尾巴"，紧接着的"孔雀"这一美丽形象又对"尾巴"做出了想象性导引，一种华彩乐章般"响亮的啼叫"，正如孔雀开屏那震颤人心的欢喜。语言，诗的语言之声，恰恰需要长满这样"响亮的啼叫"。这里的"响亮"不应局限于某一类型的风格之诗，它突出语言本体的音调效果，是语言节奏饱满、充盈、富有弹跳性的一种表征，相对于疲软、沉闷、不谐的节奏，正是语言"响亮的啼叫"，会使诗在刹那间为我们开启一个新的世界，正如瓦莱里所言："一听见这个与众不同而又纯粹的声音，这个不会与其他声音混淆在一起的声音，你们马上就会有一种开始的感觉，感到一个世界的开始；一种完全不同的气氛就会立刻形成，一个新秩序就会产生……"①

当诗人把生命的热烈与轻逸，在诗的声音上集中起来，为我们带来一些交响乐般的喧响与轰鸣，甚至冲击的力度，就会让那在现实的单调、循环中疲软下去的生命振奋起来。当诗的平缓与沉寂让人昏昏欲睡，共鸣没有产生，如何能实现以爱这种"真正令人激动的节奏"来引导人"合上节拍，启动真正的激情和想象"②？这是现代汉诗的写作实践需要不懈探求的问题，毕竟，对于诗歌，节奏就是生命力，反过来，也是生命的诗性活力。譬如张枣就在"起了身在何方之思"的枯坐中冥想："像一对夫妇那样搬到海南岛／去住吧，去住到一个新奇的节奏里——／……胯骨叮当响的那个节奏里。"在这个节奏里，会"喝一种说不出口的沁甜"，"捧腹大笑"，甚至，"去偷一个惊叹号，／就这样，我们熬过了危机。"（《枯坐》）

---

① 〔法〕瓦莱里：《文艺杂谈》，段映虹译，百花文艺出版社，2002，第290页。
② 朱朱、木朵：《杜鹃的啼哭已经够久了——朱朱访谈录》，《诗探索》2004年秋冬卷。

第四章　极端自主自律的诗艺探索

对于诗人来说，当一种诗艺上升为某种抽象的、可以为其写作实践辩护的思想，就成了一种诗学，譬如艾略特的"非个人化"理论，既是诗艺也是诗学思想；当对一种诗学观念的信奉变成一种顽念，在具体的写作中采取一种虔诚而极端自主自律的姿态来践行，这一姿态也就化作了可以从作品中辨认的诗艺。对诗歌建立秩序的崇拜在张枣那里可谓是激烈的，他曾在《空白练习曲4》中坚定地写道："凌乱是某种恨。"在《跟茨维塔伊娃的对话11》末尾典化史蒂文斯时说："为何没有的桂树/卷入心思，振奋了夜的秩序？"诚如歌德所言，伟大必须在限制中取得自由，诗人应该对秩序比对自由更感兴趣，诗的伟大也在于它追求人类的秘密秩序比其他文类更专注更敏锐。诗人在聚精会神中探索了诗艺的多种可能，成功的文本则可以为后来者提供可资借鉴与过渡的营养。

一　情境：情与景会　思与境偕

张枣的情境诗受到了论者的一致赞誉，譬如臧棣说过："他写得最好的诗都是情境诗。"① 洪子诚则说："张枣的很多诗是一种'情境诗'，就是当时的一种感触，一种经验，一种冥想、玄想，因为张枣是一个很超验的诗人……"② 这一看法颇有见地，毫不拘泥于"情境"一词的字面含义，

---

① 臧棣：《可能的诗学——得意于万古愁》，《名作欣赏》2011 年第 15 期。
② 洪子诚主编《在北大课堂读诗》，长江文艺出版社，2002，第 19 页。

把经验、冥想、玄想结合起来，并且一语中的地指出了张枣的"超验"。张枣在1987年写给柏桦的一封信中曾表明："诗的中心技巧是情景交融，我们在15岁初次听到这句训言，20岁开始触动，20~25岁因寻找伴侣而知合情，25~30岁因布置环境而懂得'景'，幸运的人到了30岁才开始把两者结合。"① 诗歌的场景（情景交融）是他谈得最多的。还在重庆时，即在诗歌写作的早期，他就"特别想写出一种非常感官，又非常沉思的诗"②。张枣本是一个特别感官的人，他自信无论生活在哪，都能更成熟地把握自己的感官能力，但他最想获得的是"反思感官的能力"③。对感官的沉思使他获得"诗的感性抽象"（宋琳语），而在方法论上，他一直恪守的，仍是"情与景会、思与境偕"的中国古典传统诗学法则。不过，在张枣那里，传统从来不是那些"家喻户晓"却由此而束之高阁的摆设，不是一只"巾笥藏之"失去生命力的龟的硬壳，它是在水里摇曳甩尾的生长的活物，是敞开的生命，不断生成，不断因时而变。

1. 情境与戏剧性

情景交融乃古诗中的经典"套路"，"天人合一"是这一长久诗学的哲学支撑，故而有"气之动物，物之感人，故摇荡性情，形诸舞咏"（《钟嵘·诗品》）的心物感应论。而古人对此道之擅长令今人叹服，王国维甚至极端地总结为"一切景语皆情语也"。现代汉诗要突破这一套路，就不能重复在以传统的比兴手法，或"情中景""景中情"等来追求情景交融的意境，而需"转变"，凭借细腻、微妙的现代感受力来写复杂精微的现代感觉、处境、场景，组织成具体的情境，同时混入戏剧性独白或对话。现代人的激烈心理与现代艺术面具化的间离效果均可通过情境创设来表现。

现代语境中的情境指艺术作品中在一定时间内各种情况相互结合构成的环境或境况，例如在戏剧中表现主题的情节与境况。黑格尔在《美学》中提出，要创造符合艺术理想的形象，必须将人物置于特定的情境之中，使其与周围的环境发生关系，进而引发主体内在的情欲和心境。他说，

---

① 转引自柏桦《张枣》，参见宋琳、柏桦编《亲爱的张枣》，江苏文艺出版社，2010，第38页。

② 张枣、颜炼军：《"甜"——与诗人张枣一席谈》，《名作欣赏》2010年第4期。

③ 同上。

"艺术的最重要的一方面从来就是寻找引人入胜的情境，就是寻找可以显现心灵方面的深刻而重要的旨趣和真正意蕴的那种情境"①。这一点，在现代诗歌中得到了充分的发展。

在张枣那里，激烈就是把人物内心的自我争辩反复纠缠地呈现出来，——固然我们可以说在古代的大诗人那里已经有这种争辩，譬如杜甫后期诗作、李商隐诗歌充满了典型的自我争辩。② 就连被称作"诗仙"的李白亦然，如《宣州谢朓楼饯别校书叔云》典型地体现出消沉苦闷与昂扬欢乐之"混乱"内心的起伏跌宕，事实上这种曲折跳跃在李白诗中是常见的。不过他的争辩大多围绕着一个核心，即用世之志意与追求超凡脱俗的自由心性之间的冲突，这使古典诗人诗篇中"自我"的声音在今天看来显得单调。面具化的间离写作在张枣那里呈现为"化境"，对此有两个意思：一是他诗中很多情境是以"互文"关系化来的，既是他化典故，亦是典故化他，如在《卡夫卡致菲丽丝》《跟茨维塔伊娃的对话》中所展现的，他把自我疏离在面具化了的卡夫卡与茨维塔伊娃身上，使对象与"我"都能栩栩如生；二是他对情境的化若无痕，非凡的感受力使他对艺术经验有"出神入化"的功力，既能沉潜、神游于某个想象中的场景氛围，把个体经验融进艺术的敏感中，体验到一种"痴迷"的状态；又能在写作过程中远距离地审视，以艺术的眼光渲染某个场景，对之聚焦、调整焦距找到精妙的语言摄取，制作身临其境的文本。在这方面，张枣使现代汉诗的情境获得堪与古典诗词的意境相媲美的艺术个性，即审美自主性。这里我们引用《卡夫卡致菲丽丝》与《跟茨维塔伊娃的对话》两首十四行组诗的第一首为例：

> 我叫卡夫卡，如果您记得
> 我们是在 M. B. 家相遇的。
> 当您正在灯下浏览相册，
> 一股异香袭进了我心底。

---

① 〔德〕黑格尔：《美学》（第一卷），朱光潜译，商务印书馆，1997，第 270 页。
② 参见臧棣《诗道樽言》，豆瓣网，http://www.douban.com/group/topic/19640677/，2012年 3 月 15 日查。

我奇怪的肺朝向您的手，
像孔雀开屏，乞求着赞美。
您的影在钢琴架上颤抖，
朝向您的夜，我奇怪的肺。

像圣人一刻都离不开神，
我时刻惦着我的孔雀肺。
我替它打开血腥的笼子，

去啊，我说，去贴紧那颗心：
"我可否将您比作红玫瑰？"
屋里浮满枝叶，屏息注视。

　　　　　　——《卡夫卡致菲丽丝1》

亲热的黑眼睛对你露出微笑，
我向你兜售一只绣花荷包，
翠青的表面，凤凰多么小巧，
金丝绒绣着一个"喜"字的吉兆——
两个？NET，两个半法郎。你看，
半个之差会带来一个坏韵，
像我们走出人行道，分行路畔
你再听不懂我的南方口音；
等红绿灯变成一个绿色幽人，
你继续向左，我呢，蹀躞向右。
不是我，却突然向我，某人
头发飞逝向你跑来，举着手，

某种东西，不是花，却花一样
递到你悄声细语的剧院包厢。

　　　　　　——《跟茨维塔伊娃的对话1》

从标题可以看出，这两首诗有相通之处，均是以"对话"为核心来组织诗情与诗思：对话本身已预设了戏剧性；都包含着一种诗学理想：张枣实践知音传统的追求；都巧妙化自诗中涉及主人公的文本，前者来自卡夫卡的日记，作者带上卡夫卡的面具；后者来自茨维塔伊娃的散文《中国人》，作者化为"头发飞逝的某人"（似幽灵）实现与茨维塔伊娃的精神遇合与沟通。不妨把两首引诗描述的场景分别简称为"钢琴演奏"和"兜售绣花荷包"。卡夫卡的日记与茨维塔伊娃的回忆录叙述的是自身亲历之事，有切身体验，张枣在以这两个文本为序幕建构他的十四行组诗时，让我们看到的是他对自己的语言融化能力的无比自信——这一能力在他早期的《何人斯》《十月之水》《楚王梦雨》《刺客之歌》中已练就，除《刺客之歌》融入了自身的切身体悟，其他融化的更多是诗意而非戏剧性情境。从散文到严格讲究音律的十四行诗，这中间涉及的不仅仅是（跨）语言从散步到带着镣铐跳舞的飞跃，也是"思维、感觉和想象"[①]的飞跃。显然，对动作的想象和动作带来的感觉主宰着这两个情境的创设，几乎每一行诗包含一个围绕着中心事件的动作，动作与动作之间贯穿着感性的体会：心理动作，以及人物说话的内容。亚里士多德对于悲剧的定义我们耳熟能详：悲剧是对严肃的、一定长度的、完整行动的模仿。可以类比，在诗歌的情境戏剧化中，动作的地位正如形象在意境中的地位，同样是关键与脉搏，区别是前者倾向于动词，后者倾向于名词（物象）。在情境中，给我们印象最深的不再是某个新奇的物象，而是动作，是动作与动作之间的切换，它由诗人手中的妙笔如镜头般旋转而出，由此烘托出整体情境。《卡夫卡致菲丽丝1》以自我介绍的动作起始，在介绍的文本中套入一个"相遇"的场景，在这个场景中有"您"的动作："浏览相册"，"我"的感受化为多个动作："异香袭入心底"，紧跟着"我的肺朝向您的手"，同时以"孔雀开屏"比喻这一动作，镜头切换为"您"的下一个动作："您的影在钢琴架上颤动"（演奏），"我"的感受再次跟上并得到加强："我时刻惦着我的孔雀肺"。随后"打开"并发出心声："贴紧那颗心"。最后的镜头是全局性的："屋里浮满枝叶，屏息注视"。《跟茨维塔伊娃的对话1》也可做如是分析。人物微笑的眼神、兜售的动作、讨价还价的语调、分行路

---

① 王光明：《现代汉诗的百年演变》，河北人民出版社，2003，第90页。

畔、等红绿灯、传递某种东西。把涉及后三个动作的情境与"原景"对读一番是很有意思的：

> 在汽车川流不息的十字路口，我们等了好一会儿。"不，不，不"，中国人看着那些车子，头直摇。终于，我们过了马路。他要向右拐，我则向左拐。在握手告别时我发现，他就像我们一样把手紧紧抓住，而不像法国人那样手都不伸过来。接着，走过几步之后，我听到他发出某种"哎，哎，哎，呀，呀，呀"的，虽是扯着嗓子喊出的，但仍很细弱的声音。我回头望去，只见他黄色的脸，一头马鬃似的长发，奔跑着，手里挥动着什么。原来那是一根小木棍上一朵花，他把它塞在我儿子的手里……①

可以看到，张枣浓缩了这个片段，并出之以某种魔幻色彩，最后一行出现的"剧院包厢"，使女主人公从原事境中脱出，正式入主诗篇。据观察，在张枣那些严密细致的情境诗中，以动作为线索的频繁切换是他的典型手段，他对动作的倾注使他诗中的情境常常给人留下深刻而独特的印象，譬如我们在解读他的长诗时曾重点提过的几个典型情境：在《空白练习曲6》中有"花样滑冰"场景；在《跟茨维塔伊娃的对话11》中有"夜半淋浴"场景，《对话10》中从"手语诗朗诵"场景转入"饮酒者过桥"场景，其中，张枣写到"空气朗读着这首诗"，而不是"诗的朗读声在空气中回荡"或"空气中回荡着诗的朗读声"，这就不仅仅是拟人手法的使用了。后面两个普通的句子在重心上给人的感觉是"朗读声"，因为声音在内涵上已包容了"回荡"这个动词，因而这样写在句法上既笨重、重复又无重心，且仅止于一种经验（听觉）的描述，是接近复制现实的平淡散文；而引诗的奇妙在于其"造境"，赋予"空气"自在自存，能发出"朗读"这一动作的主体性。这样就没有诗人外部情意与感受的强行介入——至少在诗句本身没有表现出来，而是事物本身（空气）任性表演，这便是现代汉诗中"人闲""桂花落"的"汉语性"。譬如李白的诗句："青山横北郭，白水

---

① 〔俄〕茨维塔耶娃：《中国人》，参见汪剑钊主编《茨维塔耶娃文集·回忆录》，东方出版社，2003，第311页。

绕东城。"主体性的获得，一般而言是获得动态的生命力，如此，动词的使用对于情境能否焕发活力与生机便尤为关键。我们知道，在古代汉语中，词类活用主要有：名词活用为动词、动词的使动用法、动词活用为名词、形容词的使动用法和意动用法、数词活用为动词等。也就是说，动词是其中最主要的环节。如果说人生如戏，戏如人生，则动作往往是戏剧场景的线索。中文的动词无时态区分，倾向于回到"事件"本身，即回到"具体经验"和"纯粹情境"中。譬如在《对话8》中，"知音谈心"那"经典的一幕正收场"，所有的动作给人的感觉都是"此刻正在发生"，无论它是虚幻的还是"不可能的"。

　　上面的例子已足以说明张枣以语言为媒介的导演天分，这是他做得最好的时候所体现出来的天分，也即，在组诗中把各类场景置入追求统一的诗歌结构时既能尽其所能地复杂又保持清晰。这首先得益于张枣在短诗中展现的对情境戏剧性的把握能力。还是1988年的时候，他在《历史与欲望》（组诗）中已尝试情境的戏剧性写作，或者说是对戏剧性情境的青睐。这首组诗采取的手法是围绕着同一主题的不同故事写作，组诗的各节有各自独立的标题，它们分别为《罗密欧与朱丽叶》《梁山伯与祝英台》《丽达与天鹅》《吴刚的怨诉》《色米拉恳求宙斯显现》，内容上各不相关，对于"历史与欲望"这一大的主题而言却能彼此加强与补充。这组诗也是严格的十四行体，韵脚严密得无可挑剔，又丝毫不给人凑韵之感。这里只看《梁山伯与祝英台》中的一节：

> 那对蝴蝶早存在了，并看他们
> 衣裳清洁，过一座小桥去郊游。
> 她喏在后面逗他，挥了挥衣袖，
> 她感到他像图画，镶在来世中。

　　这四行诗看似简单，蕴含的技艺却丰富而内敛。诗人的灵感或许来自《梁山伯与祝英台》野外郊游的一出黄梅戏，这出戏很多人都看过，或许看了又不在意，但诗人却以被触动的心弦镶嵌到语言的乐器中，再次弹奏出这诗情充盈的一幕。如同小说，这里采取了一个"全知全觉"的视角："那对蝴蝶早存在了"。但旋即又内化为蝴蝶的视角"看他们"；然后转移聚焦内化为"她"——"她感到"。这样一来，对故事而非个体参与创设情境，就必须摆脱单一性视角描述情境，摆脱对事件的叙述性照搬，充分突入他者生命体验，或化身他者来"思维、感觉和想象"。一般而言，这首先要求诗人敏锐的艺术感受力，容易被故事本身引发个体内在的萌动与激流，这可称作易于入戏。对"具体细微的感觉和想象力"① 苛求诗人微妙的语言表现力，这种表现力在现代汉诗发生不久时因西方诗歌的影响曾以直接、反复写绵长、幽渺的感觉占据过一定的位置，如在徐志摩、何其芳等诗人那里体现的。这里不妨对何其芳的《预言》稍作分析，这首诗以缱绻的口吻剖白地倾诉着一个爱恋者的心声，这心声寄寓于一个想象中的"年青的神"，诗人跟随着她的足音细腻地用心倾听，从歌声中灵敏地听出"温郁的南方"，又唱起自己诉说的、激动的歌，他想象着森林里的野兽与黑暗，祈求爱神停留、请求同行，但留下的终究是哀怨、惆怅。如果说这类诗歌不再面向胡适眼中具体的实在内容，而写出了诗人感觉、想象的具体性，那么它在写法上就是把"感觉和想象"作为直接对象来抒写的，诗歌迂回反复地申诉这种感觉和想象，借助语言的音乐性与情绪的抑扬顿挫合拍。然而，这种萦绕着"感觉和想象"来转圈子的写法因其直接地渗漏情绪而常常使诗歌像一块吸满了水分的海绵一样饱和，给人阅读与审美上的疲倦感，而不是像一块磁铁一样产生潜在的磁场，暗暗辐射、吸引着读者，这我们只要把《预言》全集翻看一遍就能感觉到。其实《预言》一诗仍有一个情境，即"我"对"年青的神"的"踪迹"的追随，这一情境产生于缥缈的想象中，但它使得这首诗最终没有沦为浮泛的感叹与哀伤的自怜。情境就像磁场，它焕发出来的能量或强烈或微弱取决于诗人造境的能力。这一点，同是"汉园三诗人"的卞之琳就常常以情境取胜："我在自己的诗创作中常倾向于写戏剧性处境、作戏剧性独白或对话、甚至进行小说化。"② 但比之张枣，卞之琳诗中的"戏剧性处境"尚显单一。张枣会把情境与感觉、想象融合一体，使得情境虚实融会，又在各类情境中融入内心的争吵之声，赋予不同的场景不同的声调，并对之实行不露痕迹地切

---

① 王光明：《现代汉诗的百年演变》，河北人民出版社，2003，第 92 页。

② 卞之琳：《完成与开端：纪念诗人闻一多八十生辰》，《卞之琳文集》（中卷），安徽教育出版社，2002，第 115 页。

换。这就是为什么在他化写那些他人文本中的戏剧性情境时仍能栩栩如生的原因，他既写实在与可感的具体场景，又让感觉与想象如风行走，并把二者水乳交融地糅合起来，使情境看起来既是真实的，又是虚幻的；既是描写的，又是抒情、议论的——后两者皆暗示性地蕴藏在情境的磁场中。"她感到他像图画，镶在来世中"这个美妙的诗句就是如此，在对"她"的心理描述中，我们看到"她"眼神里流露的爱意与因爱而生的感伤，感到"她"内心难以言传的温情脉脉，这是一种"发乎情、止乎礼仪"的抒情。"像图画"看似美好，但"镶在来世中"又蕴含着悲凉，对人生无限缺憾的认知尽在其中。

2. 情境写作与意象写作

张枣常常采用内化他者艺术经验为情境的"超常"方法，但他对日常生活经验的提炼亦常常创造性地升华为原型情境。这里我们挑选他的《祖国》这首诗来看看这类"因地制宜"的情境诗：

> 已经夜半了，南方阴冷之香叫你
> 抱头跪下来，幽蓝渗透的空车厢停下
> 等信号，而新年还差几分钟才送你到站。
> 梅树上你瞥见一窝灯火，叽叽喳喳的，
> 家与家之间，正用酒杯摆设多少个
> 环环相扣的圆圈。
> 你跳进郊野，泥泞在脚下叫你的绰号，
> 你连声答应着，呵气像一件件破陶器。
> 夜，漏着雪片，你眼睛不知该如何
> 看。真的空无一人吗？
> 冷像一匹
> 锐亮的缎子被忍了十年的四周抖了出来，
> 倾泻在田埂上命令你喝它。
> 突然，第一朵焰火
> 砰上了天，像美人儿
> 对你说好吧。
> 青春作伴，第二朵

更响。你呼啸："弟弟！弟弟！"——
天上的回响变幻着佼佼者的发型。
这时火车头也吼了几声，一绺蒸气托出
几只盘子和苹果，飞着飞着猛扑地，
穿你而过，挥着手帕，像祖父没说完的话。
你猜那是说："回来啦，从小事做起吧。"
乘警一惊，看见你野人般跳回车上来。

乍看标题，以为这是一首与祖国有关的宏大之诗，但它既非歌颂祖国，也不弘扬报国之志，而是一种蚀骨的思乡情怀，是在旅居异域的焦虑、孤独中对家园着魔般的渴盼。整体而言，这首诗处理了一个连续的情境：在新年即将到来的夜半，"你"趁火车停下等信号的空档跳进郊野感受夜、雪花、焰火，在砰然声中意识流返回故乡，神游之际难辨他乡，直到跳回车上。但其中丰富的细节暗含着饱满的意蕴，对祖国的思念并非以生存困境和地理隔绝为主导因素，而在于对祖国文化和语言的眷恋，这才是漂泊异乡最大的痛楚。对此，张枣没有纠缠在五四以来游子对祖国的思念这类高尚但是对于诗歌来说已经陈腐的情怀抒发上，而是从切身的此在出发，一步步把"你"的行动演示出来。大的背景是有着阴冷之香的南方，这似乎既是写实，又是对中国阴冷南方的呼应。时间是"夜半"，"幽蓝渗透的空车厢"使整首诗的氛围有了梦境色彩，此种虚实难辨的手法亦是张枣情境幻象化的又一技法，他常常把幻觉与现实对位成难分彼此，意示我们这是一个神奇的世界，这个问题我们在《幻觉的对位法》一节再谈。这个"夜半"是临近新年的"夜半"，"独在异乡为异客，每逢佳节倍思亲"就是这个"新年"的意义，"抱头跪下来"的动作对"人何以堪"之情做了生动、形象的演绎。"梅树上你瞥见一窝灯火，叽叽喳喳的，/家与家之间，正用酒杯摆设多少个/环环相扣的圆圈。"这是温暖、团圆的家园景象，"环环相扣的圆圈"一定如镣铐般紧系着"你"的心思。听到"绰号"的幻觉加强着这心思，而"你"竟"连声答应着"并热乎乎地"呵气"，这些动作充满戏剧性张力，尤其"可爱可怜"。把"呵气"比喻成"破陶器"也暗示着对家的怀念。"夜，漏着雪片"，处境破碎而寒冷，难道不正是因为心境凄清这情境才如此阴冷？"你眼睛不知该如何看。"把手足无措化用到眼睛上，更显凄迷，无物可看，无人可亲。因而，"冷"才如此顽劣而彻骨："冷像一匹/锐亮的缎子被忍了十年的四周抖了出来，/倾泻在田埂上命令你喝它。"这个巧妙的句子蕴含的口气与意义却是格外冷酷。牵强一点地说，这首诗未注明写作日期，但可猜测或写于1996年，这一年正是张枣在德十年。十年的海外生涯与孤独已到了忍无可忍的地步，因而，这体验才如此决绝、尖锐。但诗歌不能就这么结束，也不能一直这样绝望地写下去，为此，张枣安排了戏剧性的"突转"来推进诗的发展，派了"焰火"这个"美人儿"来安慰"你"（同时也安慰了读者）："突然，第一朵焰火/砰上了天，像美人儿/对你说好吧。/青春作伴，第二朵更响。"焰火总是能带来短暂的欢欣，带来童年的家的记忆，这句诗就像这样绚烂，"青春作伴好还乡"（杜甫《闻官军收河南河北》）。愁苦的老杜为能回家亦如此欢欣雀跃，写出"生平第一首快诗"。从小受外婆影响接触杜诗的张枣①此时此刻对于杜甫的狂喜一定领略至深。这个用典也暗示着作者对祖国传统文化的深切怀念，正是文化塑造了我们在骨子里成为一个中国人。对"弟弟"的呼啸是一段简洁而深有童趣的插入，属焰火中纷繁的意识流，也是焰火这个道具对整个情境的推进。诗的最后更是以奇妙的语言表演收束了此番异国乡思，在"野人"的谐趣中以甜蜜、温暖、安慰与"从小事做起"的力量抵抗着开篇的绝望与阴冷。如此，一方面跳脱出传统乡愁诗固有的消极情绪模式；一方面又实现了一次关于诗的信念：诗可以缓解我们的心灵危机，无论是过去流传的诗还是创造一首诗的艺术行动，可以帮助我们走出困境。

当代很多寓居海外的诗人均写过深刻思念祖国的作品，如多多《阿姆斯特丹的河流》《在英格兰》《归来》等。把张枣与多多对读一番会是另一种发现：前者是情境写作，而后者在这里提到的三首诗作中，可称为意象写作。

　　　　十一月入夜的城市
　　　　惟有阿姆斯特丹的河流

---

　　① 张枣、颜炼军：《"甜"——与诗人张枣一席谈》，《名作欣赏》2010年第4期。

突然

我家树上的桔子
在秋风中晃动

我关上窗户，也没有用
河流倒流，也没有用
那镶满珍珠的太阳，升起来了

也没有用
鸽群像铁屑散落
没有男孩子的街道突然显得空阔

秋雨过后
那爬满蜗牛的屋顶
——我的祖国

从阿姆斯特丹的河上，缓缓驶过……
——《阿姆斯特丹的河流》1989

这首诗也写背井离乡中对祖国的思念，起笔也是扑起一股寒冷与孤寂："十一月入夜的城市/惟有阿姆斯特丹的河流"。"阿姆斯特丹的河流"这个中心意象一开始几乎是凝固的，郁结着诗人心头的滞重与沉闷。但突然晃动的"桔子"——"这桔子"与张枣诗中"突然"出现的焰火一样，皆有由此及彼、亦真亦幻之处——开始打破静态，搅扰诗人的心绪，这个意象承载着超重的感情分量，对此，多多再三表示他的"无可奈何"，用三个"也没有用"的事物来加强、服务于同一个意象。这种强烈的心理状态，转化为成诗过程是依靠意象的推衍、加强来抵达的，譬如，"镶满珍珠的太阳"这个美丽的意象对于多多这样"从来不离开形象"的诗人是"一种自然性的流露"①，

---

① 凌越：《我的大学就是田野——多多访谈录》，《多多诗选》，花城出版社，2005，第269页。

因为这个意象是他潜意识里储存着、钟爱的，在《冬夜的天空》中就曾经出现过："不一定是从东方／我看到太阳是一串珍珠／太阳是一串珍珠，在连续上升……"这个"是一串珍珠"的太阳出现在"冬夜"，而且"不一定从东方"升起，即它不是具体的，而是"我"心境上的，是为了表明"我的心情是那样好"。这个本来可以使心情特别愉快的意象在《阿姆斯特丹的河流》里失效了，它成了一个"反用"：为了加强否定而"拈出来"，但只是否定凝固在这个形象里的感情却显出诗人的微观体验更新不够。因而需要接下来的另一些新鲜的意象，如"鸽群像铁屑散落"，暗示内心的困顿与僵硬；"没有男孩子的街道"又流露出无限的寂寥，种种形象皆凝聚着思乡的情绪。尤其是最后一幅极富意味的典型画面，在低沉的声音中达到了无比动人的效果："秋雨过后／那爬满蜗牛的屋顶——我的祖国"，在诗人彻底被家国之思淹没而终于按捺不住地呼唤时，却又立即空行，沉郁地道出："从阿姆斯特丹的河上，缓缓驶过……"与《祖国》一帧帧情境的戏剧性滑动不同，《阿姆斯特丹的河流》几乎每一句都有一个可以独立的意象。多多的诗歌意象跳跃性大，但通常，这些意象属于同一语义类，仿佛一首诗可以建立一个"小词库"。他注重在意象的轻重、软硬中彰显绷紧的情绪张力，当情感在一系列形象上堆积、蓄势到如箭在弦的时候，他就转移形象，控制语言节奏压下那爆发性的一刻。如果说情境诗是流动的电影，那么意象诗则是连环画。一般来说，在多多画出一个形象时，他会写入插入语。但在电影里，导演会让情境中的人物直接说话。《在英格兰》一诗中，我们在第一节看到一幅英格兰的城市画面，画面上有"教堂的尖顶""城市的烟囱""阴暗的天空""两个盲人手风琴演奏者，垂首走过"，但仅止于此，我们看不到发生了什么，只能凭形象的色彩、形状、诗人的解说接受他的感觉和情绪：

> 没有农夫，便不会有晚祷
> 没有墓碑，便不会有朗诵者
> 两行新栽的苹果树，刺痛我的心
>
> 是我的翅膀使我出名，是英格兰
> 使我到达我被失去的地点

　　记忆，但不再留下犁沟

　　耻辱，那是我的地址
　　整个英格兰，没有一个女人不会亲嘴
　　整个英格兰，容不下我的骄傲

多多在很早就标榜自己是象征主义诗人，意象对于他"具有认识能力，一切都包括在其中"，"是诗歌核心中的一部分，它永远是存在的，不管现在什么都溶于一炉了，也不会完全抛弃意象的……"① 就像这首诗的最后一节："从指甲缝中隐藏的泥土，我/认出我的祖国——母亲/已被打进一个小包裹，远远寄走……"可见，"祖国"在"指甲缝中隐藏的泥土里"，"母亲""被打进一个小包裹"，这两个意象并不依托诗中具体的情境，他们是诗人对祖国的思恋之情于经验累积中找到的寄托物，我们可以辨识"泥土"来自他的下乡经历，"小包裹"来自异域生涯。也即，经验在多多的诗歌中不像在张枣的诗歌中常常化为情境，而是凝结在意象中。但是，我认为，这种锻打式的凝固，对意象的"霸道"使用，是多多的诗歌给人野蛮、强悍印象的一个重要原因。譬如在《春之舞》这首诗中，他以粗粝的嗓音拌合着春天的霹雳之舞："巨蟒，在卵石堆上摔打肉体/窗框，像酗酒大兵的嗓子在燃烧/我听到大海在铁皮屋顶上的喧嚣"。每一个舞姿由一个意象奉献，不存在具体的舞台，只有一个抽象的、统一的舞台："我的心"。这首诗也把春天与爱情联系起来，这是一种充满强力的、爆发性的爱；而在张枣早期的一首同样与爱情有关的诗《四个四季·春歌》中，我们一开始就可以感到具体的情境，在这情境中有一个对话的他者，这种基于情境的对话在多多那里几乎没有：

　　有一天，你烦躁的声音
　　沿长长的电话线升起虚织的圆圈
　　我在这儿想着那边的你你在哪里
　　薄装贴着粉红的你在温柔的阳光下

① 凌越：《我的大学就是田野——多多访谈录》，《多多诗选》，花城出版社，2005，第270页。

> 披散的浓发在窗口的风中
>
> 辽远的气息播来你的目光多么不安
>
> 像种子一样不安啊亲爱的

这样缤纷连绵古媚的气息必弥漫于某个特定的情境，氛围的营造常常与对话密切关联。从这个角度来说，没有情境的诗很难产生对话，或情境不相宜则对话难以为继。

3. 情境的影射力

情绪本来无形无物，依凭诗人的意象选择来定型、寄托，其象征与寓意就比直抒胸臆来得曲折与节制，譬如，在拜伦这些极力想要"克制"痛苦的诗句中，我们读到的仍是对疼痛与悲哀的"呻吟""长叹"：

> 只要再克制一下，我就会解脱
>
> 这割裂我内心的阵阵绞痛；
>
> 最后一次对你和爱情长叹过，
>
> 我就要再回到忙碌的人生。
>
> 我如今随遇而安，善于混日子，
>
> 尽管这种种从未使我喜欢；
>
> 纵然世上的乐趣都已飞逝，
>
> 有什么悲哀能再使我心酸？
>
> ——拜伦：《只要再克制一下》穆旦译

而进一步，赋予形象一个角色，或让其充当道具，置身于一个充满张力的情境中，比直接给出意象更曲折、微妙。当然，高明的象征主义有一个缥缈的内心幻象情境，在那里暗涌着隐秘的情绪之流，这使得诗人笔下的意象"不是一个处理过程，不是一个技术过程"[1]。这一点，在象征主义的先驱波德莱尔那里，已做到了完美的地步，譬如在《异域的芳香》里，诗人写道："一个闷热的秋夜，我合上双眼"，然后我们被带入诗人的神思，在"神迷目眩"中体验海岸、阳光、岛屿、树木、果品、男人、女人、港湾、

---

① 凌越：《我的大学就是田野——多多访谈录》，《多多诗选》，花城出版社，2005，第269页。

波浪、罗望子与水手的歌唱，嗅觉、视觉、听觉、触觉融为一体，所有的意象既统一于诗人的感受，又如梦幻的情境中一片虚幻流动的景观，读者像游客一样参与，游览观光那些驰掠而过的意象。缺少情境的诗歌通常表现为感觉的直接展示或情绪的直接流露，要么是对一种心理过程的分析，要么是对一种情感郁积的发泄式疏导，皆易陷于凌空蹈虚的抽象与陈词滥调的危险。基于具体情境的敏感微妙又以精密的语言来熔炼则能避免空洞与陈旧，给人充盈与清新之气。退一步而言，直接抒情也有两种：一种是为主题笼罩着的套语式抒情；另一种是发自生命体验的感发抒情——但既是感发，则一定有某件事、某个物、某片景来"兴发"，哪怕是"宁静中回忆出来的感情"，也有"回忆"的依据。在一篇名为《从事件开始》的文章中，柏桦这样重申"情景交融"的古典诗学原则："（这四个字）就是一首诗应包含着一个故事，这故事的组成就是事件（事件等于时间、地点、人物）。事件是任意的，它可以是一段个人生活经历、一个爱情插曲、一支心爱的圆珠笔由于损坏而用胶布缠起来，一副新眼镜所带来的喜悦，一片风景焕发的良久注目。……这些由事件组成的生活之流就是诗歌之流，也是一首诗的核心，一首诗成功的秘密。"① 为此，诗人善于对任意事件或故事创设情境就成为一个重要目标，而戏剧化则是一个重要手段。"当然诗歌中的事件是必具戏剧性的，因为诗总会要求并期待某种出人意料的东西。震惊效果与陌生化效果一样重要，二者不可或缺。"② "震惊与陌生"也与叶芝的"面具论"相关，夸饰的面具带来强烈的戏剧性与间离效果，面具越夸张越好，越变幻莫测越好，即意味着幽邃自我与表象自我的距离越远，越多重。正如艾略特所称："艺术家愈是完美，这个感受的人与创造的心灵在他身上就分离得愈是彻底。"③ 为此，语言的面具，就像用艺术形式为感情（也包括理?）"寻找一个'客观对应物'；换句话说，是用一系列实物、场景，一连串事件来表现某种特定的情感；要做到最终形式必然是感觉经验的外部事实一旦出现，便能立即唤起那

---

① 柏桦：《从事件开始》，《名作欣赏》2012 年第 16 期。

② 同上。

③ 〔英〕艾略特：《传统与个人才能》，参见《艾略特诗学文集》，王恩衷编译，国际文化出版公司，1989，第 5 页。

种情感"①。张枣对此非常认同："把观念具象化，永远是诗歌或文学的特性。"② 不过，"客观对应物"或"观念具象化"如今需打开它的反思空间。对于现代文学来说，不稳定与模糊、幽邃的心理或许会使作家不能满足于找到一种明确的"对应物"或"具象"，因为常常，那些心理或情感并不明确，它们瞬息千变万化；或者人们不是像"对应物"或"具象"那样生活而往往就是"对应物"或"具象"，正如卡夫卡笔下的格里高尔不是像一只大甲虫而是已成为一只大甲虫，他的心理情感流动过程不是客体而是主体。这时候，"隐喻性词语变成叙事的充实对象。将主观性重新放进影射范围就可以了"③。意象的技巧是象征，而象征，用罗兰·巴尔特的话来说，"（例如基督教的十字架）是一种可靠的符号，它在肯定着一种形式与一种观念之间的（局部的）类比性，它包含着一种确定性"④。而成功的诗通常拥有无穷又成立的多重感发与阐释，这使阅读成为可以无数次回返品味的审美活动。情境的技巧则是影射，命题体现在人物的行动变化中，思想或感情融化在戏剧性情境中。"影射是一种纯粹的意指技巧，它实际上使整个世界都参与进来，因为它表达了个体与一种共同的言语活动之间的关系：系统可以产生我们所知道的最富热情的文学。"⑤ 对此，我们可以列一条线索：情境——影射——意指。在罗兰·巴尔特看来，意指乃产生意义的过程，而非意义本身。这就回到了文学的最根本行为——怎么写？当然，作家既可以专心致力于写世界是这样的而又坚持质疑它为什么是这样的。不过，这类质疑"只有当人们提出了一种真正的质疑技巧的时候，才是有分量的，因为这种质疑应该通过表面上是陈述句的叙事来延续"⑥。也即，应该通过一种有技巧的叙事首先陈述出世界是这样的，然后才能质疑它，才能令人信服，或引导他人质疑，譬如卡夫卡以影射来陈述的独特的卡夫卡世界。这就是为什么以戏剧性手法创作的现代诗歌常常晦

---

① 〔英〕艾略特：《哈姆雷特》，参见《艾略特诗学文集》，王恩衷编译，国际文化出版公司，1989，第 13 页。

② 张枣：《〈好的故事〉讲评》，《张枣随笔选》，人民文学出版社，2012，第 156 页。

③ 〔法〕罗兰·巴尔特：《卡夫卡的加答》，参见《罗兰·巴尔特文艺批评文集》，怀宇译，中国人民大学出版社，2010，第 163 页。

④ 同上。

⑤ 同上。

⑥ 同上书，第 162 页。

涩不明的一个原因：把内心思想与情绪影射成陈述性的事件情境，使世界成为开放的场所，在这个场所中容留的不是诗人对世界的意义的确切答案，而是他以文学的方式深入世界的问题、疑惑。重要的就是，把思想与人的活动结合起来，使任何命题或假设性命题含蓄地融化在戏剧性的行为与情境中，而不是附加在一种说教、直白或论证分析中。

情境写作与1990年代诗人从此前侧重于诗的感觉与想象向日常生存场景倾斜颇有关联。多数诗人已自觉"在一定程度上用陈述话语来代替抒情，用细节来代替意象"①。这使得异质混成得以在诗中找到栖居场所，各类声音既依赖事件与场景的细节抵达明晰、微妙与准确，又能容纳历史与生活涌流中的戏剧性混杂。而把抒情、叙事、议论、描摹在情境中熔冶于一炉，把感觉与想象转换成活灵活现的情境创设，就在现代汉诗的创作中实现了"情与景会、思与境偕"的理想，给人回味无穷的韵致，也实现了一种有力量的综合写作。我认为，张枣以他的精妙之作做到了这一点。

二 "幻觉的对位法"

在《大地之歌》一诗中，张枣明确道出："首先，我们得仰仗一个幻觉，使我们能盯着/某个深奥细看而不致晕眩。""没有一种幻觉的对位法我们就不能把握它。""幻觉的对位法"虽为一种技术层面的工夫实践："憋着""枯坐""盯着某个深奥细看"，"薄荷先生闭着眼，盘腿坐在角落"（《猖狂的一杯水》）；但仍暗含本体意蕴："物我合一"的审美境界与"文道合一"的言说之境："住到一个新奇的节奏里"（《枯坐》），"相看两不厌，只有敬亭山"。那么"幻觉的对位法"在张枣那里作为一种诗学法则和诗意表达是如何提出来的？他是如何以现代诗话，他的元诗写作让我们领悟"幻觉的对位法"的？这种"声色迷离"的幻象营造究竟基于或者传达出诗人一种怎样的情感、情趣怀抱，而此种洛可可式的美学抱负

---

① 张曙光：《关于诗的谈话——对姜涛书面提问的回答》，参见《语言：形式的命名 中国诗歌评论》，人民文学出版社，1999，第236页。

最终又如何与现实发生关联？对于诗的永恒追求：言说那不可言说的，这一法则最终是一劳永逸、完善的吗？张枣最终在诗中实现他的想法"超越抒情与模仿"了吗？且让我们先从文本开始。

1."幻觉的对位法"

读《大地之歌》，我们很容易想起特朗斯特罗姆的《舒伯特》，从形式与句型来看《大地之歌》对《舒伯特》多有借鉴之处。[①] 二者皆与音乐有关，《大地之歌》同名于奥地利作曲家马勒的《大地之歌》交响曲，诗采用古典交响曲的结构，明确的七[②]个诗节可对应于古典交响曲的四个乐章。第一乐章包括1、2两个诗节，以下可视为第一乐章的呈示部：

> 逆着鹤的方向飞，当十几架美军隐形轰炸机
> 　偷偷潜回赤道上的母舰，有人
>
> 心如暮鼓。
> 　　　　　而你呢，你枯坐在这片林子里想了
> 　一整天，你要试试心的浩渺到底有无极限。
> 　你边想边把手伸进内裤，当一声细软的口音说：
> 　"如果没有耐心，侬就会失去上海"。
> 　你在这一万多公里外想着它电信局的中心机房，
> 　　和落在瓷砖地上的几颗话梅核儿。

这里起笔即向我们亮出一正一反两个可以强烈对照的主题，"逆着鹤的方向飞"。"鹤"这一古雅、俊逸形象贯穿全诗，在张枣整个诗歌历程亦一路相伴，他一次次地想到鹤，从作为一种生动形象的比喻："阳光鹤立台阶""去堤岸练仙鹤拳""吊车鹤立""那儿，鹤，闪现了一下"，一种声音的谐调："研究的鹤把松柏林烧得大热"，到"鹤""停落""复归于

---

① 张伟栋亦发现这首诗与特朗斯特罗姆诗《舒伯特》的关联，参见张伟栋《鹤的诗学——读张枣的〈大地之歌〉》，《山花》2013年13期。

② 这里遵循陈东东的看法。《张枣的诗》一书中分为6节，但陈东东依据张枣的底稿和通信认为，应该分为7节，第7节从"鹤"这一单字诗行开始。参见陈东东《"我要衔接过去一个人的梦"》，载《亲爱的张枣》，中信出版社，2015，第86页。

土"的苦心："稳坐波心的官员盼着上岸骑鹤""黄鹤沿着琴键，苦练时代的情调"，最终，攀飞于《大地之歌》意蕴悠远、抽象、深淼的"鹤"，获得"至高无上"的地位。而绝笔《鹤》《鹤君》（"别怕。学会藏到自己的死亡里去。"）更是触及惊心动魄的生死主题与人类永恒的"缺在"："昔人已乘黄鹤去"（唐·崔颢《黄鹤楼》）。诗人以"鹤之眼"，"储存了多少张有待冲洗的底片啊！"一个诗人发明并守护一个标识性的核心语素对于建立自身统一的诗歌王国多么重要。张枣选择"鹤"这一深蕴古典意味与诗歌渊源的形象，其胸襟与怀抱足以彰显："鹤鸣于九皋，声闻于天"（《诗经·小雅·鹤鸣》），"应吹天上律，不使尘中寻"（孟郊《晓鹤》）。那么，在《大地之歌》中，与这一不滞于世的形象相逆的是什么？是"偷偷潜回母舰的美军隐形轰炸机""电信局的中心机房"和"话梅核儿"这些现实之物。"心如暮鼓"般萧索的人与"枯坐"着测试"心的浩淼"的人皆构成对照。两个关于"你"的特写镜头、"一声细软的口音"及几个现实道具为这部分诗带来戏剧性冲突，并呈示出整首诗的两个对称性主题：在现代战争、科技掠夺、欲望、芜秽充斥于大地之时，如何守护人的完整与"心的浩淼"，即如何吟唱"大地之歌"？接下来是第一乐章的展开部，即把呈示部的主题不断拆分、"穿插""联结"，在节奏、力度和调性多个方面进行激越的对战。这部分言辞激烈，冲突扭结，以"那些……的东西"这一指代句法反复缠绕，牵扯出相互碰撞又相互依存的东西，而后以一句"诱人如一盘韭黄炒鳝丝：那是否就是大地之歌？"引出此在与高远的辩证思索。

> 人是戏剧，人不是单个。
> 有什么总在穿插，联结，总想戳破空虚，并且
> 　仿佛在人之外，渺不可见，像
> 鹤……

　　第二节为第一乐章的尾声，以深刻的哲思再现了前面的主题，节奏已慢下来，在一种深远的体验与沉思中渗出徐缓的抒情，但又以高昂的调性结束："渺不可见，像鹤……"余音缭绕。从这一乐章可以看出，《大地之歌》的主调是颂调，它正视那些"通宵达旦"让人无法安宁的东西，那些

"焦虑""干渴""窒息""空洞""曲曲折折""斤斤计较""忧郁症"似的东西，但同时仍有深情的"咏叹调"在"脱颖而出"，来弥补那"干燥的宣叙调"。后期张枣确已获得"赞美"的力量，他不再一味宣泄"哀音"，尽管哀叹调仍然与颂调构成一种对称，但他已能灵活地实行"调性转换"，而非如中期的某些诗作全篇被一种哀苦驾驭，如他曾说《卡夫卡致菲丽丝》乃在一种昏热状态下写出，那时孤悬德国时内心近乎封锁的昏热。但是，聪明的张枣本是个逗乐高手，他也常常能把诗写得有趣而令人捧腹大笑，譬如我们后面将要分析的《醉时歌》有这样的诗句："七八个你不要把头发甩来甩去。"（《醉时歌》）他有一个诗观：诗应该写得有趣。因而以幻象来抵抗现实的沉闷、滞重，最终发明一种"幻觉的对位法"就不仅仅是诗学的需要，它首先也是捱过生活的需要。毕竟，"人是戏剧，人不是单个"。挨过去，就能"戳破空虚"，看到那人之外的渺不可见，那高远之鹤。

> 你不是马勒，但马勒有一次也捂着胃疼，守在
> 　角落。你不是马勒，却生活在他虚拟的未来之中，
> 　迷离地忍着，
> 马勒说：这儿用五声音阶是合理的，关键得加弱音器，
> 　关键是得让它听上去就像来自某个未知界的
> 　微弱的序曲。错，不要紧，因为完美也会含带
> 　另一个问题，
> 一位女伯爵翘起小姆指说他太长，
> 　马勒说：不，不长。

　　第三节是《大地之歌》的第二乐章。迷离悱恻的叙述，马勒与一位女伯爵关于音乐的慢条斯理的对话，皆以慢板奏出，宛如一个谐谑曲，带着轻快活泼的味道。马勒"虚拟的未来"意味着幻觉在时间上的超越性，而他关于音乐的看法实则是"幻觉的对位法"作为一种技术操作的诗学可能："关键是得让它听上去就像来自某个未知界的/微弱的序曲。""某个未知界的微弱的序曲"正如幻象化的情境。"像"即某种被幻化的真实，诗歌的幻觉最终要把空间的幻视转换为时间的幻听，在锁定一个凝固的空间

时感受流淌的时间，进入"精骛八极，心游万仞"的幻象之境。张枣把幻觉放在音乐中来讨论，就是因为他倾心于流动的音乐，旨在让画面获得节奏："就让我住到他们一起去买锅碗瓢盆时/胯骨叮当响的那个节奏里。"（《枯坐》）从时间这"节奏的源泉"（布罗茨基语）来赋予视觉图像一种梦幻般的情境，找到那闪光的、震颤的声音（语言），终于而至声色迷离。对于"语言就是世界"（张枣语）的诗歌来说，"幻觉的对位"即语言的幻觉与现实的对位。作为可切实把握的现实严格来说更多为空间的物感，因为时间是难以把握的，时间无法看见无法触及，且永恒流逝，最终呈现为一种心灵状态、意识的流淌。如西方所有对时间的沉思，从奥古斯丁的《忏悔录》到康德的《纯粹理性批判》，都把时间视为一种"内感"（inner sense）。[1] 因而，呈现时间之流淌的语言与音乐最可追踪时间，在语言与音乐中，过去、现在、未来的种种图景可以重现、叠加，人可以"生活在虚拟的未来之中"，也可以追忆那消逝的过往，甚至"某个未知界"。参照赫尔曼·布洛赫的思想，时间具有的是一般被归给空间的功能，时间乃"最内在的外部世界"[2]。因而，缔造诗，说出语言即捕捉时间并赋予空间以时间，诗的幻觉最终体现为时间与空间的对位。反之，此一对位又以语言凝固、重构了事物的时间性、消逝性，留下诗歌。在诗中，无论是创作或阅读，均使人获得空间的共在，仿佛时间已被废除。因而，"音乐这一通常被视为最密切地与时间相连的艺术，恰恰是在'把时间转换为空间'，音乐'废除了时间'，便意味着'废除了匆忙奔向死亡的时间'，它把'序列'变形为'共在'，他称之为'对时间进程的建筑化'，在其中完成了'人类意识中对死亡的直接废除'"。而"语言中最本质的东西，乃是它从句法上显示出一种对'句中包含的'时间的废除，因为它必然要把'主体和客体置入一种同时性的关系之中'"。此种同时性便"提供了永恒之'一瞥'，在其中'逻各斯和生命'能够'再次融合为一'，'对同时性的需要乃是所有史诗和诗歌的真正目标'"。[3] 从这一角度来说，张枣创设的

---

① 参阅〔美〕汉娜·阿伦特《黑暗时代的人们》，王凌云译，江苏教育出版社，2006，第123页。

② 同上。

③ 转引自〔美〕汉娜·阿伦特：《黑暗时代的人们》，王凌云译，江苏教育出版社，2006，第124~125页。

"幻觉的对位法"仍出于一种强烈的对无穷、永恒之渴求。对于艺术，抓住那瞬间的声音，那被形式固定的瞬间即成永恒，它通向无数次未来，无数颗心灵的同时共鸣。恰如佩索阿所言："写下即永恒。"当马勒自信地说："不，不长。"这也是张枣本人的自信，这一声音延续至第三乐章——

　　此刻早已是未来。

但问题是，所有人都相信这一点吗？总有人无法赶上艺术中那永恒的共鸣的一刻："他们对大提琴与晾满弄堂衣裳的呼应／竟一无所知。"这令人气恼，于是我们听到诗人那激动的、"喋喋不休"的"指控"。第四、五节乃第三乐章，紧接第二乐章的慢板后突然来了一个旋转，进入了快速的急板，其节拍由"那些……的人"这一响亮的声音引领，这一挥霍的、放肆重复的声音带着有力的击打，昂扬地轰炸着那些形形色色的"凌乱不堪"的各样人等。"特赦"（"那些一辈子没说过也没喊过'特赦'这个词的人"）这个词再次令我想起特朗斯特罗姆，他在那首《打开和关闭的屋子》里说："大赦。""低语在草中走动：'大赦'。"可以认为后者是前者的"语源"。在特朗斯特罗姆诗中那把世界当作手套来体验的人是诗人，白天的体验、闲散对于他正是休息，晚上则思考、工作，涂写那"狂野的未来之梦"。正是在打开和关闭的屋子之间、在黑暗与光明之间，诗人体验到一种无限飞升的感觉，永远像一个充满活力的孩子，"捏着一根斜向天空的隐形的线"，捏着他那看似无法触及的词语，生命如获"大赦"。对于视诗为天命的诗人来说，他写诗，并且仅仅为诗而写，为写而写，唯其写出，他才感到自己骚动不安的心暂有解脱，才感到始终与世界格格不入又为之所束缚、钳制的生命获得赦免，只有诗能拯救诗人，能让他喊出"特赦"。对此，不妨看看艾略特的一段论述：

　　在一首既不是训导也不是叙事，又没有受到任何别的社会目的激发而写成的诗中，诗人所关注的可能只是用诗来表达——使用他所有的文字资源，包括文字的历史、内涵以及音乐性——这一朦胧的冲动。在他说出来之前，他不知道该说什么；在他努力想把它说出来的过程中，他并不考虑要让别人理解什么东西。在这个阶段，他根本就不考虑别人：考虑的只是如何找到恰当的文字，或者说是错误最少的文字。他毫不在意在他写出之后别人是否会听，是否能理解他写出的东西。他的心里压着一个沉重的负担，为了解脱，他必须将它生产出来。换一种形象化的比喻来说，他为恶魔所颤，在这个恶魔面前他感到毫无力量，因为在它最初出现时，它没有相貌，没有名字，什么都没有；那些文字，诗人创作的那首诗，是驱除这个恶魔的一种形式。再换句话说，他费了那么多神，并不是要和谁进行交流，而是要摆脱强烈的苦闷，当文字最后被恰当地安置好时——或者他认为那已是他所能找到的最好的安置方式——他也许会感到筋疲力尽，感到一种舒畅，一种解脱，以及本身难以形容的近乎一无所有的感觉。①

这正如瓦莱里在《海滨墓园》的慨叹："多好的酬劳啊，经过了一番深思，/终得以放眼远眺神明的宁静！"此种解脱与宁静毋宁说就是如获大赦后的虚脱。那些斤斤计较于利益的人，怎么能体会诗人把自己长久的能量储蓄付诸一首诗后刹那间一无所有的感觉是"特赦"？而对话，诗所能为人类提供的深刻交流，是"为孩子和环境种植绿树"。当人们相信十年树木，百年树人，就该相信，诗是"世界的血"（骆一禾语）："这只笛子，这只给全城血库/供电的笛子，它就是未来的关键。一切都得仰仗它。"这一乐章采用循环往复的回旋曲式结构：主题——沉着、坚定、有力，副题——强烈陈述，主题——深情、执着，最后，第五节单独一句："鹤之眼：里面储存了多少张有待冲洗的底片啊！"再次重复主题，直抵赞颂：鹤即是那最高吁请的形象与内心。

第六、七节终曲，仍是一个立体的回旋曲式，但这一乐章的基本调子由"我们得"三个字营造，这一反复强调的祈使句式乃对于命题的解决理想，它出于诗人对诗之绝对性的吁请。张枣未尝不知道以一种理想的诗、绝对的诗、纯粹的诗来面对纷纭的尘世——缩影为一个大上海——难以逃脱的乌托邦性质，试图以诗来重建一个大上海很容易陷入困境："这是一

---

① 〔英〕艾略特：《诗的三种声音》，参见《艾略特诗学文集》，王恩衷编译，国际文化出版公司，1989，第258页。

个大难题。"但他仍为诗之绝对提供矢志不渝的信念，支撑这一信念的前提是行动的力量："首先，我们得仰仗一个幻觉，使我们能盯着／某个深奥细看而不致晕眩。"幻觉的对位落实为一种行动，诗意的、沉潜的行动。对于行动，"手段永远都是决定性的因素"①。那么对于诗，幻觉的对位法这一诗的魔法化手段也就至关重要了。据说，要使某个物体有意思，只需长久地盯着它看，使其成为美学的沉思默想的事物。② 在这一决定性的美学手段下，才使我们的生存变得诗意一点，变得不那么机械，不为了奔赴一个目的而受制于尘世特定的标准，不使生命落于生产的范畴而被磨灭了光辉。这样，"我们得发明宽敞，双面的清洁和多向度的／透明，一如鹤的内心"。此处，"鹤的内心"现身，它对应于"鹤之眼"。如果说深邃的"鹤之眼"里储存着数不清的"有待冲洗的底片"，则这些底片实皆为内心所拍摄，瞳孔里映现的是内宇宙层层叠叠的胶卷，这些胶卷记录、放映着生命的景象、幻象，而一切为心灵摄入的景象、幻象皆可称心象。张枣相信"诗来自心灵"③，虽然他在第一节中也犹豫，"想了一整天"，也只能"试试心的浩淼到底有无极限"，而一旦试图放弃对心灵虚幻高贵的坚持："把手伸进内裤"，就同时听到一个声音："如果没有耐心，侬就会失去上海。"虽然以个体的必死之身无法确证心之浩渺与永无极限之无穷，但我们得"发明"一如鹤的内心般的"透明"。这一命令式的祈愿再次意味着张枣对诗之发明、语言之发明那一以贯之的真理般的信奉，在此一（诗的）发明中，"鹤的内心"作为至高无上的本体而显现。且简单回溯一下"本体"这两个字。"本"：植物的根，引申为事物的本源或来源。"体"：人的身体，引申为事物的身体或形体。作为汉语复合词的"本体"基本含义即事物的主体或自身、事物的来源或根源。20 世纪初，有学者用"本体"一词翻译西方哲学所追求的"超越一切存在者或现象，具有创造各种事物或现象能力"的根本实体。如此，张枣的信念"诗来自心灵"，似乎可以推出心灵乃诗之本体，而"鹤的内心"则是此一本体的最高现身。心灵总是与我们呈示给外部世界的形象存在距离，在那里栖居着一个幽僻的

---

① 〔美〕汉娜·阿伦特：《黑暗时代的人们》，王凌云译，江苏教育出版社，2006，第 139 页。
② 〔英〕休姆：《浪漫主义与古典主义》，参见赵毅衡编选《"新批评"文集》，中国社会科学出版社，1988，第 20 页。
③ 张枣：《略谈"诗关别材"》，《作家》2001 年第 2 期。

自我，或曰"自我之核"。正是此一核心构成文学永久的可能性。犹如赫尔曼·布洛赫所说："真正的新事物，即使它显现出经验的外观，也从来不是产生于实际的经验，而永远只来自'自我'的领域，亦即来自灵魂，来自心，来自心灵。"① 普鲁斯特则说："一本书是另一个'自我'的产物，而不是我们表现在日常习惯、社会、我们种种恶癖中的那个'自我'的产物。"② 如此，诗作为艺术形式对本体的保存，对心灵、精神、灵魂的保存就异乎寻常的重要了。比如，普鲁斯特的《追忆逝水年华》便是在不断流逝的现实中用心灵呈现共时世界的史诗性著作。无论现实会怎样消逝、怎样模棱两可，肉体将如何朽腐："一切都似乎既在这儿，又在/飞啊。"有了"鹤的内心"，便能追踪一切、铭记一切："鹤，不只是这与那，而是一切跟一切都相关"。有了保存这内心的诗，有了"幻觉的对位法"，我们就能把握它，把消逝的一切固化为一种更高的真实，语言的真实："为你爱人塑一座雕像"，抚摸她，咏叹她，以使自己能坚信，在

　　　这一秒，
　　　至少这一秒，我每天都有一次坚守了正确
　　　并且警示：
　　　仍有一种至高无上……

　　正如瓦莱里在谈论马拉美时所说："他最终愿意赋予写作艺术以一种普遍意义，一种普遍价值，他承认世界上至高无上的事物及其存在的意义，——就人们承认这种存在而言，——是，并且只能是一本书。"③ 可以说，对于张枣同样如此。不过，在张枣那里，诗歌写作被赋予的是一种至高无上的意义，因为诗保存至高无上的心灵："鹤的内心"。所以，他发明心象的写作——"幻觉的对位法"——来对称现象世界，这一发明出于他对尘世无可奈何之消逝的痛彻心扉，归于他对心象永恒留存的眷恋。我们在回溯张枣的早期诗作时已看到，写诗伊始，他便沉湎于"追忆逝水年华"。一种长

---

① 转引自〔美〕汉娜·阿伦特《黑暗时代的人们》，王凌云译，江苏教育出版社，2006，第129页。
② 〔法〕马塞尔·普鲁斯特：《驳圣伯夫》，王道乾译，上海译文出版社，2007，第74页。
③ 〔法〕瓦莱里：《文艺杂谈》，段映虹译，百花文艺出版社，2002，第200页。

久的追忆，构成了他在写作中对"当下"实存的虚幻感，极端一点说是对生存的虚幻感，譬如对两个长期通信却从未相见的人产生这样的怀疑："也许你和我并未存在呢？"① 有什么可以把握你我存在的这一种真实呢？

> 马勒又说，是的，黄浦公园也是一种真实，
> 但没有幻觉的对位法我们就不能把握它。

对于一个诗人来说，当存在、过去变得可疑时，他"必定最终遭遇语言现象，因为在语言中，过去被根深蒂固地保留下来，顽强地制止了所有想一劳永逸地根除它的尝试"②。如果说灵魂是一种幻象，那么，语言就是灵魂的真实存在，幻觉的对位法作为语言的一种存在方式，"把冷却的时间铸成一座神龛。"③

2."超越抒情与模仿"

我们在前文已多次提及，"幻觉的对位法"是张枣把"诗，对称于人之境"的诗学理念在诗艺上的具体践行，是他"枯坐神游""干着活儿"等手艺人似的"自主自律"的劳作，其结果"是一件件静物"，这些"静物"，就是如印象派油画那般"声色迷离"的诗歌文本与语言果实。在我看来，张枣在 1998 年给钟鸣的信中谈到那个"超越"中西古老诗学——言志与模仿——的理想，而又感到"说不清楚是怎么进行的"④，在他 1999 年在《大地之歌》中提出的"幻觉的对位法"已说清楚了，并在后期的一些作品中践行着，如《猖狂的一杯水》《醉时歌》《告别孤独堡》等。

毋庸置疑，"幻觉的对位法"是一种强调主体介入的技术性想象。从这一视角来看，可以说，张枣融合了一个浪漫主义者和一个古典主义者：以古典主义的自觉控制、蕴藏在适度中的完美来"把住"浪漫主义"在大自然本身的流动中（而不是脱离那流动）观看无限之物所得的幻象"（莫

---

① 宋琳、柏桦编《亲爱的张枣》，江苏文艺出版社，2010，第 68 页。
② 〔美〕汉娜·阿伦特：《黑暗时代的人们》，王凌云译，江苏教育出版社，2006，第 192 页。
③ 路云：《两个声音》，参见《光虫》，上海社会科学院出版社，2016，第 24 页。
④ 此为张枣 1992 年致钟鸣的一封信所谈。转引自钟鸣《笼子里的鸟儿与外面的俄耳甫斯》，《今天》1992 年第 3 期。

尔)①。譬如休姆坚持说："新古典主义精神的特殊武器，应用于韵文中，将是幻想（fancy）。"② "幻想不仅仅是加在平常的语言上的装饰。平常的语言本质上是不精确的。只有通过新的隐喻，也就是通过幻想，才能使它明确起来。"③ 作为写作的幻想方式意味着艺术家有可能脱离对现实给定的摹本的模仿与复制；这种方式也意味着艺术家不做感情的奴隶，因为，一味抒情不假控制也仿佛是在模仿情绪。正是模仿——无论是对具体、有形现象还是对具体、无形之情绪的"模仿"（言志）——都给艺术与语言投下了阴影，作为"原型的影像"被柏拉图驱逐出境。为此，艺术家就需要从另一条路径出发，告别对摹本的依赖，既凭借丰沛的想象力来创造幻象，又凭借高度的技艺来结构幻象。而无论是"创造幻象"还是"结构幻象"，对于诗人来说，都是在语言中进行的——这就是我们前面谈到"以幻觉的对位法来把握真实便是为'语言的灵魂'赋予真实"的另一面：在艺术的本体层面以语言来结构幻象，创造一个语言的形式领域，类似于胡续冬关于张枣"静物"的一个看法："'静物'其实正是张枣的个人气场所在，是说他自己如何通过修辞的'化骨绵掌'把动态转换为静止、把声音取消为安静、把实感置换为虚渺、把时间序列改造成语义要素的空间关系。"④ 只是在这条路径上，需要抱着对语言的信念：语言的源头性质和命名力量，不是语言模仿了事物而是语言从源头上命名、发现甚至创造了事物，譬如，上帝说：要有光，于是就有了光；卡夫卡说，正因为有了"悲剧"这个词，人类才有了悲剧；培根说，语言是幻想和偏见的永恒的源泉。这些深刻的认识都说明，是一种强大的想象力和结构力使艺术家创造出一个艺术世界，而不是对现象世界的临摹直陈和对情感世界的和盘托出成就了艺术：前者常常陷于陈词滥调而无意义，后者则被情感支配落入感伤主义而非艺术。

　　这里，我们就以《醉时歌》这首诗来感受、分析一下张枣以幻象来对位现实，通过重建一个幻象迭出的世界来超越模仿与抒情的路径。从诗题来看，此诗是对杜甫《醉时歌》的改写。所谓"醉时歌"，即有借酒撒疯

① 转引自〔英〕利里安·弗斯特《浪漫主义》，李今译，昆仑出版社，1989，第 3 页。
② 〔英〕休姆：《浪漫主义与古典主义》，参见赵毅衡编选《"新批评"文集》，中国社会科学出版社，1988，第 4 页。
③ 同上书，第 21 页。
④ 胡续冬：《修辞的"化骨绵掌"：读张枣近作》，《新京报》2006 年 4 月 16 日。

的"放纵"，当然这种放纵是对自我状态的放纵，它需要极端的语言艺术技巧来写痴颠、狂纵，犹如钢丝上的舞蹈，一方面要以惊、奇，甚至险来达到令人叹为观止的效果；另一方面这种效果又是表演者苦心修炼的境界，在他的状态得以调整、发挥得醺畅淋漓之际，背后是数十年苦功的支撑。"醉时歌"固然有喝酒喝到兴之所至、陶然醺然的即兴、忘我之歌，如杜甫"忘形到尔汝，痛饮真吾师"，如李白边喝酒边作诗歌舞。酣醉使得诗人更落拓不羁，更能出语不凡、一鸣惊人。譬如杜诗："清夜沉沉动春酌，灯前细雨檐花落。但觉高歌有鬼神，焉知饿死填沟壑。"既直接写到醉时高歌如有神助，其本身又被诗评家赞誉为"千古独绝""惊天动地"（《唐宋诗举要》）。在杜诗中，疾风回雪式的排比、对偶秩序谨严，声调铿锵，一如李白《将进酒》中舒卷往复、奔涌跌宕的声音。正是"歌"（吟诵）调使得古典诗词在以节奏配合情感的抒发上取得了极大的成功。张枣此处的改写典型地体现了现代汉诗与古典诗歌的异质性。在杜诗中，"醉"似乎仅体现在浩歌激荡的狂热中，在运笔如风的声音气势上。而在意识里，杜甫给人的感觉是越发清醒、沉痛的，他对"德尊一代常坎轲"的典故如数家珍，对各种日常遭际醉而难以忘怀。换言之，"醉"似乎并未给他一种奇妙的解脱感，反而更沉溺于沉沦不遇的感慨愤激，一如李白深知"人生在世不称意""举杯销愁愁更愁"（《宣州谢朓楼饯别校书叔云》）。而在张枣的诗中，我们看到一种真正的醉态，这种醉态生动地呈现出一个意识深处的变异的世界，这个世界是通过对"昨夜晚会"的"情境幻象化"营造起来的。如梦幻般，"晚会向左袅袅飘移"，"酒/突然甜得鞠躬起来。音符的活虾儿/从大提琴蹦遛出来，又'唰'地/立正在酒妙处，仿佛欢迎谁去革命……"这里，自由的想象力真正对现实闭上了眼睛，一种神奇的幻觉把我们带到了一个花园般的奇境世界，"酒""音符"这些词语都成了跳动的小生灵。接下来出场的胖子是诗中的千面人物，千古以来中国诗酒传统中第一个"真正的醉汉"。这个胖子类似于穆旦《赞美》一诗中的那个"农夫"：

> 他粗糙的身躯移动在田野中，
> 他是一个女人的孩子，许多孩子的父亲，
> 多少朝代在他的身边升起又降落了
> 而把希望和失望压在他身上，

这个胖子浓缩着历史的长河上无数个醉汉的醉意，因而他是彻底不省人事而行为乖僻的："边哭边从西装内兜掏出一挂鞭炮"。"西装"是一个"现代性"的符号，而胖子的形象也区别于古典诗歌中任何一个风流俊逸或饱经忧患的形象。但他的哭泣又使他站在了"古今饮者同悲"的序列里，掏出的"一挂鞭炮"毋宁说就是这串序列的隐喻：个个皆怀激烈的怨愤。而"没有谁理他"却又表明"古来圣贤皆寂寞"，从屈原、陶渊明、李白、杜甫以及杜诗提到的"相如逸才亲涤器，子云识字终投阁"，无不穷窘不遇。所有这些人在今天仍是（"七八个你"）"近得这么远"，一律"把头发甩来甩去"：这一姿态既是癫狂的，又是拒绝的——感叹与否定性要求加强了绝对的语气。这里既延续着醉时的幻象——这幻象达到了真实的地步——又吻合着一种历来慷慨愤激的现实。这就是张枣"幻觉的对位法"的境界：幻觉是更精密的现实。在古老的抒情与模仿传统笼罩下，在"人不可能超越任何生存方式"的前提下，以诗艺的探求来绕开杜甫那类传统完美之作的压力，就成为现代诗人所追求的使艺术与生存重新发生关联的"基本灵感"和"诗歌本质"。

让我们继续进入语言的奇境，诗中的这位"爱丽斯"（胖子）也不想醒来："茶壶里的解放区不要倾泻，绽碎，/不要对我鞠躬……"在语势上，这里仍贯通着"不要"这一摇头的口吻，但语义在朝相反的方向转移，前两个"不要"是对"苦醉"的拒绝，此处却愿一醉不醒：茶有醒酒、"解放"功能，是对幻境的冲击。拒绝饮茶就是拒绝清醒，要把幻境追溯到底——这一诗学姿态表明在此幻境背后站着一位清醒的诗人。"鹿在桌下呦鸣"，源自"呦呦鹿鸣，食野之苹"的幻觉，同时曹操出现了："有个干部摸样的人踮足，举杯，用/零钱的口吻对外宾说：'吃鸡吧'……"寥寥数笔勾勒的情境浓缩了《三国演义》第72回曹操"鸡肋"一事。踮足、举杯、零钱的口吻把这位主公犹豫不决的忧思写得惟妙惟肖。故事未完，"酒提前笑了"暗示出人物性格与命运，并回到晚会的场景。"我继续向左漂移，我/就是那个胖子？"醉意愈浓，幻觉愈深，胖子之"我"开始分身，"怎么也点不亮那挂鞭炮"，心中垒块无法浇灭，愤激难以释怀。因而心驰身外："我的心在万里外一间空电话亭吟唱，/是否有个刺客会如约而来？"这里隐含的深意是，以现代联络的空幻对位现实中人与人的隔阂，同时又期盼着一个古老的知音传统的复活。"吟唱"一如食客冯谖"弹剑

作歌奏苦声"（李白《行路难·其二》）的执拗。"刺客如约而来"极言
"士为知己者死"的豪侠："三杯吐然诺，五岳倒为轻。眼花耳热后，意气
素霓生。"（李白《侠客行》）由酒而及意气风发，而及刺客的豪纵，这
些都是自然而然的"改写"。早在 1986 年，张枣就在《刺客之歌》中涉及
这一主题："他周身的鼓乐廓然壮息/那凶器藏到了地图的末端/我遂将热
酒一口饮尽"。但显然要令"我"失望了，与古代醉客豪侠的重然诺不同，
"我"在幻觉中看到"地球露出了蓝尾巴"，但"只有一条湿腻的毛巾/递
了过来"，这里，依托幻觉以假为真，以真为恶，其反讽就微妙而有力：
蓝尾巴指代变色龙，但连变色龙本身也不是真的，可悲啊可悲，但诗人不
过轻轻地写了一句："一叶空舟自寒波间折回。"温柔的语气与典雅的用字
正是对古典精神的诗学践行，但又有现代的另一个激昂的声音在吁请更广
阔的践行："东倒西歪啊，让我们从它身上/提炼出另一个东三省，一条高
速路，/通向袅娜多姿，通向七八个你……""袅娜多姿"与"七八个你"
既代表着古典中国令张枣格外心仪的那部分①，又紧密地连接着"又一个
你"，另一个化身："你叫小翠，这会儿不见了，或许/正偎着石狮朝万里
外那电话亭拨手机，/（她的小爱人约好来那儿等电话，/但他没来，她想
象着那边的空幻）。"这无疑是进一步的失败，倘若说前次刺客之约属知己
的失败，这一次则是本应心心相印的爱人之间的失败，这便是致命的：
"四周正在崩溃，仿佛/对面满是风信子。"风信子有花语为悲伤的爱情、
永远的怀念等，这个对崩溃幻化出的形象对应着无边的绝望。以下诗语开
始扭转氛围，"一个老混混"（又一个化身）的出现打破了人人貌似优雅、
实则冷漠的酒会：从一开始，就没人理会哭泣的"胖子"。"性格从各人的
手指尖/滴漏着"，这句诗把人人都在忍耐乏味的公式化社交而心中烦躁的状
态写得有点可怕，性格的暗中滴漏与鞭炮的轰然爆裂正形成呼应，终于有人
忍无可忍："胖子的鞭炮还没点燃，/有人把打火机夺了过去……"这时候，
胖子的言行举止才真的有了"醉时歌"的酣畅淋漓：

---

① 萧开愚曾对此概括过："张枣从古典中国挑选中意的事物，梅花、鹤、高雅的字……"见
　《安高诗歌授奖辞》（2000 年 1 月 7 日），载《此时此地》，河南大学出版社，2008，第
　410 页。

> “我心里，”
>
> 胖子呕吐道，“清楚得很，不，朕，”
>
> 胖子拍拍自己，“朕，心里有数。”
>
> 刺客软了下来。斤外，冰封锁着消息。
>
> “向左，向左，”胖子把刺客扶进厕所。
>
> 刺客亲了缺席一口，像亲了亲秦王。
>
> 秦王啊缺席如刺客。

最后，以“而我，像那胖子”“我或是那醉汉”贯穿、统一各个分身，以对万里外空电话亭的守候接续古今不同时空多个人物的寂寞，末一句唱语：“远方啊远方，你有着本地的抽象”又对全诗所运用的技艺“幻觉的对位法”作了诗学提点。

“本地的抽象”借自史蒂文斯《康涅狄格州的众河之河》：“它是与光和空气并列的第三种共性，/一套课程，一种活力，一种本地的抽象……”这里，史蒂文斯想说的“第三种共性”或许是物在人的内心作为一种主观的存在，是人必须像“一套课程”一样去训练的感官与抽象的结合之思，一种“本地的抽象”，即他的“现实—想象复合体”。史蒂文斯对想象力作为主体的强调，使他成为“新型的浪漫主义”的强力诗人。他在诗中写到“那虚构之境便是那终极的善”“上帝决不自外于想象——”（《内心情人的最高独白》张枣译），“终极的善”与“上帝”等字眼的出现意示着他对“秩序、完整、认知”的思考，这些思考常常是作为美的理念而非宗教思想来进行的，因为，史蒂文斯在诗中更乐于肯定现实的美感与幸福而非对宗教式的永生所进行的道德冥思，这一点，在《彼得·昆斯在弹琴》这首诗中可以看到。在史蒂文斯那里，想象几乎就是诗人的“内心情人”，从中可以“体悟到一个飘渺的秩序，一场完整，/一种认知”（《内心情人的最高独白》张枣译），这与“浪漫主义作家倾向把想象力视为开辟通向重要抽象观念，通向上帝、美、真实之路的开路机”[①] 相接近。张枣“幻觉的对位法”应受史蒂文斯影响，但在我看来，他改造了史蒂文斯的思想并

---

① 转引自 C. W. E. 比格斯贝《达达和超现实主义》，周发祥译，昆仑出版社，1989，第70页。

把它作为基于诗学技艺的方法论提出来，突出手段与目的结合，强调时空同一性的创造性幻觉，有时候这幻觉带一点超现实主义的变异。超现实主义试图把人从抽象观念的束缚中解放出来，摆脱具有约束性的逻辑。张枣虽然借用史蒂文斯"本地的抽象"一语，但他的抽象常常以"感官抽象"来抵达清晰，有如清代乔亿所谓"神遇灵视"："景有神遇，有目接。神遇者，虚拟以成辞……"（清·乔亿《剑溪说诗》卷下）。譬如在《醉时歌》里，他反复写道"我的心在万里外一间空电话亭吟唱"，"我或是/那醉汉，万里外，碰巧在电话亭旁，/听着铃声，踉跄过来，却落后于沉寂……"在《太平洋上，小岛国》中，我们读到这样的诗句："她携带的悠远，如肩上的鹦鹉。/她说，她在等她的灵魂赶上来呢。"灵魂在此获得了可以灵视的形象。又如，"阵痛横溢桌面，退闪，直到它的细胞/被瓦解，被洞穿，被逼迫聚成窗外/浮云般的涣散的暗淡"（《钻墙者和极端的倾听之歌》）；"咖啡推开一个纹身的幻象，空间弯曲"（《告别孤独堡》）；"陌生，在煤气灶台舞动蛇腰子"（《跟茨维塔伊娃的对话4》）这都是对不可见之景的灵视。又比如，对于一种极度的忍耐状态，他写道："性格从各人的手指尖/滴漏着"。对于惊恐不安的心理，他写"你的手滴落着断指"（《跟茨维塔伊娃的对话6》）；对于疯狂："死人的眼睛含满棉花//我会吃自己，如果我是沉默"（《夜半的面包》）。这些狂谲的画面接近超现实主义的面貌，与其说它们是对不可名状之物的传达，不如说它们创造不可名状之物。它证明人的意识幻觉与外在现象世界都具有真实性和语言物质性，只不过基于不同种类的种子发生。就语言作为言说的种籽而言，某些意识幻觉甚至比现实更真实更深刻，正所谓"一切唯心造，万法唯识相"的主体力量。或者如奥登所说，我们的世界本身就是奇境。这种奇境，在张枣那里就是我们谈到的"情境幻象化"，例如下面这个片段：

> 我写作。蜘蛛嗅嗅月亮的腥味。
> 文字醒来，拎着裙裾，朝向彼此，
>
> 并在地板上忧心忡忡地起舞。
> ——《卡夫卡致菲丽丝》

又比如：

空白引领乌合的目光

入座，围拢这只准许平面的场所：
可以顾盼，可以惊叹失色，活着
独白：我是我的一对花样滑冰者

轻月虚照着体内的荆棘之途：
　　　　　　　　　　——《空白练习曲6》

因而，我们可以确信，幻觉本身自是一种世界，与现象世界和情感世界相关但独立，"人是戏剧，人不是单个"。幻觉既不依托于模仿，也不附着于抒情，它是人作为复调中的另一个方面，现象、情感与幻觉是三个主要声部，语言成为对位的落实处。在"虚拟以成辞"的幻象写作中，语言获得一种奇异的滚动力量，仿佛语言本身就是幻境，正是这种奇幻与超越之境为生命带来了新生与永恒。

三　我："虚构的另一个"

胡戈·弗里德里希在评述波德莱尔时说，波德莱尔所有的诗都以"我"来发言，但这个自我指涉几乎从不看向他的经验自我，他写关于自我的诗是将自己看作现代性的受苦者，力图"表达出人类所有可能的意识状态，尤其是偏于极端的状态"[①]。这种有意为之的"非个人化"或者说对诗歌涉及个人生命内容的语焉不详，成为现代性写作的突出标志。"我"成为替身、多重自我、任一主体，"真实的底蕴是那虚构的另一个"，通常意义上的自我缺席于"我"，自我抽离或被腾挪，不限于诗人的单一主体身份，任一事、物皆可为主体。"我"在词语的意义上作为引领者成为迈

---

① 〔德〕胡戈·弗里德里希：《现代诗歌的结构》，李双志译，译林出版社，2010，第23页。

向无数可能的他者之写作通幽的曲径。诗人的主体性仅存在于诗歌之外那个劳作的创造者。在诗中，抛开主客二元对立，你、我、他乃"三生万物"的世界事物。从这个意义上来说，诗不言志，而是追问人与世界、事物、他者之间的相互关系。

1. 偷渡的"我"

张枣曾勘破上述秘密，譬如他在 1990 年的《断章》一诗最后，就欣喜地说："宝贝，诗歌并非——//来自哪个幽闭，而是/诞生于某种关系中。"这一关系，在诗歌中，可以集中体现于作为代词的"我"所承载涵容的微妙关系，"我"成为最高虚构。所谓最高，也是最逼真，"我"直抵反身同一性。我们知道，英语中有反身代词：myself、yourself、herself、himself、itself，甚至 oneself，也即，任何事物皆可返归自身保持自身同一性。因而，反身同一性非自我同一性。自我同一性仍然意味着以自我观物，以我为圆心，以自我为半径，号令天下芸芸众生，一种极端的自我霸权，它导向的始终是狭义上"诗言志"的个体生命诗学。反身同一性乃在任一返身主体中把握任一差异性自我，作为你、我、他的自我，它导向的是泛众化的语言哲学诗学，以语言建构关系、建构诗歌世界。这一意识，在张枣后期诗歌中有集中体现。以下是《第二个回合》：

这个星期有八天，
体育馆里
空无一人；但为何掌声四起？
我手里只有一只红苹果。
孤独；
但红苹果里还有

一个锻炼者：雄辩的血，
对人的体面不断的修改，
对模仿的蔑视。
长跑，心跳，

为了新的替身，

为了最终的差异。

这是一首典型的语言诗学之诗。所谓"第二个回合",即相对于依赖生命经验的写作这第一个回合而言。语言可以建构世界,抵达那不可思议的非现实而可能的世界:"这个星期有八天,/体育馆里/空无一人;但为何掌声四起?"种种逾越现实的事物都可能生发,这是因为:"我手里只有一只红苹果。"在张枣的《空白练习曲 8》中,红苹果即是语言的隐喻:"红苹果,红苹果,呼唤使你开怀;/那从未被说出过的,得说出来。"当我手里只有一只红苹果,孤独,却拥有一个奇异的世界。这又是因为:"红苹果里还有//一个锻炼者……"这个锻炼者即那个把写诗作为体育锻炼一样的诗人,臧棣曾在访谈中谈到这一比喻。这个锻炼者是作为主体的诗人,他有雄辩的血:比喻诗人强大的主体心智,这样的主体心智懂得把握泛滥无形的材料,也懂得控制漫无边际的主观臆想,"修改"与"蔑视"的姿态显露这一极端自主自律与自高自大的艺术谦卑与骄傲。写作本身是长跑,写作就是去发现语言的极限。从写作过程中体验语言对另一世界的发现(非谵狂的超现实的发明)与心跳,不依赖于经验世界,这或许是每一个渴望拥有持久的创造力的诗人的心愿。诗的最后开宗明义地表明:"为了新的替身,/为了最终的差异。"对替身与差异的寻求使诗歌迈向可能的另一个《世界》:

> 这个世界里还呈现另一个世界
> 一个跟这个世界一模一样的
> 世界——不不,不是另一个而是
> 同一个。是一个同时也是两个
> 世界。

这些诗句或许可以用梅洛庞蒂的可见世界与不可见世界来感受。可见世界是看得见的现象世界,不可见世界是思维的、无声的精神世界。这里似乎出现了张枣不喜欢的二元对立,所以他也忙不迭地辩解:"不不,不是另一个而是同一个。"这一看似悖谬的信念在很多诗人那里都存在。阿伦特说:"两个世界的理论属于形而上学谬论,但是,如果它不是如此贴切地符合某种基本体验，它也不可能存在几个世纪之久。"① "我信赖那看不见的一切。"这里的"我"即可看作那向未知世界探寻的领主，这个不与实在世界黏合的"我"成为灵活的、不朽的"我"，一个飞越边界的偷渡者。正因为此，诗人似乎总是特别青睐那未知的神秘地带，这个地带因其不可见，似乎更可以"为所欲为"，更能带来文学的自由与永恒：

> 夜已深，我坐在封闭的机场，
> 往你没有的杯中
> 倾倒烈酒。
> 没有的燕子的脸。
> 正因为你戴着别人的
> 戒指，
> 我们才得以如此亲近。

"没有的"只是不可见，并不代表真的没有；"我"与"你"的亲近只在无名间。有无与名实之辩常常有趣而玄奥，这是哲学家的事情。对于诗人，使不可见世界显现，只要凭借语言这一人类伟大的触须来探触。不一定在现象世界为真，语言就是真理，当然，这必须在诗歌（技艺）的前提下。因而诗人常常更乐于献身于精神世界，里尔克在《杜伊诺哀歌》（林克译）第七首中如是写道：

> 除却内在，爱人，世界将不复存在。
> 我们的生命虽转化而逝去。外在
> 日益销蚀。一幢恒常的房屋坐落之处，
> 如今冒出设计的造物，形成梗阻，
> 它纯属设计，仿佛还全然在脑海。
> 时代精神造出宽广的力的蓄池，
> 无形之物，譬如它取自万物的电能。
> 它再也不识神庙。这种心灵的耗蚀

---

① 〔美〕汉娜·阿伦特：《精神生活·思维》，姜志辉译，江苏教育出版社，2006，第23页。

> 我们更隐秘地撙节。是的，凡幸存之物，
> 曾经靠祈祷、祭祀、跪拜所获之物——
> 一如它在，已经归入不可见之物。
> 常人不再察觉它，竟然放过了机遇。
> 此刻建它于内心，用廊柱和雕像，更伟大！

弱化外部世界，探索内心宇宙，向看不见的境界持存、赞颂，这些思想并不新鲜，也很难实际真正抵御外部物质世界的膨胀。所谓"外面正越缩越小"，内在世界更伟大，只有把这种伟大转化为伟大的诗篇才是可靠的。诗人如何"在呈现给感官体验的世界和不存在这种直接理解的领域之间的鸿沟上架起桥梁"①，这就是考验，对写作之我的考验。这一问题，也在张枣的诗歌中凸显出来，例如他的《告别孤独堡》《高窗》等。在《高窗》中，直接涉及一个写作之我——"你"——对生活之我的并行与升华，为了写作，诗人身上必须存在双重或多重主体，这已不是1940年代穆旦诗歌所表现出的纯粹存在论意义上的自我分裂，这是写作对写作主体建构的要求，存在愈是零碎、破裂，诗人愈是要求一个"你"来对"我"做出改变。

> 对面的高窗里，画眉鸟。
> 对面的稳密里，我看到了你。
> 对面的邈远里，或许你，是一个跟我
> 一模一样的人。是呀，或许你
> 就是我。

"你"在这首诗中一开始就是作为画眉鸟的代称出现的，或者说是以"画眉鸟"来隐喻"你"的，这意味着"你"高贵的灵魂属性，一如我们在对《卡夫卡致菲丽丝》这首诗的解读中谈论过的。②"高窗"有镜子的含义，从这镜像中，"我"把"你"作为"我"的另一个自我，一个在稳密

---

① 〔美〕汉娜·阿伦特：《精神生活·思维》，姜志辉译，江苏教育出版社，2006，第35页。
② 参见第一章第一节：有穷对无穷的眷念。

和邈远里存在着的主体幻觉，类似于拉康的镜像自我，无意识的内在自我，但这种镜像自我毕竟不能确证一个稳定、有力的主体，接下来对这种虚幻式同一做了戏剧性构想：

> 你或许也看到我在擦拭一张碟片如深井眼里的
> 白内障。是的，我在播放，但瞬刻间我又
> 退出了那部电影，虚空嘎地一响，画眉鸟
> 一惊。我哚嗦在红沙发上，
> 剥橙子。

"我"在瞬刻间进入了一种影像迷恋中，但这如白内障的盲视，尽管我试图擦拭之以便呈现一个清晰的镜像，但一旦播放虚空便绽裂开来，"画眉鸟"和"我"皆惊异不止。这个"你"是"我"的虚幻自我，是未经建构的并无实体存在的匮乏主体，是镜花水月，一触即破，这样的"我"和"你"不可能契合无间，它戳破了 Narcissus 式虚假的自我同一性。也即，必须建构一个"我"真正意识到其分裂状态又能正视、接受这一分裂并在分裂中体验同一性的"你"才能拥有一个强大的创作主体："主体的位置恰恰就是它在结构的中心进行分裂时的位置。"① 张枣对这一问题的意识使他站在了西西弗斯式的英雄主义承担中来对写作主体提出苛刻的要求，而这恰恰是中国诗人以往所逃避的，如有学者指出："中国的现代派诗人则往往回避正视主体的这种异己性和分裂性，追求的是虚假的自我同一性，表达的是与影像无间契合的渴望，缺乏的是 1940 年代穆旦诗歌所表现出的那种自我分裂式的挣扎的主体。"② 比之穆旦，张枣的意识更前进了一步，把主体的危机化为对写作主体的要求，以此转化危机，也即，不仅仅表现、哀叹这危机与挣扎状态，而是主动冒险接纳、正视并升华这一不可避免的分裂式主体，如他所认定的"中国现代诗之父"鲁迅那样"缔造和发明一个现代主体"，勇于"分裂儒雅的自我形象"③，追求能动的创造性写

---

① 斯拉沃热·齐泽克：《意识形态的崇高客体》，季广茂译，中央编译出版社，2002，第 9 页。

② 吴晓东：《二十世纪的诗心》，北京大学出版社，2010，第 239 页。

③ 张枣：《秋夜的忧郁》，《张枣随笔选》，人民文学出版社，2012，第 120 页。

作主体，并视其本身为"富于诗意"的，也是更能收获直面危机的勇气并体验主体力量的。

> 我说，你在剥橙子呀，你说：
> 没错，我在剥橙子。我说：
> 瞧，世界又少了一颗橙子。

"你""我"的对话围绕着"剥橙子"这一活生生的事件进行，"我"对这一事件的结果做出确认："世界又少了一颗橙子"，这一话语意味着"你"对于"我"真正成为一个"他者"，这个"你"甚至不是主体幻觉，不再是此前那一触即灭的影像，它包含着诗歌的塑造与真实中无数个"我之外者"，因而"你"的种种举止和远方的世界都真实可感，在写作和词语的意义上，"我"真正成为"你"：

> 而你
> 把眉毛向北方扬起，把空衣架贴上玻璃窗，
> 把仙人掌挪到旋梯上拍照。
> 这时，长城外，
>
> 风沙乍起。这时，
> 你和我
> 几乎同时走到书桌前，拧亮灯，但
> 我们唯一的区别是：只有你，写下了
> 这首诗。

诗歌最后导向写作主体的确立也就水到渠成："只有你，写下了这首诗"，在诗人主体那里，实现了"我是我的一对花样滑冰者"（《空白练习曲》）这一令人眼花缭乱的诗歌魅影。这种对写作中单一自我或自恋的反省与告别既意味着复杂的主体建构，在诗歌技艺上也对"我"提出了多重要求，作为代词的"我""你""他"往往在诗歌中灵活转换，给诗歌带来多重境遇与境域，使语言空间呈现立体的多维面貌，同时，也使主体摆脱了基

于孤独而向他者寻求自我确证的自我同一性追逐，这种追逐构成了他者中的自我的恶性循环，一如帕斯所言："我们在他性中寻求自己，在那里找到自己，而一旦我们与这个我们所发明的、作为我们的反映的他者合二为一，我们又使自己同这种幻象存在脱离，又一次寻求自己，追逐我们自己的阴影。"① 这就使得主体毫无止境的在自我回归、突围、回归的旋涡里打转，最后，不仅造成文本主体的单调与危机，也带来历史主体在大写的"他者"面前的身份危机与取消。故而有学者认为，现代中国作家中只有鲁迅才真正做到了正视主体的分裂性，正视中国现代主体的不成熟不健全和不稳定性。② 这不仅与鲁迅小说中对第一人称"我"的多重建构有关，更重要的也与《野草》中"我"的丰富的文本主体相关。这个"我"，张枣曾称之为被鲁迅塑造的抒情之"我"，是鲁迅精致、唯美地在"词语工作室"里展现出来的写作主体。③

在《告别孤独堡》中，张枣进一步对写作主体做出捍卫。这首诗的思想或许并不新鲜，但无疑是丰富的。我们可以说它蕴含着对不可见力量的崇拜，以此抗衡可见世界对不可见世界的统治，并有可能达到有形事物对无形之物的臣服，如诗歌第三节所体现的：

> 有一种怎样的渺不可见
> 泄露在窗台上，袖子边：
> 有一种抵抗之力，用打火机
> 对空旷派出一只狐狸，那
> 颉颃的瞬翼
> 使森林边一台割草机猛省地跪向静寂，
> 使睡衣在衣架上鼓起胸肌，它
> 登上预感
> 如登上去市中心的班车。

---

① 转引自〔美〕卡林内斯库《现代性的五副面孔》，商务印书馆，2002，第 75 页。
② 吴晓东：《鲁迅第一人称小说的复调问题》，《文学评论》2004 年第 5 期。
③ 张枣：《〈野草〉讲义》，参见《张枣随笔选》，人民文学出版社，2012，第 123~162 页。

空旷、静寂、预感这些都渺不可见，它们属于感觉的领域，但这就是诗人的领域，是诗人不断开拓疆域的领域。如最后的宣言："绝不给纳粹半点机会！"或者，对作为写作主体的无限自由及开放的诗歌技艺的崇拜，一个写作之我绝不被束缚于某一经验之我的无限可能性："燕子，给言路铺着电缆，仿佛//有一种羁绊最终能被俯瞰……"不过，引用梁宗岱的一句话："命意不过是作品底渣滓。"① 这首诗的精华在于它所涵容的写作技艺以及自身的实践：对"我"的声音的戏剧性处理使这首诗活力十足、趣味盎然。诗歌第一节和第二节皆对一个有着诡谲分身术的"我"做了令人忍俊不禁的想象："我设想去电话亭给我的空房间拨电话：/假如真的我听到我在那边/对我说：'Hello？'/我的惊恐，是否会一窝蜂地钻进听筒？""你没有来电话，而我/两小时之后又将分身异地。"同样涉及孤独的主题，它和张枣1990年左右那些阴郁、压抑的诗篇如《孤独的猫眼之歌》《猫的终结》《海底被囚的魔王》等大相径庭。后者对自我的沉溺使其孤独备显为个人的孤独，而在前者，"我"已决心"告别孤独堡"，"置身到自身之外"，孤独因而别有一番"樱桃之远"和"微微发甜"的风味，孤独获得了文本的、审美的因而充满慰藉的意味。诗歌的孤独不是唯我论的孤独，"诗将异己的此在化入本己的此在"②，孤独才充满怜悯。"众人，孤独：对一个活跃而多产的诗人来说，是个同义的可以相互转换的词语。谁不会让他的孤独充满众人，谁就不会在繁忙的人群中孤独。诗人享有无与伦比的特权，他可以随心所欲地成为自己和他人。"③ 不妨再一次阅读这些令人动容的诗句：

真实的底蕴是那虚构的另一个，

他不在此地，这月亮的对应者，

不在乡间酒吧，像现在没有我——

一杯酒被匿名地啜饮着，而景色

① 梁宗岱：《文坛往那里去——"用什么话"问题》，参见《梁宗岱文集2 评论卷》，中央编译出版社，2003，第56页。
② 〔德〕诺瓦利斯：《夜颂中的革命和宗教——诺瓦利斯选集卷一》，林克等译，华夏出版社，2008，第123页。
③ 〔法〕波德莱尔：《人群》，郭宏安译，国际文化出版公司，2005，第14页。

的格局竟为之一变。满载着时空，
饮酒者过桥，他愕然回望自己
仍滞留对岸，满口吟哦。某种
悲天悯人的情怀，和变革之计
使他的步伐配制出世界的轻盈。

——《跟茨维塔伊娃的对话 10》

在这里，我们可以读到自身同一性（非自我同一性）与差异的奇妙融会。"他不在此地"，"像现在没有我"，"我""他"皆为那"虚构的另一个"，那同一的饮酒者。此处的人称代词可以做一种巧妙的相互转换。我成为无限的人质，承担着所有其他人的主观性，但又是唯一的，不可能被替代的。因而我也无法取消他的"我"，所以他"不在此地"，但作为代词必然出现。或许只有深刻认同勒维纳斯为他人的伦理诉求这一他者理论，"某种悲天悯人的情怀和变革之计"才能真正实现："在伦理学中，对他人之责任心所涉及的，是他人的一种临近，他无休止地困扰着我，一直到对我的自在和我的自为提出质疑。一直到我——这个不仅仅显得很特殊的自我的概念——当我说到我，我就不是一个自我之概念的特殊情况：说到'我'，就是摆脱了这一概念。"[1] 这个问题，在张枣 1980 年代的诗作中已有触及，这一端倪就在《虹》：

"虹啊，你要什么，你要什么？"

"我时刻准备着，时刻准备着。"

一个表达别人
只为表达自己的人，是病人；
一个表达别人
就像在表达自己的人，是诗人；

---

[1] 〔法〕艾玛纽埃尔·勒维纳斯：《上帝·死亡和时间》，余中先译，三联书店，1997，第163 页。

　　　　虹，团结着充满隐秘歌者的大地，

　　　　虹，在它内心的居所，那无垠的天堂。

　　　　虹，梦幻的良心，

　　　　虹，我们的哭泣之门。

虹就是诗人架设的桥梁，是偷渡者的栈道，"我时刻准备着"，成为一个"表达别人"的隐秘歌者。虹作为伟大的、对看似不可能通往的另一心灵的照亮，即对所谓一个个体不可能理解另一个个体这一孤绝命运的抵御，都让我们看到张枣对诗人作为和解者与歌唱者的呼请，而团结、梦幻的良心、哭泣之门此类用语又让我们看到他对诗歌最纯洁的伦理诉求：对他者的关爱。"我不是我，我只代表全体，把命运表演"（《与夜蛾谈牺牲》）；"瞧瞧我们怎样更换着：你和我，我与陌生的心/唉，一地之于另一地是多么虚幻"（《秋天的戏剧》）。如果诗歌只是技艺，如果它不与人的命运、心灵发生关系，那么这一技艺或许并不是不可或缺的，也不是非要被柏拉图逐出理想国的。但长久以来人类从来没有减少看到彩虹那一刻内心油然而生的惊喜感与美妙感。

　　张枣作为诗人的善解人意使他对他者有一种强大的吸收与转化功能，这在早期体现在他的一些成功的古意改写中，比如《何人斯》《十月之水》《楚王梦雨》等，文本中那个"外面的声音"被他转化为作为内在诉求的声音，语言亲切贴心。其成名作《镜中》对一个神秘的隐匿了主体代词"我"的声音的模拟，使这首诗获得了无限的亲在感，这是直接去除"我"之后使诗歌在阅读层面上直接吻合于任一他者的一个极端且成功的例子。

　　在《灯芯绒幸福的舞蹈》中，"我"在"他""她"眼中彼此互为他者，而"我"仍然固守着自我主体性，尚未彻底脱胎成名词与代词的我，我多次发言，对他者提出要求，然而他者对我是陌异的：

　　　　"它是光，"我抬起头，驰心

　　　　向外，"她理应修饰。"

　　　　我的目光注视舞台，

　　　　它由各种器皿搭就构成。

> 我看见的她，全是为我
>
> 而舞蹈，我没有在意

"我"看见我眼中的"她"，自以为对方围绕着"我"舞蹈，却并不在意。"我"把"她"作为可观赏的对象："我直看她娇美的式样"，评价曰"秀色可餐"。所以我只看到她的肢体、服饰与动作，继而引起我感官的激动："天地悠悠，我的五官狂蹦／乱跳，而舞台，随造随拆。"舞台犹如衣着，在各种用途中变幻，"声色更迭"；换言之，对作为意向性同一对象的接纳而非作为他者的主体差异性领受，使我骄傲而不能对他者的真正存在给予倾心认领："'许多夕照后／东西会越变越美。'"从根本上说，这样的"我"持守着笛卡儿"我思故我在"的本体立场，"我"成为同一个，把同一个想成包容着整个另一个的全体性，我的无限性意味着这同一个对另一个的胜利、不平等者的平等、同一与差异的同一性①，"我甚至不想知道在我之前是否有过人"（笛卡儿语）。这就必然错过他者的真实面貌以及与他者的美好关系："我站起，面无愧色，可惜／话声未落，就听得一声叹喟。"这声叹喟来自她，第二节最后一句："我只好长长叹息。"这是与第一节平行对称的另一个"我"：她的"我"。这个"我"是"他"试图对之同一化的"我"：

> 他的梦，梦见了梦，明月皎皎，
>
> 映出灯芯绒——我的格式
>
> 又是世界的格式；
>
> 我和他合一舞蹈。

但这对于她的"我"是舞蹈中的幻觉，"旋转中不动"的含混，是层层叠叠的梦，也即，他者眼中虚幻的"我"。接下来清醒的"我"自己看到的才是一个真实的"我"：

---

① 〔法〕艾玛纽埃尔·勒维纳斯：《上帝·死亡和时间》，余中先译，三联书店，1997，第165页。

> 我并非含混不清，
> 只因生活是件真事情。
> "君子不器，"我严格，
> 却一贯忘怀自己，
> 我是酒中的光，
> 是分币的企图，如此妩媚。

这个"我"在"生活是件真事情"这一看似无可奈何的真实中被悖谬地塑造着，易言之，这个她的"我"在他的强大主体观照下被异化着，这里依然体现着传统世界男性主体对女性主体的抑制与"修饰"力量，扩大而言即自我中心主义对他者的同化欲望。这一力量和欲望隐含在社会文化中并潜入生活作为无形的钳制，使女性的"我"或被同化者纵然可以意识到"君子不器"这一关怀品质与人格的信念，却还是"一贯忘怀自己"，成为主体眼中的"光"、"企图"和"妩媚"。这一命运似乎是注定的："我更不想以假乱真；/只因技艺纯熟（天生的）/我之于他才如此陌生。"只因"我"天生技艺纯熟（天生丽质？），所以，他出乎本能地把"我"视为可供观赏的秀色，而对"我"的魂不加注意："她的影儿守舍身后，/不像她的面目，衬着灯芯绒/我直看她娇美的式样"——这句诗是对魂不守舍的巧妙化用。这里特别适合借用勒维纳斯面对面的面貌理论，在面貌这一概念中，勒维纳斯强调他者的绝对差异性和不可同一性；他者呈现的面貌不仅仅是可见的外表，而是形与神的无限："他人用以表现自己的方式超出了'我之中的他人'的观念，我称之为面貌。这种方式不在于把我注视的他人显示为主体，也不在于去陈列构成形象的特性总体。他人的面貌随时摧毁并摆脱他给我们留下的可塑的形象。"① 于是，面对他的种种想法——"她的影儿守舍身后""衣着乃变幻"等，"我"坚持："我的衣裳丝毫未改，/我的影子也热泪盈盈，/这一点，我和他理解不同。""我"的面貌抵抗着他的占有，并"最终要去责怪他。/可他，不会明白这番道理，/除非他再来一次，设身处地，/他才不会那样挑选我/像挑选一只鲜果。"人是

---

① 孙庆斌：《从自我到他者的主体间性转换——现代西方哲学的主体性理论走向》，《理论探索》2009 年第 3 期。

作为伦理主体的人而存在，不是作为一只被挑选的鲜果，只有在设身处地"为他者"这一责任性关系中，人才不会彼此成为遗失者，幸福才不会遗失。这首诗在戏剧性的人称对称更迭与心理模拟中，为我们演示了诗艺对内容向深刻与丰富空间推进的可能。

"偷渡"的我常常带着面具，当"我"有着多重面具，就有了令人眼花缭乱的人称转换，"我"派生出"你""他"，于是有"我是我的一对花样滑冰者"：自我的独白也成对语。在《同行》一诗，张枣对人称转换这一技法的运用炉火纯青，此诗中的"我""他"相互转换，且有"陌生人"这一主语加入，构成了诗中一体多面的景观。《跟茨维塔伊娃的对话6》与《对话10》也表明，在张枣丰富而娴熟的技艺中，我们足以信服：技艺既造就形式，也成就内容，没有"纯诗艺的变革"，就难以容纳深刻的意义；同样，"纯诗艺的变革愿望"，更巧妙也更深刻地维护着"美学态度上的不苟同精神"①。

2. 臧棣："会飞的自我"

在诗人臧棣那里，作为"我"的诗歌自我更新亦成为一个有强烈诉求的命题。他常常说，自我是在诗的沉思中完成的一次飞跃。更高级的是，有一个诗的自我，"拒绝被自我淹没：这是走向诗的自我的开始"②。这就意味着，汉语原始意义上的"我"——会意，二戈相背，手持大戎，呐喊示威，那个充满攻击性与防备感的我，是需要来自诗歌的自我教育的"我"。这个"我"在诗意的觉醒与辨识中，在写作中不断身临其境地推敲与磨砺中，抵抗着自欺欺人的、腐朽的、被虚假观念层层包装着的自我。臧棣认为，诗几乎是一种唯一值得信赖的自我教育的方式。类同于史蒂文斯所说，"诗歌是一种救赎的方式"。唯有在写作主体中被教育与救赎过的自我，才能说是反躬自省、诚实无欺的我，才能抵达"万物皆备于我矣"的"我"。诗歌自我，在此境界成为上帝的一种象征形式。在臧棣的《我潜伏我丛书》中，我们看到，诗歌自我对生命中那潜伏的高级、神秘之音的激活：

---

① 张枣：《Anne-Kao 诗歌奖受奖辞》，《张枣随笔选》，人民文学出版社，2012，第 241 页。

② 臧棣：《骑手与豆浆》，作家出版社，2015，第 385 页。

　　身子再转一下，我看见我身上的翅膀不同于

　　天空的忏悔录。除了真实的飞翔，

　　还有孤独的飞翔。而我，在横穿午夜的马路之后，

　　能像树一样感到冬天的含义，并且能像树叶一样

　　捕捉到飘忽在飞雪中的神秘的口哨。

　　这个在诗歌中能看见隐形世界、能善解物意地感受并捕捉神秘信息的"我"，成为世界的领主。济慈说："它（诗人的人格）既是一切，又是不存在的东西……一个诗人在世上比别的任何东西都更没有诗意，因为他没有自己的'身份'——他不断地为别人传达感受和为别人的内心倾注情思。"那个潜伏在诗人体内的"我"，被语言附丽，也被语言偷渡，自我更新为任一主体，让"我"（这个"我"在代词的意义上与"他""你"等同）自由地与世界事物发生精神关联。臧棣有一种飞翔的写作姿态，他用诗歌的翅膀载着我们翱翔，帮助我们发现世界隐秘的风景、风景里的故事、尘世的激情以及琐碎中的浪漫。这种飞翔姿态，使他成为一个似乎是不依赖记忆写作的诗人，所以他能随时随地写诗，高产量地写，如他自己所说，写诗对他有一种类似体育锻炼的效果。这里的记忆，既包括个人经验的记忆也包括集体经验的知识性记忆。臧棣说过："诗歌所依赖的最本质的东西并不是个人经验；当然，也不是一种简单意义上的集体经验，而是一种为人类所独有的生命意识，荣格曾称之为人类的'集体无意识'。"①这种"集体无意识"，在诗人那里成了自由的意念。臧棣虽身在比较单纯的校园，但他声明从小到大自己的生活也有很多苦难和挫折。作为一名大学教授，他也拥有雄厚的知识体系。但读过他的诗歌后印象中我们很少能存留他的经验，我们所捕捉到的更多的是他的意识。譬如，他可以以未名湖为题写一百首诗歌。在他的诗中，我们可以读到一百个未名湖。这就像佩索阿可以在一个小阁楼里冥想宇宙，因为他们用诗歌做翅膀。这或许可以解释为什么在臧棣的诗中，"诗"这个字眼出现得那么频繁。我想，这已经不是以诗论诗那个枯燥的问题了。而是，这是诗歌作为自我的一种呈

---

① 臧棣：《假如我们真的不知道我们在写些什么……——答诗人西渡的书面采访》，《山花：上半月》2001 年第 8 期。

现。"诗"这个字的每一次出现，都代表着诗之自我的一次新生，因为这个飞翔的自我又体会到了飞升的感觉。且看他的《新生丛书》：

> 两个我，闪过同一个瞬间。
> 紫燕，流萤，不相信梦里的小山谷
> 会输给记忆中的铁栅栏。
> 会不会飞并不重要，愿不愿飞
> 才是一种尺度。抖动的羽毛
> 感慨时间从不会出大错，算准了
> 随时都会有两个我。而离别的意味
> 只意味着离别还能意味着什么！
> 两个我，就像一对黑白翅膀。

对于会飞的诗人，时间不会留下痕迹，过往与未来会在翅膀的浮动下轻轻开门。所以，紫燕、流萤这两个美好的飞行体，比喻"两个我闪过同一个瞬间"，暗示着诗人对飞翔的愉悦感，这就像人在梦里会飞。这种自由使诗人赢得了对时间的统领，不再"输给记忆的铁栅栏"，成为记忆的囚徒。所以诗人会有在家的乡愁，对于未来的乡愁。当然，这是一种强大的生命能量，仿佛是靠意念与想象在转移事物。这也吻合于臧棣对想象力与感受力的倍加重视，譬如他说："诗歌的想象是对自我的超越，另一方面，诗歌的想象也是对现实的克服。……诗歌的根源在于它天然地倾向于维护想象力在我们的生活中的作用。生活的启示源于这种想象力。生命的自我实现也依赖于这种想象力。"（访谈）不过，比起对天然的想象力的消极诉求，臧棣更看重诗人有意识的想象，或者说，基于语言的想象："会不会飞并不重要，愿不愿飞/才是一种尺度。"也即，诗人必须主动采取有意识飞翔的姿态。因为他深知，倘若人不走向诗歌，诗歌不会走向人。所以在他那里，我们能看到一种永远积极的、振奋的、对诗之可能性与自我更新孜孜不倦地探索。这是臧棣作为一个诗人令人非常感动的地方。因为取消了时间，所以才能"感慨时间从不会出大错，算准了/随时都会有两个我"。"两个我"意味着复数的我，可以有三个我、一百个我，就像有一百个未名湖。这样的"我"不会为"离别的意味"感时伤怀，因为"我"

随时可以回去，随时有另一个"我"仍在原地，这是像一对翅膀的诗歌
自我。

> 而生活更像是一条线索。一松手，
> 世界比泥鳅还要滑。可以抓紧的东西
> 最后都爱上了落叶的轨迹。
> 金黄的我，醒目于过去的我很大，
> 但现在的我则无所谓大小。
> 小嫩芽的小招呼，胜过一切手段。
> 宇宙自有分量，不上虚无的当
> 就好比没必要把死亡看得太透。

这段诗可以读作对现实生活的辨析以及随此而来的智慧。对于诗人，实在
的日常生活与世界像一个起（启）点（"线索"），诗人顺着它摸索、洞
察生命的秘密与境界。而生活与世界又常常是变幻不定的，也许比语言更
难把握，因为它在流逝中，有什么是可靠的呢？一方面生活就在此时此
地的手上，另一方面转身又滑走。看似可以抓紧，而最终都像落叶般零
落成泥。这里非常节制地出现了虚无的暗色调，但旋即又用"金黄的
我"来挽救，这就是诗歌自我的超越："醒目于过去的我很大"，没有对
逝者如斯诸如时间流逝这类传统的叹息，而是"现在的我则无所谓大
小"的达观，这种达观在接下来的三句诗中表现得更直接、更彻底。
"小嫩芽的小招呼"，暗示着一种活生生的生命气息，尽管微小，却自有
值得肯定的生命活力。

> 赤裸的我曾令任何人都看不透，
> 它就做得很棒，它守住了我们的一个瞬间。
> 对时间来说，赤裸的我无足轻重，
> 但对记忆来说，它是留给形象的最后的机会。
> 而死亡不过是一条还没上钩的鱼。
> 只要有新生，现场就比春天的风还大。

"赤裸的我"流露出了诗歌自我的骄傲与幸福。会飞的自我是自由的、无所挂碍的。当然，诗歌中这样神龙不见首尾的偷渡者是容易迷惑人的。但拥有这样的"我"就会做得很棒，它会"守住我们的一个瞬间"，而时间再也无法称量我们的轻重。如此一来，记忆便是那从未被利用的最后的机会，因为过去、现在、未来每个瞬间诗歌的自我都在新生，没有死亡的过去："死亡不过是一条还没上钩的鱼。""赤裸的我"一直身处新生的现场。

对臧棣，诗歌自我的更新可以称之为"不依赖记忆的自我飞翔"。这种飞翔而非着陆于记忆的诗学渴望，突破自我、寻找浩渺自我的意识（《未名湖 28》），常常执着地流露在他的诗歌中，这可以说明他为什么如此钟情于鸟的意象、飞这个动作，而记忆一词也常常作为其对立面出现。譬如，在《仙鹤丛书》中他写道："会飞的自我确实是一次很好的演习。"在《原创性愉悦丛书》，他直接把一种富于原创性的诗歌经验隐喻为一只鸟，并借此传达出一种由诗歌所激发出来的奇妙的感觉，在"我"与诗歌之我之间的相互流贯：

> 在我们之间有一只鸟。
> 只要你一睁开眼，它就在飞。
> 它让我们渐渐适应了我们之间的最佳距离。
> 它给所有的感觉都插上了一对翅膀。
>
> 当它飞向你时，时间只剩下一厘米。
> 我第一次想捉住我自己。
> 我想在你面前，捕捉到一个带翅膀的我。
> 我第一次感觉到奇妙从未背叛过真理。

这首诗可以和《新生丛书》《原始角色丛书》形成互文性阅读：一种原创性的艺术愉悦，就应该给人带来新生的感觉，并令人惊奇，在飞翔的诗歌"这么小的一只鸟身上，/竟然有全部的生活的影子"（《原创性愉悦丛书》）。而每一次呈现于诗歌中的自我都是一个"原始角色"，对此，臧棣写道："多年前，我的肉体将我错过。"这个被错过的"我"，就是那不拘囿于此一形体的我，那可以出离肉体的精神之我，所以，最深的自我也可

以说是灵魂。庄子说"吾丧我",吾是自由之精神,丧失的是"我的肉体",因为,

> 我的肉体,悬挂着,
> 像成熟的苹果,随时都会坠落。
> ……
> 我的肉体
> 曾是三只刚刚爬过垭口的牦牛。
> 那里,阿坝的雪水像透明的琴弦,
> 曾溶化过比花岗岩还坚硬的记忆。
> 我的肉体将我错过,意思是,从一开始,
> 我的肉体就由属于一个男人的肉体
> 和属于一个复活者的肉体组成。
> ——《原始角色丛书》

可以看到,对记忆的抵制在臧棣那里有了文化批判功能,因为比花岗岩还坚硬的记忆常常使人禁锢在一件无形的外套上,成为契诃夫笔下的那个套中人。而诗人的使命也体现在溶化这坚硬的记忆,摆脱既有思维定式的束缚,使人获得精神上的复活。而诗歌的自我对于诗人主体来说,也常常蜕变为他者,一些不限状态的、身份未定的指称。因为,"最深的驯服很容易让自我显得肤浅"《留得青山在丛书》,诗人必须"尖锐地对立在人类的麻木中"(《仙鹤丛书》),而以诗之自由"从时间里赎回一些原本只属于生命之花的秘密"(《悠悠的不一定都是往事丛书》),这既成为一种诗学诉求,也成为对外在世界固化我们思想与生命形态的抵制,这也是我在《思想轨迹丛书》里读到的含义。在这首语调激动的诗歌里,再次出现了臧棣作为诗人对记忆的警惕:"不是你的记忆/不够强大,而是你和诗的关系更微妙。/哦,微妙。你有思想,它不同于/人常常被人性毁灭,也不同于野兽/从不得益于兽性。"这几句诗有一种深刻思想的激烈,似乎暗合尼采重估一切价值的勇气与决心。所谓记忆的影响,包括文化记忆,常常成为日常习俗观念的笼罩,使人难以跳脱惯性思维去拥抱个人的领略,譬如关于人性与兽性——在此仍是在观念的意义上使用这两个词——的区别,

这一对对立概念包含的是非判断本身可以造成对生命的一种拘囿，使一些微妙而神奇的存在逐步妥协，最后慢慢丧失原有的清醒。在这里，臧棣表现出一个诗人深刻的洞察力，而令人叹服的是，他以这样奇妙的诗句微妙地揭示思想的力量。这就是诗的力量，它"超越你我/变成没有比诗更现实的东西"。而这种超越的诗歌现实为我们带来的惊喜，就成为那"永生的喜悦"（《银杏丛书》）：

> 一株金黄的大树里已有天堂——
> 它的影子像日记。银杏的绿玻璃球
> 滚动在灵魂的棋盘上。

汉语思维天然地具有想象力和融贯性，"其基础在于唤起宇宙的深刻交织，这是一种兼爱和神秘统一的逻辑"[①]。说"万物皆备于我"即是这一逻辑的典型体现。备于"我"，乃是备于一个有着浩然正气、风雅仁情的"我"，一个强恕而行、乐莫大焉的"我"。当孔子说"不学诗，无以言"，他岂不也是寄希望于这个诗歌之我，容留了各种差异性的大我？张枣、臧棣在繁复的诗歌写作中皆致力于打通诗写主体与文本主体之间的壁障，他们都能娴熟地以第一人称"我"的方式钻进诗歌秘密的通道。以"我"作为"虚构的另一个"的变幻与对位为线索和缝隙，我们或许可以在他们的诗歌迷宫中追踪到诸多幽思魅影，也可以由此领略现代汉诗内部的重峦叠嶂，更重要的是，我们在"我"的诗性裂隙中欣喜地感觉到来自他者的光，从而尽可能避免自我密闭的暴力。张枣是一个精微的大师，比之臧棣更为隐藏和节制，在主体与实体的融洽性方面更接近实在的素朴性。臧棣则凭借异常强大的意志或辽阔的意识驾驭着语言的战舰，所向披靡地破除了语言想象的障碍，其诗歌空间更富于语言的虚拟性。他们的写作在美学和生命道德上更新着我们的感知和思维，在现代汉语诗歌进程中具有极为珍贵的典范意义。

[①]　刘家槐语。转引自龙潇、邹崇理《海外汉学家视野中的中国古代逻辑》，《云南师范大学学报》（哲学社会科学版）2017年第3期。

四 感官的沉思：灵肉合一

作为诗艺之翱翔，对主观的、自我身份的流放有其净化和扩张价值，这就像把一个人彻底放逐或幽闭在其主体身份完全丧失的境地，如辽远的西伯利亚或幽深的监牢中，使诗人在抵达精神的根本处与最微妙的世界相遇。在这个世界，他对其中的一点一滴都敏感于心，犹如一个监牢里的囚徒虔诚地用手捧起屋顶小洞中渗入的一道光线，感受其重量。这里有一种极端的静谧冥思过后主体的重新出场，"它摆脱了那些肤浅的品质，它的感伤，它的过分的个性，以及那些似乎使它在作品之外与某种人类存在、某种传记的真实相联系的虚幻的关联"①。在这种净化过的重新出场的主体中，我们说诗人将能收获一种沉静的沉思品格。假如哲学家，如笛卡儿认为可以获得摆脱身体的灵魂的视看，那么，作为依赖于语言来建构世界的诗人如何可能在自我的完全缄默中，或曰身体的缺席中，来摆荡语言的秋千？如果可能，那难道不是一个空旷的秋千，一阵无形无迹的风，在虚无中悬浮？要知道，没有物体，风的形态不可能呈现。"我"作为精神的游荡，不应该贬抑此在的身体性，也不可能真正缺席于属"我"的感官。"我"为他者的呈现，是以身体的可见性来激活心灵感应的。譬如研究"身体哲学"的哲学家梅洛-庞蒂谈到，一个女子没有看见窥视她的人，也能隐约感觉到她的身体被人想和被人看，"人们感觉到自己被别人看（脖子发热），并不是因为有某种东西从目光传到了我们的身体中，烤热了被看的那个点，而是因为感觉自己的身体，也是感觉自己在他人眼里的样子"②。即便"我"是无名的，是充满否定性的任何人，作为代词和言语方式的"我"始终要与诗人的精神建立事物关系。这种微妙的关系是如何建立的呢？也许我们可以相信雷蒙所说："诗发生于精神和物的结合部。"③物来自感官的接触，这种接触要求精神抓住物，它在根本上杜绝"我思"

---

① 〔比〕乔治·布莱：《批评意识》，郭宏安译，广西师范大学出版社，2002，第234页。

② 〔法〕莫里斯·梅洛庞蒂：《可见的与不可见的》，罗国祥译，商务印书馆，2008，第313页。

③ 转引自〔比〕乔治·布莱《批评意识》，郭宏安译，广西师范大学出版社，2002，第117页。

的纯粹理性观念。在梅洛-庞蒂的思想中，作为一个等待被命名的、时刻对某物某人发出吁请的"我"，一个不可直接把握的思考与知觉的"我"，"正是这种通过身体向世界开放的否定性——反思性必须通过身体，通过身体与自身，言语与自身的联系来理解"①。这意味着身体的在场，一种丰富的官能活力使词语在接触到物时即让其获得重力效果，这便是充满感性的语言。汉语作为象形文字，本身有其物质性的在场。所以张枣说："反思某种意义上是一种西方的能力，而感性是我的母语固有的特点，所以我特别想写出一种非常感官，又非常沉思的诗。沉思而不枯燥，真的就像苹果的汁，带着它的死亡和想法一样，但它又永远是个苹果。"② 那么，诗人创造的这个苹果，是否既让我们嗅到了它的芳香，又吸纳了里面思的汁液呢？"事情的实质是，如果人们不是哲学家或作家，可感的确实不会提供任何可说的东西，但这不是因为可感的是一种无法描述的自在，而是因为人们不知道如何言说。"③ 在张枣的诗歌中，我们看到了动人的言说，这种言说，在感官的热烈中凝聚着令人回味无穷的沉思。这首先是诗人自己主动"反思"与追求的结果："我是一个特别感官的人，不管怎么样生活，都只会让我更成熟地把握这种感官能力，但我最想获得的，还是反思感性的能力。"④ 这种能力，张枣自己认为，在他的《镜中》《何人斯》等一批早期作品基本已经具备。

1. 感官的沉思

遵循张枣自己的思路，我们认为，这批蕴含着感官与反思奥妙的作品还包括《十月之水》《苹果树林》《楚王梦雨》《桃花园》等。这批作品的感官是水灵灵的，它们的语言仿佛正"吐纳云雾"，可以用《楚王梦雨》中第三节的诗句来表达：

> 真奇怪，雨滴还未发落的前夕，
> 我已感到了周身潮湿呢：
> 青翠的竹子可以拧出水，

---

① 〔法〕莫里斯·梅洛庞蒂：《可见的与不可见的》，罗国祥译，商务印书馆，2008，第314页。
② 张枣、颜炼军：《"甜"——与诗人张枣一席谈》，《名作欣赏》2010年第4期。
③ 〔法〕莫里斯·梅洛庞蒂：《可见的与不可见的》，罗国祥译，商务印书馆，2008，第322页。
④ 张枣、颜炼军：《"甜"——与诗人张枣一席谈》，《名作欣赏》2010年第4期。

　　山谷来的风吹入它们的心，

　　而我的耳朵似乎飞到了半空，

　　而这些作品的意蕴，正如有论者谈到的，涉及张枣一开始就执着反思的语言与传统等问题，这种抽象的反思却是通过寄寓于充满浓浓情意的对话来实现的①，如《十月之水》"是以生命延续来比喻语言的神力，正是在语言的循环中，张枣期待的对话时刻出现了"②。《何人斯》在对爱情关系的怀念与诘问中包含着对一切美好事物的想望与受阻的反思。诗人不懈追踪的抽象之思经他的笔触化作一个恍若感性存在的人，这个人变幻莫测，被张枣"衔接"为《楚王梦雨》中"且为朝云，暮为行雨"的神女。这意味着诗人对充满活力的传统和母语创造性地接洽：

　　我要衔接过去一个人的梦，

　　纷纷雨滴同享的一朵闲云；

　　我的心儿要跳得同样迷乱，

　　宫殿春叶般生，酒沫鱼样跃，

　　让那个对饮的，也举落我的手。

　　我的手扪脉，空亭吐纳云雾，

　　我的梦正梦见另一个梦呢。

这首诗充溢着宋玉《高唐赋》般的神奇魅力，在整饬的七行＊五节结构中写得空灵飘忽，萦绕着一阵阵让人"心儿迷乱的"氤氲旋律。诗歌中的"我"乃作为诗人的主体，"我"处于对创作魂牵梦萦的幽渺之境，为一个"一直轻呼我名字的人"牵引、呼唤、"偷听"，这个"莫名的人"时而诱惑"我"，时而挫败"我"，皆隐喻着诗人追踪传统（和汉语）那热切而焦灼的心态。在《苹果树林》中，这个"我"以"你"的身份出现："你一遍又一遍地朗读崂山道士/你制造一个清脆的空间/同时捏紧几个烈焰般

---

① 参见余旸《重释"伟大传统"的可能与危险》，《新诗评论》第 1 辑，北京大学出版社，2011，第 63~103 页。

② 王东东：《护身符、练习曲与哀歌：语言的灵魂》，《新诗评论》第 1 辑，北京大学出版社，2011，第 112 页。

的咒语/佯装的风暴从晶亮的眸中迸发/景色的信心充满沁柔的惋惜/你只是一个瞬息，你被无数瞬息牵引//因此你追踪那些威严的芳香/那个明镜抛弃的光亮/你在梦中也尽力分辨白天和黑夜"。这种"追踪"也发生在《何人斯》中："你此刻追踪的是什么？/为何对我如此暴虐//我们有时也背靠着背，韶华流水/我抚平你额上的皱纹，手掌因编织而温暖；你和我本来是一件东西/享受另一件东西"。同样在《桃花园》中："哪儿我能再找到你，惟独/不疼的园地；""那么他是谁？他是不是那另一个/若即若离，比我更好的我？"在这里，同样写到"手"："像另一个我的双手，总是左右着/这徒劳又徒劳，辛酸的一双手。"倘若说诗人是语言的工具（诗人编织），语言是诗人的命运，则语言和诗人永远处于相互追踪的境况中，对话即诞生在这种相互追逐甚至博弈而又紧张、亲密的关系中：

> 究竟那是什么人？一切变迁
> 皆从手指开始。伐木丁丁，想起
> 你的那些姿势，一个风暴便灌满了楼阁
> 疾风紧张而突兀
> 不在北边也不在南边
> 我们的甬道冷得酸心刺骨

这种对话关系最终在假设性的理想中达到"你""我"之间神秘的应和：

> 你若告诉我
> 你的双臂怎样垂落，我就会告诉你
> 你将怎样再一次招手；你若告诉我
> 你看见什么东西正在消逝
> 我就会告诉你，你是哪一个
> ——《何人斯》

又或者，在诗人主体的艰辛劳作中终于如入桃花源"豁然开朗"之境：

> 是的，他心中有数：那些从不疼的

鱼和水，笑吟吟透明的虾子，

比喻般的闲坐，象征性的耕耘。

那么他一定知道，不疼的没有性别的家庭，

永恒的野花的女性，神秘的雨水的老人，

假装咬人的虎和竹叶青。

从不点灯的社会，啊，另一个太阳！

那么他一定知道，像我一样知道：

我俩灵犀一通，心中一亮，好比悠然见南山。

——《桃花园》

由此形成语言和传统代代不息的延续性："如此我承担从前某个人的叹息和微笑/如此我又倒映我的后代在你里面"（《十月之水》）。

柏桦曾对张枣提出一个问题："你是先想好再写，还是语言让你这样写？"张枣回答："语言让我这样写下去。"① 语言自动写作的方式更多依赖天性，依赖生命气血的升腾，较少冥思苦想的色彩。当然，张枣的灵感来自传统文本，自然就获得了一份阅读的反思。笔者认为，他早期的这批诗作仍是成功地嫁接了个体情感体验与语言经验，语言传统本身的营养已被他反刍吸收了。前者让他写得锐敏、声气婉转，后者则让他在专注于感官的深情中流露着低吟沉思的节奏。请读读这些诗句："我咬一口自己摘来的鲜桃，让你/清洁的牙齿也尝一口，甜润得/让你也全身膨胀如感激/为何只有你说话的声音/不见你遗留的晚餐皮果/空空的外衣留着灰垢/不见你的脸，香烟袅袅上升——""一个安静的吻可能撒网捕捉一湖金鱼/其中也包括你，被抚爱的肉体不能逃逸……落日融金，十月之水逐渐隐进你的肢体/此刻，在对岸，一定有人梦见了你"。一如萧开愚所说："张枣说话的对象是一个好像因为住得太远、形象显得虚幻的人，但我们还是可以从中分享到春风般的甜滋滋的爱意。"② 张枣呈现给我们的诗作共 130 多首，是一个异常精练的诗人，而在这精练里他呈现给我们的感官世界却丰

---

① 张枣、颜炼军：《"甜"——与诗人张枣一席谈》，《名作欣赏》2010 年第 4 期。
② 萧开愚：《安高诗歌奖授奖辞》，参见《从最小的可能性开始：中国诗歌评论》，人民文学出版社，2001，第 257 页。

沛而奇异，他对感官世界热烈地投入，又出之以丰饶的声音与气息，在声音与气息中浮动着表情、眼神与微妙的感觉。他诗歌的感官不是雕塑式的，也不是西洋油画式的，他的感官侧重于写意与抽象音乐性，但这和他所追求的精确细节并不矛盾，它们倾向于一种想象性的透明存在，最后都投影于心灵感觉。抒写感官对于他更多是感觉的转化，包容着主体的沉思成分，以求实现精神的提升而非停留于对形状、物体的堆砌式描摹。所以他不相信诗来自现实的说法，也不喜欢诗来自另一首诗的断定，他坚信诗来自诗人本身。这个"本身"一定带着诗人的身体感觉与烙印，像叶芝所说的"血，想象力，理智融合在一起"，如果说血融情，想象力容境，那么理智即含理，三者的融合表现为诗歌写作所追求的整体统一性：感官与沉思的饱满。所以叶燮说："幽渺以为理，想象以为事，惝恍以为情，方为理至、事至、情至之语。"（《原诗》）感官不足的诗，难免瘦骨嶙峋又佶屈聱牙，干枯、滞涩；没有沉思的诗又犹如没有筋骨的肉，绵软腐松，让人腻味。张枣曾说，在去德国前他就很羡慕柏桦等人身上体现的趣味和反思能力，他想拥有并超越这种能力。敬文东称柏桦是"肉体诗人"：受制于自身的激情，"凭肉体感觉驾御语言、即兴创造语境"。① 柏桦自己承认，"疼痛在逼迫我歌唱"②，所以他的诗歌有时让人感觉是力比多的宣泄，措辞激烈而意图"含糊"，这种"含糊"，其实就是他开始反思了：

> 忍耐变得莫测
>
> 过度的谜语
>
> 无法解开的貂蝉的耳朵
>
> 意志无缘无故地离开
>
> 器官突然枯萎
>
> 李贺痛哭
>
> 唐代的手再不回来
>
> ——《悬崖》

---

① 敬文东：《"下午"的精神分析——诗人柏桦论》，《江汉大学学报》2006 年第 3 期。

② 柏桦：《左边——毛泽东时代的抒情诗人》，香港：牛津大学出版社，2001，第 119 页。

这是对"意志"和"器官"二者相互容留的渴望，也是一种反思成分。对于诗歌来说，意志离开将导致"器官枯萎"，"苶焉似丧其耦"，如面临悬崖的死刑。柏桦另有一番极具反思性的表白："我在心浮气燥的生活中跟跄着脚步，根本无法静下来阅读和思想。我早晚会落后的，有人这样预言：'抒情诗人先写气、再写血，然后气血写尽就是死路一条了。'"① 无法思想会落后，随之而来的"器官枯萎"也令诗人痛哭。诗歌应该保持意志与器官相互赠予的和谐，亚里士多德在《论灵魂》中早已说过："……在任何情况下，灵魂的主动或被动活动都不能离开身体，例如，愤怒、勇敢、欲望和一般的感觉。（没有身体介入的活动）看来是思维的一种属性。但是，如果思维也是一种想象，或者至少依赖于想象，那么它也不能没有身体。"②

在张枣那里，诗的最高沉思趋于诗的形而上学，因而必然诉诸思的精神活动。而"人类的精神活动和人类的语言活动彼此创造。如果我们想肯定语言的产生是一个给予的事实，那说人类的心灵是语言给予人类的礼物就一点不是夸大"③。诗歌作为语言给予的最高"心灵礼物"，就诗人作诗来说，"在语言上取得的本真经验只可能是运思的经验，而这首先是因为一切伟大的诗的崇高作诗始终在一种思想中游动"④。"诗的本质就居于思想中，诗意言说与思想言说能够以不同方式言说同一个东西。"⑤ 在哲学那里是纯粹的思想言说，在诗那里则是"诗性言说"，形而上诉求与审美诉求相统一，或形上诉求披着感官语言的外衣，或感官语言表现为形而上质，二者融洽合一又呈现出张力。现代诗强调感性与智性的浑融，智性不仅体现在诗的内容富于思想性、诗人强大而深邃的洞察力量，同样体现在诗人作诗时充满智慧的诗艺处理以及对诗之生成过程的考察，一种元诗式的思。在诗歌本身的感官肌质中完美地蕴含着这种元诗式沉思的，当数张枣《跟茨维塔伊娃的对话8》这首诗了。我们已经知道，这首诗在"知音

---

① 柏桦：《左边——毛泽东时代的抒情诗人》，香港：牛津大学出版社，2001，第 187 页。
② 转引自〔美〕汉娜·阿伦特《精神生活·思维》，姜志辉译，江苏教育出版社，2006，第 36 页。
③ 〔美〕怀特海：《思维方式》，刘放桐译，商务印书馆，2004，第 37 页。
④ 〔德〕海德格尔：《语言的本质》，参见《在通向语言的途中》，孙周兴译，商务印书馆，1997，第 163 页。
⑤ 〔德〕海德格尔：《演讲与论文集》，孙周兴译，上海三联书店，2006，第 145 页。

谈心"的感官情境中深刻地反思词与物。这一幕情境如果拍成电影，那镜头一定是唯美、含情脉脉的，张枣几乎把知音之乐写成了情人之间的亲密与甜蜜。在一个全景式的镜头（"俩知音一左一右，亦人亦鬼/谈心的橘子荡漾着言说的芬芳"）后，晃出一个遥远、朦胧、惝恍迷离的集中画面："深处是爱，恬静和肉体的玫瑰。/手艺是触摸，无论你隔得多远……"如果我们想象一下，在这个镜头前面，可能飘着一层透明的薄纱，情境悠远、暧昧而激荡，但并不色情，只有高贵。因为二者的对白如此高级、典雅，关乎人类最美的精神活动——对此以"木兰花盎然独立"这一前景中的特写画面来映衬，"你我"话语呢喃，镜头慢慢淡出，远远地有"情人的发丝飘落"。在晨曦的光亮中，"你"魔幻般"失踪"，合唱队"众鸟齐唱"，"注意天空"。这最后一幅画面岂不是云层繁丽、美不胜收？张枣总是在沉思诗歌的可能性与美学价值，他的沉思又生长在丰富细腻的感官语言中，热烈而明净。在他直接写到爱与欲望的组诗《历史与欲望》中，震撼我们更深的即是关于"生死爱欲"的沉思。

2."灵与肉"

《历史与欲望》由六首十四行诗组成，它们分别是《罗密欧与朱丽叶》《梁山伯与祝英台》《爱尔莎和隐名骑士》《丽达与天鹅》《吴刚的怨诉》《色米拉恳求宙斯显现》。从标题可以看出，这是一些对历史典故做诗意演绎的诗篇，这些历史典故皆与爱欲有关，但诗人在这里扮演的是一个创造者的角色，这个角色类似福柯提到的一幅画，画家的画越画越大，最后把自己和观者都画进去了。这种创作对创作者提出了双重的角色要求：既在又不在。"在"意味着深切的主体感官感受，"不在"则充满有距离的反思。关于此一创作手段，张枣其实在诗中为我们埋设下一个机关：

> 这是蝴蝶腾空了自己的存在，
> 以便容纳他俩最芬芳的夜晚：
> 他们深入彼此，震悚花的血脉。

这是《梁山伯与祝英台》的最后一节诗。无可置疑这些诗句在最初的意义上包含着令人心惊肉跳的性感，仿佛语言本身即是肉体，焕发着那可以触摸的滚烫的体温。然而这里的玄机又有，这是一幅画，"蝴蝶""他们"的指代始终提醒我们一种文本距离和时空距离，以及距离所能容留的反思。这诗是对历史文本题材的处理，它所容纳的诗情是一种有距离的情感，在这距离中一些反思成分得以渗入、混融，乃有了"历史与欲望"的混合情感："'所谓混合情感，也就是说，是那种已经多少为我们复原的生存欲望所节缓的哀恸之情。'这也就是说，这种哀歌所表达的悲哀之情不是那种在刚刚遭遇丧失时所体验的最强烈的悲痛，而是痛定思痛甚至是痛后对所遭遇的不幸进行的玄学式的反思。"① 用典的好处就是，我们甚至不必去遭遇，而只是在他者的遭遇中来进行反思。然而，在诗歌中，身体的缺席如何能"容纳他俩最芬芳的夜晚"，让语言与情感彼此深入，"震悚花的血脉"？张枣断言过："人，完蛋了，如果词的传诵，/不像蝴蝶，将花的血脉震悚"。这其实是一个异常尖锐而难以言说的问题，他对语言的感性提出了苛刻的诉求，然而单纯的感性并不能满足语言对灵魂的渴望。中国古典诗词的感官描写是可以极度精致而沉溺的，这首先就能上溯到《诗经·硕人》"手如柔荑，肤如凝脂，领如蝤蛴，齿如瓠犀。螓首蛾眉，巧笑倩兮，美目盼兮"这一鲜活的"美人图"。这个"硕人"乃卫国贵妇人庄姜，这首诗可以算"宫体诗"的祖先了。只是及至南朝宫体诗、中唐宫体诗，对感官的沉湎发展到堆砌式的辞藻奢靡，著名的有李贺《美人梳头歌》。然而，这已经是贫血的"感官"了，没有主体心智的介入，感觉是死的，更遑论精神性反思的可能。所以闻一多先生谈"宫体诗的自赎"，无论是刘希夷《代悲白头翁》还是张若虚《春江花月夜》，其间的宇宙意识是对感官存在何等深刻的沉思呢："他已从美的暂促中认识了那玄学家所谓的'永恒'——一个最飘渺，又最实在，令人惊喜，又令人震怖的存在，……自然认识了那无上的智慧，就在那彻悟的一刹那间，恋人也就是哲人了。"②

感官作为温柔的陷阱常常让感性的诗人难以自拔，这时候反思的介入就弥足珍贵了。张枣钟情于十四行诗这一易于表现沉思的诗体，自然是特别自觉于这组题材中提炼反思成分，并希冀用十四行诗这面"风旗"把住

① 刘浩明：《杜伊诺哀歌（导言）》，参见〔奥〕里尔克《杜伊诺哀歌》，刘浩明译，辽宁教育出版社，2005，第34页。

② 闻一多：《宫体诗的自赎》，《唐诗杂论》，中国三峡出版社，2010，第15页。

那些无形迹的思、想，这些思、想从水瓶中升华出来，犹如从感官中蒸发出来。这就如阿伦特所论述的，"如果没有性冲动，生殖器官的兴奋或爱情将是不可能的。但是，人们之所以能把爱情理解为性欲的升华，也是因为人们知道没有爱情的性欲是没有价值的，也知道如果没有在令人愉快的东西和令人不愉快的东西之间的审慎选择，性伴侣的选择是不可能的"①。所以，在张枣的《历史与欲望》组诗中，充斥着感官的兴奋与赤裸裸的情感哀伤，但它们显然超越了单纯的主体感官性抒情。首先，诗人驾驭十四行体的功力就让我们感觉到主体自由意志的强大，它十分符合黑格尔对十四行体的描述："直接的情感和表现方式已让位给思索，主体向各方面巡视，把个别的观照和心灵经历纳入普通的观点来看。知识、学问和文化修养在这些诗里一般起着重要的作用。"②张枣在这一体式中，把沉思化为精神气度与神韵，在语言吞吐上表现为描述性的延缓品格，语气雍容，仿佛沉思的姿态与表情都在语言中流露着，而终究，我们又心动于语言中那敏感、精致、满含体温的感官色相，并感到艺术的欣喜陶然，譬如这些诗句：

> 他最后吻了吻她夭灼的桃颊，
> 便认定来世是一块风水宝地；
> 嫉妒死永霸了她娇美的呼吸，
> 他便将穷追不舍的剧毒饮下。
>
> ——《罗密欧与朱丽叶》

> "青青子衿，悠悠我心，"他们每天
> 读书猜谜，形影不离亲同手足，
> 他没料到她的里面美如花烛，
> 也没想过抚摸那太细腻的脸。
>
> ——《梁山伯与祝英台》

---

① 参见〔美〕汉娜·阿伦特《精神生活·思维》，姜志辉译，江苏教育出版社，2006，第35页。

② 〔德〕黑格尔：《美学　第三卷　下册》，朱光潜译，商务印书馆，2009，第226页。

前者在感官中蕴蓄着"爱之死"的凄美，后者则蕴蓄着"爱之生"的忧伤，但都凝聚着对美那挽歌般的沉思。前者带内省性质的词语是"认定"与"嫉妒"，后者则是"没料到""没想过"，这意味着诗人对细微的心理变化之把握，一种精细复杂的挖掘，使诗歌"足以呈现思想中不可表现、形式轮廓中模糊而难以把捉的东西，凝神谛听以传译出神经官能症的幽微密语"①，这里面，就有诗歌的"灵与肉"。"情侣搂着情侣"，如果把这句话视为诗歌的一个比喻，在这组"历史与欲望"的诗篇中，灵与肉的圆满与欠缺正好对应着命题的正反两面，幸福与甜蜜的是《罗密欧与朱丽叶》《梁山伯与祝英台》：情侣之间融洽的和美是任凭死亡也剥夺不了的，生死相依寓意灵肉合一。痛苦与怨诉的是《爱尔莎和隐名骑士》《丽达与天鹅》《吴刚的怨诉》《色米拉恳求宙斯显现》，这四首诗的诗意相通点在于人神主角的分离，《爱尔莎和隐名骑士》看似有"神迹"挽救生命："这从天而降的幸福"，但难以逃避一厢情愿的痛苦，虽生犹死："于是她求他给不可名的命名。／这神的使者便离去，万般痛苦——／人间的命名可不是颁布死刑？"《丽达与天鹅》亦如此："你把我留下像留下一个空址……"《吴刚的怨诉》已发展成诅咒："咫尺之遥却离得那么远，……／透明的月桂下她敞开身，／而我，诅咒时间崩成碎末。"《色米拉恳求宙斯显现》更是一方为了"瞻一眼真理的风采"而在另一方的雷电中化为一撮"焦土"。前两首的人物无"神"而有"灵"，后四首有"神"而无"灵"，这既可说是对名与实的辨析，又可说是对灵与肉的镜喻：也许，毕竟神并无真身，"宙斯在他那不得已的神境中／有些惊慌失措，他将如何解释／他那些万变不离其宗的化身？／他无术真成另一个，无法制止／／这个非得占领他真身的美女"（《色米拉恳求宙斯显现》）。这或许可以帮助解释，为什么诗歌这种看似神授的事业，终究还是需要诗人这一羸弱而真实的肉身来完成。

五 "化功大法"

1. 融古化欧

我们知道，1930年代的卞之琳是融古化欧的高手。在他所创作的一批

---

① 转引自〔美〕马泰·卡林内斯库《现代性的五副面孔》，顾爱彬、李瑞华译，商务印书馆，2002，第176页。

诗歌精品中，对西方象征主义和现代主义手法多有借鉴，典型的如戏剧性
手法；对古典诗歌亦处处有暗合，最为人称道的就是他对意境的融化，如
《无题三》融入李商隐《无题》第十首"梦为远别啼难唤，书被摧成墨未
浓"的意境。时至当代，张枣堪称现代汉诗中第二个卞之琳，且更甚之。
他在自己的诗歌创作中灵活调动起一个伟大的古典诗歌传统，而他的调动
是通过诗意的重新发声。我们说过，在张枣那里，化欧化古的精髓是化
"声音"。他是一个幸运地能运用多种语言的人。他说，丰富的语言资源在
自己内心形成很多种声音，这些声音综合在一起就变成诗意的声音。① 这
种诗意的声音在内涵上必然不是单一的，它同时也融化了中国古典诗歌的
声音，譬如张枣在早期诗歌中就已融化了《诗经》的声音。声音的融化不
仅仅体现在继承古典诗歌对节奏、韵律的讲究，它也体现在对精神与灵魂
的濡染，一种含蓄蕴藉、温柔敦厚的话语语感与发声气质。张枣曾强调：
"怕就怕陈旧不是一种制作出来的陈旧，而是一种真正的陈旧。我觉得，
古典汉语的古意性是有待发明的，而不是被移植的。也就是说，传统在未
来，而不在过去，其核心应该是诗意的发明。"② 这种"诗意的发明"，在
他的诗歌中比比皆是。

譬如，在《卡夫卡致菲丽丝4》中，他写道：

> 时间啊，哪儿会有足够的
>
> 梅花鹿，一边跑一边更多——
> 仿佛那消耗的只是风月
> 办公楼的左边，布谷鸟说：
> 活着，无非是缓慢的失血。

这样的诗句是令人动容的。他追问时间这"最高主宰的上帝"，"梅花鹿"
这一美丽形象给人最直接的联想是《诗经·鹿鸣》："呦呦鹿鸣，食野之
苹。我有嘉宾，鼓瑟吹笙。"在此蕴含一派祥和欢乐，但在曹操《短歌行》

---

① 张枣、颜炼军：《"甜"——与诗人张枣一席谈》，《名作欣赏》2010 年第 4 期。
② 同上。

中却发展为"忧从中来"的慷慨悲歌。张枣意欲表露"人生几何"之苦，对时间流逝、无常的敏感，最终寄寓"鸣可惊天月，笨能追地风"的"梅花鹿"，这美丽的生物"一边跑一边更多——仿佛那消耗的只是风月"。"呦呦鹿鸣"由此上升为一种永恒无尽的旋律。"办公楼的左边"，似指在这操劳的世界——整个世界是一座劳碌的办公楼，"左边"指涉张枣当时处于西方的德国（地图上左西右东），因而接下来用的是发音上与英文名Cuckoo更接近的"布谷鸟"，而非中文名杜鹃，但"活着，无非缓慢的失血"显然化用中国古代"杜鹃啼血"的典故，这一转化堪称神来之笔，又一次凸显"向死而生"的"有穷"思想。

此外，散落在张枣诗歌中的各种诗意发明有如异彩缤纷的珍珠。如《祖父》中的一句："桐影多姿，青凤啄食吐香的珠粒"是对杜甫《秋兴八首》中的著名诗句"香稻啄余鹦鹉粒，碧梧栖老凤凰枝"的化用；《祖母》中"她的清晨，我在西边正憋着午夜"有杜甫《春日忆李白》诗句"渭北春天树，江东日暮云"的影子；在《云》中，"当我，头颅盛满蔚蓝的蘑菇，/瞭望着善的行程"，蕴含陶渊明"采菊东篱下，悠然见南山"的悠远之境；另一句中，"我牵着你的手，把扛着梯子的/量杯伸出窗中，接住'喂'这个词"，这一"接"的动作也出现在杜甫《秋兴八首》（六）中"瞿塘峡口曲江头，万里风烟接素秋"。又如《镜中》那美妙的一句："让她坐到镜中常坐的地方。"也许我们可以想起李白《清溪行》"人行明镜中，鸟度屏风里"的奇妙。在"一叶空舟自寒波间折回"（《醉时歌》）中，我们可以读到李商隐"万里风波一叶舟，忆归初罢更夷犹"（《无题》）的味道。在《跟茨维塔伊娃的对话1》中，张枣也复活了一个化石般的词语："蹀躞"。这个词原有的讽刺色彩（如屈原《哀郢》中"众蹀躞而日进兮"，形容谗人的竞相钻营）在他笔下获得了一种可爱感，它使要价"两个半法郎"的"我"进一步与"你""分行"。在《对话11》中，"……是的，大人，月亮扑面而起，/四望皎然，峰顶紧贴着您腮鬓"。这两句诗在平视中旋转的特写镜头，手法神奇类似李白《送友人入蜀》中诗句："山从人面起，云傍马头生。""窗纱呢喃手影"的表达也吻合于李白"碧纱如烟隔窗语"（李白《乌夜啼》）的诗意。

张枣对西方诗歌诗意的转化也常常信手拈来。他的化欧常常采用极度压缩的手法，在高密度的语言容量中创造出异常稳重的压强，且看起来不费吹灰之力、不着痕迹。譬如,《跟茨维塔伊娃的对话》十四行组诗中,他在第四首和第五首里连续跨用特洛伊木马的典故,在第十首和第十一首中也有对阮籍《大人先生传》典故的连续跨用;第十一首连续化用济慈的《夜莺颂》与史蒂文斯《基维斯特的秩序观》一诗的结尾;《猖狂的一杯水》可视为史蒂文斯《宁静平凡的一生》的诗意漂流瓶。《卡夫卡致菲丽丝》第二首中的"天使",可以看到对里尔克《杜伊诺哀歌》中天使的转化,且看前者的这些诗句:

> 不,那可是神的使者。

> 他们坚持说来的是一位天使,
> 灰色的雨衣,冻得淌着鼻血
> 他们说他不是那么可怕,仁止
> 在电话亭旁,斜视漫天的电线,

> 伤心的样子,人们都想走近他,
> 摸他。但是,谁这样想,谁就失去
> 了他。

这位"天使"看起来像《杜伊诺哀歌》中那"可怖的"的天使,"几乎致人死命的灵魂之鸟",对此,瓜尔蒂尼谈道:"如果我们觉得天使只是远远地出现,或者藏而不露,那么我们感到它美;但是,如果它以任何方式一显尊荣,并靠近我们,它就会毁了我们。它对于我们是极限的本质。"[①] 里尔克这只体现极限之本质的"灵魂之鸟",被张枣化入了卡夫卡的世界,这个依赖无比强大同时又格外脆弱的精神世界活着的人。二者的融合,可以让人体会到张枣语言熔金术的鬼斧神工。

2. 物象内化

在传统咏物诗中,物大约总是诗篇的主题,诗意高洁的事物总会成为

---

① 瓜尔蒂尼:《〈杜伊诺哀歌〉中的天使概念》,参见《〈杜伊诺哀歌〉与现代基督教思想》,林克译,上海三联书店,1997,第190页。

某个显著的意象（对象），诗人对其细致描摹、传神写意，常常"咏物隐然只是咏怀，盖个中有我也"（刘熙载·《艺概》），这个"有我"，指"物"有时代表诗人自己，如李商隐的《蝉》；有时指某类人，如李商隐的《牡丹》，"牡丹"成为女子的喻指。在这类诗中，"有我"又可指人类对物我相通的意想，被咏之物成为情感渗透的诗歌角色，然而，此类咏物诗常常是单向渗透，物成为承载主体情感的对象客体。因而，中国古典诗话词话论及咏物诗词常有"不即不离"的美学追求，似花还似非花，人与物始终保持距离，原因也在于醉翁之意不在酒，咏物仍为寄托。西方20世纪以前的诗歌在咏物颂物方面则主体直接向客体诉说，如雪莱《西风颂》以骄傲、不驯的灵魂自白；华兹华斯的《水仙咏》有反客为主的高妙，以水仙的曼妙风姿来感化"我"的精神状态。现代汉诗中的咏物诗似另有开拓，即人与物双向流动，既有人以一己情意灌注于物，也有人在物之感召下向物诉说，形成人与物之对话交流，这与"相看两不厌，只有敬亭山""我见青山多妩媚，料青山见我应如是。情与貌，略相似"的古典情理一脉相承，这可作为现代咏物诗的一种，物在此成为参与诗人酝酿、结构诗歌的对话方式。

在张枣的几首以事物为题的诗作中——《苍蝇》《蝴蝶》《天鹅》《木兰树》——我们可以触及这一问题。这四首诗写作时间相近，在语言的使用中也表现出某种相似，它们的话语都透露出一种情爱话语，譬如，前三首皆提到情侣："与你浑然一体，歌舞营营/听梦中的情侣唏嘘"（《苍蝇》）；《蝴蝶》开篇为"如果我们现在变成一对款款的/蝴蝶，我们还会喁喁地谈这一夜"，这对蝴蝶在结尾变为"一对喁喁窃语的情侣"；《天鹅》也提到"最温柔的情侣"；《木兰树》更是直接以木兰树为情人，饶有风趣地写出了情侣之间的心心相印与猜测嗔怨。把物诗作为情爱话语来写，要求人与物的灵魂对话，这首先要求诗人善解物意，在观察时能内化体物。譬如，里尔克在他的物诗中，"能够在一大串不连贯或表面上不相连贯的事件中选择出最丰满、最紧张、最富于暗示性的片刻，同时在他端详一件静物或一个动物时，他的眼睛也因训练的关系会不假思索地撇开外表上的虚饰而看到内心的隐秘"[1]。张枣说，

---

① 吴兴华：《黎尔克的诗》，《中德学志》1943年第1~2期，第74页。

自己刚到德国，就理解了里尔克与罗丹的关系，理解了物诗，"练习各种观看，然后内化看。在孤独的黄昏，寒冷的秋季，坐在一棵樱桃树下，观看天鹅等等"①。以上四首诗即写于作者刚到德国的 1980 年代末，显然它们是张枣因地制宜的作品，他曾提出："因地制宜就是去内化世界的物象——不管在哪里。"② 于是，在《苍蝇》中，我们就可以读到这样"体贴入微"的诗句：

> 我越看你越像一个人
> 清秀的五官，纹丝不动
> 我想深入你嵯峨的内心
> 五脏俱全，随你的血液
> 沿周身晕眩，并以微妙的肝胆
> 扩大月亮的盈缺
>
> 我绕着你踱了很多圈
> 哦，苍蝇，我对你满怀憧憬
>
> 你的天地就是我的天地
> 你的春秋叫我忘记花叶
> 如此我迁入你的寿命和积习
> 与你浑然一体，歌舞营营
> 听梦中的情侣唏嘘
> ……
>
> 哦，苍蝇，小小的伤痛
> 小小的随便的死亡
> 好像你蹉跎舌上的
> 另一番滋味，另一种美馔

① 张枣、颜炼军：《"甜"——与诗人张枣一席谈》，《名作欣赏》2010 年第 4 期。
② 同上。

对此诗,有论者评曰:"未见好德如苍蝇者也。但他全然不计习惯,把一只苍蝇的生命与自我的生命处境联系起来,细腻至极的描摹,心心相印的体验,颇有几分'炫技'的意味。"① 这种"炫技",也是张枣把描摹苍蝇当成了诗歌的构成方式与形成过程,它体现的更像是一个诗人如何向我们演绎一首现代物诗的生成,他把诗歌本身化为一场行动或表演,如一次精彩的杂技,重要的是过程与动作而非意义,如果非要意义的话便是我们观赏过程的愉悦与惊叹体验。艺术是无用的,它蹉跎岁月,而艺术又拯救人超脱伤痛与无处不在的死亡之可怖,就像把人从对苍蝇的偏见与恶心中释放出来,从而有"蹉跎舌上的/另一番滋味,另一种美馔"。

如果《苍蝇》还在对物进行细致观看,《蝴蝶》则假想"我们"变成一对喁喁交谈的蝴蝶,这已是一只蝴蝶对另一只蝴蝶的观摩了,然而它侧重的已是另一维度,一种更抽象的精神共振:

> ……
>
> 呵,蓝眼睛的少女,想想你就是
> 那只蝴蝶,痛苦地醉倒在我胸前
>
> 我想不清你那最后的容颜
> 该描得如何细致,也不知道自己
> 该如何吃,喂养轻柔的五脏和翼翅
>
> 但我记得我们历经的水深火热
> 我们曾咬紧牙根用血液游戏
> ……
> 我们迷醉的悚透四肢的花粉
> 我们共同的幸福的来世的语言

《木兰树》更是对"对面写法"这一中国古典诗词中经典技艺的纯熟运用。所谓对面写法,即渗入他者生命意识,从对方的视角来表达自己,

---

① 张清华主编《中国优秀诗歌 1978—2008》,现代出版社,2009,第 164 页。

如李商隐《月夕》诗：“草下阴虫叶上霜，朱栏迢递压湖光。兔寒蟾冷桂花白，此夜嫦娥应断肠。”最后一句即自对面而写，不诉自身相思怅望，反言“嫦娥”此夜高锁月宫思我断肠，情思愈加宛转。又如杜甫《月夜》诗，起笔“今夜鄜州月，闺中只独看”，也是从对面设想着笔，尤为孤寂深情。读张枣的《木兰树》，我们也可以想到李商隐的《木兰花》：“洞庭波冷晓侵云，日日征帆送远人。几度木兰舟上望，不知元是此花身。”人身与花身浑然两忘，张枣诗中的“木兰树”与“我”正有庄周梦蝶的奇妙，不知木兰树之梦为我与？我之梦为木兰树与：“有一瞬她醒悟到／我分明只是一个人；不一会她又回忆起／我曾倚窗眺望别的人。”果然“不知元是此花身”，“我”对木兰树有一系列“物化”的感官动词：“木兰树低下额安详地梦着”“她梦见”“她看出”“她却感到”“她醒悟到”“她又回忆起”“她佯装”。张枣曾说：“人的或诗的要求将‘情绪’导入表达的努力，既是英勇的又是命定和悲剧的，因为诗人决不可能参与独立于人之外的物和它的所谓自律的自在。物界作为现实的一种，被人类拟人化地占据了，最终只是被当做像我们所见所闻所说的那样而并非其本身的实在。”①然而他在诗歌中体物仍即物即心，即心即物，咏物即颂出灵魂，仿佛全然观照了人之外的物之内心。卡尔维诺在《美国讲稿》中谈到一个心愿：“但愿有部作品能在作者以外产生，让作者能够超出自我的局限，不是为了进入其他人的自我，而是为了让不会讲话的东西讲话，例如栖在屋檐下的鸟儿，春天的树木或秋天的树木，石头，水泥，塑料……”②而张枣写道：“我是我的一对花样滑冰者／／轻月虚照着体内的荆棘之途。”诗人与作家这些美好的愿望，难道不是向我们表明，艺术作品将一个不可见的、充满生命能量流窜的内宇宙充分展现出来，正可以以美好和丰富来克服世界的贫瘠与荒凉：诗、人、事物、世界，在怦然心动中进行着双向敞开的亲密交流，这不正是张枣梦寐以求的神遇之境？

---

① 张枣：《朝向语言风景的危险旅行——中国当代诗歌的元诗结构和写者姿态》，《上海文学》2001 年第 1 期。

② 〔意〕伊塔洛·卡尔维诺：《美国讲稿》，《卡尔维诺文集》，萧天佑译，译林出版社，2001，第 418 页。

结　语

　　张枣诗歌的意义必然会由时间做出衡定。目前，人们已对他做出多种判断，譬如，北岛说："张枣无疑是中国当代诗歌的奇才。……他以对西方文学与文化的深入把握，反观并参悟博大精深的东方审美体系。他试图在这两者之间找到新的张力和熔点。"① 江弱水说："二十世纪中国现代诗人中，一前一后，有两位顶尖的技巧大师，一位是卞之琳，一位是张枣，写的都是最精确的诗歌，比其他诗人考究太多，对诗的声音也格外敏感。"② 1997 年，臧棣即在《解释斯芬克斯（为张枣而作）》中写道：

迄今为止

　　尚未有其他的谜语能比得上你。
　　你仍然是最棒的：伟大到令人
　　能有机会暗自庆幸，或是让群情
　　执迷不悟，如斜坡上的滚石。

　　这些由衷的赞叹和对天才的信任，已向我们表明"诗歌是构筑超越死亡的纪念碑"③ 这一关于永恒的古典理念。作为一个诗人，张枣集中了古今中外多数经典诗人的面向。在他的诗歌中，有李白的跌宕起伏、杜甫的精工细作、李商隐的华丽晦涩，也有荷尔德林的神性、里尔克的纯粹、叶

---

① 北岛：《悲情往事》，宋琳、柏桦编《亲爱的张枣》，中信出版社，2015，第 100 页。
② 江弱水：《诗的八堂课》，商务印书馆，2017，第 67 页。
③ 〔美〕朱迪思·瑞安：《里尔克，现代主义与诗歌传统》，谢江南、何加红译，上海人民出版社，2011，第 13 页。

芝的肉感以及史蒂文斯的高妙虚构。最重要的是，张枣为我们奉献了一种
语言，他的声音。他为现代汉语诗歌发明了一种圆润流转的声音，让现代
汉语真正回归了汉语的纯正、大气，焕发出汉语最精奥的能量。张枣的诗
歌语言必将融进汉语的血液，成为汉语的内在基因之一。他的诗歌也必将
沉淀为现代汉语文化的思想资源，"未来人们的存在因其语言而被奠定了
美学基础"①。

　　诚如江弱水所言，卞之琳张枣两位诗人已分别成为"新诗"在现代与
当代的路碑。无论是在诗艺还是在诗歌深邃主题的推进上，两位诗人皆构
成了一种遥相呼应。他们融会中西、诗歌精密紧凑、音韵和谐，其作品皆
经得起时光淘洗。自然，张枣因"诗歌的历史积淀"比卞之琳更胜一筹，
其技艺愈加繁复。张枣融合了风格与思想的二重性，他融合了华丽、隐
晦、感官以及对乌托邦精神境界和内在修为的持守，因而在华美中又透露
着动人的素朴。如我们已在正文中分析过的，张枣的诗歌一方面有着哲学
意识的思辨性、内敛式沉思以及批判力量；另一方面又浸透着一个现代诗
人的内在体验、被生存困惑着的敏感直觉、领悟以及灵动的想象力——在
他做到最好的时候，感官与沉思水乳交融地贯通为一，细节与整体结构在
相互配合与呼应中无懈可击。进一步而言，他的诗歌最大的特征是，既是
基于现代性的语言本体立场的灵动之诗，又是充满生命抚触与追忆的汉语
性言志之诗。在张枣看来，汉语性乃中国诗歌古老的言志传统，充盈的汉
语之诗焕发着主体生命存在的丰沛情志。他有条件地认同马拉美将语言本
体当作终极现实的专业写作态度，这便是语言工作或写作本身与广泛的人
文题材关联，"写"本身转化为深层背景，或一种坚定的言说姿态，这种
姿态醒悟"对语言的变革，就是对现实的变革"②。这一醒悟同样意味着对
根深蒂固的汉语性的把握，诗歌就是生存，为了在诗歌中实现更高级的现
实，诗与诗人必须改变自己和生活，以便诗人能"言君子之志，言有德者
之志"。这就是为什么张枣最终在诗歌中认领了主体身份的一个原因。在
他的诗歌旅程中，我们能看到一种圆形轨迹，在饱满的圆弧中回归，这种

---

①　张枣：《从地下文学到朦胧诗——20世纪70年代前后的现代主义诗歌复兴》，亚思明译，
　　《世界华文文学论坛》，2018年12月。

②　张枣：《朝向语言风景的危险旅行——中国当代诗歌的元诗结构和写者姿态》，《上海文
　　学》2001年第1期。

回归犹如远行的游子之回返，他出发、巡游了大半个世界、回到故地，重新认领了属己的身份，这个身份有了对新的质素进行过新陈代谢后的丰富、丰盛。

苛刻地说，对于张枣，我们或许还想看到他在诗歌世界更加自由地飞翔。他有个"几乎是信仰的诗歌信念"①，把人生融合为对审美存在的信赖："我信赖那看不见的一切。"（《世界》）但是，这种信赖没有产生绝对的飞跃，至少在我们所能读到的他的作品中，对诗歌类似宗教意义上那种超级虚构的绝对信仰似乎仍是困难的。在他的诗歌中，信仰一词只出现过两次，如我们分析过的《一首雪的挽歌》中："唯一的或许是信仰：/瞧，爱的身后来了信仰"，这里的"或许"取消了信仰的绝对性，那是因为他相信——几乎是信仰，但也只是"几乎"，因为诗也只是成为他的个人神话，它需要一股宗教感的热忱虔敬，但终究不是"绝对的"宗教。因而犹疑总是存在：

> 这个世界里还呈现另一个世界，
> 一个跟这个世界一模一样的
> 世界——不不，不是另一个而是
> 同一个。是一个同时也是两个
>
> 世界。
> 因而我信赖那看不见的一切。
>
> ——《世界》

对于诗歌对另一个世界（彼岸）的信赖似乎总是需要借此岸的这一个世界来实现，或者直接把这个世界想象为另一个，在此世寻求超越。这使得张枣摇摆于两种状态中：对"技巧性怀旧"的难以割舍与对"超级虚构"的迷恋，而最终，前者压倒了后者，使他在自己一度探索过的匿名书写前提早返回。譬如我们在第一章第四节分析过他对时间消逝的痛感、他的追

---

① 陈东东：《亲爱的张枣》，参见宋琳、柏桦编《亲爱的张枣》，江苏文艺出版社，2010，第 69 页。

忆，而他也曾在给友人的书信中这样写："写诗不是在发现一个已经存在了的东西吗？不同的是，写诗是回忆，而科学是想象。"① 诗人告诫过我们不能认真对待他书信中的诗论，但他对回忆的看重可见一斑。回忆以记忆为基础，但总升华记忆，记忆依附于经验世界或知识体系。对此，克尔凯郭尔提出遗忘的艺术："遗忘——所有人都想做到……但遗忘是艺术，要事先练会。遗忘总与人们以何种方式回忆相关联；而人们如何回忆又与人们如何体验现象世界相关联。"进一步，克氏诗意地辨析了机械地存储信息的记忆与积极回忆的艺术之间的区别：

> 回忆的艺术并非轻而易举，因为在准备的瞬间，回忆可以是多种多样的，而记忆只识别正确记忆与错误记忆之间的转变。例如，什么是乡愁？它其实存在于记忆之中，你可以对它做出回忆。简单地讲，乡愁是因为离开家乡才产生的。艺术的神奇之处在于，即使在家待着，你仍然能感受到乡愁。这需要具备训练有素的想象力。②

这种"在家的乡愁"是一种诗意的回忆，它拥有创造性的独立元素，而诗人在既是回忆又是遗忘的状态中游刃有余，成为时间的领主，获得自由的审美形态，达到超级虚构的艺术极致。张枣其实早已触及诗的这一神秘地带：

> 模仿谋求超越表象的世界而指向一个理念的世界，一种卓然独立于此种现实的另一种完美即绝对现实。于是，真正的现实之可能恒久地处于被寻找之中。写作不是再现而是追寻现实，并要求替代现实。在这场纯系形而上的追问中，诗歌依靠那不仅仅是修辞手法的象征和暗喻的超度（metaphoric transcendence）而摇身变成超级虚构。这虚构双手伸向另一种现实的太阳，人的生存便会因偶赐的光亮而顿显

---

① 张枣致陈东东，1988 年 7 月 23 日。转引自宋琳、柏桦编《亲爱的张枣》，江苏文艺出版社，2010，第 67 页。

② 〔丹麦〕克尔凯郭尔：《生活之路上的诸阶段》。转引自〔奥〕李斯曼《克尔凯郭尔》，王彤译，中国人民大学出版社，2010，第 55~56 页。

意义。①

他也谈到，在西方现代诗歌中，没有言志之美，只有纯唯美之美——文本的虚构之美，他们认为"虚构就是文学的一切想象，人除了真实之外，最需要的就是虚构，这也是我们中国文学亟待解决的一个问题"②。对他影响甚深的史蒂文斯极端地说过："研究和理解虚构的世界正是诗人的作为。"③"最终的信仰是信仰一个虚构。你知道除了虚构之外别无他物。知道是一种虚构而你又心甘情愿地信仰它，这是何等微妙的真理。"④ 这种信仰在张枣这个迷恋有趣生活与光鲜生命的中国诗人那里会变得心甘情愿吗？他并不能彻底摆脱中国记忆——或许这是不可能的，传统与存在是中国诗人的宿命。如正文所述，我们看到，张枣对情景交融的迷恋、他的"幻觉的对位法"的发明、"诗对称于人之境"的诗学名言、诗艺中"化功大法"的腾挪跌宕，表明他是一个追忆性的诗人，向后看寻找着切实的、已经存在的、可依赖的东西，但对于诗歌，或许向前看更能实现"摇身一变的超级虚构"。他的因地制宜使他难以写出一种"在家的乡愁"，21 世纪初当他回到中国，"乡愁"似乎消失了，写作变得困难，甚而自己也有过感慨："我才不过壮年，有不可限量的才能，怎么就写不动了呢。"⑤ 此语虽夸张而戏谑，却透露出他作为一个诗人的困境：大诗人的自我突破与写作的延续性和发展性压力重重。如何创造性与虚构性地写下去，既是一个诗人的问题，也是一部汉语诗歌系统的问题。

---

① 张枣：《诗人与母语》，《张枣随笔选》，人民文学出版社，2012，第 55~56 页。
② 张枣：《艾略特的一首短诗：Moring at the Window》，《张枣随笔选》，人民文学出版社，2012，第 70 页。
③ 〔美〕史蒂文斯：《徐缓篇》，《最高虚构笔记 史蒂文斯诗文集》，陈东飚、张枣译，华东师范大学出版社，2009，第 258 页。
④ 〔美〕史蒂文斯：《徐缓篇》，参见《最高虚构笔记 史蒂文斯诗文集》，陈东飚、张枣译，华东师范大学出版社，2009，第 254 页。
⑤ 臧棣：《可能的诗学——得意于万古愁》，《名作欣赏》2011 年第 15 期。

参考文献

一 作品

张枣：《春秋来信》，文化艺术出版社，1998。

　　《张枣的诗》，人民文学出版社，2017。

　　《张枣随笔选》，人民文学出版社，2011。

　　《张枣译诗》，人民文学出版社，2015。

西川编：《海子诗全集》，作家出版社，2009。

臧棣：《慧根丛书》，重庆大学出版社，2011。

　　《燕园纪事》，中国文化艺术出版社，1998。

　　《新鲜的荆棘》，新世界出版社，2002。

　　《骑手与豆浆》，作家出版社，2015。

万夏、潇潇主编《后朦胧诗全集》，四川教育出版社，1993。

飞茂编：《爱情朦胧诗选》，中国妇女出版社，1990。

陈超编：《以梦为马（新生代诗卷）》，北京师范大学出版社，1993。

唐晓渡、王家新编选《中国当代实验诗选》，春风文艺出版社，1987。

唐晓渡：《灯心绒幸福的舞蹈》，北京师范大学出版社，1992。

洪子诚、程光炜编《第三代诗新编》，长江文艺出版社，2006。

上海文艺出版社编《当代青年诗人十家》，上海文艺出版社，1993。

徐敬亚等编《中国现代主义诗群大观 1986—1988》，同济大学出版社，1988。

二 论著

宋琳、柏桦编《亲爱的张枣》，中信出版社，2015。

柏桦：《左边——毛泽东时代的抒情诗人》，香港：牛津大学出版社，2001。

钟鸣：《旁观者》，海南出版社，1998。

陈超：《中国探索诗鉴赏辞典》，河北人民出版社，1989。

王力：《现代诗律学》，人民大学出版社，1986。

王力：《汉语诗律学》，上海教育出版社，2002。

程昌明译注《论语》，远方出版社，2004。

卞之琳：《卞之琳文集》，安徽教育出版社，2002。

卞之琳：《十年诗草（1930-1939）》，安徽教育出版社，2007。

卞之琳：《鱼目集》，上海书店，1990。

卞之琳：《人与诗：忆旧说新》，安徽教育出版社，2007。

洪子诚、刘登翰：《中国当代新诗史》，北京大学出版社，2010。

洪子诚主编《百年中国新诗史略》，北京大学出版社，2010。

李泽厚：《中国古代思想史论》，天津社会科学院出版社，2003。

李泽厚：《由巫到礼 释礼归仁》，三联书店，2015。

刘小枫：《拯救与逍遥》，上海人民出版社，1988。

王光明：《现代汉诗的百年演变》，河北人民出版社，2003。

王光明：《文学批评的两地视野》，北京大学出版社，2002。

王光明：《面向新诗的问题》，学苑出版社，2002。

王光明：《艰难的指向——新诗潮与二十世纪中国现代诗》，时代文艺出版社，1993。

李振声：《季节轮换——"第三代"诗叙论》，复旦大学出版社，2007。

欧阳江河：《站在虚构这边》，三联书店，2001。

李广田：《诗的艺术》，开明书店，1947。

朱光潜：《诗论》，安徽教育出版社，2006。

刘西渭：《咀华集》，花城出版社，1984。

朱自清：《新诗杂话》，广西师范大学出版社，2004。

袁可嘉：《论新诗现代化》，三联书店，1988。

梁宗岱：《诗与真》，外国文学出版社，1984。

赵毅衡编选《"新批评"文集》，中国社会科学出版社，1988。

李欧梵：《未完成的现代性》，北京大学出版社，2005。

李欧梵：《中国现代文学与现代性十讲》，复旦大学出版社，2002。

孙立平：《中国古典诗歌句法流变史略》，浙江大学出版社，2011。

郑敏：《诗歌与哲学是近邻——结构-解构诗论》，北京大学出版社，1999。

林庚：《唐诗综论》，商务印书馆，2011。

江弱水：《中西同步与位移——现代诗人丛论》，安徽教育出版社，2003。

江弱水：《卞之琳诗艺研究》，安徽教育出版社，2000。

江弱水：《古典诗的现代性》，三联书店，2010。

张桃洲：《现代汉语的诗性空间》，北京大学出版社，2005。

张桃洲：《"个人"的神话：现时代的诗、文学与宗教》，武汉出版社，2009。

张桃洲：《语词的探险：中国新诗的文本与现实》，社会科学文献出版社，2012。

现代汉诗百年演变课题组编《现代汉诗：反思与求索》，作家出版社，1998。

于坚：《还乡的可能性》，商务印书馆，2013。

吴晓东：《二十世纪的诗心》，北京大学出版社，2010。

张松建：《现代诗的再出发——中国四十年代现代主义诗潮新探》，北京大学出版社，2009。

李怡：《中国现代新诗与古典诗歌传统》，西南师范大学出版社，1999。

杨匡汉、刘福春编《中国现代诗论》（上编），花城出版社，1985。

西渡、王家新编《访问中国诗歌》，汕头大学出版社，2009。

刘皓明：《荷尔德林后期诗歌》（评注　卷上），华东师范大学出版社，2009。

〔德〕汉斯·昆、瓦尔特·延斯：《诗与宗教》，李永平译，三联书店，

2005。

勒塞、瓜尔蒂尼：《〈杜伊诺哀歌〉与现代基督教思想》，林克译，上海三联书店，1997。

〔德〕荷尔德林：《荷尔德林文集》，商务印书馆，1999。

〔德〕马丁·海德格尔：《诗·语言·思》，彭富春译，文化艺术出版社，1991。

〔德〕马丁·海德格尔：《存在与时间》，陈嘉映、王庆节译，生活·读书·新知三联书店，2006。

〔德〕马丁·海德格尔：《荷尔德林诗的阐释》，孙周兴译，商务印书馆，2009。

〔德〕马丁·海德格尔：《在通向语言的途中》，孙周兴译，商务印书馆，1997。

〔奥〕卡夫卡：《卡夫卡书信日记选》，叶廷芳、黎奇译，百花文艺出版社，1991。

〔美〕雅克·巴尊：《古典的，浪漫的，现代的》，侯蓓译，江苏教育出版社，2005。

〔美〕爱德华·萨丕尔：《语言论》，陆卓元译，商务印书馆，1985。

〔英〕艾略特：《艾略特诗学文集》，王恩衷编译，国际文化出版公司，1989。

〔法〕福柯：《词与物——人文科学考古学》，上海三联书店，2002。

〔法〕罗兰·巴尔特：《符号学原理》，李幼蒸译，生活·读书·新知三联书店，1988。

〔法〕罗兰·巴尔特：《罗兰·巴尔特文艺批评文集》，怀宇译，中国人民大学出版社，2010。

〔德〕胡戈·弗里德里希：《现代诗歌的结构》，李双志译，译林出版社，2010。

〔法〕波德莱尔：《波德莱尔美学论文选》，郭宏安译，人民文学出版社，2008。

〔法〕布瓦洛：《诗的艺术》，范希衡译，人民文学出版社，2010。

〔美〕叶维廉：《中国诗学》，人民文学出版社，2006。

〔美〕高友工、梅祖麟：《唐诗的魅力：诗语的结构主义批评》，李世耀译，上海古籍出版社，1989。

〔俄〕茨维塔耶娃：《茨维塔耶娃文集》，王剑钊主编，东方出版社，2003。

〔法〕瓦莱里：《文艺杂谈》，段映虹译，百花文艺出版社，2002。

〔德〕瓦尔特·本雅明：《发达资本主义时代的抒情诗人》，张旭东、魏文生译，三联书店，1989。

〔德〕瓦尔特·本雅明：《机械复制时代的艺术作品》，王才勇译，浙江摄影出版社，1993。

〔德〕瓦尔特·本雅明：《经验与贫乏》，王炳钧、杨劲译，百花文艺出版社，1999。

〔美〕奚密：《现代汉诗：1917年以来的理论与实践》，宋炳辉译，上海三联书店，2008。

〔美〕奚密：《从边缘出发：现代汉诗的另类传统》，广东人民出版社，2000。

〔法〕多米尼克·赛科里坦：《古典主义》，艾晓明译，昆仑出版社，1989。

查尔斯·查德威克：《象征主义》，周发祥译，昆仑出版社，1989。

比格斯贝：《达达和超现实主义》，周发祥译，昆仑出版社，1989。

利里安·弗斯特：《浪漫主义》，李今译，昆仑出版社，1989。

福克纳：《现代主义》，付礼军译，昆仑出版社，1989。

〔英〕马·布雷德伯里、詹·麦克法兰（编）：《现代主义》，胡家峦等译，上海外语教育出版社，1992。

〔美〕马泰·卡林内斯库：《现代性的五副面孔》，顾爱彬、李瑞华译，商务印书馆，2003。

〔英〕玛·布尔顿：《诗歌解剖》，傅浩译，三联书店，1992。

〔美〕宇文所安：《追忆——中国古典文学中的往事再现》，郑学勤译，三联书店，2007。

〔美〕宇文所安：《迷楼：诗与欲望的迷宫》，生活·读书·新知三联书店，2003。

〔美〕宇文所安：《初唐诗》，贾晋华译，生活·读书·新知三联书店，2004。

〔美〕宇文所安:《盛唐诗》,贾晋华译,生活·读书·新知三联书店,2004。

〔美〕宇文所安:《晚唐——九世纪中叶的中国诗歌(827-860)》,贾晋华译,生活·读书·新知三联书店,2011。

〔美〕哈罗德·布鲁姆:《影响的焦虑》,孙文博译,江苏教育出版社,2005。

〔美〕哈罗德·布鲁姆:《读诗的艺术》,王敖译,南京大学出版社,2010。

〔美〕布罗茨基:《文明的孩子》,刘文飞译,中央编译出版社,1999。

〔美〕汉娜·阿伦特:《黑暗时代的人们》,王凌云译,江苏教育出版社,2006。

〔美〕汉娜·阿伦特:《精神生活·思维》,姜志辉译,江苏教育出版社,2006。

〔美〕汉娜·阿伦特:《责任与判断》,陈联营译,上海人民出版社,2011。

〔美〕汉娜·阿伦特:《康德政治哲学讲稿》,曹明、苏婉儿译,上海人民出版社,2013。

〔瑞士〕H·奥特:《不可言说的言说》,林克、赵勇译,生活·读书·新知三联书店,1997。

〔美〕杜维明:《儒教》,陈静译,上海古籍出版社,2008。

〔美〕杜维明:《儒家思想新论——创造性转换的自我》,曹幼华、单丁译,江苏人民出版社,1991。

〔美〕华莱士·史蒂文斯:《最高虚构笔记》,陈东飚、张枣译,华东师范大学出版社,2009。

〔法〕莫里斯·布朗肖:《文学空间》,顾嘉琛译,商务印书馆,2003。

〔法〕西蒙娜·薇依:《柏拉图对话中的神:薇依论古希腊文学》,吴雅凌译,华夏出版社,2012。

〔奥〕李斯曼:《克尔凯郭尔》,王彤译,中国人民大学出版社,2010。

〔美〕狄百瑞:《儒家的困境》,北京大学出版社,2009。

〔美〕郝大维、〔美〕安乐哲:《通过孔子而思》,何金俐译,北京大学出版社,2005。

〔俄〕列夫·舍斯托夫：《旷野呼告　无根据颂（序）》，方珊、李勤、张冰等译，上海人民出版社，2004。

〔德〕马克斯·韦伯：《世界宗教的经济伦理·儒教与道教》，中央编译出版社，2012。

〔德〕诺瓦利斯：《夜颂中的革命和宗教——诺瓦利斯选集卷一》，林克等译，华夏出版社，2008。

〔法〕莫里斯·梅洛庞蒂：《可见的与不可见的》，罗国祥译，商务印书馆，2008。

〔比〕乔治·布莱：《批评意识》，郭宏安译，广西师范大学出版社，2002。

Erich Auerbach：Mimesis：*The representation of reality in western literature*，上海外语教育出版社，2009。

三　论文

ZhangZao：*Development and Continuity of Modernism in Chinese Poetry Since 1917. Inside Out Modernism and Postmodernism in Chinese Literary Culture.* Aarhus University Press，1993，p38-59.

ZhangZao：*Answerable Aesthetics：Reading "You" in Rilke. Dem Dichter des lesens*：Gedichte für Paul Hoffmann/von Ilse Aichinger bis ZhangZao. Tübingen：Attempto-verl，1997，p128-149.

ZhangZao：*Some Rhythmic Structures in Feng Zhi's Sonnets. Signum：Blätter für Literatur und Kritik.* Die Scheune，2006，p297-326.

ZhangZao：*Pursuing the Complete Bamboo in the Breast：Reflections on a Classical Chinese Image for Immediacy. Neue sirene：Zeitschrift für Literatur.* Anschrift der Redaktion，2000，p5-23.

ZhangZao：*Modern China and the post Modern West. Orientierungen：Zeitschrift zur Kultur Asiens.* Edition global，2002，p51-70.

张枣：《从地下文学到朦胧诗——20 世纪 70 年代前后的现代主义诗歌复兴》，亚思明译，《世界华文文学论坛》2018 年第 4 期。

张枣：《鲁迅：〈野草〉以及语言和生命困境的言说（上）》，亚思明译，《扬子江评论》2018 年第 6 期。

张枣：《鲁迅：〈野草〉以及语言和生命困境的言说（下）》，亚思明译，《扬子江评论》2019 年第 1 期。

张枣：《鲁迅：〈野草〉以及语言和生命困境的言说（下）》，亚思明译，《学术月刊》2019 年第 1 期。

郑家栋：《从"内在超越"说起》，《哲学动态》1998 年第 2 期。

郑家栋：《"超越"与"内在超越"》，《中国社会科学》2001 年第 4 期。

郑振铎：《何为古典主义》，《小说月报》1923 年第 14 卷第 2 号。

王光明：《中国新诗的本体反思》，《中国社会科学》1998 年第 4 期。

王光明：《"现代主义"与"新古典"的互补——论台湾 20 世纪 50-70 年代的现代诗》，《文艺评论》2003 年第 6 期。

王光明：《自由诗与中国新诗》，《中国社会科学》2004 年第 4 期。

臧棣：《现代诗歌批评中的晦涩理论》，《文学评论》1994 年第 1 期。

臧棣：《执著于诗是我们的一次传奇》，《黄河文学》2009 年第 5 期。

臧棣：《可能的诗学——得意于万古愁》，《名作欣赏》2011 年第 15 期。

臧棣：《后朦胧诗：作为一种写作的诗歌》，《文艺争鸣》1996 年第 1 期。

钟鸣：《笼子里的鸟儿与外面的俄耳甫斯》，《今天》1992 年第 3 期。

陈东东：《湖山此地曾埋玉》，《源流》2008 年第 8 期。

〔德〕顾彬：《预言家的终结：20 世纪的中国思想和中国诗》，《今天》1993 年 4 月第 2 期。

〔德〕苏姗娜·格丝：《一棵树是什么？"树"，"对话"和文化差异：细读张枣的〈今年的云雀〉》，商戈令译，《当代作家评论》2000 年第 2 期。

颜炼军：《"甜"——与诗人张枣一席谈》，《名作欣赏》2010 年第 4 期。

张桃洲：《死亡的非形而上之维——析〈万古愁丛书〉》，《名作欣赏》2011 年第 15 期。

余旸：《重释"伟大传统"的可能与危险》，《新诗评论》，北京大学出版社，2011 年第 1 辑。

余旸：《张枣诗歌中元诗意识的历史变迁》，《新诗评论》，北京大学出版社，2005 年第 2 辑。

王东东：《护身符、练习曲与哀歌：语言的灵魂——张枣论》，《新诗评论》，北京大学出版社，2011 年第 1 辑。

颜炼军：《仍有一种至高无上……——张枣诗中鸟意象的变形记》，《新诗评论》，北京大学出版社，2011 年第 1 辑。

颜炼军编：《张枣生平与创作》，《新诗评论》，北京大学出版社，2011 年第 1 辑。

郑敏：《世纪末的回顾：汉语语言变革与中国新诗创作》，《文学评论》1993 年第 3 期。

郑敏：《中国诗歌的古典与现代》，《文学评论》1995 年第 6 期。

郑单衣：《80 年代的诗歌储备》，《诗探索》1998 年第 2 期。

敬文东：《“下午”的精神分析——诗人柏桦论》，《江汉大学学报》2006 年第 3 期。

姜涛：《“全装修”时代的“元诗”意识》，《文艺研究》2006 年第 3 期。

张光昕：《茨娃密码——张枣诗歌的微观分析》，《诗探索》2011 年第 3 辑。

陈超：《先锋诗歌 20 年：想象力方式的转换》，《燕山大学学报（哲学社会科学版）》2009 年 12 月。

黄灿然：《在两大传统的阴影下》，《读书》2000 年第 3、4 月。

后 记

　　这篇论文 2013 年 1 月完稿，5 月答辩。准备出版时，我对它做了修订。本想调整原来的意义框架，加入近几年对张枣的诸多思考，后来发现那相当于推倒重来，太难。于是我只好用纱布打磨了一下部分词句。在这个过程中，不断发现五年前的不成熟与狂妄，同时感觉到深入表达的艰难。张枣说："丢失一句话，也可能丢失一个人。"昌耀在信奉"语言径自就是善"的同时，也写下这样的诗句："而语言的怪圈也正是命运的怪圈。"我们都在语言中生存，而一辈子将与语言打交道的写作者，如何坚持下去？直到今天，我才理解当年张桃洲老师在我毕业之际对我说过的一句话："重要的是坚持下去。"

　　我相信语言的力量，无论是在阅读之中，还是在创作之中，都会助我进入诗的肺腑。感谢张枣，感谢他创造的"孔雀肺"，让我吸入更多的氧分，活在诗的世界。每一个作者或读者都有他们的"诗人神话"，或是因为这一点，使我在论述时明显带有个人性情。这是属于我的快乐，也是令我坚持下去的神秘力量。

　　感谢王光明先生，他为本书撰写的序言再次带给我作为恩师的温暖。他的严厉常常让我有芒刺在背的压迫感；而他所要求的沉着冷静、对寂寞的坚守又时时让我抵制住一些心浮气躁。他所说的话大多平易简朴，却总能渗出醇厚持久的力量，譬如我铭记于心的那一句："我们应该做有活力的学术，这种活力既是听从内心要求的召唤，也是向自我挑战。"

　　感谢吴思敬先生，多番交谈中他平易近人的笑容、亲切的教诲，总使我如沐春风。感谢张桃洲先生对我长期以来的帮助，他的新诗选读课堂已成为我求学生涯中的美好记忆。在这个课堂，大家品味诗歌的自由、活力以及思维碰撞所带来的惊喜。他专门抽出时间修改论文并当面讲述理由，我铭记在心。感谢颜炼军博士，他对张枣诗歌、随笔以及生平的整理，带给我完备的第一手资料。此外，为了求证某个细节我多次打扰他，而他总是不厌其烦地解释，并从杭州邮来张枣刊于国外的英文论文，令我大为受益。

感谢我的家人。虽然自上大学以来，我就开始在他乡游走，与亲人总是聚少离多，尤其是对于父母，对他们贴身照料甚少，歉疚颇多，而他们是以自己素朴的方式表达着对我的牵挂与关爱。譬如母亲在电话里听我说写论文用脑过多而失眠到头痛，焦急的她甚至借助于"问神"——家乡湖南那在民间流行的巫楚文化——来为我祈福。父亲则在我面临每一道关卡时都在挂电话前不忘送我一句祝语，这些都是我坚持下去的力量之源。

最后，感谢吴超和刘丹老师为书稿出版的付出。当我决定把此书交付出版社时，联系了同学吕鹤颖，她向我推荐了吴超。联络时，我惊奇地发现吴超是张枣老师的学生，湖南长沙人。我当即大为感慨，唏嘘不已。吴超也调侃："张老师想让我来出这本书吧。"感谢这美好的机缘。

赵飞

2019 年 3 月 12 日于长沙罗洋山

图书在版编目(CIP)数据

张枣诗歌研究 / 赵飞著. -- 北京 : 社会科学文献
出版社, 2019.11
ISBN 978-7-5201-5144-3

Ⅰ. ①张… Ⅱ. ①赵… Ⅲ. ①诗歌研究-中国-当代
Ⅳ. ①I207.22

中国版本图书馆 CIP 数据核字(2019)第 136948 号

张枣诗歌研究

著　　者／赵　飞

出　版　人／谢寿光
组稿编辑／吴　超
责任编辑／刘　丹　吴　超
文稿编辑／刘　丹

出　　　版／社会科学文献出版社·人文分社（010）59367215
　　　　　　地址：北京市北三环中路甲 29 号院华龙大厦　邮编：100029
　　　　　　网址：www.ssap.com.cn
发　　　行／市场营销中心（010）59367081　59367083
印　　　装／三河市龙林印务有限公司

规　　　格／开本：787mm×1092mm　1/16
　　　　　　印　张：19.25　字　数：315 千字
版　　　次／2019 年 11 月第 1 版　2019 年 11 月第 1 次印刷
书　　　号／ISBN 978-7-5201-5144-3
定　　　价／98.80 元